MA MEILLEURE ENNEMIE

DU MÊME AUTEUR
CHEZ POCKET

LA FAUTE
MA MEILLEURE ENNEMIE

PAULA DALY

MA MEILLEURE ENNEMIE

ROMAN

Traduit de l'anglais
par Florianne Vidal

cherche midi

Titre original :
KEEP YOUR FRIENDS CLOSE

MIXTE
Papier issu de sources responsables
FSC® C003309
FSC www.fsc.org

Pocket, une marque d'Univers Poche,
est un éditeur qui s'engage pour la préservation
de son environnement et qui utilise du papier fabriqué
à partir de bois provenant de forêts gérées
de manière responsable.

ISBN : 978-2-266-26899-8

À ma sœur Debbie

« J'avais la bêtise de croire que *house beautiful* rimait avec *life wonderful.* »

Anna Quindlen

SEPT MOIS PLUS TÔT

« Dites-moi, à quoi avez-vous songé cette semaine ? lui demande-t-elle.

— En dehors des trucs habituels ? »

Elle penche la tête et le regarde d'un air vaguement réprobateur en attendant une réponse plus pertinente.

« À la mort, répond-il. J'ai pensé à la mort.

— Vous voulez dire, au passage de vie à trépas ?

— Non, pas à la mort en tant que telle… mais ne serait-ce pas formidable si l'on pouvait choisir l'instant précis de notre disparition ? »

Elle le considère avec perplexité.

« C'est à la portée de tout un chacun, non ?

— Je ne parle pas du suicide.

— Rassurez-moi, vous n'avez pas réellement envie de mourir, n'est-ce pas ?

— Bien sûr que non. »

Il est allongé sur le divan. On voit pointer sa bedaine naissante, le tissu de son pantalon forme des plis en accordéon au niveau du sexe. Il tourne la tête vers elle, lui jette un bref coup d'œil.

« Ma fille cadette Olivia m'a demandé ce que je choisirais si j'avais trois souhaits à formuler. Du coup, je me suis dit, la seule chose qui nous fait vraiment peur, celle qui touche l'humanité tout entière, c'est la mort. Si on était sûr de pouvoir vivre sans se tracasser, sachant qu'on dispose encore de, disons, trente ans...

— On aborderait la vie de manière différente ?

— Peut-être. C'est probable. Oui, très certainement. Qu'en pensez-vous ?

— Nous ne sommes pas ici pour parler de moi », réplique-t-elle.

Il sourit. Très juste.

Elle décroise les jambes.

Sa jupe remonte encore un peu sur ses cuisses. Immédiatement, elle voit le désir éclairer le visage de l'homme mais feint de ne rien remarquer, pour l'instant.

« Et sur le plan professionnel, Cameron ? demande-t-elle, désinvolte.

— Je n'ai pas envie de parler boulot.

— Pour une raison particulière ?

— Je viens de passer un mois très pénible et, franchement, je préfère ne pas évoquer le sujet aujourd'hui, surtout que j'ai... » Il n'achève pas sa phrase.

« Des problèmes de main-d'œuvre ? » hasarde-t-elle.

Il s'assoit, pose les pieds par terre, les coudes sur les genoux et le menton sur ses poings serrés. En l'espace d'une seconde, son angoisse est revenue. Il est à cran. Son énergie latente refait surface. Elle vient de mettre le doigt là où ça fait mal et, en conséquence, toutes ses défenses ressurgissent, et avec elles l'armure dont il espère se débarrasser grâce à ces séances, afin de pouvoir de nouveau ressentir. Aimer.

Tel est son objectif, en gros.

Sauf qu'en réalité, ça n'en prend pas le chemin.

Elle le manipule, le traite comme un jouet. Elle lui pose des questions dérangeantes, s'amuse à le titiller jusqu'à ce qu'il n'en puisse plus. Après quoi, elle l'apaise. Elle l'apaise comme nul ne sait le faire à part elle. Ensuite, elle refusera ses remerciements, dira qu'elle ne fait que son métier, lui démontrera qu'elle est la *seule* à pouvoir le guider sur le long chemin menant à la conscience de soi.

« Parlez-moi de Serena, dit-elle à présent, réglée comme du papier à musique.

— Pas de changement.

— Avez-vous essayé les techniques que nous avons évoquées ? Avez-vous cessé de vouloir résoudre ses problèmes ? Avez-vous vraiment écouté ce qu'elle avait à dire ?

— C'est difficile.

— Cela peut prendre du temps, reconnaît-elle.

— Serena est tellement accaparée par les gosses qu'elle ne me voit pas. Dès que je veux la toucher, elle se dérobe.

— Elle vous trouve repoussant, vous croyez ?

— Non, ce n'est pas cela, réplique-t-il comme si la chose était inimaginable. C'est juste qu'elle n'a pas une minute à me consacrer. Je ne suis qu'une ligne sur sa liste. Elle court dans tous les sens, elle donne aux gosses tout son temps, toute son énergie. » Il se tait et se frotte le visage. « Enfin, aux gosses et à la maison. » Il pousse un soupir las avant d'ajouter : « Je ne sais comment la rendre heureuse.

— Lui avez-vous proposé d'engager quelqu'un pour l'aider ?

— Elle ne veut pas d'aide. Elle dit que personne ne fait les choses aussi bien qu'elle. » Il sourit faiblement à l'évocation de ce qu'il endure au quotidien. « Enfin bref, elle préfère s'occuper de tout. Et je ne vois pas ce que je pourrais faire de plus. »

Elle pose son stylo et se penche vers lui.

« Mais cela signifie qu'il ne lui reste rien à vous offrir. »

Il hausse les épaules, découragé.

« Comment vous sentez-vous face à cette réalité ? insiste-t-elle.

— Je me sens en trop. Inutile. »

Elle baisse la voix, la rend plus suave, lui donne cette intonation grave qu'elle adopte parfois, dans certaines occasions.

« Mais vous savez que c'est faux… vous n'êtes ni l'un ni l'autre. En toute logique. Un homme qui a si bien réussi dans la vie ne peut pas être inutile. C'est tout bonnement impossible. »

Il détourne les yeux. Aujourd'hui, ce compliment l'insupporte.

« J'ai essayé de l'aimer, prononce-t-il comme si les mots étaient coincés au fond de sa gorge.

— Je sais.

— Vraiment, j'ai essayé, répète-t-il, les yeux humides.

— Je sais, Cameron. Seulement voilà, elle ne veut pas de votre amour. »

Elle quitte son fauteuil et s'avance vers lui, les doigts posés sur le dernier bouton de son chemisier. Il ferme les yeux, expulse l'air de ses poumons, souffle longuement pour évacuer la tension qui crispe son visage, ses épaules, ses poings. Quand il les rouvre, elle est debout devant lui.

Il la regarde en face.

« Dois-je la laisser partir ? demande-t-il.

— Vous avez fait tout ce que vous pouviez. »

Tout doucement, elle lui prend la main et la glisse sous sa jupe. Toujours plus haut, jusqu'entre ses cuisses.

1

Est-ce que vous vivez dans l'instant ? Moi non plus. Pourtant ce n'est pas faute d'essayer, je vous jure. J'essaie même plusieurs fois par jour. Je m'arrête au milieu d'une activité et je me dis : *Voilà, c'est bon. Cet instant t'appartient pleinement. Apprécie-le. Goûte-le. Profite du moment présent.*

Donc là, par exemple, je profite du moment présent pour nettoyer les murs de la salle de bains attenante à la chambre. Ils sont couverts de traces brunes laissées par le produit autobronzant dont une cliente de l'hôtel a cru bon de s'asperger copieusement, transformant cette pièce rénovée tout récemment – dalles de marbre sur les cloisons, lavabo à double vasque en Corian – en cabine de bronzage.

Je passe sur le fait qu'elle s'est servie des serviettes de bain crème Ralph Lauren pour se teindre les cheveux en violet. Au lieu de m'appesantir là-dessus, je préfère suivre les pensées qui défilent en boucle sous mon crâne. Tantôt je me demande de quelle couleur seraient les cheveux de cette femme au naturel, tantôt je me dis que je devrais faire un saut à la maison dans pas longtemps, histoire de sortir un poulet du congélo pour qu'il soit dégivré à l'heure du dîner.

J'entasse les serviettes fichues au milieu de la salle de bains et je verse un peu d'eau de Javel sur une brosse à dents. Les joints du carrelage en marbre sont imprégnés d'autobronzant. C'est terriblement difficile à nettoyer mais l'astuce de l'eau de Javel fonctionne bien, d'habitude. Alors je m'y mets en prenant garde de ne pas éclabousser mon pantalon de travail. Et tout en frottant, je me demande pourquoi je me coltine ce boulot puisque nous avons toute une armée d'employés de ménage.

Mais ils ont tendance à négliger ces détails. On aura beau les former, leur répéter les consignes jusqu'à en perdre la voix, ils persisteront à omettre les petits plus qui sont indispensables au standing de cet établissement proprement exceptionnel.

Si les clients nous sont fidèles, c'est justement pour cela. Parce que Lakeshore Lodge *est* un endroit exceptionnel.

Si, après une première nuit passée dans notre hôtel, vous revenez nous voir un jour, vous aurez droit à un traitement particulier. Nous vous accueillerons en personne – Sean, moi ou notre directeur –, prendrons des nouvelles de votre famille, vous demanderons si le voyage jusqu'à Windermere s'est bien passé. Dans votre chambre, vous trouverez une mignonnette de Moët & Chandon rosé, une boîte de six chocolats de fabrication artisanale et un délicieux pudding au caramel. Sans oublier une carte de bienvenue écrite à la main : « Enchantés de vous revoir chez nous ! »

À nos yeux, l'essentiel réside dans le superflu. Nous voulons que nos hôtes se sentent choyés, privilégiés.

C'est pour cette raison que notre taux d'occupation avoisine les 90 %, même en basse saison. Même au mois de novembre, quand il pleut nuit et jour sans discontinuer et que le ciel est si bas qu'on pourrait presque le toucher rien qu'en levant la main.

J'entends frapper à la porte de la salle de bains. J'arrête de frotter et me retourne.

« Madame Wainwright, je suis vraiment désolée de vous déranger mais il y a un problème dans la suite junior. »

Libby travaille ici depuis trois ans comme femme de ménage. Question propreté, elle fait partie de mes meilleurs éléments.

« Que se passe-t-il ?

— Vous savez, cette famille indienne qui l'occupait, la nuit dernière ? Ils ont fait chauffer du curry. »

Je lève les yeux au ciel mais cela n'a rien d'un désastre, ce genre de chose arrive parfois.

« Ouvrez donc la fenêtre, Libby, faites circuler l'air. Les prochains clients n'arrivent pas avant ce soir, normalement. Vous avez tout le temps nécessaire pour remettre les lieux en état. »

Libby plisse les paupières et fronce les sourcils en même temps. Elle fait cette tête chaque fois qu'elle doit me dire une chose qui risque de m'énerver.

« Quoi encore ? dis-je sur un ton sec. Auraient-ils hébergé des personnes supplémentaires ? »

Je ne voudrais pas paraître caricaturale mais il n'est pas rare que les clients introduisent en douce des enfants, des bébés… voire une grand-mère, pour éviter de payer plus cher.

Libby se dandine d'une jambe sur l'autre.

« Ils l'ont fait chauffer dans la bouilloire.

— Le curry ? Dans la bouilloire électrique ? »

Elle confirme d'un signe de tête.

« Je crois bien que l'appareil est fichu.

— Oh non, c'est pas vrai ! »

Je pose la brosse à dents sur le rebord du lavabo et commence à me pétrir la nuque en ravalant un juron qui ne demandait qu'à sortir. Je sens monter la migraine. Pour l'instant, elle est nichée à la base de mon crâne, mais si je me laisse aller, si je perds mon sang-froid, je sais très bien qu'elle remontera jusqu'à mes yeux. Et ce sera parti pour la journée.

« Eh bien, c'est une première », dis-je sans forcer ma voix. Pourtant, Libby n'ose toujours pas lever le nez.

Parce que, dans ces moments-là, je suis imprévisible.

La plupart du temps, Libby peut m'annoncer les pires nouvelles, genre la buanderie est inondée, deux femmes de chambre viennent d'appeler pour dire qu'elles sont malades… un rat… sans que je pète un câble. J'en prends mon parti et vaque tranquillement à mes occupations. Mais parfois, il me suffit d'apercevoir de la poussière au creux d'une plinthe ou une empreinte de doigt sur un miroir, et je pars en vrille.

Je ne suis pas facile à vivre. Un peu soupe au lait. J'ai essayé la méditation dans l'espoir d'améliorer mon équilibre nerveux. Sean dit qu'il voit la différence mais, personnellement, je doute que ce soit efficace.

« Que dois-je faire ? demande Libby.

— Allez voir Sean et remettez-lui la bouilloire. Dites-lui de vous en sortir une du stock et de vérifier combien il en reste, par la même occasion. Il faudra peut-être qu'il en commande un lot. Qu'il regarde sur les sites de vente en ligne pour trouver les meilleurs prix. Ces bouilloires en verre nous ont coûté les yeux de la tête. Qu'il cherche des modèles en inox, plutôt.

— D'accord. »

Quand elle sort de la chambre, je la rappelle.

« Libby ? Réflexion faite, dites-lui de garder celles en verre. Elles font plus classe. »

Libby demeure impassible. Elle attend que je change d'avis encore une fois.

« Vous êtes sûre ? hasarde-t-elle.

— Sûre et certaine. »

Ce n'est qu'en rinçant la brosse à dents avant de remettre dessus quelques gouttes d'eau de Javel que je me rappelle que Sean est occupé ailleurs ce matin. Il est avec sa mère.

Penny rend visite à Sean tous les jeudis après-midi. Elle passe deux heures avec son fils ; il la sort. Parfois ils vont se balader à Sharrow Bay, sur la rive du lac Ullswater, ou ils vont prendre le thé à deux pas de la maison, à l'hôtel Storrs Hall. Ou ailleurs. N'importe où sauf à Lakeshore Lodge – car ici Sean serait trop sollicité par le personnel ou les clients. Or, sa mère requiert toute son attention. En règle générale, ils reviennent vers seize heures pour accueillir les filles à leur retour du lycée. Durant la période estivale, quand il fait jour tard, il arrive que Penny reste dîner à la maison. En hiver, elle regagne ses pénates dans le village de Crook avant la tombée de la nuit.

Aujourd'hui, c'est le premier mercredi du mois de mai. Penny a décalé sa visite parce que, demain, elle part à Nice pour quelques jours avec son club de photo.

Je franchis la porte d'entrée en trombe peu avant cinq heures, chargée de blancs de poulet, d'un petit sachet de morilles (que j'ai dû piquer au chef cuisinier), d'une bouteille de marsala et de deux catalogues d'échantillons de moquette à consulter impérativement avant six heures – le décorateur va m'appeler pour savoir laquelle je préfère. La moquette du jardin d'hiver de l'hôtel commence à s'user au niveau du seuil ; j'aurais dû la commander en fin de semaine dernière, mais le temps passe trop vite.

« Natty ! s'exclame Penny en se levant de son fauteuil dès que j'entre dans le salon. Tu as l'air crevée ! Sean, va faire du thé à ta pauvre femme avant qu'elle ne tombe de fatigue. »

Je dépose un baiser sur la joue de Penny.

« On dirait que votre petit séjour vous a fait du bien », lui dis-je avant de préciser à Sean qu'il peut laisser tomber le thé.

Penny revient de chez la sœur de Sean, à Fremantle, et sa peau a pris une teinte brun acajou. Penny a abusé du soleil toute sa vie et, en plus, elle est maigre comme un coucou. Vous voyez ces squelettes coiffés de perruques qu'on voit dans les émissions qui passent à la télé pour Halloween ? Eh bien, ça, c'est la mère de Sean.

Je demande « Les petits de Lucy vont bien ? » tout en ôtant mes chaussures à hauts talons sans me baisser. Le téléphone sonne dans le vestibule. Sean va répondre.

« Très bien, répond-elle. C'est un tel plaisir de la voir se consacrer entièrement à eux, Natty. Elle a le temps, vois-tu. C'est très important. Rien n'est plus important que cela. Elle parle d'en avoir un troisième maintenant que Robert a obtenu de l'avancement.

— Un autre bébé, ce serait magnifique, dis-je joyeusement. Elle voudrait une fille, ce coup-ci, je présume ? »

Penny chasse mes paroles d'un revers de main.

« Oh, voilà bien le cadet de ses soucis. C'est surtout qu'elle adore pouponner. Tout de même, je me demande si elle n'est pas un peu trop vieille pour avoir encore un enfant. Mais elle me certifie que de nos jours, on n'est pas vieille à 40 ans.

— Il y a de plus en plus de femmes qui accouchent après 40 ans, aujourd'hui.

— Quand j'étais chez elle, elle ne m'a pas laissée faire quoi que ce soit. Franchement, Natty, je ne sais pas où elle trouve toute cette énergie. Surtout qu'elle doit encore se lever la nuit pour Alfie.

— Comme ça, vous avez pu vous reposer et profiter des enfants.

— Il faut dire qu'elle le nourrit encore au sein, donc elle est bien obligée. Et Will est tellement mignon. J'arrive à peine à croire qu'il a déjà 5 ans. Comme le temps file, c'est fou, non ? »

Il y a un sens caché derrière cette conversation. En fait, avec Penny, il y a un sens caché derrière toutes les conversations. Je pense qu'il convient de le signaler dès à présent.

Je suis tombée enceinte par accident à l'âge de 19 ans, au cours de ma première année à l'université. Ou peut-être devrais-je dire au cours de la première année de Sean à l'université. Nous avons interrompu nos études l'un et l'autre pour rentrer à Windermere, ce qui signifie qu'il a renoncé à faire son droit et moi à devenir manipulatrice en radiologie.

Penny nous menait la vie dure, en ce temps-là. À ses yeux, j'avais gâché l'avenir de son fils.

« Dix-neuf ans, c'est trop jeune pour être parents. Quel genre de vie allez-vous offrir à ce gosse alors que vous-mêmes n'êtes pas encore sortis de l'enfance ? »

C'est ainsi qu'elle voyait les choses. Mais il ne faut pas oublier qu'elle avait déboursé des sommes extravagantes pour que Sean fasse ses études secondaires à la Sedbergh School. Et lui, il a tout envoyé promener pour une petite sotte, une fille du coin dont il aurait dû se débarrasser depuis des lustres.

À sa décharge, il faut reconnaître que Penny s'est adoucie après la naissance d'Alice. Elle était gaga de sa petite-fille et moi, je supportais avec plus de philosophie les piques qu'elle persistait à m'envoyer, critiquant notre imprudence, et ce pour la simple raison que n'ayant plus ma mère, j'avais besoin de sa présence à mes côtés.

« Lucy commence à sevrer Alfie, dit-elle à présent. Tu devrais voir comme elle se démène, Natty. Elle s'est acheté un engin tout bonnement magique – un autocuiseur électrique. Avec ça, les légumes ne perdent pas leurs qualités nutritives. Après, elle les réduit en purée ou elle les passe au tamis et elle les congèle dans des bacs à glaçons… Cela demande un travail fou, c'est proprement hallucinant. Mais, comme je disais, elle a tout son temps. Elle peut se permettre de faire les choses dans les règles de l'art. »

J'esquisse un sourire de pure convention. Disons les choses comme elles sont, je suis passée par là moi aussi, après la naissance d'Alice. Je voulais tellement prouver que j'avais raison contre tous, que nous ne commettions pas d'erreur en ayant cet enfant, que je faisais l'impossible pour avoir l'air d'une mère parfaite. Moi aussi, je cuisais à la vapeur, je pressais les légumes en purée. Moi aussi, j'ai donné le sein plus longtemps que n'importe quelle autre femme l'aurait supporté. Moi aussi, je portais mes bébés où que j'aille pour respecter le concept du continuum.

Si Penny ne s'en souvient pas, c'est que cela remonte à seize ans. Je pourrais lui rafraîchir la mémoire mais je laisse tomber parce que j'ai renoncé à concourir pour la médaille de la mère parfaite dès le jour où le premier-né de ma belle-sœur est apparu. De toute manière, à cette époque, quoi que je dise, Penny était persuadée que Lucy était une femme responsable et pas moi. Avant de donner la vie, Lucy avait mis de l'ordre dans la sienne – aussi bien du point de vue sentimental que financier.

Au cours de ces dernières années, il m'est arrivé d'oublier que Lucy était une fille vraiment sympa. En fait, Sean et moi nous entendons merveilleusement bien avec elle. Mais à force de vous comparer aux autres membres de la famille, les parents vous pousseraient presque à les détester. J'ignore la raison d'un tel comportement. Quel besoin ont-ils de vous citer en exemple l'un de leurs enfants en prétendant qu'il s'en sort mieux dans la vie ?

Sean revient dans le salon. « C'était Eve, au téléphone », dit-il. À voir l'éclair de malice qui luit dans ses yeux, je comprends que lui aussi a eu droit au couplet sur les purées de Lucy. Je crois même qu'il a bénéficié de la version longue. « Eve demande si elle peut venir à la maison demain soir. Elle termine une série de conférences en Écosse et elle passe dans la région.

— C'est ton amie qui vit en Amérique ? intervient Penny, le menton levé. La fille intelligente avec un bon boulot ?

— Oui. Mon Dieu, ça doit faire deux ans que je ne l'ai pas revue. Elle t'a dit combien de temps elle compte rester dans le pays ? »

Sean fait signe que non.

« Tu lui as dit qu'elle pouvait venir ?

— J'ai dit qu'en cas d'empêchement tu la rappellerais de suite. »

2

Au printemps, dans le Lake District, le temps est un peu comme durant le reste de l'année : variable. Ce matin il bruine et une nappe de brume recouvre la vallée abritant le lac Windermere. Je suis devant la fenêtre, une tasse de café à la main, et je regarde le paysage.

Essayez de vous représenter toutes les nuances de vert possibles et imaginables rassemblées en un seul tableau – kaki, vert bouteille, vert cendré, olive, citron vert, pistache… toute la gamme jusqu'au vert tendre de l'herbe sur la lande –, et vous obtiendrez à peu près la vue que j'ai depuis ma fenêtre.

Hier quand je me suis levée, le ciel était clair, lumineux, et la vallée engloutie dans un brouillard épais qui dérivait vers le sud à la surface du lac, tel un immense glacier, avalant tout sur son passage. Demain je ne verrai rien du tout car il pleuvra à verse, du moins si les gens de la météo ne se sont pas trompés.

Posée sur la rive orientale du lac, Bowness-on-Windermere est la petite bourgade la plus animée du Lake District. Notre maison ainsi que l'hôtel se trouvent à mille cinq cents mètres du centre, distance assez courte pour que nos clients se rendent en ville à pied mais suffisante pour que Sean et moi échappions aux hordes de touristes qui envahissent la région en été.

C'est ici que j'ai grandi. Et, contrairement à la plupart des gens de mon âge qui, devenus adultes, ne pensaient qu'à fuir vers la grande ville, j'ai toujours voulu rester. Soit dit en passant, beaucoup sont revenus depuis lors, pour élever leurs enfants. À Bowness, on se sent comme dans un petit village – tout le monde se connaît, le taux de criminalité est presque égal à zéro, les gens font attention les uns aux autres –, et pourtant nous sommes aussi bien équipés qu'une localité de taille moyenne. Normalement, un village anglais de quelques milliers d'habitants ne peut s'offrir à la fois une salle de cinéma, des restaurants étoilés au Michelin et un supermarché. Grâce au tourisme, nous bénéficions d'une ambiance cosmopolite tout en conservant le privilège de résider dans une région proprement rurale dotée de paysages naturels à couper le souffle.

Toujours en pyjama, je rince ma tasse dans l'évier et j'attrape le sac-poubelle rempli pour aller le poser dehors. Quand j'ouvre la porte, je vois notre allée goudronnée, toute lisse, impeccable ; tout ici sent le propre, le neuf. Après avoir jeté le sac noir dans le bac à roulettes, je donne un petit coup sur le couvercle avec le chiffon que j'ai emporté à cet effet.

En revenant sur mes pas, je remarque des traces de terre au bas de la porte d'entrée, sans doute à cause de la pluie qui est tombée cette nuit. Je prends la serpillière, j'essuie et, par la même occasion, j'enlève aussi la poussière sur le luminaire au-dessus du porche et les toiles d'araignées accrochées au chambranle.

Dès que je rentre dans la cuisine, Alice lève les yeux de sa tasse de moka. « Tu n'as pas oublié de passer la serpillière dans l'allée, j'espère ! » me lance-t-elle sur un ton ironique. Je fais comme si je n'avais pas entendu.

La maison est plus calme qu'à l'habitude. Notre fille cadette, Felicity, est partie en France avec les trente élèves de sa classe. Ils ont pris le car dimanche soir et sont arrivés dans le sud de la Normandie vingt-sept heures plus tard. Elle doit rentrer samedi.

Je n'arrive pas encore à décider si Alice est plus difficile à vivre quand Felicity est à la maison ou pas. Elles ont deux ans de différence – Alice en a 16, Felicity, 14 – et, comme la plupart des parents vous le diront à propos de leurs enfants, elles ont des tempéraments radicalement opposés.

En revanche, ce que j'évite de mettre en avant, c'est qu'Alice tient de moi, question caractère. Le type A dans toute sa splendeur. Nous sommes dans l'excès, elle et moi, toujours au bord de la crise.

On pourrait nous comparer à ces gamines qui éclatent en sanglots à la moindre contrariété parce qu'elles se sont épuisées à sauter comme des cabris. Il arrive alors qu'un adulte bienveillant s'approche et dise en soupirant : « Eh bien, mes petites chéries, je crois qu'il est temps d'aller faire un gros dodo… »

Je consulte le calendrier et, quand j'aperçois le petit astérisque sur la ligne de samedi, je sors un comprimé de vitamine B et le fais glisser sur la table en direction d'Alice.

Elle porte son nouveau body léopard. Quand je la vois traîner à la maison dans cet accoutrement, je me retrouve systématiquement à fredonner ce vieux tube de la comédie musicale *Cats*.

« C'est pour quoi faire ? demande-t-elle en fixant le comprimé.

— Syndrome prémenstruel – il paraît que ça aide. »

Elle me foudroie du regard. « C'est pas moi qui suis sur les nerfs, maman », m'assène-t-elle avant de filer dans sa chambre à l'étage, en me laissant seule avec ce vague sentiment de frustration qui suit la plupart de nos échanges verbaux.

Je m'attelle à la préparation de son déjeuner. Il me reste assez de blancs de poulet du dîner d'hier pour confectionner une bonne petite salade César. Je lave la laitue et, pendant que je la tamponne dans un torchon pour éviter qu'elle ne devienne flasque, je repasse dans ma tête les menus de la semaine précédente, histoire de trouver ce que je vais servir à Eve, ce soir.

Nous avons mangé de la viande rouge à deux reprises, donc on laisse tomber. Côté glucides, on a eu des pommes de terre une fois, du riz une fois, de la baguette croustillante une fois – conclusion, c'est le tour des pâtes. Mais il n'est pas question de lui faire des pâtes alors qu'on ne s'est pas vues depuis des siècles. Il faut que je trouve un plat plus original.

Finalement, je me décide pour des filets de saumon nappés d'une sauce à la crème et au champagne, avec en accompagnement des asperges vertes et quelques pommes grenaille, quitte à enfreindre ma propre règle pommes-de-terre-une-seule-fois-par-semaine. Quant aux asperges, c'est encore un peu tôt. En fait, je m'efforce de n'acheter que des légumes de saison cultivés dans la région, mais il paraît que même les Italiens mangent des tomates en hiver. Je sais, moi aussi, ça m'a étonnée.

Après avoir préparé les affaires de danse d'Alice et glissé son déjeuner dans son cartable à fleurs, je m'assure que son portable est chargé, passe un dernier petit coup de serpillière sur le carrelage de la cuisine et monte me doucher.

Sean est assis dans notre lit, l'ordinateur portable ouvert sur les genoux.

« Tu n'es pas encore levé ? lui dis-je sur un ton accusateur.

— Je regarde les téléphones.

— Tu viens d'en acheter un neuf, pourquoi en chercher un autre ?

— Je ne cherche pas. Je regarde, c'est tout. Au fait, si je suis rentré après onze heures hier soir, c'est parce que je faisais du réseautage. »

Je lève les yeux au ciel. « Réseautage ou papotage ? » Et il sourit. Je file dans la salle de bains et commence à me déshabiller. Il m'appelle.

« Natty ?

— Quoi ? »

Quand je repasse dans la chambre, il sourit toujours. Sean a gardé sa beauté et son allure juvéniles. La vision de ses pectoraux bien bronzés me fait battre le cœur.

Je sais à quoi il pense. Je connais bien ce regard. Une douce chaleur inonde le bas de mon ventre mais je n'en tiens pas compte car nous n'avons pas le temps. Et même s'il tapote le drap à côté de lui en disant « Fais donc une petite pause, Nat », je ne l'écoute pas. Il dit cela gentiment, avec sensualité, mais cela m'énerve malgré tout. Je me force à sourire pour masquer l'irritation qui me gagne. Si je suis en colère, c'est parce qu'il me fait le coup trop souvent.

Moi, je cours comme une dératée d'un bout à l'autre de la maison pendant que lui, il reste au lit ou vautré dans le canapé à jouer avec la télécommande, et il ose me dire : « Fais une petite pause, Nat, tu n'as pas besoin de t'agiter comme ça dans tous les sens. » Quand il me sort ça, j'ai envie de lui donner des coups d'aspirateur dans les tibias. C'est agaçant, à la fin. Si je ne m'agite pas, si je ne fais pas en sorte que tout soit propre et bien rangé, si je ne veille pas à ce que tout se passe dans les temps, qu'il ne manque rien… alors je me demande qui le fera à ma place.

Ce soir, pour dîner, je m'habille un peu. J'estime qu'avec certains amis on doit faire des efforts, et, bon, Eve fait partie de ces amis-là.

Je me rappelle, Felicity venait de naître et nous étions sur le point d'acheter notre deuxième Bed & Breakfast, ce qui nous faisait passer de trois chambres d'hôtes à cinq. À l'époque, je portais des tenues basiques – jean, baskets, polo –, mais comme je venais d'accoucher je mettais encore des leggings. J'avais du mal à faire entrer mon ventre distendu dans ma culotte et mes seins ressemblaient à deux œufs au plat.

Et soudain, voilà qu'Eve débarque des États-Unis sans prévenir. Je la revois sur le pas de la porte avec sa petite robe noire et son chignon. J'ai failli fondre en larmes. Elle n'a pas compris. Elle ne comprend toujours pas, d'ailleurs. N'ayant pas eu d'enfants, Eve ignore à quel point une femme se sent vulnérable après une naissance. Je ne lui en veux pas – elle ne pouvait pas savoir, point barre – mais depuis ce jour, chaque fois que je rends visite à une jeune maman, je fais exprès de m'habiller n'importe comment. Parce que ce sont des petits détails comme ceux-là qui aident une femme à remonter dans sa propre estime.

J'ai enfilé ma robe noire, je suis plus ou moins prête et j'ai encore le temps de passer un coup de fil à mon père. Je veux savoir si la dame qui s'occupe de lui est venue pour l'aider à se doucher. Il est temporairement handicapé. On a dû lui remplacer les deux genoux, usés par trente-cinq années d'activité en tant qu'artisan menuisier. Les médecins ont préféré opérer les deux articulations en même temps pour qu'il puisse reprendre son activité professionnelle plus rapidement. Avec le recul, je me demande à présent s'ils ont bien fait. La rééducation se révèle beaucoup plus longue que prévu et mon père n'est pas du genre patient. Il a commencé par prendre en grippe l'auxiliaire de vie que je lui avais trouvée, mais depuis les choses se sont améliorées. Je soupçonne même vaguement que cette situation n'est pas pour lui déplaire. Il reçoit la visite d'une ribambelle de femmes qui papotent avec lui, l'aident à se lever le matin, à se laver, à se coucher le soir. Il cache bien son jeu mais j'ai l'impression que l'une d'entre elles ne lui est pas indifférente.

Je reste au téléphone moins d'une minute parce qu'on sonne à la porte et que, n'entendant personne bouger, je dois me dévouer pour aller ouvrir. Mon père m'assure que tout va bien, qu'il ne sera pas seul ce soir, mais il ne fournit pas de détails et, de mon côté, je n'insiste pas pour en avoir.

Je dévale l'escalier, vérifie une dernière fois mon aspect dans le miroir de l'entrée et j'ouvre la porte en hurlant de joie, car Eve est là.

Je me jette à son cou en m'exclamant : « Tu m'as manqué, tu m'as manqué. » Je suis sincère.

Je crois qu'Eve est la plus ancienne de mes connaissances. Il faut dire que je n'ai pas beaucoup d'amis et qu'avec le temps et les filles à élever j'ai perdu de vue la plupart des gens que je fréquentais, sans toutefois chercher à les remplacer car, avec l'hôtel, j'ai ma dose de relations sociales.

En revanche, je rêverais qu'Eve vienne me voir deux fois plus souvent. Quand je pose les yeux sur elle, j'ai l'impression que tout se remet en place au fond de moi. Je me sens étrangement jeune à nouveau.

C'est ainsi chaque fois que je suis avec elle ; sans doute à cause de ce que nous avons vécu ensemble. Nous nous sommes connues à la fac et tant de choses se sont produites au cours de cette première année, des choses qui nous ont transformées, ont fait de nous les personnes que nous sommes aujourd'hui, que j'ai beau apprécier la compagnie de certaines femmes de mon entourage, ce ne sera jamais pareil qu'avec Eve. Quand je me débats avec un problème existentiel, c'est vers Eve, et elle seule, que je me tourne. Elle ne me juge pas, elle me laisse m'exprimer. Je peux tout lui dire, me plaindre de Sean, regretter son manque de soutien, sa paresse, sa légèreté. Elle m'écoutera, elle ira jusqu'à rire en disant que les hommes sont des êtres inutiles, mais jamais elle ne critiquera Sean. Contrairement à d'autres, elle n'usera pas d'allusions plus ou moins appuyées pour me faire comprendre que notre couple bat de l'aile, parce qu'en fin de compte elle sait parfaitement que toutes mes petites récriminations n'ont aucune incidence sur l'amour profond que je porte à mon mari.

Elle m'attrape par les épaules, à bout de bras, examine mon visage : « Mon Dieu, comme c'est bon de te voir. » Et elle m'attire contre elle pour me serrer encore une fois. Nous restons dans cette position pendant… Quelle est la durée optimale pour ce genre d'effusion ? Quatre secondes ? Cinq ? En tout cas, nous la dépassons allègrement et je l'entends murmurer à mon oreille :

« Tu as encore maigri, Natty. Tu travailles trop, non ?

— Toi, ne commence pas, dis-je en plaisantant. Tu viens juste d'arriver. »

Mais elle a raison. Hier, quand je nettoyais le carrelage de la salle de bains, je me suis aperçue dans la glace et j'ai eu un choc. Je ne dirais pas que je suis maigre comme un clou, mais on commence à voir mes os. Mes côtes forment une sorte de protubérance au-dessus de mes seins. En regardant cette partie de mon corps, hier, ça m'a rappelé la cage thoracique d'un fossile trilobite que j'avais étudié au lycée, en cours de géologie. Pas très ragoûtant.

« Tu as toute la nuit pour m'analyser et me remettre sur les rails, lui dis-je en fermant la porte. Que veux-tu boire ? Rouge ou blanc ?

— Je prendrais bien une petite dose de caféine, pour me remonter. » Puis elle ajoute dans un sourire :

« C'est la Maserati de Sean, là-dehors, dans l'allée ? »

En feignant l'exaspération, je hoche la tête et la précède dans la cuisine où je la débarrasse de son manteau, verse quelques cuillerées de Lavazza dans la machine à espresso et lui demande sans me retourner : « Comment va Brett ? » Comme la réponse tarde à venir, je pivote sur mes talons : « Eve ? »

Elle ferme les yeux. Je ne dirais pas qu'elle ravale ses larmes ; non, elle prend son temps avant de m'annoncer quelque chose.

Soudain, elle secoue la tête pour expulser :

« C'est fini entre nous.

— Fini ? dis-je dans un hoquet. Quoi ? Quand ? Tu es sûre ?

— Certaine », répond-elle.

J'en reste comme deux ronds de flan. Je n'ai jamais rencontré Brett mais Eve paraissait si éprise de lui. J'oublie le café pour m'approcher d'elle et la prendre par les épaules : « Eve, tu peux m'expliquer ce qui s'est passé ? » Sa petite grimace gênée m'oblige à m'excuser : « Oh, désolée. Désolée, c'était maladroit de ma part. Tu… m'as prise au dépourvu. Jamais je n'aurais pu imaginer une chose pareille. » Je me retiens d'ajouter que je m'attendais à une tout autre nouvelle. Je croyais qu'elle était venue m'annoncer qu'elle était enceinte.

Elle se fend d'un sourire triste. « C'est bon. J'aurais dû te le dire avant. Mais je voulais éviter les pleurnicheries pendant ma visite, si tu vois ce que je veux dire.

— Oui, bien sûr. Bien sûr, dis-je trop vite. Je comprends parfaitement. J'ai tenté de t'appeler à plusieurs reprises la semaine dernière mais je n'ai pas réussi, peut-être à cause…

— Non, me coupe-t-elle un peu sèchement. J'ai eu des problèmes avec mon portable. Je me suis acheté un iPhone depuis – tu me feras penser à te donner mon nouveau numéro. »

Je baisse les yeux, embarrassée. J'aurais mieux fait de l'appeler à son cabinet. Depuis quelques années, comme elle est tout le temps occupée, soit avec ses patients, soit par les conférences qu'elle donne dans telle ou telle université, nous sommes convenues d'une méthode – je laisse un message sur sa boîte vocale et elle me rappelle dès qu'elle est disponible. Maintenant je me dis que j'aurais dû insister pour l'avoir en direct.

Ne sachant comment négocier la suite de la conversation, je lui demande :

« Tu veux un whisky avec ton café ?

— Oui, avec plaisir », dit-elle en souriant.

Sean fait son apparition, en retard comme toujours. Il est pieds nus, une paire de chaussettes propres dans la main droite, les cheveux encore humides. Il s'est mal essuyé après la douche si bien que des gouttes d'eau assombrissent sa chemise par endroits.

« Salut, belle étrangère, dit-il en embrassant Eve sur la joue. Tu as fait bon voyage ?

— Oui, merci, répond-elle en ravalant son chagrin pour épargner mon mari. Tu dînes avec nous ce soir, Sean ? Ou tu es à l'hôtel ? »

Eve connaît la musique. Elle sait que ni lui ni moi ne pouvons nous absenter trop longtemps de l'hôtel sans craindre le pire.

« Je mange ici, déclare-t-il. Plus tard, j'irai prendre un verre avec des clients et je resterai sur place afin de tout préparer pour samedi. Nous accueillons les Pride of Cumbria Awards.

— Oooh, murmure Eve avec une mimique de circonstance.

— Mais je ne m'éterniserai pas, ajoute-t-il en attrapant un verre. Je sais qu'en rentrant je vous trouverai encore en train de papoter.

— Cette nouvelle voiture est une vraie merveille, Sean. »

Eve lui sourit et, soudain, il prend un air penaud. Les signes extérieurs de richesse ont encore tendance à le mettre mal à l'aise. Pourtant Dieu sait que nous travaillons comme des esclaves depuis des années et que nous avons bien le droit de nous offrir des petits extras de temps à autre. À force de voir défiler toutes ces Maserati sur eBay (c'est à peine croyable, les vendeurs téléchargent les bruits de moteur), j'ai fini par craquer. Je lui ai dit de se faire plaisir et d'en acheter une avant d'être trop vieux pour ce genre de bagnole tape-à-l'œil. En fait, il s'est laissé convaincre assez facilement.

Sean se verse un verre de sauvignon blanc, se dirige vers le salon et s'arrête une seconde pour m'embrasser dans le cou et caresser du bout des doigts la peau délicate de ma gorge. « Tu es très en beauté, ce soir, Natty », chuchote-t-il. Ce petit geste de tendresse devrait me ravir mais non, je me rembrunis légèrement – sans le montrer bien sûr.

Sean et moi n'avons pas fait l'amour depuis… un bout de temps. Ce n'est pas à cause de lui. C'est moi. Au lit, il n'ose même plus toucher mon dos du bout de son sexe durci, dans l'espoir que je réagisse. Pourtant, il fait tout comme il faut : il commence à préparer le terrain (on appelle cela les préliminaires) des heures auparavant, avec des compliments, des caresses, des regards de braise, des baisers volés. Soyons honnête : nous avons toujours aimé faire l'amour mais, en ce moment, ça devient presque une obligation comme une autre, en plus de tout le reste.

Je lui adresse un sourire en coin pour lui faire comprendre que, ce soir, il n'en est pas question. Il soutient mon regard, son visage s'assombrit et je l'entends penser très fort : *Alors quand, Natty ? Cette situation ne peut pas durer éternellement.*

Dernièrement, il m'a demandé à quoi il me servait, exactement. Je lui ai listé tout ce qui me venait en tête et, quand j'ai eu fini, il a dit que n'importe quelle bonne à tout faire pouvait s'acquitter de ces tâches-là. La chose qu'il est seul à pouvoir me donner, c'est justement celle que je refuse, a-t-il conclu sur un ton glacial.

Alice se joint à nous pour le dîner. Elle qui faisait la tête quand elle est montée dans sa chambre après les cours est redescendue totalement métamorphosée et pile à l'heure pour accueillir Eve. À présent, c'est une jeune fille charmante, pleine d'humour, prenant part à la conversation. Bref, un amour.

Elle a tressé ses cheveux roux et la natte lâche qui repose sur son épaule gauche fait ressortir l'écru de sa robe en dentelle. Elle porte des tongs garnies de sequins. Le mois de mai commence à peine, il ne fait pas plus de douze degrés dehors, mais Alice est ravissante. Elle a un don pour assortir les vêtements les plus disparates qui, sur d'autres, produiraient un effet désastreux. Est-ce à cause de ses longues jambes, de son ossature gracile ? Sur elle, ces fringues sont élégantes. C'est la seule personne à ma connaissance capable de combiner des bottes de moto, une minuscule jupe à volants et un sweat gris poussière déformé sans se couvrir de ridicule. Bien au contraire.

« C'est pour bientôt les exams ? demande Eve.

— Ouais, répond-elle platement. J'ai trop peur, je te raconte pas. »

Eve nous reverse du vin.

« Tu vas faire des étincelles, tu vas voir… Question cervelle, tu tiens de ton père. »

J'apprécie moyennement cette plaisanterie. Eve penche le col de la bouteille au-dessus du verre d'Alice : « Tu en veux ? »

Alice jette la tête en arrière en ricanant.

« Maman ne voudra même pas que je le renifle. Même s'il est prouvé que servir un peu de vin aux ados à table, comme ça se fait dans les familles françaises, leur évite de devenir des gros buveurs et des alcooliques plus tard dans la vie. »

Elle me décoche un regard de défi particulièrement réussi.

Je réplique :

« En France, il y a des tas d'alcooliques.

— Juste un chouïa, non ? » insiste Eve en me regardant.

Je secoue la tête : pas question.

« Maman ne veut pas que je prenne un mauvais chemin, explique Alice. Elle pense que si je trempe mes lèvres dans un verre de vin, je vais commettre les mêmes erreurs qu'elle. »

Sa manière de prononcer « les mêmes erreurs qu'elle » laisse à penser que j'ai continué à en commettre chaque jour depuis qu'elle est née. Ce qui est faux.

« Maman estime que si je me mets à boire, je gâcherai mon avenir… que je tomberai enceinte à 16 ans. »

Je lance à Eve un regard perplexe auquel elle répond par un sourire narquois.

« Je ne comprends pas que tu fasses une telle fixette là-dessus, maman, enchaîne Alice, peu disposée à lâcher le morceau, apparemment. C'est pas comme si tu avais raté ta vie à cause de ça, hein ? Toi et papa êtes les preuves vivantes que les amours de jeunesse peuvent durer.

— Pas de vin, Alice, articulé-je pour clore la discussion. Un point, c'est tout. »

Trente minutes plus tard, vers huit heures, Eve et moi sommes vautrées dans le canapé. Sean est parti à l'hôtel, Alice montée finir ses exercices de physique. Je sens qu'Eve est plus lasse qu'elle ne veut bien l'avouer, après toute une semaine à donner des conférences sur la psychologie. D'habitude, elle a un teint lumineux. Ce soir, il est plutôt terne et ses yeux ont ce regard vague qui trahit les insomniaques. Je discerne également quelques ridules naissantes de chaque côté de sa bouche. On les remarque nettement quand elle boit. J'ai 35 ans, Eve à peine plus, mais moi je n'ai pas encore ce genre de rides. Elle a dû se remettre à fumer.

Je profite d'un blanc dans la conversation pour lui demander : « Que s'est-il passé, Eve ? Que s'est-il passé entre Brett et toi ? »

Elle prend une gorgée de vin et répond avec un rire grinçant.

« Il a fini par décider qu'il ne voulait pas d'enfant.

— Oh ! m'exclamé-je en portant la main à ma bouche.

— Oui, je sais, dit-elle. Ce type est un vrai salaud, n'est-ce pas ? Je ne sais pas si je vais rentrer.

— Aux États-Unis ? dis-je, étonnée. Mais ton cabinet ?

— Je pourrais en ouvrir un ici. Tout recommencer. Rien ne m'en empêche ; j'ai peut-être surtout besoin de changement. Je m'imagine difficilement retourner vivre là-bas toute seule.

— Mais tu n'aurais pas l'impression de t'enfuir ? »

Elle me regarde calmement.

« C'est tout à fait cela. »

Eve sait écouter. Moi un peu moins. En cela, notre relation est inégale, car j'ai recours à elle dix fois plus souvent qu'elle n'a recours à moi. Elle possède une qualité rare, une qualité que je n'ai trouvée chez aucune autre de mes amies. Comme si elle était dotée d'un sixième sens, elle sait précisément ce dont j'ai besoin à un instant donné. Je peux pleurer, paniquer, me montrer carrément agressive (surtout quand j'essaie de cacher le fait que j'ai honte de heurter les sentiments d'autrui), Eve restera douce et gentille, et, à force de patience, elle m'aidera à avancer, à comprendre pourquoi je suis mal, de sorte qu'à la fin j'arriverai à suivre ses conseils, à trouver le moyen d'arranger les choses et cesser de me morfondre.

J'observe son visage triste et tendu. J'aimerais tant pouvoir lui offrir ne serait-ce qu'un millième du réconfort qu'elle m'a prodigué au fil des ans. Mais tout à coup, la sonnerie du téléphone nous fait sursauter. L'appareil est posé près de moi, sur le canapé. Je vérifie le nom de l'appelant. Sur l'écran, je lis : INTERNATIONAL.

Je m'excuse auprès d'Eve.

« Je suis vraiment désolée, mais il faut que je décroche… Allô ?

— Madame Wainwright ? dit une voix.

— Oui.

— Je suis Jenny Cruickshank… la professeure de français de Felicity.

— Que se passe-t-il ? Elle va bien ? »

S'ensuit un long silence, comme s'il n'y avait plus personne en ligne.

Je m'apprête à répéter ma question en essayant d'affermir ma voix mais, au même instant, je crois entendre renifler. Un bruit presque imperceptible. Puis la vérité m'apparaît dans toute son horreur : la prof est en train de pleurer au téléphone.

« Je vous en prie, répondez, dis-je dans un murmure. Que s'est-il passé ? » Mon estomac fait un tour sur lui-même. « Qu'est-il arrivé à ma fille ?

— Je suis désolée, pleurniche-t-elle. Pardonnez-moi… Felicity est à l'hôpital, elle est très malade. Il faut que vous veniez immédiatement. »

3

Ai-je dépassé la dose ? Telle est la première question qui me vient à l'esprit. Suis-je trop soûle pour conduire ?

« Qui était-ce, Natty ? demande Eve.

— Felicity est à l'hôpital. On l'opère en ce moment même. »

Les mots que je prononce semblent provenir de l'autre bout de la pièce. Je tremble. Mais pas seulement. Je suis en état de choc. Je n'ai plus une goutte de sang dans les veines.

« Ils ne savaient pas, dis-je sans émotion apparente. Les profs ne savaient même pas qu'elle était malade.

— Qu'est-ce qu'elle a ? insiste Eve. Qu'a dit cette femme, exactement ?

— Ils ne savent pas ce qu'elle a. Felicity s'est effondrée d'un coup. Ils ignorent si elle va s'en sortir. »

Eve prend les choses en main.

Elle ne cherche pas à me rassurer, à me dire de ne pas m'inquiéter, que tout va s'arranger pour Felicity. Elle s'empare du téléphone, appuie sur la touche du numéro préenregistré pour appeler Sean à l'hôtel et, quand il décroche, lui demande sur un ton égal de rentrer à la maison de toute urgence.

Pendant ce temps, je gémis dans mon coin : « Pourquoi je l'ai laissée partir en France ? Elle n'a que 14 ans, elle est trop jeune pour voyager seule. Pourquoi je l'ai laissée partir ? Où avais-je la tête ? »

Eve me regarde droit dans les yeux.

« Ils s'occupent d'elle, Natty. Qu'elle soit en France ou ailleurs, ça ne fait aucune différence. Ils sont en train de lui sauver la vie. Il faut que tu partes au plus vite. Je vais te chercher un vol sur le Net.

— Tu crois qu'elle va mourir ?

— Va faire ta valise. »

Je tremble comme une feuille, à présent.

Eve répète en articulant bien : « Natty, va prendre ton passeport et fais ta valise. »

J'ai l'impression d'avoir avalé un baquet d'anguilles. Je ne suis déjà pas capable de me lever, alors prendre un avion… Je reste collée au coussin du canapé. Si je ne bouge pas, ça va passer. Je coince mes mains entre mes cuisses et je serre fort pour arrêter le tremblement.

« Natty ! Remue-toi !

— Je ne peux pas.

— Il le faut. »

J'arpente la chambre comme en transe, je ramasse au hasard une culotte, un T-shirt. Soudain, Sean apparaît sur le seuil. Il ne dit rien. Nous restons longtemps à nous regarder sans piper mot.

Tous les deux, nous pensons : *Voilà, c'est arrivé.*

Va-t-il falloir vivre avec cela, désormais ? Allons-nous basculer du modèle familial classique – papa, maman, deux enfants, les soucis quotidiens, les petits bobos – vers une tout autre catégorie ? Allons-nous grossir les rangs des familles qui ont perdu un enfant ?

En entendant la prof me parler de Felicity, j'ai failli murmurer : « Non, pas elle. Oh, mon Dieu, ne me prenez pas cette enfant-là. »

Et, dans la seconde suivante, je me suis sentie très mal. Comme si j'avais souhaité que Dieu prenne mon autre fille.

Je viens de passer dix minutes à marchander avec Lui. Pourtant, je ne suis plus vraiment croyante depuis… eh bien, depuis qu'Il m'a abandonnée quand j'avais 19 ans. Je recommence à l'implorer : *Sauvez-la, mon Dieu. Je vous en prie, je ferai ce que vous voudrez. Vous pouvez tout nous prendre, mais ne laissez pas mourir mon enfant.*

Sean se précipite vers moi. Quand il me prend dans ses bras, je me mets à pleurer en silence. La terreur accumulée dans ma poitrine m'empêche d'émettre le moindre son. C'est certainement ce qu'on ressent lorsqu'on se fait agresser. Les femmes, les filles qui ont connu cela disent toutes la même chose : elles ne pouvaient plus parler, plus crier, elles hurlaient en dedans mais rien ne sortait. Leur larynx était paralysé par la peur.

« Il ne reste plus qu'un siège, dit gravement Sean. Manchester-Rennes. L'avion part dans deux heures. Je vais le prendre, Natty. Toi, tu restes ici. Tu n'es pas en état de voyager. Tu n'auras qu'à me rejoindre demain matin.

— Et si nous la perdons, Sean ? »

Il secoue la tête. Il n'est pas en mesure de répondre.

« Il faut se décider. L'un de nous doit partir immédiatement. L'avion n'attendra pas.

— J'y vais.

— Tu ne pourras pas. Regarde-toi », dit-il en prenant mes mains tremblantes. Il les soulève et me les montre, pour confirmer ses dires.

« Mais si elle meurt et que je ne suis pas avec elle, je ne pourrai plus jamais… »

Les mots s'étranglent dans ma gorge.

« Tu pourras me rejoindre vers onze heures demain matin, au plus tard. Reste ici pour l'instant, Natty, laisse-moi faire. »

Je récupère mes mains.

« Non. C'est à moi d'y aller. »

Et je sens qu'il se laisse fléchir.

Il s'accorde encore une seconde de réflexion puis annonce : « Bon, d'accord. On va rassembler tes affaires. Il faut faire vite. »

Il descend le sac de voyage rangé en haut de la penderie, ouvre la fermeture Éclair et commence par y déposer la pile de vêtements que j'ai déjà constituée.

Je le regarde faire. Normalement, je devrais courir partout, attraper tous les objets dont je vais avoir besoin, mais le seul fait de penser à Felicity endormie dans la salle d'opération, loin de moi, me fige sur place.

Sean lève la tête. « Natty ? » Et un voile de terreur obscurcit son visage. « Natty, répète-t-il gentiment. Quelles chaussures veux-tu emporter ?

— Hein ?

— Les chaussures. Lesquelles ?

— Oh, je ne sais pas. Attends », et je vais me planter devant le placard, le regard fixe, totalement hébétée. Puis je me retourne vers Sean. « Et Alice ? » dis-je en fronçant les sourcils. « Si tu me rejoins demain, qui va s'occuper d'Alice ? On ne peut pas la laisser seule. Oh, mon Dieu, Sean, tu sais comment elle est. Incapable d'ouvrir ne serait-ce qu'une boîte de haricots. Ta mère est en voyage, mon père est coincé chez lui, et…

— Tout va bien se passer, me rassure-t-il en saisissant ma brosse à dents électrique. Eve a proposé de rester. »

Me voilà face à moi-même. *Je vis dans l'instant*, pour le coup. Je n'ai rien d'autre à faire que me concentrer sur ce qui arrive ici et maintenant.

Je marche comme un robot, la main crispée sur ma carte d'embarquement, mon passeport, et je pense : *Il a fallu une catastrophe pour me projeter dans le présent*. Le monologue intérieur s'est interrompu. Je ne pense plus à ce que je dois absolument faire la semaine prochaine, le mois prochain, l'année prochaine. Fini les doutes, les regrets incessants… je ne songe plus à ce que j'ai raté hier, ou il y a quinze ans.

Je retire ma ceinture, mes chaussures.

Devant moi, tout ce que je vois, c'est un vieux monsieur qui s'apprête à déposer ses effets personnels sur un plateau, près du tapis roulant ; il dit à sa femme d'enlever sa montre, elle aussi, mais elle ne le fait pas. Elle la garde à son poignet jusqu'à ce qu'un agent de sécurité intervienne. Le vieux monsieur n'est pas content, il la regarde avec sévérité comme pour dire : *Franchement, tu pourrais éviter de te faire remarquer.*

Maintenant, mes yeux se posent sur la femme qui me précède. Elle a rangé ses produits de beauté dans trois sacs en plastique transparents et, soudain, je réalise que j'ai oublié de prendre du maquillage. Je n'ai pas un seul bâton de rouge, pas d'eye-liner, rien. Dans ma hâte, j'ai laissé derrière moi tous ces menus objets qui d'habitude m'aident à affronter le vaste monde.

Mais ce voyage n'a rien d'habituel. Pour aller en France, j'ai juste besoin de ma carte de crédit, mon téléphone, mon permis de conduire et mon passeport.

Je ferme les yeux, déglutis, règle ma respiration. Je dépose mon sac sur le plateau gris, je retire mon manteau et, l'espace d'un instant, je me sens gênée, parce que je porte toujours la robe noire courte que j'ai mise pour dîner avec Eve.

Quelques secondes plus tard, je passe sous le portique de sécurité et me dirige vers la porte d'embarquement. Mon regard est placide, ma démarche assurée. Derrière la façade, je ne suis qu'épouvante.

Trois heures et demie plus tard, à bord d'une voiture de location. Si j'ai pu arriver sans trop d'encombre jusqu'à l'hôpital de Mayenne, une ville située à mi-chemin entre la Bretagne et la Normandie, c'est surtout grâce au GPS de mon téléphone. Pourtant, je suis fière de moi. Ou peut-être simplement soulagée. Avant cette nuit, je n'avais conduit qu'une seule fois à droite. Quand nous partons en vacances à l'étranger, c'est toujours Sean qui tient le volant. Cela dit, j'avais toujours cette petite voix insistante dans ma tête : *Tu devrais t'exercer, un jour il y aura une urgence et Sean ne sera pas forcément avec toi et...*

Eh bien, pour une urgence, c'en est une.

Je me gare sur le parking. En France, il est une heure de plus que chez nous. Par conséquent, rien ne m'assure qu'ils vont me laisser entrer dans ce petit établissement à un étage, plus proche du dispensaire que de l'hôpital. S'ils me refoulent, qu'est-ce que je vais faire ? Peut-être m'asseoir sur les marches et pleurer.

J'attrape mon sac à main posé par terre et à cet instant précis, alors que je touche au but, je laisse enfin couler mes larmes. Durant ces dernières heures, j'ai marché uniquement à l'adrénaline. Je n'ai parlé à personne ; personne ne m'a parlé. De moi émanait l'aura d'un animal blessé. T'approche pas, sinon je te mords. Ou alors je te casse la patte, comme font les cygnes en colère. Je ne pensais qu'à une chose : arriver le plus vite possible, retrouver Felicity.

Alors que je traverse le parking pour gagner l'entrée principale, une pluie fine se met à tomber. Elle me rappelle la bruine que j'ai laissée derrière moi, mais ici l'air est moins épais, moins humide. Il n'y a personne dans les parages, tout est désert. Pourtant, je décèle une odeur de tabac froid qui s'affirme dès que je gravis les marches. Du tabac brun, Gauloises ou Gitanes. Des gens ont grillé des cigarettes sur le perron de l'hôpital, peu avant mon arrivée.

Les portes coulissantes s'ouvrent devant moi mais il n'y a personne au comptoir de réception.

Ai-je précisé que je ne parle pas un mot de français ?

Non, je ne crois pas.

Je vois un interphone encastré dans le mur. J'appuie sur le bouton en espérant qu'il reste au moins un ou deux employés sur place. Au bout d'un moment, une voix masculine peu aimable me répond.

« Oui ? »

Tout ce que je parviens à articuler tient en trois mots :

« Felicity Wainwright… *Maman**[1]. »

Et ensuite, j'attends.

---

1. Les termes en italique suivis d'un astérisque sont en français dans le texte. *(N.d.T.)*

4

Joanne Aspinall a retiré ses boucles d'oreilles, le vernis transparent sur ses ongles. Elle n'a rien mangé depuis la veille au soir.

Elle a tellement faim qu'elle serait capable de bouffer les oreillers de son lit d'hôpital.

Il y a trois autres femmes dans sa chambre ; deux sont venues subir une réduction mammaire, comme elle, la troisième, une reconstruction suite à une double mastectomie. « Ils vont me restituer un peu de ce qu'ils m'ont pris », a-t-elle dit à Joanne pendant qu'elles attendaient. Joanne a dressé les sourcils, l'air de dire : *Ça alors, qu'est-ce qu'on fait pas de nos jours !*

Dans un premier temps, Joanne s'est reproché de monopoliser un lit qui aurait pu servir à une personne vraiment malade. Non seulement elle se sentait coupable mais elle se répétait sans cesse que sa démarche relevait de la pure vanité. Si elle était plus forte, plus sûre d'elle-même, si elle avait quelqu'un dans sa vie, ce problème n'existerait pas. Finalement, avait-elle réellement besoin de se faire opérer ?

Mais à présent qu'elle est allongée sur le matelas tendu de polyéthylène, le buste légèrement relevé, en nage, et qu'elle sent les gouttes de sueur dégouliner de ses aisselles, à la jonction entre ses seins et ses biceps, elle doit se rendre à la raison. Son calvaire n'a que trop duré. D'autant que, allez savoir pourquoi, elle a encore pris une taille de soutien-gorge depuis Noël. Pourtant, elle pèse toujours le même poids et elle a même arrêté la pilule dans l'espoir que ses seins dégonfleraient. Peine perdue.

Comme une femme enceinte s'achète des vêtements qu'elle portera après avoir retrouvé la ligne, Joanne s'est offert quelques corsages pour après l'opération. On lui a dit qu'une fois l'œdème résorbé, son tour de poitrine avoisinera le 95C ou D. Elle est allée voir sur Google et apparemment, cela équivaut à un 42. Ce qui signifie qu'elle ne sera plus obligée de commander ses hauts chez Daxon.

Le jour où elle s'est acheté un pull à col roulé noir à fine maille, la vendeuse lui a jeté un regard dubitatif. *Vous n'entrerez jamais dans ce truc*. Joanne a réagi comme une imbécile en bredouillant que ce pull était un cadeau pour sa tante Jackie.

En plus de cela, elle s'est offert une robe. Une vraie robe.

Joanne n'en porte plus depuis – eh bien, depuis toujours. À l'adolescence, son corps s'est divisé en deux, la partie supérieure faisant quatre tailles de plus que la partie inférieure. Alors, évidemment, pas question de mettre des robes. Au cours des vingt années suivantes, ses placards ont vu défiler une ribambelle de pantalons noirs et de corsages froncés plutôt tristounets.

L'anesthésiste déroule ses questions. « Non », Joanne n'est allergique à rien. « Oui », elle a déjà subi une opération (les amygdales quand elle avait 7 ans).

« Non », elle n'a pas de problèmes cardiaques, respiratoires.

Quand il lui demande si elle sait ce qu'elle fait ici, Joanne lui lance un regard soupçonneux.

« Oui... ? fait-elle en fronçant les sourcils.

— Il faut que vous me répondiez clairement. Savez-vous en quoi consiste cette opération ? » insiste-t-il sur un ton d'excuse.

Et Joanne comprend qu'il ne plaisante pas, qu'il l'interroge pour éviter tout risque de confusion entre deux patientes. Par exemple, vous vous réveillez et vous découvrez qu'il vous manque l'extrémité du pouce droit ou qu'on vous a ligaturé les trompes ou agrafé les deux oreilles de chaque côté du crâne.

Les quatre femmes ignorent dans quel ordre elles vont passer sur le billard mais comme on leur a administré un tranquillisant préopératoire, les dix minutes suivantes s'écoulent dans un silence relatif. Fini les bavardages ; elles commencent à piquer du nez.

Joanne est totalement détendue, elle plane et se demande si cette douce sensation ressemble aux effets produits par les drogues opiacées. Si c'est le cas, elle comprend mieux pourquoi les gens sont prêts à vendre leur mère pour s'en procurer. Son esprit est en paix, aucune pensée désagréable ne vient perturber sa délicieuse torpeur. Toutes les appréhensions qu'elle pouvait ressentir à propos de l'opération fondent comme neige au soleil. Elle est inondée d'amour, de bien-être.

Joanne regarde sa poitrine et, pour la première fois en plus de vingt ans, cette vision déprimante ne la perturbe pas. Elle ne la reverra sans doute plus et elle est presque triste de s'en séparer. Une infinie tendresse

baigne les traits de son visage, comme si elle faisait ses adieux à un homme qu'elle aurait aimé jadis.

Joanne sait qu'elle n'est pas vraiment dans son état normal. Elle promène son regard à travers la chambre. Les autres femmes ont le même sourire béat. Elles sont allongées, les mains sagement croisées sur le ventre, l'air vague et confiant.

« Joanne Aspinall ?

— Mmmm ?

— C'est bon, on va y aller. »

On tire les rideaux autour de son lit, un jeune brancardier gare un chariot à roulettes le long de son matelas.

« Avez-vous besoin d'aide pour passer de l'un à l'autre ? » demande-t-il. Joanne répond non. Non, ça va aller, merci.

Quand elle se met à quatre pattes, ses seins se balancent comme des pendules. Elle ressemble à une vieille vache frisonne coincée entre deux piquets.

Ses muscles ne lui obéissent pas aussi bien que d'habitude. Elle s'aperçoit un peu trop tard que sa chemise d'hôpital s'est entrouverte et qu'elle a la moitié des fesses à l'air.

Voulant remédier à ce problème, elle tend le bras derrière elle, tâtonne, mais au lieu d'entrer en contact avec sa peau, ses doigts se posent sur la culotte en papier avec fermeture scratch qu'elle a enfilée tout à l'heure et aussitôt oubliée. Atrocement gênée, elle lève la tête et accroche le regard du jeune brancardier.

Elle bafouille :

« Je ne vous aurais pas arrêté une fois, vous ?

— Deux fois », corrige-t-il. Puis il prend un petit air satisfait : « Ne vous tracassez pas, inspecteur, j'en ai vu d'autres… »

5

Il est huit heures du matin et Felicity n'a pas encore rouvert les yeux. On lui a donné une petite chambre individuelle, elle a un goutte-à-goutte dans chaque bras et un drain rempli de liquides purulents sort comme un gros ver de son ventre.

Son appendice a éclaté.

En arrivant sur place hier soir, j'ai pu parler au chirurgien qui a pratiqué l'appendicectomie. Il m'a dit qu'on était passé à deux doigts de la catastrophe. En l'ouvrant, il a constaté que la gangrène était déjà installée ; une heure de plus et elle était morte. À présent, elle reçoit un traitement à base d'antibiotiques, on lui injecte en continu du sérum physiologique, du glucose, et elle est placée sous surveillance permanente. On vérifie sa température heure par heure car, si jamais la fièvre monte, c'est signe que la péritonite revient. À la manière dont les choses évoluent, il estime que Felicity a de bonnes chances de se rétablir et qu'elle pourra quitter l'hôpital dans une dizaine de jours.

Donc j'appelle Sean pour lui dire de ne pas venir.

Je gère. Je *peux* gérer.

Il n'y a qu'un petit lit dans la chambre de Felicity et je n'ai pas l'intention de la laisser seule une minute. Tant que son état est stable, mieux vaut que Sean reste où il est. Il ne sera sans doute pas d'accord mais voyons les choses en face – je vais peut-être passer pour un être sans cœur obsédé par le boulot –, il faut quelqu'un sur place pour s'occuper de l'hôtel… et d'Alice évidemment.

S'il me rejoint ici, ça va créer des tas de problèmes, des problèmes qui s'amoncelleront jusqu'à notre retour. En plus, je préfère me focaliser sur Felicity, en ce moment. Je ne me vois pas répondre toutes les cinq minutes aux coups de fil paniqués du personnel. Et par-dessus le marché, je m'en voudrais d'abuser de la gentillesse d'Eve. Elle ne peut pas tout laisser tomber pour garder Alice, elle doit penser à ses propres affaires. Ce n'est pas comme si elle était de la famille, après tout.

Je passe dans le couloir pour appeler Sean. Il décroche à la deuxième sonnerie.

« Comment va-t-elle ? demande-t-il aussitôt.

— Bien. Elle n'est pas encore réveillée. »

Au cours de la nuit, je l'ai régulièrement tenu informé de l'état de santé de notre fille. Nous n'avons pas fermé l'œil ni l'un ni l'autre.

« Je règle les tout derniers détails, m'annonce-t-il, le souffle court. J'ai appelé ton père pour lui donner des nouvelles. Il ne me reste plus qu'à mettre la main sur un trousseau de clés pour Eve, et j'y vais…

— Sean… ne viens pas.

— Quoi ?

— Reste à la maison. Je peux me débrouiller, je…

— Pas question, j'arrive. Je ne vais pas te laisser seule là-bas. Il faut que je vienne – putain, pourquoi je resterais…

— Écoute, Sean, il vaut mieux que tu sois sur place. Il y a tellement de choses à faire. Reste avec Alice. Moi, je ne quitte pas le chevet de Felicity. Si tu venais, tu ne pourrais pas dormir ici, il n'y a pas de lit. Il faudrait prendre une chambre d'hôtel. Trop de complications. Et puis, n'oublie pas que Raymond a posé quatre jours de congé à partir de lundi. »

Raymond est le directeur de notre hôtel. Ses parents débarquent de Slovaquie et il a prévu de leur faire visiter Londres, York et Édimbourg.

« Merde ! marmonne Sean. Ça m'était complètement sorti de l'esprit. Pourquoi faut-il toujours qu'ils prennent des vacances quand…

— Sean, ça va aller. Tout se passera bien. Vraiment, il faut que tu restes à Bowness. Je n'ai pas accès à Internet sur mon téléphone et ils commencent déjà à me demander des infos sur notre assurance santé. La prof qui s'est occupée de Felicity jusqu'à l'opération est repartie directement au camp et j'ignore si l'un ou l'autre des enseignants va revenir et quand. Je n'ai pas de numéros sur moi, aucun des papiers nécessaires. Tu pourrais t'occuper de tout cela… appeler l'école. Et moi, de mon côté, je me chargerai de Felicity. »

Il soupire, il se demande si ma proposition est sensée ou pas. Sa place est auprès de Felicity, pense-t-il, mais par ailleurs il reconnaît que je n'ai pas entièrement tort. S'il part en laissant tout en plan, l'hôtel en pâtira. Et en cas de gros pépin, comment arranger les choses à distance en l'absence du directeur ? S'il n'est pas traité correctement, un minuscule problème peut vite se transformer en catastrophe.

Pour achever de le convaincre, j'ajoute : « En plus, je vais avoir besoin de toi pour réserver nos billets de retour et garder un œil sur mon père. »

Après un long silence, il capitule :

« Bon, d'accord, tu as raison. C'est plus raisonnable. Mais tu es vraiment sûre que tu vas pouvoir t'en sortir seule ?

— Certaine. Franchement, Sean, le pire est derrière nous. Felicity va se remettre et tu sais bien qu'il est toujours préférable de répartir les tâches. »

Mon obstination lui arrache un petit rire. Il me dit qu'il m'aime et, avant de raccrocher, conclut : « Heureusement que c'est toi qui es allée en France, hein, Nat ? »

Sean et moi avons toujours su gérer les situations de crise. Personne ne nous a jamais donné de coup de main, prêté main-forte. Nous ne connaissons pas ce genre de luxe. Il a fallu tout assumer par nous-mêmes. Quand j'avais 20 et quelques années, je caressais parfois l'idée de tout laisser choir, comme cela arrive parfois à la veille d'un examen crucial… *Et si je lâchais le volant… si je laissais la voiture se mettre en travers de la route… c'en serait fini de ce stress.* Mais bien entendu, ce n'était qu'un fantasme, jamais je ne l'ai fait. Je suis trop consciencieuse, trop persévérante.

Il m'est arrivé de me sentir étouffée sous le poids des responsabilités. Tantôt c'était un client qui râlait parce qu'il n'avait pas de réseau sur son portable, tantôt d'autres venaient se plaindre parce qu'il n'y avait pas de bons restaurants de poissons dans la région, ou pas de vue sur la mer (nous sommes à trente kilomètres de la côte), et à chaque fois, Sean ou moi faisions en sorte de leur rendre le sourire. Pendant que l'un de nous se chargeait de les amadouer, l'autre restait au chevet d'un enfant malade du croup dans la chambre voisine, ou allait voir le banquier pour obtenir une autorisation de découvert plus importante, ou encore se bagarrait avec le *Mail on Sunday* pour obtenir qu'ils impriment un encart publicitaire en page impaire.

Mon père a fait de son mieux pour nous aider avec les gosses mais, sans ma mère pour le conseiller, il était plutôt paumé. Quant aux parents de Sean, ils étaient très forts pour s'extasier devant les filles, de temps en temps, mais jamais je ne les ai jamais entendus dire : « Que pouvons-nous faire pour vous ? Vous avez du repassage ? On pourrait emmener les filles au parc ? »

Entendons-nous bien, je ne me prends pas en pitié. Ce sont nos enfants, nous les avons voulus. C'est à nous de nous en occuper.

Sean et moi avons appris à nous serrer les coudes de manière à pouvoir résoudre tous les problèmes, quelle que soit leur difficulté. Et je pense que notre réussite découle du fait que nous ne reprochons rien à autrui, que nous avons toujours rebondi sans nous demander si quelqu'un aurait pu nous décharger de telle ou telle tâche. Nous sommes arrivés là où nous sommes sans devoir rien à quiconque, sans recourir à l'aide de personne.

Je suis assise près du lit de Felicity. Une infirmière a presque fini de prendre sa température, son pouls.

Je lui demande :

« *Ça va* ?*

— *Ça va** », répond-elle, laconique, et elle sort.

Pour l'instant, je n'ai pas de souci à me faire pour Felicity.

Je lui caresse le bras du bout des doigts. D'habitude, cette enfant respire la santé. Sean lui a légué ses cheveux châtain clair et sa peau dorée qui reste légèrement hâlée même durant les mois d'hiver. Quand ils sont vraiment bronzés, Sean et Felicity ont cette belle couleur caramel, la même que Farrah Fawcett dans sa tenue de tennis.

Une légère odeur de viande pourrie émane de la zone où le drain pénètre dans le ventre de Felicity. Mes yeux s'emplissent de larmes quand je songe que mon pauvre bébé a été empoisonné de l'intérieur.

Cela faisait quelques mois qu'elle se plaignait de légères douleurs abdominales. J'avais mis ces malaises sur le compte de « l'anxiété due à l'école » et maintenant je réalise qu'elle frisait déjà la crise d'appendicite. J'ai même négligé de la conduire chez le médecin en me disant qu'il était inutile de l'importuner pour si peu. Comme toutes les gamines de 14 ans, Felicity entrait simplement dans l'âge ingrat. Elle doutait d'elle-même, se sentait mal dans sa peau, craignait de ne pas ressembler à ses camarades.

Tout en lui caressant les cheveux, je me surprends à étouffer un sentiment de culpabilité. Parce que ce n'était pas la première fois que j'agissais à la légère avec mes filles. Combien de fois n'ai-je pas remis à plus tard une visite médicale. Combien de fois ne me suis-je pas dit que leurs petits bobos ne méritaient pas qu'on fasse perdre son temps à un médecin.

Maintenant que je contemple le visage livide de Felicity, les cernes noirs sous ses cils baissés, son nez criblé de taches de rousseur invisibles habituellement, j'en viens à me dire que c'était plutôt *mon* temps que je craignais de perdre.

Une phrase de Jackie Onassis, surgie de je ne sais où, s'affiche dans ma tête : « Si vous ratez l'éducation de vos enfants, tout ce que vous pourrez réussir à côté n'aura pas grande importance. »

Ai-je mal joué mon rôle de mère ?

Soudain, un doute m'assaille. Soudain, il m'apparaît que, même si j'ai passé mon temps à courir dans tous les sens, à résoudre tous les problèmes possibles et imaginables, je me suis peut-être braquée sur des choses qui n'en valaient pas la peine.

6

Dans la cuisine de Natty, le Dr Eve Dalladay dresse la table pour le petit déjeuner. Elle dispose des verres de jus d'orange pressée, des pains au chocolat un peu rassis (qu'elle a ramollis en les passant au four) et des beignets à la crème de vanille. Eve est sortie à 7 h 15 et la Co-op n'avait pas encore été livrée, il a donc fallu faire avec les moyens du bord.

Elle porte un jean moulant, des bottines en daim à hauts talons et un pull en cachemire col V, couleur lavande. Ses cheveux blond cendré sont tirés en queue de cheval au sommet de son crâne, ce qui accentue la finesse de son cou. Elle s'est maquillée mais aujourd'hui elle a fait en sorte que cela ne se voie pas. Elle n'a pas trop forcé sur le parfum non plus.

Encore engourdie de sommeil, Alice entre dans la cuisine en traînant les pieds. Quand elle remarque les beignets, elle pousse une exclamation stupéfaite.

« Je me suis dit que tu aurais besoin d'un petit remontant, commente Eve. Tu as envie d'une boisson chaude ? Café ? Thé ? Chocolat ? »

Alice éclate de rire.

« Maman tomberait raide si elle voyait tout ce sucre. »

Eve lui décoche un regard inquiet.

« J'ai fait quelque chose de mal ? »

Alice hausse les épaules. Ses yeux sont gonflés d'avoir pleuré, la nuit dernière, et elle a une marque rouge en travers de la joue. Eve ne relève pas.

« Ton père t'a dit qu'il ne va pas en France, finalement ? s'enquiert-elle.

— Ouais. »

Alice grignote un bout de pain au chocolat, lèche les miettes collées au coin de sa bouche.

« Il reste pour s'occuper de l'hôtel, ajoute-t-elle en mordant à nouveau dans sa viennoiserie. J'en reviens pas.

— Ils ont du boulot par-dessus la tête, en ce moment.

— Ouais, pour changer.

— C'est leur métier qui veut cela, je suppose, explique Eve. Dans l'hôtellerie, on est toujours sur la brèche. Le principal, c'est que Felicity soit en voie de guérison. Tout reviendra à la normale d'ici une semaine. »

En entendant prononcer le prénom de sa sœur, Alice cligne des yeux à deux reprises et saisit son verre de jus d'orange.

Hier soir, elle a sangloté à fendre l'âme. Elle a beau se montrer distante avec sa mère, c'est d'elle qu'elle tire sa force, à n'en point douter. Eve a observé la façon dont elle regardait Natty, au moment où celle-ci a failli piquer une crise de nerfs à l'annonce de l'hospitalisation de Felicity, et elle a bien vu que la gamine ne savait comment réagir, comment se comporter face à la terrible nouvelle. Ce n'est qu'après le départ de sa mère pour l'aéroport qu'elle s'est mise à pleurer comme une madeleine, et pendant deux bonnes heures d'affilée.

Eve sent qu'elle doit se lancer. Alice ne restera pas longtemps dans cet état de fragilité. Il faut battre le fer tant qu'il est chaud. Après avoir passé une bonne partie de la nuit à fixer le plafond en brassant des tas d'idées dans sa tête, Eve est arrivée à la conclusion qu'il serait stupide de ne pas profiter de l'aubaine. Certes, les circonstances ne sont pas idéales. Mais si on devait toujours attendre le moment idéal, on ne ferait jamais rien.

Elle choisit soigneusement ses mots tout en restant près de la cuisinière pour laisser un maximum d'espace à Alice.

« Alice, je ne voudrais surtout pas m'imposer mais que dirais-tu si je restais quelque temps ici ?

— Je dirais pourquoi pas.

— Je sais que tu n'as besoin de personne, que tu es assez grande pour t'occuper de toi-même…

— Apparemment, ma mère ne t'a pas dit que j'étais une catastrophe ambulante dans une cuisine. »

Eve sourit.

« Elle a peut-être dit quelque chose dans ce goût-là… En fait, j'ai pensé que la maison risquait de te paraître un peu vide en l'absence de ta mère et de ta sœur. Et comme ton père est coincé à l'hôtel tous les soirs ou presque… Je pourrais reporter mon vol de retour aux States et te tenir compagnie quelques jours encore. »

Eve la regarde d'un air interrogatif.

« Pas de panique. Je ne cherche pas à t'influencer. C'est à toi de décider. »

Alice cesse de mâcher.

« Et ton travail ?

— Il suffit que je m'organise.

— C'est aussi simple ?

— Bien sûr. » Eve hausse les épaules pour souligner sa réponse. « Cela m'ennuierait de te savoir livrée à toi-même pendant plusieurs jours, surtout à l'approche des examens – je sais combien on se sent seule pendant les révisions. Je pourrais te tenir compagnie, disons jusqu'à ce que ta grand-mère revienne de Nice. »

Alice lève les yeux au ciel.

« J'ai trop hâte.

— Elle n'est pas si méchante, quand même !

— Non, mais elle est toujours à répéter "T'ai-je déjà dit quelle *excellente* élève j'étais ?" comme si ça ne datait pas du dernier millénaire. Et, je te raconte pas, elle rabâche des trucs sur mon père, et qu'il était trop doué étant petit, et qu'il savait tout faire… »

Eve sourit.

« C'est comme ça, les grands-parents.

— Ouais, mais elle n'arrête pas de critiquer ma mère, et ça devient carrément gonflant. Des fois, je la regarde, l'air de dire "C'est quoi ton problème ?" mais je crois qu'elle pige même pas. » Alice plie en deux ce qu'il reste de son pain au chocolat et le gobe. « Papa sait que tu restes ? »

Eve fait non de la tête. « J'ai pensé qu'il valait mieux t'en parler d'abord… mais, Alice ?

— Mmm ?

— Je voulais juste te dire que ta mère a toujours été là quand j'ai eu besoin d'elle. Aujourd'hui, je veux tout faire pour l'aider à mon tour. »

Alice glisse de sa chaise et se précipite vers Eve. Maintenant qu'elle est bien réveillée, elle ne traîne plus les pieds et a retrouvé sa grâce de danseuse ; les membres souples, décontractés, comme montés sur ressort, elle fait de longues enjambées, les pieds un peu en canard. Elle colle un baiser sur la joue d'Eve, la serre dans ses bras. « Je suis tellement contente que tu restes, déclare-t-elle tandis que le parfum de son shampooing à la pomme se répand dans l'air. Comme ça, tu me raconteras des tas de trucs cool sur l'Amérique. »

Alice va s'habiller. Eve la suit à l'étage, revérifie son apparence dans le miroir de la salle de bains, applique un peu de crayon blanc nacré sur l'ourlet de sa lèvre supérieure pour mettre en valeur sa bouche, rajuste son soutien-gorge. Puis elle retire son portable de la poche arrière de son pantalon et, satisfaite de son joli postérieur galbé, remonte légèrement le bas de son pull dans le dos. Si elle trouve l'occasion de se pencher, l'imprimé léopard lui accrochera l'œil.

Et chez un homme, l'imprimé léopard produit le même effet que la camelote brillante chez une pie. Cette vision provoque une réaction primaire. Un réflexe. L'image passe directement de la rétine à la bite, sans transiter par le cerveau.

Eve contemple son reflet dans le miroir jusqu'à ce que l'étincelle dans ses yeux disparaisse et qu'une mine de circonstance assombrisse son visage.

Elle arrange sa queue-de-cheval une dernière fois en prenant soin de laisser quelques petites mèches s'échapper de l'élastique, afin de cacher la fine cicatrice qu'elle a à la racine des cheveux. Et voilà, le tour est joué.

En ouvrant la porte de la salle de bains, elle entend Sean s'activer dans la cuisine, au rez-de-chaussée. Elle s'apprête à descendre mais se ravise. La suite parentale de Sean et Natty est là, de l'autre côté du couloir.

Plan B.

Parfois il suffit de semer une première graine de doute pour que tout le champ finisse par étouffer sous les mauvaises herbes.

Ainsi donc, après avoir fouillé dans son sac de voyage, Eve sort le string en dentelle noire qu'elle portait la veille et pénètre dans la suite. Elle défait les couvertures au pied du lit et glisse discrètement le string entre les draps, assez loin pour qu'on ne le trouve pas tout de suite. Puis elle va se poster près de la porte et tend l'oreille.

Comme elle n'entend personne approcher, elle inspecte de nouveau la chambre. Une pièce totalement blanche – propre, simple, virginale. Seule note colorée, la tête de lit en cuivre, à l'ancienne.

Eve grimpe sur le matelas, s'agenouille devant les tubes métalliques, presse ses doigts sur ses lèvres, l'un après l'autre, pour mieux les salir du maquillage qu'elle vient d'y étaler. Puis elle empoigne les tiges de cuivre et laisse à la surface une belle collection d'empreintes digitales – que seule une personne à cheval sur la propreté sera en mesure de discerner.

Satisfaite de son œuvre, elle sort de la chambre et descend au rez-de-chaussée.

Sean et Natty ont toujours été très soudés. Un couple solide, profondément uni. Nécessité fait loi. Mais si un jour les fissures, les secrets enfouis devaient paraître au grand jour, si quelque chose faisait ressortir les taches qui souillent leur histoire commune, ils n'auraient plus qu'à tirer le rideau. La belle réputation de M. et Mme Wainwright, hôteliers modèles à Lakeland, serait ternie à jamais.

Pour autant qu'Eve s'en souvienne, ils se sont toujours tenu les coudes. Sean est le parfait gentleman ; le genre de type à repousser les avances des femmes pompettes avec un grand sourire bienveillant censé leur faire comprendre qu'elles n'ont pas la moindre chance. Quant à Natty, elle est tellement accaparée par les filles, tellement déterminée à progresser, à se réaliser, à prouver au monde qu'elle est plus qu'une mère de famille, qu'elle n'a jamais vraiment suscité la convoitise des hommes.

Ensemble, ils forment une équipe de choc.

Mais la donne vient de changer : mille cinq cents kilomètres les séparent, ils vivent dans l'angoisse de perdre un enfant et Eve est installée dans la place. Sachant par ailleurs qu'elle est la seule à connaître leur talon d'Achille. Alors tout peut arriver, n'est-ce pas ?

Comme Eve manque de temps, elle compte profiter de toutes les occasions et mettre en application le plus grand de ses talents : la manipulation mentale. Elle sait comment s'introduire dans la tête des gens et y répandre un tel foutoir qu'à l'arrivée ils vont jusqu'à douter de ce qu'ils tenaient pour certain.

« Comment ça va ? » lui demande Sean quand elle entre dans la cuisine.

Eve sourit gentiment.

« Et toi, Sean, comment *tu* vas ? Pas besoin de jouer les durs devant moi.

— J'ai une trouille bleue, pour tout t'avouer. J'ignorais qu'on pouvait tomber malade si soudainement. Pour moi c'est plutôt comme si Felicity avait eu un accident de voiture. »

Pauvre Sean, il paraît crevé. Il a des rides sous les yeux, ses cheveux sont hérissés du côté gauche de sa tête. Si ce n'était son costume sur mesure et sa chemise italienne plus blanche que blanche, ouverte au col, ce matin on ne le remarquerait même pas en le voyant passer dans la rue.

« Je vais te faire du café, dit Eve d'un ton sans réplique. Vous devez être atrocement inquiets tous les deux. Seigneur, je suis morte d'angoisse, et ce n'est même pas mon enfant, alors vous, j'imagine... Tu ne veux vraiment pas y aller, tu es sûr ? Parce que moi, ça ne me gêne pas de m'occuper de la maison. »

Il fait non de la tête.

« Natty dit qu'elle pourra s'en sortir. Mais merci quand même.

— Bon, mais si tu changes d'avis...

— Alice m'a dit que tu lui avais proposé de rester encore quelque temps pour lui tenir compagnie ?

— Je n'ai rien d'urgent à faire ailleurs, répond Eve, mais si tu crois pouvoir te débrouiller seul, je dégage le plancher dès aujourd'hui. »

Sean ne répond rien. Il pèse le pour et le contre. Devinant son embarras, Eve guette son regard.

« Je pourrais rester jusqu'au retour de ta mère. Après, ce sera à elle de s'occuper d'Alice – je veux dire, s'assurer qu'elle ne manque de rien pendant ses révisions. »

Sean passe d'un pied sur l'autre.

« C'est-à-dire jusqu'à lundi ?

Eve sourit innocemment.

« C'est ça, jusqu'à lundi. »

La bouilloire siffle. Eve traverse la cuisine pour sortir le lait du frigo. « Je crois qu'Alice a besoin d'un petit soutien psychologique, Sean, reprend-elle comme si cette idée venait de germer dans sa tête. Elle a reçu un sacré choc, hier soir, en apprenant la nouvelle… et ce serait vraiment dommage que ses études en pâtissent. » Elle poursuit sans se retourner : « Natty dit qu'elle a travaillé très dur, ces derniers temps. Au fait, qu'est-ce qu'elle veut faire, déjà ? Médecine ?

— Oui, médecine, répond Sean, un peu ragaillardi.

— C'est une fille intelligente », commente Eve en se penchant pour attraper le lait sur l'étagère du bas.

7

« Eve reste jusqu'à lundi ? C'est très généreux de sa part.

— Je ne suis pas vraiment convaincu, dit-il. Je n'aime pas trop qu'elle traîne dans la maison en ton absence. Ça fait un peu bizarre. »

Une aide-soignante hirsute me dépasse dans le couloir de l'hôpital et je me retrouve noyée dans des vapeurs d'alcool. J'ai l'impression que si je grattais une allumette, l'air s'enflammerait.

Je me rappelle l'énervement d'Alice, l'autre soir, quand elle vantait les bénéfices de l'alcool chez les jeunes en citant l'exemple des Français. À l'entendre, le fait qu'ils laissent leurs enfants consommer du vin à table réduirait les risques d'addiction ultérieurs.

Jusqu'à présent, rien ne m'a permis de confirmer cette théorie. Je suis là depuis quelques heures seulement et tous les gens que j'ai croisés empestent l'alcool ou la clope. Souvent les deux.

Je m'esclaffe.

« J'imagine mal Eve mener son monde à la baguette comme je le fais.

— Non, mais…

— Eve a des soucis en ce moment. Si elle t'offre son aide, accepte. Au moins, ça lui évitera de trop penser à Brett.

— Ils sont dans une mauvaise passe ?

— Avant qu'elle quitte les États-Unis, il lui a annoncé qu'il ne voulait pas d'enfants, tout compte fait.

— Ouille, souffle Sean.

— Eh oui. Surtout qu'elle n'est plus toute jeune. Alors sois gentil. Si elle veut rester pour jouer les mères poules auprès d'Alice, laisse-la faire. Seigneur, Sean, il faut qu'on apprenne à accepter de temps en temps l'aide des autres. C'est l'occasion de commencer, non ? »

Après cette conversation, je retourne au chevet de Felicity. Elle a ouvert les yeux quelques minutes, vers dix heures ce matin. En me voyant, elle a froncé les sourcils et m'a demandé :

« Tu es là ?

— Bien sûr que je suis là. Ça fait mal ?

— Pas vraiment, a-t-elle prononcé d'une voix à peine audible. Qu'est-ce qui s'est passé ?

— Ton appendice a explosé. »

Elle a esquissé un petit hochement de tête comme si elle s'en souvenait, tout à coup.

« Je ne me sentais pas très bien sur le bateau… j'étais malade. Et après, j'ai eu très mal au ventre.

— Pourquoi tu ne m'as pas appelée ?

— Je pensais que j'avais trop "forcé sur la bouffe chimique" », a-t-elle dit en reprenant mon expression favorite. Elle s'est obligée à sourire.

Je leur fais tout le temps la guerre pour qu'elles "ne forcent pas trop sur la bouffe chimique". J'ai une amie dont la fille a commencé la fac en septembre dernier. Elle a envoyé un texto à sa mère pour lui dire : « Devine quoi ! Je n'ai pas mangé UN SEUL LÉGUME depuis plus de trois semaines ! Qu'est-ce que tu comptes faire pour remédier à cela ? » Nous avons bien ri, mon amie et moi. Mais au fond, j'étais horrifiée.

« Je t'aime, Felicity. »

Ensuite, ses paupières sont retombées.

Maintenant, elle dort à poings fermés. Je la regarde sans savoir si je dois profiter de son sommeil pour aller me chercher de quoi manger. La prof qui était près d'elle, hier, a laissé un paquet de gâteaux, des chips, des bonbons, mais tout cela ne me dit rien. Après en avoir débattu avec moi-même, je prends la décision de sortir.

Je fouille dans mon sac à la recherche d'un bout de papier et tombe sur ma carte d'embarquement. J'écris dessus : « Partie chercher à manger. Je t'aime, maman. xx », et je le pose près de la main droite de Felicity.

Il faut que j'arrive sur le parking pour réaliser que je n'ai pas d'argent français. J'ai fait l'impasse sur le bureau de change, la nuit dernière ; j'avais autre chose en tête. Je regarde autour de moi, un peu désorientée. Cette ville n'a rien de touristique. On est en pleine France rurale. Une France où de jeunes couples anglais ont choisi de s'installer pour élever leurs enfants à l'époque des délocalisations en masse, où on leur promettait des biens immobiliers bon marché, des valeurs traditionnelles et des pauses-déjeuner de trois heures. Une France de petites fermes, de voisins accueillants, d'enfants bilingues et de médecins compétents.

Une France qu'ils ont quittée dare-dare dès qu'ils ont compris qu'il ne s'y passait pas grand-chose.

Ne remarquant aucune boutique dans mon champ de vision immédiat, je m'installe au volant. La route devant l'hôpital est une simple départementale bordée de platanes aux troncs parsemés de taches ocre et verdâtres, rappelant les tenues de camouflage des soldats. Par endroits, leurs racines soulèvent l'asphalte. De chaque côté, des maisons pourvues de volets arborent toute la gamme des gris français. Des Peugeot, des Citroën hors d'âge dont la rouille a dévoré les ailes empiètent sur la chaussée. Ici, les gens se garent n'importe comment. On dirait qu'ils descendent de leur véhicule et s'en vont sans même attendre l'arrêt complet.

Je dépasse trois salons de coiffure pour dames et m'apprête à faire demi-tour quand je repère un Aldi. Je pousse un soupir de soulagement et je bifurque sur la droite.

Chez moi, je ne mets jamais les pieds dans les supermarchés discount, mais là, c'est différent. À peine ai-je poussé la porte en verre que je me retiens pour ne pas embrasser l'employé qui décharge les sacs de graines et de terreau empilés sur une grosse palette à roulettes.

Le magasin n'est pas très grand. Juste quatre rayonnages où s'entassent les aliments de base dont j'aurai besoin pour survivre toute la semaine. Et ils acceptent ma carte bancaire : c'est le genre de petit miracle que j'espérais.

J'examine l'espace autour de moi. Il ne me faudra que cinq minutes pour tout rassembler. À part moi, il n'y a qu'une seule cliente – une femme avec un jeune enfant –, occupée à entasser d'énormes boîtes de cassoulet au fond de son caddie.

Je prends une baguette (moitié moins grosse que les pains français vendus en Angleterre), un coulommiers Destrier – mon fromage français préféré – et deux boîtes d'olives vertes fourrées aux anchois. Puis je dépose dans le panier des tomates, des pommes, des serviettes périodiques pour Felicity au cas où, car j'imagine que celles fournies par l'hôpital ne lui conviendront pas, et, au dernier moment, je pense à prendre une bouteille de bordeaux. J'ai l'impression que j'aurai besoin de boire un petit coup, dès que la nuit tombera. J'évite d'acheter des sucreries pour Felicity car le docteur dit qu'elle ne mange pas encore et que, lorsqu'elle recommencera à s'alimenter, on ne lui donnera d'abord que de la nourriture de régime, le temps de vérifier que son système digestif fonctionne normalement.

Je règle mes courses sans souci. La vendeuse me rend même cinquante euros en espèces quand je désigne la caisse enregistreuse en disant « *S'il vous plaît* ? » sur un ton d'excuse. Je me sens presque à mon aise, je me dis que mon séjour ici ne sera pas si désagréable finalement, quand soudain je reçois un texto d'Alice : « Eve est absolument géniale ! »

En relisant ces quelques mots, je sens une vague de nausée m'envahir. Comme si j'ouvrais un frigo et qu'une mauvaise odeur m'attaquait les narines. Une odeur de pourriture provenant d'une source impossible à identifier. Aussitôt, je me reproche ma réaction. Il n'y a pas de quoi fouetter un chat. En écrivant cela, Alice veut simplement me dire de ne pas m'inquiéter, que tout va bien chez nous.

Pourtant, cette première impression persiste. Est-ce de la jalousie ? Comment puis-je être jalouse d'une femme qui prend soin de ma fille en mon absence ?

Et je réalise que si, je suis jalouse.

Décontenancée, j'adresse un court texto à Eve.

Je lui dis merci. Merci du fond du cœur pour ta présence auprès de nous.

8

« Choquée ? dit l'inspecteur Joanne Aspinall au chirurgien debout devant elle. Bien sûr que je suis choquée. Si ça vous arrivait, comment vous vous sentiriez ? »

Trois paires d'yeux navrés sont posées sur Joanne.

« Ce sont des choses qui arrivent, réplique le chirurgien. On n'y peut rien. »

Il a un accent distingué, la soixantaine et un air pètesec, le genre de patron à l'ancienne qui doit semer la terreur chez les plus jeunes de ses collaborateurs.

Joanne expulse l'air de ses poumons.

Elle n'arrive pas à croire que c'est tombé sur elle, comme par hasard.

Elle se rappelle juste que son chariot roulait vers la salle d'opération et que cet imbécile de brancardier lui souriait bêtement (à présent, elle se souvient de l'avoir arrêté pour conduite d'un véhicule volé).

Elle revoit la canule enfoncée dans son poignet, entend l'anesthésiste lui demander de « compter à rebours à partir de 10 ». Elle ressent encore cette merveilleuse impression de chaleur le long du bras, comme si on lui injectait « *Love Potion n° 9*[1] », et ensuite…

Joanne est encore engourdie. Elle se dit qu'elle est en train de rêver. Peut-être.

Pour ce qu'elle en sait, elle pourrait tout aussi bien dormir, ou être sur le point d'émerger, en salle de réveil – là où les patients s'agitent dans leur lit quand les effets de l'anesthésie se dissipent, où ils gémissent et pleurent, où ils hurlent à tue-tête en faisant des propositions indécentes au personnel féminin. Sa tante Jackie a travaillé comme aide-soignante avant de devenir garde-malade. Joanne en connaît donc un rayon là-dessus.

Elle foudroie le chirurgien du regard.

« Je rêve ou quoi ?

— Je crains que non.

— Seigneur, marmonne-t-elle en essayant de s'asseoir. Il a fallu que ça tombe sur moi.

— Comprenez-moi, nous ne pouvions pas prendre ce risque. Je n'exagère pas, il y a un *vrai* risque d'infection.

— Je sais, je comprends, dit Joanne. C'est juste que je suis déçue. J'avais pris des congés, j'avais inventé une histoire… et je… » – Joanne ne sait trop si elle doit poursuivre – « … je pensais vraiment me réveiller dans la peau d'une autre femme. Comme au premier jour du reste de ma vie, vous voyez le truc ?

— On pourra reprendre rendez-vous d'ici une quinzaine de jours, dit l'infirmière qui n'a pas encore

1. Allusion à une chanson des Clovers écrite en 1959 où un jeune homme expérimente un philtre. *(N.d.T.)*

parlé. Je ne peux pas vous donner de date. Nous vous avertirons par courrier… »

Joanne secoue la tête.

« Mon collègue se fait extraire une dent de sagesse. Il a posé ses congés. Il va falloir repousser l'opération à cet été. »

Le chirurgien prend un air embêté. Il ne dit rien mais Joanne comprend qu'il a prévu autre chose à cette période.

Ce type n'a pas une once de graisse. Tout en muscles. Elle le verrait bien faire de l'escalade ou de la randonnée en haute montagne. Il envisage sans doute de se taper l'Inca Trail ou le K2 – ou un truc débile du même acabit.

« Bien, je vous laisse voir ça avec Hilary », annonce-t-il, et, comme tout chirurgien qui se respecte, il tourne les talons et disparaît sans laisser à Joanne le temps d'ouvrir la bouche pour lui poser une autre question.

Hilary a une bonne cinquantaine d'années, un visage exempt de maquillage, des cheveux courts et grisonnants qu'elle ne songera jamais à teindre. Du moins, d'après Joanne. C'est une personne consciencieuse, dévouée, la complice idéale du chirurgien esthétique. Joanne se dit qu'on devrait breveter ce type de femme : mariée depuis trente ans, tient sa maison propre comme un sou neuf, ne tolère aucune fantaisie de la part de ses grands enfants, prend ses vacances à l'époque du tournoi de Wimbledon et, même si elle ne parle jamais de lui en privé, donnerait sa vie pour son patron sans hésiter une seconde.

Hilary se penche vers Joanne.

« Puis-je ? dit-elle.

— Si c'est vraiment indispensable. »

Hilary défait le nœud qui retient la chemise de Joanne derrière son cou. En la rabattant, elle expose au grand jour sa poitrine blanche. Aussitôt Joanne ressent une forte gêne. Quoi d'étonnant à cela ? Son premier petit ami ne la comparait-il pas à du blanc de baleine ?

« C'est sous le sein gauche, dit Hilary. Voulez-vous bien le soulever ?

— Si vous y tenez », réplique Joanne. Hilary lui adresse un petit sourire pincé.

Joanne soulève son sein en l'écartant vers l'extérieur ; il pèse presque aussi lourd qu'une brique. Aujourd'hui, on aurait dû lui retirer environ six cents grammes de chair, multipliés par deux. Joanne s'était imaginé le résultat : des seins tout légers, plus de tiraillements, plus de poitrine tombante, juste cette impression de liberté, comme lorsqu'on flotte dans l'eau.

Hilary sort un stylo de la poche de sa tunique et désigne la pliure sous le sein de Joanne.

« C'est là.

— Où ? Je ne vois rien.

— Là », répète Hilary.

Sans grand ménagement, Hilary repousse la peau pour offrir à Joanne un meilleur aperçu du problème.

« Ah, souffle Joanne, déconfite.

— Oui, ça se trouve précisément sur la ligne d'incision. Avec un autre type de réduction… s'il n'y avait pas une telle masse de tissu à retirer… ce ne serait pas grave. Mais dans votre cas, on n'a pas le choix. Pas question de pratiquer l'incision verticale. Il vous faut un T inversé. » Elle retire son stylo. « Et *ça*, poursuit-elle avec une moue de dégoût, c'est en plein sur la ligne. »

Le *ça* est un point blanc.

Une protubérance gorgée de pus, grosse comme un pois chiche. Apparemment, il ne serait guère prudent d'y planter un scalpel juste avant d'inciser la peau et le tissu mammaire de Joanne.

« Salopard, marmonne Joanne.

— Oui, répond Hilary en soulevant un sourcil. Je vous le concède. »

9

« Si on mangeait dehors ce soir ? lance joyeusement Eve. C'est moi qui invite. Où aimerais-tu aller, Alice ? Quel genre de cuisine tu préfères ?

— Chinoise, répond Alice avec enthousiasme. J'ai très envie d'un *chow mein* à la crevette royale. Papa ? Quel est le meilleur restaurant chinois par ici ? Celui qui est derrière l'église St Martin ? Ou celui de Windermere ? »

Sean pose son portable sur le comptoir de la cuisine et se frotte le visage.

« Je n'ai pas tellement envie de sortir, je suis vanné. Ça fait plusieurs nuits que je ne dors quasiment pas, et demain j'ai une journée de dingue. On ne pourrait pas grignoter un truc à la maison, plutôt ? »

Le visage d'Alice s'assombrit mais, très vite, elle se rend compte qu'il n'est pas très correct de s'exciter de la sorte pour un dîner au restaurant, alors que sa sœur est très malade. Surtout que sa mère et son père sont morts d'inquiétude.

Quelle petite sotte, songe Eve en l'observant. Alice est tellement puérile, incapable de cacher ses émotions.

« Je ne pensais pas à un vrai dîner, reprend aimablement Eve à l'intention de Sean. Juste de quoi se caler l'estomac sans avoir à faire la cuisine. Mais si tu préfères, je peux faire un saut en ville et ramener des plats préparés.

— Tu ferais ça ? dit-il en esquissant un sourire malgré sa fatigue. Ça ne te dérangerait pas trop ?

— Pas du tout, répond Eve. Et je me disais aussi que nous pourrions te donner un coup de main à l'hôtel demain matin, Alice et moi. On t'aiderait à préparer la réception pour la remise des prix. À moins que tu ne veuilles pas nous avoir dans les pattes ? »

Sean rit de bon cœur. « Alice n'a pas remis les pieds à l'hôtel depuis l'âge de 14 ans. Nous lui avions confié le ménage des chambres. Natty pensait que ce serait bien pour elle de gagner un peu d'argent de poche, histoire qu'elle prenne conscience de la somme de travail que représente une coupe de cheveux à cinquante livres. »

Alice se raidit.

« C'était franchement dégoûtant, Eve, crache-t-elle. Tu imagines, il y a des gens qui font exprès de laisser des capotes usagées dans les draps. Juste pour embêter les femmes de chambre ! C'est tellement dégueu.

— On t'avait fourni une paire de gants, plaide Sean en souriant devant la mine écœurée de sa fille.

— Plus jamais. Je préférerais encore nettoyer des écuries.

— Ça m'a l'air d'un refus catégorique, s'esclaffe Eve. Allons, Alice, demain, c'est samedi. On peut y passer dans la matinée, faire deux ou trois trucs sur place et traîner un peu l'après-midi. Voir un film ou que sais-je. Ce serait marrant. »

Alice se décompose littéralement. Toutes les fibres de son corps hurlent « Non ! » Non, elle refuse de se rendre sur le lieu de travail de ses parents. Non, elle ne donnera pas de coup de main. Non, ce n'est pas *du tout* ce qu'elle a prévu de faire demain. Mais elle dirige son regard vers Eve et commence à se mordre l'intérieur de la joue. Eve sent que sa calme insistance porte ses fruits. Réalisant qu'elle se comporte en enfant gâtée, Alice finit par ronchonner :

« OK. OK, on ira.

— Super. Maintenant que c'est décidé, je sors acheter le dîner. »

Une demi-heure plus tard, Eve revient avec les plats préparés. Quand elle rentre, Sean est au téléphone avec Natty.

Dès l'abord, Eve devine que la situation se stabilise en France. Elle ne perçoit plus dans la voix de Sean le ton affolé qu'il avait auparavant. Apparemment, les aspects pratiques ont repris le dessus.

« D'accord, compte sur moi, dit-il en bâillant. Oui… je sais. Non, je n'ai pas oublié… Libby a passé l'après-midi à nettoyer les sièges supplémentaires… Oui, il aura la suite Lakeview… »

Il demande à Natty d'embrasser Felicity pour lui et raccroche.

« Comment vont-elles ? s'enquiert Eve.

— Mieux. Mais Felicity ne peut toujours pas parler. Elle est toujours sous traitement antidouleur, ce qui veut dire qu'elle souffre encore. Mais les infirmières ont l'air satisfaites de ses progrès, d'après ce que dit Natty.

— Et comment Natty gère-t-elle les choses ?

— Comme un petit soldat. Tu la connais. Elle tient mieux le choc maintenant qu'elle est au chevet de Felicity.

— Elle a dû en baver. »

Eve commence à déballer le repas, trouve les grosses cuillères de service, dresse la table. Elle pose un verre à vin devant chaque assiette. « Tu veux bien appeler Alice ? dit-elle à Sean avant de lui demander s'il compte retourner à l'hôtel dans la soirée.

— Je devrais, répond-il, la mine un peu coupable. Je l'ai promis à Natty mais, honnêtement, je ne m'en sens pas le courage. Je ferais bien l'impasse, quitte à commencer plus tôt demain matin.

— Ne le prends pas mal, Sean, mais tu m'as l'air épuisé. Je trouve que tu pourrais te reposer, ce soir. » Elle fouille dans le sac à provisions posé sur le comptoir. « Je t'ai acheté des bières. Je ne sais pas si j'ai choisi les bonnes, je ne me rappelais plus ta marque préférée, alors… »

Elle décèle un mélange de soulagement et de gratitude sur le visage de Sean.

« Merci, dit-il.

— Pas de quoi. »

Pour prendre un verre à bière, il doit s'approcher d'elle. Il s'apprête à ouvrir la porte du placard quand elle lui touche le bras.

« Laisse-moi faire, murmure-t-elle. Assieds-toi, je m'occupe de tout. »

Sean suspend son geste et, pour la première fois depuis son arrivée dans cette maison, Eve ressent un changement. L'espace qui les sépare est différent. Eve sait par expérience qu'elle est sur le point de toucher l'un des rares points faibles de Sean. Et que, si elle gratte avec suffisamment d'énergie, la petite fissure dans le béton pourrait bien s'agrandir et le barrage céder brusquement.

Sean ne va pas s'asseoir. Il reste sur place, près d'Eve, et la regarde verser la bière.

Une fois la bouteille vidée de sa dernière goutte, elle lui tend le verre en disant « Pour toi », et, dans le même temps, rabat une mèche folle derrière son oreille tout en soutenant le regard de Sean juste un peu trop longtemps.

Elle entrouvre la bouche, s'humecte la lèvre inférieure avec la langue, laissant à Sean tout loisir d'imaginer les divers services qu'elle pourrait lui rendre.

« Tu es d'accord pour que je boive du vin ? s'étonne Alice, les yeux braqués sur la table. Sérieux ? »

Ébahie, elle se tourne vers Sean. Elle porte un pantalon de pyjama MC Hammer marqué « Bas les pattes » et un sweat à capuche rose Hollister.

« Un demi-verre, répond Sean. Pas plus. Remercie Eve. C'est elle qui a insisté. Mais pas un mot à ta mère. »

Alice trépigne de joie. Elle se retourne brusquement vers Eve.

« Oh… mon… Dieu, fait-elle avec les lèvres. Tu… es… incroyable. »

Ils s'assoient à table. Alice vide son demi-verre de vin trop vite et, bien sûr, se met à parler à tort et à travers. Elle rabâche sa rancœur contre sa mère. C'est trop nul qu'elle lui interdise de boire, toutes ses amies boivent, pas pour faire les idiotes ni rien. Mais quand elles sont à la maison, leurs parents les laissent boire.

« Ta mère pense faire ça pour ton bien, intervient Eve. Et tout à fait franchement, Alice, je trouve qu'elle a raison. Tu n'as que 16 ans. Si tu vivais aux États-Unis, il faudrait que tu attendes encore cinq ans avant de boire ta première goutte d'alcool.

— La loi est-elle vraiment respectée ? » demande Sean.

Eve hoche la tête.

« Oui, la plupart du temps. Fournir de l'alcool à un mineur constitue un délit dans certains États. Donc si les parents laissent traîner des bouteilles à la maison et que leurs gosses les trouvent et se soûlent, ils peuvent avoir des problèmes avec la justice.

— C'est débile, réplique Alice en faisant tourner sa fourchette dans son *chow mein*. Ça revient à dire : "Tu peux te marier, avoir un enfant… tu peux même faire de la chirurgie esthétique, mais tu ne peux pas boire". » Elle secoue la tête. « C'est n'importe quoi.

— Dans la ville où nous vivons, beaucoup d'ados traversent la frontière tous les week-ends pour aller consommer de l'alcool au Canada. »

Enhardie, Alice lance à Sean : « Tu vois, papa ? Quand on interdit aux gens de faire un truc, ils trouvent toujours le moyen de le faire quand même. »

Sean se lève et va chercher une autre bière dans le frigo.

« Tu m'en diras tant ! réplique-t-il, amusé. Eve ? Je te sers quelque chose ?

— Je prendrais bien un autre verre de rioja blanc. On n'en trouve pas chez nous.

— Sans blague.

— L'État de Washington est une vaste région vinicole mais on n'a pas énormément de choix.

— Qu'est-ce que tu feras quand tu auras des enfants, Eve ? demande Alice. Tu crois que tu seras aussi stricte et inflexible… qu'une certaine personne que je ne nommerai pas ?

— Alice ! réagit Sean, embarrassé par la gaffe que sa fille vient de commettre. Je ne pense pas qu'Eve ait envie de discuter de…

— C'est bon, dit Eve. C'est bon, Sean. » Elle sourit tristement à Alice. « Pour être franche, j'ignore si cela m'arrivera un jour. J'ignore si j'aurai jamais la chance d'être mère.

— Oh, fait Alice à mi-voix. Mais… tu serais une mère géniale. »

Eve touche furtivement la main d'Alice.

« Merci, c'est très gentil de me dire ça.

— Je le pense vraiment. »

Eve baisse les yeux pendant que Sean remplit son verre et, pour faire bonne mesure, ajoute deux ou trois battements de cils avant de démarrer :

« À dire vrai, Alice, je n'aurais jamais cru me retrouver dans cette situation. Autrefois, je pensais que j'aurais des tas d'enfants. La vie ne se déroule pas toujours comme on l'a prévue, voilà tout. Et à mon âge…

— Mais tu n'es pas trop vieille, hein ? dit Alice. Je croyais… »

Eve esquisse un sourire.

« Non, je ne suis pas trop vieille… mais j'ai rompu avec mon mari et… »

La main d'Alice s'envole vers sa bouche.

« Oh ! fait-elle à mi-voix. Oh, je ne savais pas. Désolée, Eve. Je crois que j'ai mis les pieds dans le plat.

— Mais non, ce n'est pas un secret. Si je ne t'en ai pas parlé c'est que l'occasion ne s'est pas présentée. À cause de ce qui est arrivé à Felicity. Je t'assure, Alice, je m'en remettrai.

— Vraiment, ça va ?

— Ma relation avec Brett battait de l'aile depuis quelque temps. Il valait mieux se séparer. Pourtant, il faut être réaliste. Le temps que je rencontre un autre homme, un homme avec lequel j'aurai envie de me marier et de vivre jusqu'à la fin de mes jours… Voilà, j'aurai bientôt 40 ans… et après 40 ans, les chances de tomber enceinte s'amenuisent considérablement. À supposer même que l'homme en question veuille avoir un enfant… car il aura peut-être déjà une famille à lui… Enfin, tu vois, les probabilités sont plutôt minces. »

Alice détourne le regard comme si elle allait pleurer.

« Au lycée, toutes les filles disent qu'elles n'auront pas de gosses avant 40 ans… mais je n'imaginais pas les choses ainsi. Je ne savais pas que si on attendait trop longtemps, on risquait de ne pas en avoir du tout.

— Les filles de ton âge disent souvent cela. C'est déjà ce que racontaient mes copines de lycée quand j'étais ado. En plus, les études passent avant tout. C'est ce qu'il y a de plus important, Alice. Moi, je suis allée le plus loin possible à la fac et le fait d'avoir des diplômes m'a donné plus de liberté, j'ai pu faire des tas d'expériences géniales, vivre des trucs totalement dingues. En revanche, je te conseille de ne pas trop attendre pour fonder une famille. Franchement, tu le regretterais par la suite. »

Alice hoche la tête d'un air pénétré. On voit qu'elle assimile consciencieusement ses conseils.

Eve sait que Natty a toujours farouchement encouragé sa fille dans ses études. Elle lui a répété de ne pas faire la même bêtise qu'elle. Se retrouver avec un gosse sur les bras au sortir de l'adolescence revient à se couper de toutes les opportunités. Quand on a 14 ou 15 ans, ces paroles paraissent pleines de sagesse. Mais quand les hormones commencent à vous brouiller les idées, que l'instinct de reproduction atteint son zénith et que le désir d'enfant explose subitement dans votre tête, c'est là que les choses se corsent. Les filles ont peur de ce qui se passe en elles, de ce mécanisme biologique résultant de plusieurs millions d'années d'évolution.

« Et si je te conseille de ne pas trop attendre, Alice, c'est parce qu'à mon avis toi aussi tu feras une mère géniale. »

Puis Eve lui reverse un peu de vin. Elle le fait avec une petite mimique, comme si elle agissait en douce, alors même que Sean est là, avec elles. Il n'intervient pas, regarde sa fille avec tendresse. Fierté.

« Mais si jamais tu rencontrais quelqu'un maintenant, Eve ? reprend Alice. Quelqu'un avec qui tu aurais envie de te marier. Alors… ?

— Alors je sauterais sur l'occasion, répond Eve. Et si j'avais vraiment de la chance, je pourrais même espérer avoir une fille comme toi. »

Alice quitte la table et monte prendre un bain. Sean se carre au fond de son siège, croise les mains derrière la tête et dit :

« Je suis content que tu lui aies parlé comme ça.

— Comme quoi ?

— Comme à une adulte. Natty a trop tendance à l'infantiliser… Bon, quand je dis "infantiliser", j'exagère, mais je la trouve trop protectrice avec elle. Parfois, je crains qu'Alice ne se rebelle.

— C'est vrai qu'il suffit de peu de chose, admet Eve.

— Tu vois défiler beaucoup d'ados dans ton cabinet ?

— Oui. Tu sais comment ça se passe aux États-Unis – un gosse commence à se faire remarquer, à se révolter, et tout de suite les parents pensent : *Il a des problèmes*. Ce n'est pas comme ici. Face à un enfant difficile, une mère britannique dira : "C'est sûrement de ma faute. Qu'est-ce que j'ai fait de mal ?" Dans la même situation, une Américaine dira : "Il faut des médicaments plus puissants et une bonne thérapie"… Remarque, je ne me plains pas – les gamins à problèmes sont mon gagne-pain.

— Eh bien, tu as su trouver les mots avec Alice. »

Eve ne s'attarde pas sur le compliment.

« Elle est super, cette gosse.

— Je suis sincère, Eve, insiste Sean. Tu sais faire ressortir ce qu'elle a de meilleur en elle. C'est rare de la voir si détendue… si ouverte. Dernièrement, Natty et Alice ont eu une longue discussion houleuse sur le sujet.

— C'est mon boulot. En plus, j'aime écouter les autres. Contrairement à la plupart des gens. »

Eve débarrasse les assiettes, les boîtes en carton des plats à emporter. Sean veut l'aider mais elle l'en dissuade et va lui chercher une autre bière.

Après qu'il en a bu la moitié, il demande :

« Vraiment, tu vas bien, Eve ? À propos de Brett, je veux dire.

— Je vais m'en sortir. Il y a beaucoup de choses à régler. J'ai dit à Natty que je n'étais même pas sûre de vouloir rentrer aux États-Unis. Je pourrais rester ici. Refaire ma vie… Essayer du moins. Et toi ? Tu vas bien ?

— Bien sûr. Tu me connais.

— Ah bon ? »

Il la regarde, déconcerté.

« Qu'est-ce que tu veux dire ?

— Je te connaissais, Sean. Autrefois. Mais à présent, je ne sais pas.

— Les choses changent. La vie change, dit-il. Ce que je voulais à 20 ans n'a plus rien à voir avec ce que je veux maintenant.

— Est-ce que cela ne te pèse pas trop ?

— De quoi parles-tu ? »

Eve montre d'un geste la magnifique cuisine qui les entoure.

« Tout cela, dit-elle. Ce besoin d'avancer envers et contre tout, de réussir encore et encore. Cette quête infinie de la perfection : la maison idéale, la vie idéale… » Sean l'arrête au milieu de sa phrase et, d'un air légèrement vexé, murmure :

« Tout cela, c'est Natty. Pas moi.

— Je sais », répond-elle. Et il détourne le regard.

Au bout d'un moment, il penche la tête en arrière et soupire.

« Parfois, oui, ça me pèse… avoue-t-il. Je me demande ce qu'elle essaie de prouver et à qui.

— Elle est toujours aussi tendue ? »

Sean éclate de rire.

« Natty ? Je ne me rappelle pas l'avoir vue autrement que tendue ces derniers temps. C'est comme si elle n'avait pas d'autre attitude à son répertoire.

— Il y a un manque, non ?

— Chez Natty ? »

Eve lui saisit le poignet.

« Non, chez toi, Sean.

— Ouah ! » souffle-t-il. Pendant une seconde, Eve craint d'avoir raté son approche. Elle l'observe, histoire de jauger sa réaction et, à son immense soulagement, constate qu'il ne se referme pas. Elle discerne même une lueur d'intérêt dans ses yeux, au lieu du rejet glacial qu'elle redoutait. « Ouah ! refait-il pareillement. Madame la psychologue, vous êtes forte.

— Pas de ça entre nous, répond-elle à mi-voix. Je me fais juste du souci pour un vieil ami. »

Sean réfléchit puis se lâche : « C'est ma jeunesse qui me manque. Je voudrais me sentir de nouveau jeune et enthousiaste. Nous avons été parents trop tôt et, depuis, Natty s'ingénie à tout régler au poil près, année après année. Nous savons d'avance tout ce qui va se passer. Il n'y a plus de place pour l'imprévu. Les filles seront bientôt adultes, et nous sommes sur le point de profiter d'une liberté que nous n'avons jamais eue. Mais je ne suis pas sûr que Natty veuille de cette liberté. J'essaie de la convaincre de vendre l'hôtel, mais… »

Eve lui lâche le bras et recule au fond de sa chaise.

« De quand date ta dernière pipe, Sean ? »

Il marque un temps d'arrêt, totalement éberlué, le visage figé par la surprise. Deux secondes plus tard, il répond de mauvais gré :

« J'en ai demandé une pour mon anniversaire.

— Et tu l'as eue ? »

Il fait non de la tête et part d'un rire narquois.

Eve se lève, s'agenouille devant lui et commence à retirer son pull sans le quitter des yeux. Quand elle dégrafe son soutien-gorge, il ne fait rien pour l'en empêcher. Pourtant sa fille est au premier, dans la baignoire, elle peut redescendre d'un instant à l'autre. Mais non, il la laisse faire.

Eve plonge la main dans le caleçon de Sean et en extrait sa bite avec un petit sourire coquin. La sensation de puissance qu'elle éprouve dans ces moments-là l'excite au plus haut point. Et la dépendance que ces hommes développent ensuite envers elle lui a toujours bien servi.

D'abord, elle caresse le pourtour du gland du bout de la langue, le lèche avec gourmandise et, quand elle prend son sexe tout entier dans sa bouche, elle l'entend haleter : « Putain. »

Il pose ses mains tantôt sur ses cheveux, tantôt sur son visage, avec des gestes rapides, impatients.

« N'arrête pas. Je t'en prie, continue. »

Elle lève les yeux, l'observe entre ses cils. Elle voit son visage contracté, comme éperdu d'angoisse. Il arrive au point critique. Alors elle accélère le rythme.

Le torse en avant, les mains crispées de chaque côté de son siège, il jouit violemment. Tout son corps est agité de tremblements.

« Putain ! répète-t-il, sur un ton étonné à présent. Tu as avalé ? Tu as vraiment avalé ? »

Eve le regarde au fond des yeux, fronce les sourcils et répond innocemment : « Bien sûr. Pourquoi ? Ça ne se fait pas ? »

DIX JOURS PLUS TARD

10

Nous sommes à cinq minutes de la maison, sur la route de Crook, direction Bowness-on-Windermere. J'essaie d'éviter les coups de volant mais les virages serrés, les creux et les bosses qui déforment la chaussée arrachent des gémissements à Felicity.

Une Aston Martin me colle au train. Pendant les deux premiers kilomètres, j'ai fait preuve de patience, mais là, elle commence à m'emmerder. Pour m'amuser, je touche la pédale de frein du pied gauche tout en gardant le droit sur l'accélérateur. Dès que mes feux stop s'allument, le type derrière ralentit et moi, j'en profite pour accélérer. Victoire dérisoire mais qui me fait sourire quand je regarde dans le rétro et que je vois son air furieux. Bien fait.

Avant de quitter la France, j'ai offert des fleurs et des chocolats aux infirmières et deux bouteilles de champagne *premier cru** au merveilleux chirurgien qui a sauvé la vie de Felicity. Il a été vraiment adorable. Il passait la voir dans sa chambre plus souvent que nécessaire ; il m'a aidée à remplir les papiers de l'assurance ; il a même rapporté de chez lui des DVD en anglais pour que Felicity s'ennuie moins.

J'ai eu un petit coup de cœur pour lui, ce qui n'a rien d'étonnant, j'imagine.

Felicity est faible et très amaigrie, mais sinon elle va bien. Elle mange presque normalement et pourtant elle a toujours ce teint grisâtre. D'après ce qu'on m'a dit, il lui faudra du temps – un mois environ – pour recouvrer la santé et encore plus pour reprendre les cours.

Nous dépassons l'hôtel Wild Boar, le golf de Windermere, et voilà. On y est presque. J'ai hâte de la voir chez nous, hâte de la mettre au lit et de la gâter tout plein. En plus, Sean sera bien soulagé de voir la famille de nouveau réunie. Il s'est laissé déborder par les événements – je l'ai deviné à sa voix.

Au téléphone, je l'ai trouvé inhabituellement silencieux. Il a eu beau me répéter vingt fois que tout allait bien, je sais que la solitude lui a pesé. C'est le genre d'homme qui se sent perdu loin de sa femme ; sans repas réguliers, sans ses petites habitudes, il se laisse aller.

Je suis impatiente de le retrouver. Impatiente de l'aimer. Il m'a suffi d'une seule journée de séparation pour comprendre combien je souffrais de son absence. Et j'ai réalisé que je m'étais trompée. Comme nous sommes toujours ensemble, je croyais que notre amour était une chose acquise. J'ai beaucoup réfléchi, je me suis posé des questions : *Et si je faisais passer notre couple avant tout ? Avant les filles, avant l'hôtel ? À quoi ressemblerait notre vie si je me recentrais sur nous ?*

Chaque fois que j'imaginais ce scénario, je voyais Sean me sourire (il était nu). Et moi aussi, je souriais.

Heureusement qu'Eve était là. C'est le ciel qui nous l'a envoyée. Dieu merci, elle a pu prolonger son séjour pour s'occuper de Sean et d'Alice – hélas, elle est repartie maintenant, elle est rentrée chez elle dans l'État de Washington. Pendant que j'étais en France, j'ai fini par obtenir une connexion Internet sur mon téléphone, ce qui m'a permis de lui envoyer des fleurs pour la remercier de son dévouement. Je lui suis tellement reconnaissante. J'espère qu'elle a trouvé le bouquet en arrivant et qu'il a mis un peu de lumière dans son quotidien. Je suis si triste quand je l'imagine rentrant dans une maison vide.

Je regarde Felicity. Elle est heureuse.

« C'est si joli, tu ne trouves pas, maman ? dit-elle. Chaque fois qu'on part loin d'ici, j'oublie combien cette région est belle.

— Je sais. Nous avons de la chance. »

Il y a eu des inondations durant notre absence. Rien de catastrophique. C'est juste qu'il n'a pas cessé de pleuvoir et que l'eau s'est accumulée en surface. C'est ainsi quand la pluie tombe sur un sol déjà gorgé d'eau.

Aujourd'hui, de grandes mares recouvrent les champs de chaque côté de la route. C'est drôle de voir les pins sylvestres émerger de l'eau, droits comme des piquets. Je dis « champs », mais il ne s'agit pas de terres cultivables comme celles qu'on laboure à dates régulières pour y faire pousser des trucs. La plupart servent de pâturages pour les moutons.

Les champs de South Lakeland sont petits, petits et jonchés de ces énormes blocs de roche qui, dûment taillés, ont servi à monter les murets en pierre sèche qui les enclosent.

À travers le pare-brise, Felicity désigne des agneaux nouveau-nés regroupés sur les monticules rocheux, à l'abri de l'humidité. Au même instant, mes roues plongent dans une grosse flaque et l'eau gicle très haut de part et d'autre de la voiture. Tout le paysage est d'un vert profond, luxuriant. Le vert britannique.

En nous engageant dans notre allée, nous voyons qu'Alice a suspendu une banderole au-dessus de la porte d'entrée : « Bienvenue à la maison, Felicity ! » Et Felicity se tourne vers moi, le sourcil levé. Elle commence à se dire que le fait d'avoir frôlé la mort n'a pas que des aspects négatifs.

« Peut-être qu'elle sera gentille avec moi pendant quelque temps, plaisante Felicity.

— Profites-en tant que ça dure », répliqué-je.

Je descends de voiture et me dirige vers la portière de Felicity pour l'aider à sortir quand, du coin de l'œil, j'aperçois Sean qui s'approche. Je m'apprête à lui ouvrir les bras mais quelque chose me retient. Il y a un truc qui cloche.

Je le dévisage, comme frappée d'épouvante.

« Qu'y a-t-il ? dit Sean en marchant vers moi, un sourire forcé sur le visage. On dirait que tu as vu un fantôme, Natty.

— Que s'est-il passé ? Où est Alice ? Elle va bien ? »

Il pose la main sur mon épaule, ce qu'il ne fait jamais, et tout à coup la panique me gagne.

« Alice va bien, me rassure-t-il. Très très bien. Elle est en cours. Évidemment, elle ne voulait pas y aller, ce matin. Elle aurait préféré être là pour vous accueillir. Mais je lui ai dit qu'elle devait…

— Qui est mort ?

— Comment ? glousse-t-il.

— Est-ce que quelqu'un est mort ? Où est mon père ?

— Natty, calme-toi. Personne n'est mort. Tout le monde va bien.

— Que se passe-t-il, alors ? Il suffit de te regarder pour comprendre qu'il s'est passé un truc affreux. Dis-moi. On dirait que tu n'as pas fermé l'œil de la semaine. Tu es malade ? Tu as vu le docteur ? »

Il soupire.

« Si on entrait ?

— Non. Dis-le-moi tout de suite. »

Il soutient mon regard pendant un long moment avant de secouer la tête. Son corps, sa posture révèlent clairement le conflit qui se joue en lui. Je ne sais qu'en penser.

Il se penche vers Felicity par la portière du conducteur.

« Salut, Miss Monde ! dit-il, jovial. Comment tu vas ? On ferait bien d'entrer, non ? Attends de voir comment Alice a décoré ta chambre – tu vas adorer. »

Il ne fait pas de commentaires sur sa pâleur, ce dont je lui suis reconnaissante. À travers la vitre, je vois Felicity se tendre vers lui. Mais brusquement, alors qu'elle s'apprête à l'embrasser sur la joue, la douleur se réveille dans son ventre et la cloue sur son siège. Instinctivement, Sean et moi volons à son secours – Sean contourne la voiture par l'arrière, moi par l'avant.

Il arrive le premier.

« Ne bouge pas, mon trésor. Je t'en prie, ne bouge pas. Je vais te porter jusqu'à la maison, dit-il en s'accroupissant devant elle. Où as-tu mal ? Tu peux me montrer ? »

Il me décoche un rapide coup d'œil, comme pour demander « C'est normal ? », mais Felicity répond avant moi.

« C'est bon, papa. »

Elle sourit parce qu'elle trouve qu'il en fait trop. Mais je vois bien qu'elle n'est pas dans son assiette.

« Je peux marcher, lui dit-elle. J'ai juste oublié que je ne dois pas bouger trop vite.

— Très bien, fait-il avec un deuxième coup d'œil inquiet dans ma direction. Ne sors pas tout de suite. Quand tu auras repris ton souffle, je t'aiderai à poser les pieds par terre. »

Il lui caresse tendrement le haut du bras, comme s'il craignait de lui refaire mal. Il lui dit qu'il l'aime, qu'elle lui a beaucoup manqué. J'essaie de lui expliquer qu'elle sera en mesure de descendre toute seule dans quelques secondes, mais il n'écoute pas.

Avant de quitter la France, j'ai tenu à ce que Felicity s'exerce à monter en voiture, à en descendre, à se lever, à s'asseoir. Du coup, elle fait tout cela à son rythme, mais elle le fait.

Sean l'embrasse sur la joue, se relève, pivote vers moi. De nouveau, nous nous retrouvons face à face. C'est alors que je réalise que Felicity n'est pas la seule cause de son affolement. Il y a autre chose. Ma première impression était la bonne : il se passe quelque chose de très grave, ici.

« Parle », lui intiment mes yeux exorbités par la peur. « Vas-y, dis-moi. Qu'est-ce que c'est ? »

Et avec un regard éperdu, un regard où je peux lire un désespoir absolu, il murmure : « Natty, je suis vraiment désolé. »

Felicity est couchée dans sa chambre au premier, la télé allumée, l'ordinateur portable ouvert. Moi, je suis debout dans la cuisine et je tremble comme une feuille. Je pense : *Il a perdu tout notre argent.* Ce pauvre idiot a tout placé en Bourse et maintenant nous sommes sur la paille. J'ai toujours su que boursicoter était une mauvaise idée.

« Vas-tu cracher le morceau, oui ou non ? »

Il ferme les yeux, prend une longue inspiration et, d'une voix aussi ferme que lui permet sa nervosité, répond : « Je suis amoureux d'Eve. »

Je crois avoir mal entendu.

« Tu es *quoi* ? »

Il répète :

« Je suis tombé amoureux d'Eve Dalladay.

— En deux jours ? Non, tu te trompes. C'est impossible. »

Il passe d'un pied sur l'autre.

« En fait, ça fait plus de deux jours. »

Je tique un peu en entendant sa réponse mais, à dire vrai, je ne ressens rien sur le moment. Pas de colère, en tout cas. Plutôt de la confusion. Comme si je me trouvais en présence d'un vilain garnement ayant certainement fait quelque chose de très très mal et que je n'arrivais pas à décider de l'attitude à adopter, faute de pouvoir mettre de l'ordre dans mes idées.

« Tu es tombé amoureux d'Eve, dis-je froidement, comme s'il s'agissait là d'une simple constatation.

— Oui. »

Il plisse les yeux, essaie de voir si je joue les idiotes. Il craint le pire.

Quant à moi, j'aimerais y voir plus clair.

« Si je comprends bien, tu es en train de me dire que, pendant que j'étais en France à m'occuper de notre fille malade, à dormir dans une chambre d'hôpital, à compter les heures en attendant que nous soyons de nouveau tous réunis, tu es sorti avec mon amie. »

Il hoche la tête en rentrant les épaules.

Je lance un regard excédé vers le plafond et je vais allumer la bouilloire.

« Je ne te crois pas. »

Il se garde d'insister. Entre deux gestes, je commence à l'observer plus attentivement. Il a vraiment une sale tête. Il est presque aussi blême que Felicity. L'idée me traverse l'esprit qu'il souffre peut-être d'anémie. Je m'empare du téléphone, bien déterminée à demander au médecin de lui prescrire des analyses.

« Natty, est-ce que tu écoutes ce que j'essaie de te dire ?

— Mais, Sean, elle est rentrée chez elle. » J'appuie sur chacun de mes mots. « Eve est retournée en Amérique. Comment veux-tu me faire croire qu'il y a quelque chose entre vous alors qu'elle n'est même plus dans ce pays ? » Je repose le combiné et m'avance vers lui. « Sean, dis-je gentiment, Eve est-elle au courant ? Lui en as-tu parlé ? À mon avis, tu délires complètement. »

Mon visage exprime une certaine inquiétude mais, dans le fond, je suis surtout embarrassée. Aurait-il eu un geste déplacé envers Eve ? Est-ce pour cela qu'elle est partie ? Mon Dieu, ce serait horrible. Comment faire pour aborder ce sujet ?

« Elle s'est installée à l'hôtel, dit-il.

— Quel hôtel ? Le nôtre ?

— Elle n'est pas retournée en Amérique. Étant donné les circonstances, nous avons pensé qu'il valait mieux te faire croire qu'elle était partie. »

Je nage en pleine confusion.

« Dans quelle chambre est-elle ? dis-je en tremblant parce que… c'est peut-être vrai.

— Quelle importance ? réplique-t-il.

— Tu me réponds, oui ou merde ? »

Il se lance dans des explications, des excuses, des pourquoi, des comment, mais sa logorrhée me passe largement au-dessus de la tête. Je ne saisis pas un traître mot. Je lui intime le silence en levant la main et, soudain, je sens que ça vient. La colère arrive. Je la sens monter. En un quart de seconde, je suis passée de l'abrutissement, de l'absence d'émotions, à la fureur noire.

Je suis possédée par une créature hideuse, hystérique. Elle vient de s'éveiller en moi et elle veut sortir. Si elle y parvient, j'ai peur qu'elle me fende en deux. J'essaie de contrôler mon souffle mais…

« ESPÈCE D'ENFOIRÉ ! Salopard d'enfoiré ! »

Il recule, ferme les yeux, accuse le coup.

« Comment peux-tu être amoureux d'elle ? Comment ? Parle !

— Je crois que je ne pourrais pas l'expliquer même si je le voulais.

— Essaie.

— Je ne sais pas. On ne décide pas de tomber amoureux, Natty. C'est une chose qui vous prend au dépourvu.

— Arrête tes conneries.

— Ni elle ni moi ne l'avons cherché, tu peux me croire. »

Il s'exprime comme s'il tentait désespérément de se justifier. Mais de sa bouche ne sort qu'un flot ininterrompu de clichés.

« Justement, je ne te crois pas... Je ne comprends pas comment, en l'espace de quelques jours, tu as pu...

— C'était plus que quelques jours, et tu dois me croire, insiste-t-il. Tu dois me croire, parce que c'est vrai. »

Mon cœur bat la chamade. Le vase en verre sur le comptoir de la cuisine attire mon œil. Je le regarde fixement, je sens ma main se tendre vers lui.

« Tu ne vas pas me le jeter à figure, hein ? » me demande-t-il en se frottant le menton d'un air las.

Et je ferme les yeux en serrant très fort les paupières. Nous restons un long moment sans rien dire. Moi à regarder s'écrouler mon univers, Sean à se demander si je vais l'assommer avec le vase.

Je murmure « Merde alors » et la douleur se met à enfler. Elle enfle tellement que, tout à coup, j'ai l'impression de recevoir un coup. Un vrai coup, dans le ventre, parce que, oh, mon Dieu, il est sincère. Je fixe son visage et n'y décèle que de la résignation. Il est sincère quand il prétend l'aimer.

Comment une chose pareille a-t-elle bien pu arriver ? En à peine plus d'une semaine ? Il suffit donc d'une misérable semaine pour se voir dépossédé de sa vie par une autre personne ?

Je fonds en larmes.

« Tu l'as baisée, j'imagine ? »

Il ne répond pas.

« Qu'est-ce que je raconte ? Bien sûr que tu l'as baisée. »

Quand il acquiesce, je serre encore les dents, j'essaie d'être courageuse, d'éviter de recevoir un autre coup au ventre.

« Mon Dieu, Sean, oh, mon Dieu, qu'est-ce que ça fait mal ! Tu as vraiment bien réfléchi ? Parce que ça fait vraiment mal. Ça me tue d'être plantée là à t'écouter.

— Je ne voulais pas te le dire aujourd'hui. Je comptais attendre. Attendre que Felicity et toi soyez bien installées et davantage en état de...

— En état de quoi ? Tu prévoyais de dormir avec moi comme si de rien n'était ? Tu comptais me le dire demain ? Et si j'avais voulu faire l'amour ? Et si... »

Il m'interrompt d'une voix douce.

« Tu n'aurais pas voulu faire l'amour, Natty. »

Je déglutis et je regarde mes mains.

J'ai presque honte parce qu'il a raison. Même si voilà une heure, j'avais terriblement envie de lui, je sais que je n'aurais pas franchi le pas. Je me serais esquivée au premier attouchement. Sans doute à cause du souci que je me fais pour Felicity, ou de n'importe quoi d'autre. Aujourd'hui, je suis comme ça. Je suis devenue comme ça.

Je tente de me ressaisir.

« Il y a un rapport avec... tu sais, autrefois ? »

Il fait non de la tête.

« Est-ce pour me punir ? Me faire payer ce que tu as fait pour moi ? C'est ça, hein ? On finit toujours par récolter ce qu'on a semé.

— Tu es injuste, dit-il.

— Injuste ! Tu ne m'offres même pas la possibilité de redresser la situation. Tu me regardes comme s'il n'y avait plus rien à faire, rien à dire. Et je n'ai même pas le droit de donner mon point de vue. Étais-tu malheureux à ce point, Sean ?

— J'ai été heureux, dit-il.

— Pas suffisamment, on dirait. »

Il pince les lèvres pour esquisser un sourire de sympathie.

« Désolé, souffle-t-il.

— Et si on allait consulter un conseiller conjugal ? On pourrait se battre. Ce serait trop bête de tout perdre. » Je me fais suppliante. « On mérite bien un petit effort, non ? »

Ma voix grimpe dans les aigus, suivant ainsi la courbe ascendante de mon désespoir. « Je ne sais même pas ce que j'ai fait de mal. » Je m'avance vers lui, le visage implorant, mais il recule. « Dis-moi ce que j'ai fait et je réparerai. » Je veux le prendre dans mes bras mais il se rétracte. Il me repousse.

« Natty, écoute, il n'y a rien à réparer. Tu n'as rien fait de mal. Tu as été la meilleure des épouses, la meilleure des mères. Tu as fait ton possible.

— Et alors ? »

Il hausse les épaules, ne sachant que dire.

« C'est parce que je ne suis pas elle ? Parce que je ne suis pas Eve ? »

Il reste coi.

Je me penche sur le comptoir, la tête dans les mains. Je ne sais pas quoi faire. Je voudrais qu'il cesse de dire ce qu'il est en train de dire. Je me sens aussi désemparée que le soir où j'ai reçu le coup de téléphone de la prof de Felicity. Le soir où j'ai cru que ma fille allait mourir. Je suis dans le même état.

« Je t'en prie, Sean, oublie tout cela. Il le faut. Comment je ferais sans toi ? »

La paume de sa main se pose sur mes reins, dans une timide tentative de réconfort. Et pour la première fois de ma vie, je sens qu'il se force à me toucher. Il fait cela par obligation, faute de trouver autre chose.

Je le regarde et je répète :

« Je t'en prie. Je vais m'améliorer, je te le promets. Je vais changer, je sais que je n'ai pas toujours été...

— Natty, murmure-t-il. Ne fais pas ça.

— Ça quoi ? dis-je en sanglotant.

— Ne fais pas ça. Ne rends pas les choses plus difficiles qu'elles ne le sont déjà.

— Je n'arrive pas à croire que tu vas me quitter. Après tout ce qu'on a vécu ensemble. Après toutes les victoires qu'on a remportées. Essaie de m'expliquer, Sean. Je sais que ça n'a pas toujours été facile, nous avons eu des problèmes, mais quel couple n'en a pas ?

— Personne ne m'a jamais aimé ainsi, lâche-t-il simplement. Personne ne m'a jamais désiré aussi fort. C'est complètement nouveau pour moi. Que quelqu'un ait à ce point besoin de moi... c'est... c'est comme si je n'avais pas le choix. Je ne peux pas revenir en arrière. Ce qui m'arrive est trop énorme. »

Il a des larmes plein les yeux. Je sais qu'il ne voulait pas en arriver à me dire de telles choses. C'est moi qui ai insisté.

« Écoute », reprend-il au bout d'une minute. Il cherche à se ressaisir mais sa voix tremble encore un peu. « Je promets de faire de mon mieux pour que vous n'en souffriez pas trop, toi et les filles. J'essaierai de rendre la chose aussi indolore que possible.

— Indolore ? dis-je en sanglotant. Et comment tu comptes t'y prendre ? Sean, tu es mon mari, pas le sien. Cela ne signifie rien pour toi ? »

Mais soudain, je m'aperçois que je n'ai plus envie de me battre. Le supplier ne sert à rien. Il veut partir, il veut me quitter. Je l'ai perdu.

« Je l'aime, déclare-t-il. Je ne peux rien contre cela, Natty. Franchement, je le voudrais mais je ne peux pas. »

11

Et voilà, il est parti.

Quand Alice est rentrée du lycée, Sean lui a demandé de le rejoindre dans la chambre de Felicity. Puis il s'est évertué à leur expliquer pourquoi il ne pouvait plus vivre avec nous. Me sentant incapable d'assister à cela, je suis restée dans le couloir à larmoyer tout en écoutant Alice hurler sur son père et Felicity l'interroger sur notre avenir. Elle s'intéressait aux aspects pratiques : est-ce qu'on continuerait à habiter cette maison ? Est-ce que Sean et moi conserverions l'hôtel ? Autant de questions que je n'avais même pas eu l'idée de poser.

C'était il y a quatre jours. Depuis, je n'ai quasiment pas quitté le lit, sauf pour errer dans la maison et prendre soin de Felicity. Je suis possédée par une sensation difficile à définir, ou plutôt par une absence de sensation, un vide sans fond, un néant. Je voudrais pleurer. Je voudrais hurler à m'en faire péter les cordes vocales mais je n'y arrive pas. C'est comme si mes émotions s'étaient mises sur pause.

Bien évidemment, j'ai passé ma première nuit après le départ de Sean à me faire du cinéma, à les imaginer tous les deux ensemble. La bouteille de vin que je me suis enfilée n'a fait qu'aggraver les choses. Au fond de mon lit, la tête comme un melon, je n'en finissais pas de me demander : *Comment cette histoire a-t-elle commencé ?* Comment ont-ils fait pour passer de la conversation banale entre amis où chacun s'intéresse à la vie de l'autre, du gentil badinage, à la partie de jambes en l'air ?

Ont-ils parlé de moi ? Sean lui a-t-il fait des confidences à mon sujet ?

Oscillant entre indignation et dégoût de moi-même, j'ai tout à coup repensé à mon séjour en France. Qu'ont-ils fait quand j'étais là-bas ? Je les ai imaginés assis dans le canapé, se lançant des clins d'œil complices en attendant qu'Alice aille dormir. Regardaient-ils la télé tout en vérifiant leur montre ? Je me suis représenté Eve, les jambes repliées sous elle, interrogeant innocemment Alice sur sa journée, avant de pouvoir monter se coucher avec Sean.

Lui a-t-il écrit des textos comme ceux qu'il m'envoyait autrefois ?

« RV à la maison dans une heure… vérification allumage ? Ou si on a le temps, révision complète des pièces du moteur ? »

Lui a-t-il fait couler un bain ? L'a-t-il interrogée sur son couple ? Lui a-t-il dit qu'elle était belle toute nue ? Plus que moi ? (Elle l'est, de toute façon.)

Comment cela a-t-il démarré, exactement ?

Sont-ils passés par une phase d'échanges intellectuels, de séduction, ou bien Sean s'est-il jeté sur elle comme tout mâle en rut est supposé le faire en présence d'une femelle disponible ? Je veux dire, Arnold Schwarzenegger est passé par là ; il a couché avec sa bonne. Pourquoi ? Parce que cette femme était à la fois belle et géniale ? Non, juste parce qu'elle était là, chez lui. *À portée de main.*

Pareil pour Jude Law.

Ces femmes étaient présentes, accessibles. Ils n'avaient qu'à dire : « Allez hop ! On y va ? »

Pourquoi Sean serait-il différent des autres ?

Mon père téléphone plusieurs fois par jour mais je ne peux pas parler. Les muscles de ma gorge sont trop contractés ; j'ai l'impression qu'une grosse pilule est restée coincée au fond de mon gosier. Et en plus, il n'y a rien dire. Ce matin, je lui ai balancé « Je ne vais pas me suicider, inutile d'appeler tout le temps », et il semble avoir compris le message. J'ai ajouté que je finirais bien par me lever. Penny, la mère de Sean, est passée par chez nous. Au lieu de lui ouvrir, j'ai mis la tête sous l'oreiller et je l'ai laissée tambouriner sur la porte en me disant qu'elle se fatiguerait vite. Le répondeur déborde de messages laissés par des connaissances. Ils voudraient m'avoir en direct pour me consoler, mais encore une fois, je ne parle pas. Mon instinct me dicte de fermer les écoutilles, de me tenir en retrait aussi longtemps que nécessaire.

Les filles sont toujours dans un état second. Au début, Alice s'est comportée comme je m'y attendais – elle braillait au téléphone, ordonnant à son père de revenir sur-le-champ pour constater de visu les dégâts qu'il avait causés. Et, soyons juste, il est revenu. Mais pour répéter la même chose : il s'en voulait énormément, il regrettait amèrement de me – nous – faire souffrir, mais il ne rentrerait pas à la maison. Quand il est reparti, Alice est venue me voir en pleurant, ses cheveux roux ébouriffés, les yeux injectés de sang. « On dirait qu'il est devenu fou. Il n'est même pas capable de fournir une explication. Que lui est-il arrivé, maman ? »

Aujourd'hui, j'ai recommencé à m'alimenter. Postée devant l'évier, j'ai brisé des crackers en petits morceaux que j'ai méthodiquement glissés entre mes lèvres comme des pièces dans la fente d'un distributeur automatique. Mon estomac ne supporte rien d'autre, le reste me donne envie de vomir. Et j'ai toujours la nausée quand je les imagine en train de baiser.

Un souvenir me hante. Il y a quelques années, Eve avait pris le train de Southampton pour débarquer à la maison, vêtue de manière décontractée – un pull, un jean – car elle n'avait pas de conférence, ce jour-là. Mais quand j'ai ouvert la porte de la chambre d'amis pour lui apporter une tasse de thé, je l'ai surprise accroupie devant sa valise, affublée de sous-vêtements ridicules – je ne trouve pas d'autre qualificatif.

« Tu as mis ça pour voyager ? me suis-je exclamée en me demandant comment elle avait pu passer huit heures assise avec un string sous son jean.

— Quoi donc ? Ah oui, avait-elle répondu en souriant sans la moindre gêne, avant d'ajouter d'un air malicieux : Il arrive qu'on fasse des rencontres, dans les trains. »

Elle plaisantait, bien sûr, mais dans mon for intérieur j'ai continué à m'interroger. Cette tenue faisait-elle partie de la norme vestimentaire ? Dans ce cas, c'était moi qui étais à côté de la plaque, avec ma tendance à privilégier le confort sur l'apparence. J'ai confié ces réflexions à Sean, lequel s'est gentiment moqué en disant qu'Eve avait sans doute des goûts de luxe et qu'il me trouvait sexy quoi que je porte.

Le soir où Sean nous a quittées, ce souvenir est revenu me hanter.

Avait-elle laissé entrouverte la porte de la chambre d'amis pour que Sean l'aperçoive en petite tenue ? Les choses ont-elles démarré ainsi ? Ou était-il injuste de tenir Eve pour responsable ?

Certes, il est nettement plus rassurant de lui faire porter le chapeau. Je dois me répéter sans arrêt : « Mais non, Eve n'est pas la seule en cause. » Sean possède un cerveau en état de marche, lui aussi. Je n'ai pas envie de ressembler à ces femmes pathétiques qui s'obstinent à dire : *Il n'y est pour rien, c'est elle qui a tout manigancé.* En plus, il faut tenir compte du fait qu'Eve était mon amie. Ce n'est pas comme si une dominatrice sans nom, sans visage, m'avait enlevé mon mari. Je suppose qu'elle a dû s'en vouloir elle aussi.

Il est dans les dix-sept heures, j'ai enfourné deux pizzas surgelées pour le dîner des filles et Alice révise ses cours, assise à la table de la cuisine. Elle passe ses examens dans deux semaines mais je vois bien qu'elle n'arrive pas à se concentrer. Quand je suis entrée dans la cuisine, tout à l'heure, elle regardait son livre d'un œil vide, comme s'il était imprimé en urdu.

« Pourquoi tu ne le hais pas ? me demande-t-elle d'une voix à peine audible.

— Mais si, je le hais. »

C'est un mensonge.

« On ne dirait pas. »

Je grimace un sourire triste.

« Eh bien, moi, je le hais », renchérit-elle. Ce qui ranime en moi toutes les scènes que j'ai pu voir dans les films : une mère tente de calmer le jeu en disant à son enfant : « Il ne faut pas le haïr. C'est ton père. Il t'aimera toujours. »

Mais, personnellement, je ne trouve rien à lui conseiller à part : « Je sais, Alice, tu n'as qu'à le haïr, si ça peut t'aider. »

On sonne à la porte. Alice lève les yeux.

« J'y vais », dit-elle.

Je la laisse faire, par lassitude. C'est probablement la mère de Sean. Il faut bien que je me décide à lui parler un jour.

J'entends la voix d'Alice dans l'entrée. Elle s'écrie : « Oh ! » sur un ton de surprise enfantine. Puis elle redit : « Oh ! C'est toi. »

Comme je n'entends pas la réponse, je vais la rejoindre en supposant qu'il s'agit de Sean. Mais pourquoi ne se sert-il pas de sa clé ? En est-on déjà arrivés là ? Mais ce n'est pas Sean. C'est Eve que je trouve plantée sur le seuil.

Elle affiche un air sombre mais elle a plutôt bonne mine.

« Il fallait que je vienne. »

Je ne sais trop quoi répondre. En temps normal, je ressens de la joie quand je la vois apparaître. J'ai envie d'embrasser, de serrer contre moi cette amie qui m'a toujours soutenue. Et, l'espace d'un bref instant, j'éprouve le même élan d'affection. C'est proprement incroyable, mon corps me trahit, mon cerveau n'a toujours pas réussi à traiter les dernières informations.

« Je sais bien que je suis la dernière personne que tu as envie de voir, Natty, reprend-elle sans me brusquer. Mais, en même temps, il fallait que je vienne.

— Pourquoi ?

— Parce que ça me brise le cœur de savoir que tu souffres. »

Alice s'avance vers elle.

« Tu aurais dû y penser avant de t'amener ici pour foutre…

— Alice, dis-je en posant la main sur son épaule. Tais-toi. »

Alice me regarde comme si j'avais perdu l'esprit.

« Laisse-la s'exprimer. Et j'aimerais bien discuter seule avec elle. Eve et moi avons des choses à nous dire. »

Une fois Alice partie, j'attends qu'Eve se décide à parler.

« Je n'ai pas voulu te blesser, commence-t-elle.

— Mais tu l'as fait.

— Oui. Pourtant, si tu savais combien nous avons lutté, Sean et moi. Si tu savais à quel point nous avons voulu éviter cela.

— C'est censé me remonter le moral ? »

Elle baisse brusquement la tête.

« Non. Mais sache que nous n'avons pas agi à la légère. Sache que nous t'aimons tous les deux, Natty. Ce qui s'est passé entre nous a été si soudain, si imprévisible. Ça nous est tombé dessus comme ça. »

Sa voix se brise et je dois me faire violence pour ne pas lui tendre la main.

Je murmure : « Sean m'a dit que personne ne l'avait jamais aimé ainsi. Tu réalises un peu l'effet que ça fait d'entendre une chose pareille ? »

Elle secoue la tête.

« Non.

— Ça fait sacrément mal… Enfin bref, pourquoi tu es venue exactement ? »

Durant une demi-seconde, je me dis qu'elle va peut-être craquer, tomber à genoux devant moi, implorer mon pardon. Mais non, pas du tout. Elle prend juste le temps de réfléchir avant de répondre, mais sans me lâcher du regard. Son air affligé a disparu, remplacé par une froideur inouïe. On dirait que le blanc de ses yeux s'est transformé en glace. « Je sais que tu n'es pas près d'accepter la situation et j'imagine sans peine que tu n'auras aucune envie de nous voir, Sean et moi, pendant un bon bout de temps, mais j'aimerais que tu médites sur une chose qui m'a été d'un grand secours autrefois… quand je traversais des passes difficiles.

— Et de quoi s'agit-il ?

— Le pardon est un cadeau qu'on se fait à soi-même, Natty, se contente-t-elle de répondre tandis que je la considère d'un air ahuri.

— Je te remercie, Eve, fais-je d'une voix amère. J'essaierai de m'en souvenir », et je lui claque la porte au nez sans lui laisser le temps de conclure.

Trois jours plus tard, en arrivant chez mon père, je tombe sur Jackie Wagstaff, alias Jackie la Folle, occupée à essuyer la poussière dans le salon. Elle passe un chiffon humide sur les meubles et, pour éponger, se sert du torchon propre jeté sur son épaule gauche. Avant même de me dire bonjour, elle s'écrie : « Eh ben, vous savez ce que je lui ferais, moi, à ce salopard… Je lui couperais les couilles et je les donnerais à bouffer à cette pute. »

J'esquisse un petit sourire et m'assois sur le canapé en cuir.

Mon père est en face de moi, assis dans un grand fauteuil à oreillettes. C'est une amie, directrice de la maison de retraite de Windermere, qui me l'a prêté quand papa est rentré chez lui après son opération. Le siège est assez haut pour lui permettre de passer de la position assise à la position debout, et inversement. À bien regarder mon père, je trouve à présent que ce fauteuil ne lui correspond guère. Le tissu vieillot qui le recouvre fait vraiment tache dans cette pièce aux lignes sobres, repeinte couleur taupe.

Mon père est terriblement pointilleux en ce qui concerne son intérieur. Il est ce qu'on appelle un homme « doué de ses mains » (il sait presque tout faire par lui-même et, sinon, il a toujours un copain pour le dépanner). Souvent, quand je débarque chez lui, je le trouve occupé à remettre une couche d'enduit ou à installer des fenêtres double vitrage dans la véranda, ou une nouvelle chaudière à gaz. Strictement parlant, n'étant pas homologué, il n'est pas censé toucher au gaz, mais il estime que ce problème n'en est pas un, à moins de vouloir vendre la maison.

Il s'est lui-même décerné un diplôme ès bricolage : Ken Odell, docteur en plomberie, chauffage et salle de bains.

La maison est un vieux pavillon jumelé en pierre, situé dans une petite allée en retrait de la grand-route, à mi-chemin entre les villages de Windermere et de Bowness. Comme il y a devant chez lui plus de voitures que de places de parking, j'ai toujours un mal fou à me garer, ce qui me rend dingue chaque fois que je viens le voir. Surtout quand je dois lui livrer des courses et que les sacs sont trop lourds pour les transporter tous en une seule fois.

J'ai grandi dans cette maison. Nous étions trois, lui, ma mère et moi. Maman est morte quand j'avais 14 ans. Quelques années plus tard, papa a eu deux ou trois aventures sans lendemain – sur lesquelles il est resté très discret. Jackie est la première femme à se comporter comme la future maîtresse de maison.

« Vous n'êtes pas obligée de faire le ménage, Jackie, lui dis-je d'un air absent, le regard posé sur les pantoufles de mon père, lesquelles, constaté-je au passage, ne sont plus de première jeunesse. Je ne vous paie pas pour cela. »

Jackie est employée par l'agence de services à la personne que j'ai contactée après l'opération de mon père.

« Pas de souci, répond-elle. Tant qu'à faire, puisque je suis là. »

Elle et mon père échangent un regard coupable. Ils n'osent pas encore me parler de leur relation. Une attention délicate et fort compréhensible étant donné ma situation actuelle.

Mon père s'inquiète pour moi. Il fait très attention à ce qu'il dit. « Comment va Alice ? demande-t-il.

— Toujours furieuse.

— Et Felicity ?

— Toujours silencieuse.

— Tu veux que je lui parle ? »

Je me rembrunis. « À qui ? À Sean ? Et pour lui dire quoi ? »

Il penche la tête et me sourit gentiment.

« On ne sait jamais, Natty, je pourrais peut-être lui remettre les idées en place. »

Mon père et Sean se sont toujours bien entendus ; ils étaient très liés. Combien de fois mon père n'a-t-il pas déclaré que Sean était comme un fils pour lui ?

Je repousse sa proposition.

« Tu perdrais ton temps », dis-je en pensant au string en dentelle noire que j'ai trouvé accroché à mon gros orteil en me réveillant, ce matin. Je n'en ai parlé à personne. C'est trop humiliant. Quand je pense à cette culotte empoisonnée oubliée entre mes draps, j'ai envie de vomir.

Mon père insiste.

« Je pourrais le prendre entre quatre yeux. Il m'écoutera sûrement…

— Il n'écoutera pas », rétorqué-je en l'interrompant.

Et comme je sens qu'il ne va pas lâcher le morceau, je lui décoche un regard noir. Je n'ai pas l'intention d'entrer dans les détails en présence de Jackie la Folle. Cette femme est plutôt gentille – je n'ai rien contre elle – mais franchement, aujourd'hui, je préférerais qu'elle ne soit pas là. Après tout, je la connais à peine. Et je ne me vois pas déballer ma vie privée devant elle.

Mon père se redresse sur son fauteuil et change la position de ses pieds en grimaçant de douleur parce que ses genoux tout neufs viennent de lui envoyer une décharge dans les jambes. Il a beau sortir d'une grave opération, cela fait des siècles que je ne l'ai pas vu aussi guilleret.

Il a toujours fait plus vieux que son âge – son cher tabac à rouler en est probablement la cause. Il a 61 ans et fume beaucoup plus qu'il ne consent à l'admettre.

Voilà quelques mois, lors de son rendez-vous chez le chirurgien orthopédiste, je l'ai entendu proclamer qu'il grillait quinze cigarettes par jour. J'ai alors pris un air étonné jusqu'à ce qu'il consente à rectifier, à mi-voix : « Disons plutôt vingt. » Quand on lui a demandé s'il prenait des médicaments, il a répondu : « De la bonne bière anglaise. » L'infirmière n'a pas franchement apprécié.

« Tu es retournée à l'hôtel ? » me demande-t-il.

Je fais signe que non.

« *Elle* y est.

— Est-ce qu'ils ont le droit de faire ça ? intervient Jackie. Est-ce que votre mari a le droit de l'héberger là-bas ? Ils ont un sacré culot, tous les deux. Vous ne pourriez pas la fiche à la porte ? »

Je soupire de lassitude.

« Et comment suis-je censée m'y prendre ? »

Jackie cesse d'astiquer pour se tourner vers moi, les mains sur les hanches, la mâchoire crispée.

« Allez voir un avocat. Dites à cette pute que vous allez la zigouiller si elle ne dégage pas de chez vous. Dites à Sean qu'il ne verra plus ses gosses. »

Je baisse la tête.

« Je ne peux pas faire ça.

— Et pourquoi pas ? Bien sûr que vous pouvez. Pour l'instant, ils se la coulent douce, Natty, mais quand ils comprendront que vous ne comptez pas vous laisser faire, ils changeront de refrain.

— L'acte de propriété est au nom de Sean. Et la licence IV aussi.

— Et alors ?

— Ils ne logent plus dans la partie réservée aux clients, dis-je après deux secondes de réflexion. Ils se sont installés sous les combles, dans une chambre de bonne. Donc leur présence ne pèse pas sur le chiffre d'affaires de l'hôtel. Il n'y a pas de manque à gagner.

— Encore heureux, insiste Jackie. Mais comment vous pouvez supporter de la savoir là-bas ?

— Je ne peux pas le supporter. Rien que d'y penser, ça me rend folle de rage.

— Alors pourquoi rester les bras ballants ? renchérit-elle. Faites quelque chose ! »

Je reste bouche bée et je lance à mon père un regard excédé censé lui faire comprendre que je suis incapable de gérer ce feu roulant de remarques, surtout en ce moment. Mais il ne cesse de hocher la tête comme un âne, ou l'un de ces vieux politiciens débiles assis aux premiers rangs, qui sont uniquement là pour approuver tout ce que dit le Premier Ministre.

« Sean doit continuer de diriger l'hôtel, dis-je patiemment. On ne peut pas fermer boutique du jour au lendemain, même dans ces circonstances. Et je préfère qu'il se charge de tout plutôt que d'avoir à gérer le personnel. Ce serait un vrai calvaire. Qu'ils soient tous au courant m'est déjà assez pénible comme ça. »

Jackie s'apprête à en remettre une couche mais elle renonce. Elle ouvre la bouche, la referme, puis elle décroche du mur la photo en noir et blanc des filles et se met à l'épousseter. Cette photo a été prise en studio quand elles avaient 7 et 5 ans. Elles sont adorables avec leurs chemises de nuit à l'ancienne, leurs petits pieds nus, leurs longs cheveux emmêlés. Alice avait perdu quatre dents de lait, deux en haut, deux en bas. Cette vision m'émeut tellement que ma poitrine commence à trembloter.

« Alors, que décides-tu à propos de l'hôtel ? rembraye mon père. Il va bien falloir régler ce problème. Vous pourriez le vendre et vous partager l'argent. »

Au bord des larmes, je lui crie : « Papa, comment veux-tu que je songe à vendre l'hôtel ? Je suis à peine capable de m'habiller toute seule, en ce moment. Tu ne comprends donc pas ? Tu ne vois pas ce que j'endure ? »

Jackie s'arrête net et se retourne.

« Il va falloir vous endurcir, Natty. Parce que, aussi sûr que deux et deux font quatre, cette femme va mettre ses sales pattes sur tout qui vous appartient. Je parie que d'ici l'année prochaine, elle se sera débrouillée pour que votre mari vous ait pompé tout votre fric… et vous vous retrouverez sans rien.

— Eve n'a pas besoin de mon argent, Jackie. Elle gagne très bien sa vie avec ses conférences et ses consultations. Et bientôt elle touchera aussi la moitié de la fortune de son futur ex-mari. En plus, Sean s'est toujours montré équitable question argent.

— Tout ça, c'est fini. »

Je lui réponds en secouant la tête : « Vous ne le connaissez pas. »

Elle renifle de dédain.

« Vous non plus, manifestement. »

Je sais ce qui s'est passé entre Jackie et son mari. Cette histoire est de notoriété publique. Je comprends que perdre tout ce qu'on possède puisse rendre cynique. Quand un mari vend la maison familiale et fiche le camp avec le magot, sa femme a toutes les raisons de devenir méfiante.

Mais Sean n'est pas comme ça. C'est un homme juste pour ce qui est de l'argent et, franchement, je ne l'imagine pas essayant de me soutirer ce qui m'appartient de droit. Surtout que c'est lui qui est en faute.

« Faites gaffe, c'est tout », souffle Jackie avant de se mettre à quatre pattes pour nettoyer la plinthe. Sur son visage, je peux lire : « Je vous aurai prévenue ! »

Quand je m'en vais, je suis plus stressée, plus accablée qu'à mon arrivée. Je ne parviens pas à décider si c'est à cause des remarques intempestives de Jackie ou de l'attitude de mon père qui la soutient de manière inconditionnelle, comme si ses allusions pernicieuses avaient le moindre fondement.

Je ne suis pas prête à affronter tout cela. Je ne peux me résoudre à comploter contre Sean, contre Eve. Ce serait trop grossier. La notion de vengeance selon Jackie m'est parfaitement étrangère. Les coups de gueule, les actions téméraires, très peu pour moi. Ce n'est pas mon genre. Jackie et mon père ont beau jeu d'évoquer la vente de l'hôtel. À les entendre, on croirait que ce qui m'est arrivé est déjà de l'histoire ancienne. Ils semblent oublier que je me suis investie corps et âme dans cet établissement. Je me suis occupée de tout : construction, gestion, jardins, personnel, clients. Il n'est pas question que je m'en débarrasse uniquement pour éviter qu'Eve se l'approprie.

Tandis que je roule en direction de Windermere, mes yeux balaient l'espace devant moi, les trottoirs, les véhicules qui viennent en face. Il faut que j'aille faire les courses, que j'achète de quoi tenir quelques jours, mais je suis morte de trouille à l'idée de tomber sur l'une de mes relations.

Je me sens humiliée.

J'ai honte de n'avoir pas su garder mon mari, alors que je devrais me sentir flouée, privée de ce qui me revient de droit. J'entends d'ici ce que les gens vont dire : « S'il avait eu ce qu'il faut chez lui, il ne serait pas allé chercher ailleurs. » Et puis : « Elle qui nous regardait toujours de haut, c'est bien fait pour sa pomme. »

Aujourd'hui, je regrette d'avoir acheté une voiture tape-à-l'œil. J'aimerais tant circuler dans un véhicule discret, plutôt que dans une Porsche Cayenne GTS rouge. L'année dernière, j'avais une Cayenne standard, gris métallisé, et cela me convenait très bien. Mais Sean l'a échangée contre cette bagnole de proxénète. Je ne m'y suis jamais habituée.

Je me gare sur le parking de Booths quand j'aperçois une femme que j'ai connue jadis, à l'école primaire. Attifée comme l'as de pique, elle pousse son caddie en marchant à côté d'une autre personne, que je ne connais pas. Quand elles repèrent ma voiture, elles échangent des regards entendus assortis de rictus moqueurs. Elles sont au courant. Tout le monde est au courant.

Dans le supermarché, je parcours les allées, la tête basse, de peur de croiser des regards. Je me colle derrière une femme d'une quarantaine d'années accompagnée d'un jeune enfant. Elle lui montre chaque légume en le nommant à haute voix. Sans doute craint-elle que Jamie Oliver ne débarque à l'improviste à l'école et que son fils soit incapable de reconnaître un chou-fleur.

Je fais la queue au rayon fromages – un abruti affublé d'un chapeau à la Indiana Jones se fait remarquer en demandant du stilton à l'abricot d'une voix tonitruante, afin que tout le monde sache qu'il mange des fromages de luxe. Moi-même, je songe un instant à prendre un bleu du Yorkshire, connu pour son prix exorbitant, mais je me ravise bien vite quand je m'aperçois que ce prétentieux a déteint sur moi. Je ne vais quand même me mettre à jouer à *Qui s'offrira le fromage le plus snob ?*. Je passe en revue la sélection des non-pasteurisés quand tout à coup je sens qu'on me pousse doucement le coude.

Je me retourne et mon cœur chavire.

C'est Alexa Willard. Elle fait une gueule d'enterrement. Je ne peux pas la souffrir et en plus je sais qu'elle ne m'a abordée que pour pouvoir se réjouir de mon malheur.

Elle m'agrippe par le bras.

« Natty, j'ai appris. C'est trop affreux, *absolument* atroce. Je n'imagine même pas ce que tu dois ressentir en ce moment. »

Je suis tentée de lui répondre : « Sans blague, Alexa ? Moi qui croyais que ton mari courait après tous les jupons qui lui passaient sous le nez. » Mais je ne le fais pas. Parce que je ne suis pas comme ça.

Au lieu de cela, je pique un fard.

« Je prends sur moi, Alexa. Je n'ai pas vraiment le choix. »

Elle opine du chef à s'en décrocher la tête et écarquille les yeux tout en parlant.

« J'admire ton courage. Ma pauvre. Ma pauvre. Comme je te plains. Évidemment, cela va sans dire… si je peux faire quoi que ce soit… Comment vont les filles ? Elles doivent être effondrées. Et après ce que tu as subi avec l'appendicite de Felicity… Au fait, comment va-t-elle ?

— Elle se rétablit. »

Elle respire un bon coup et ferme les yeux en frissonnant à l'idée de ce que j'endure.

« Les hommes ! siffle-t-elle.

— Certes », dis-je.

Je la remercie pour son amabilité et je demande une demi-livre de lancashire bien crémeux en espérant qu'Alexa me laissera tranquille et s'en ira. Mais non.

Cette femme est carrément soûlante quand elle s'y met. À fuir absolument. Tout le monde sait que, entre autres choses, elle ne permet à ses enfants de regarder des DVD que s'ils sont doublés en français ou en espagnol. La liste de ses lubies est longue comme mon bras. Contrairement à la plupart des gens, je fais des efforts pour rester aimable avec elle, mais aujourd'hui je regrette de ne pas l'avoir envoyée promener avant, parce qu'à peine sortie du magasin elle va s'empresser de raconter partout qu'elle m'a vue, que j'avais l'air complètement effondrée et qu'elle est atrocement désolée pour moi.

Ce qui est faux, bien entendu.

Je dirais même qu'elle jubile de me voir ainsi. Ce n'est pas par méchanceté que je dis cela. Après tout, tel est notre lot commun. N'avons-nous pas tous tendance à nous réjouir du malheur des autres ? Le fait qu'une personne gâtée par l'existence se retrouve soudain plongée dans le malheur ne nous aide-t-il pas à supporter nos propres vicissitudes ?

La presse britannique a la réputation de créer des vedettes de toutes pièces pour mieux les démolir ensuite. C'est d'ailleurs une pratique qui lui vaut de nombreuses critiques. Pourtant, lorsque nous apprenons que Jennifer Aniston a encore rompu ou que

Kylie Minogue a le cœur brisé, quelle est notre première pensée ? *Quand on est beau, riche et célèbre, il faut s'attendre à un retour de bâton.* Et finalement, vous vous dites que votre petite vie pépère comporte certains avantages, après tout. C'est bien comme ça que vous fonctionnez, n'est-ce pas ?

En tout cas, moi, oui.

Et quand on envisage les choses sous cet angle, on doit admettre que la presse people n'est pas si inutile.

Voilà pourquoi je ne peux reprocher à Alexa de frissonner de plaisir devant ma triste situation. J'espère juste qu'elle va se tirer vite fait, parce que je n'ai pas envie d'en parler en public.

Finalement, elle me dit au revoir, me renouvelle ses regrets les plus sincères et tourne les talons, renonçant à parcourir les deux derniers rayons pour rejoindre plus rapidement les caisses. Je la perds de vue, mais je ne serais pas surprise qu'elle abandonne son panier sur place dans sa hâte de téléphoner à ses copines pour leur apprendre la dernière.

Dans mon for intérieur, je maudis Sean de m'infliger une telle humiliation. C'est de sa faute si je dois subir, seule et vulnérable, les affronts d'Alexa et de ses homologues.

À ma gauche, au rayon viande, un jeune boucher émerge d'une armoire réfrigérée un filet de bœuf à la main. Quand je le vois déposer délicatement le morceau dans la vitrine sous le comptoir, je sursaute. Soudain une envie me prend. Je veux manger du steak.

Un bon filet bien épais nageant dans une sauce au vin et à l'ail, couronné d'une grosse noisette de saint-agur. En me reconcentrant sur les fromages, je demande une tranche de bleu des Causses. Je salive tant que je dois me lécher les lèvres. Pour la première fois depuis des jours, j'ai faim.

J'achète trois steaks, j'attrape une bouteille de saint-émilion, deux poireaux, des frites précuites, et voilà, c'est bon. *Je peux le faire,* me dis-je en sortant du magasin. Pénétrée d'une toute nouvelle sensation de puissance, je balance mon panier sur le siège passager. Je peux faire mes courses la tête haute. Je l'ai fait une fois, je peux le refaire.

Au même instant, je repère la voiture de Sean. La Maserati.

Je m'apprête à quitter ma place de parking en marche arrière quand je la vois passer dans mon rétro. Eve est au volant, en pleine forme, apparemment. Elle a allumé l'autoradio et elle chante à tue-tête, gaie comme un pinson.

Je la suis et, quand elle s'arrête près des bacs de recyclage au fond du parking, je me glisse dans un coin discret en attendant qu'elle descende de voiture. Elle se tourne vers le siège du passager, peut-être pour attraper quelque chose. Je songe à partir. L'espionner ainsi ne m'apportera rien de bon. Si je la vois descendre telle une reine de son carrosse, aussi belle et sereine que l'autre jour sur le pas de ma porte, je me trouverai encore plus nulle et minable en rentrant chez moi.

Je relâche la pédale de frein et tourne le volant à droite pour m'en aller quand, tout à coup, je sens la colère enfler en moi.

C'est aussi étrange qu'inattendu. Toutes les pensées qui m'obsèdent depuis quelques jours, toute la souffrance accumulée sont en train de remonter à la surface avec une telle violence que je dois m'agripper au volant. J'essaie de me ressaisir, d'étouffer l'idée folle qui vient de me traverser l'esprit.

Mais c'est inutile.

Je vois rouge. Je ne me savais pas capable d'une telle témérité mais c'est plus fort que moi, je ne me reconnais plus. Mes oreilles sifflent comme au passage d'un bolide, mon champ de vision s'amenuise à tel point que j'ai l'impression de loucher, comme lorsqu'on se concentre sur la mire d'une carabine à air comprimé.

Les paroles d'Eve résonnent dans ma tête : « Le pardon est un cadeau qu'on se fait à soi-même, Natty. »

Eve se redresse sur son siège, vérifie son maquillage dans le rétroviseur et remarque ma présence derrière elle.

C'est alors que j'appuie sur le champignon.

Il n'y a pas assez d'espace entre nous pour que mon véhicule prenne vraiment de la vitesse mais je conduis un tank et elle un joujou.

Je la percute. Violemment. Je me suis préparée au choc et ça me fait un bien fou. Dieu que ça soulage !

Ensuite, je ne cherche même pas à savoir si elle va bien, si elle est blessée. Je passe la marche arrière, très vite. Mes roues ne sont pas dans le bon axe parce que le flanc de ma Porsche racle la rambarde en métal qui enserre les rangées de caddies.

Il en faut plus pour m'arrêter. Dix secondes plus tard, je suis prête à recommencer.

J'enfonce la pédale et vlan, je la percute à nouveau. Ce coup-ci, je vois que le choc la projette en avant.

Tant pis, je remets ça. Une fois, deux fois.

12

Au lieu de gaspiller son argent avec un sandwich sous vide, l'inspecteur principal Joanne Aspinall fait un détour par chez elle, le temps d'avaler un morceau. Sa tante Jackie a dû avoir la même idée car, dès qu'elle entre, elle l'entend s'agiter dans la salle à manger.

Jackie est perchée sur un pèse-personne, en slip et en soutien-gorge. Elle a jeté sur la table son uniforme de garde-malade, ses sabots, sa montre et ses collants. Depuis le seuil, Joanne la regarde en silence soulever la balance et aller la déposer un peu plus loin, devant la porte de la cuisine.

« Ce truc est déréglé, dit-elle à Joanne. Je pèse un kilo de plus par ici.

— Tu as déjeuné ? demande Joanne.

— Je mange pas. J'ai mon Diet Club cet après-midi et ils disent votre poids devant tout le monde. Quand on en a pris, c'est vraiment la honte. »

Joanne hoche la tête, entre dans la cuisine, qui donne sur l'arrière de la maison, s'accroupit devant le frigo et attrape un morceau de dinde fumée desséché sur le bord. Elle le renifle.

« Je ne savais pas que tu t'étais inscrite, lance-t-elle à Jackie.

— Première règle du Diet Club : on ne parle pas du Diet Club. »

Joanne sourit et, en se relevant, avise une boîte de minestrone lyophilisé en portions individuelles posée près de l'évier. Elle s'en empare et regagne la salle à manger où Jackie a regrimpé sur le pèse-personne après l'avoir déplacé près de la chaudière à gaz.

« Je peux me servir ? demande-t-elle.

— Tant que tu veux. J'aime pas cette soupe. Elle a goût de terre.

— Tu pèses moins dans ce coin-là ? s'enquiert Joanne.

— J'en sais rien. C'est marqué "Erreur" maintenant. »

Jackie soulève la balance, farfouille en dessous et trouve le bouton qui modifie les unités de mesure. Elle le fait passer plusieurs fois de stones[1] à kilogrammes à livres et inversement, puis la repose et remonte dessus.

« Comment avance ton histoire d'amour ? demande Joanne. Ça doit être compliqué avec ses mauvais genoux.

— Ses genoux ne sont pas mauvais, ils sont neufs. Et comme c'est un gentleman, il n'est pas encore question de ça.

— Mais ça doit le changer de t'avoir près de lui. »

Jackie se rhabille et Joanne file à la cuisine préparer sa soupe et son sandwich. Elle doit retourner bientôt au commissariat pour une formation interne sur un

1. Unité de mesure anglo-saxonne équivalant à 6,350 kilos. *(N.d.T.)*

nouveau logiciel ; ça commence à quatorze heures, alors pas de temps à perdre. En plus, Ron Quigley part en congé le lendemain pour se faire arracher une dent de sagesse. Elle espère sortir de sa formation assez tôt pour pouvoir prendre un pot avec lui.

Joanne verse de l'eau chaude sur le potage déshydraté et touille. Jackie a raison. Ce truc sent la terre. Quand elle revient dans la salle à manger, Jackie a renfilé ses collants et passe les bras dans les manches de sa blouse.

« Et ça a lieu où ? demande Joanne.

— Le Diet Club ? À l'église méthodiste. Ces bonnes femmes me rendent dingue à force d'énumérer tous les aliments qu'elles ont mangés pendant la semaine. Dans les moindres détails. Comme si ça avait le moindre intérêt. »

Joanne s'abstient de tout commentaire car Jackie fait exactement la même chose.

« Tu as perdu combien ?

— Un peu mais j'ai tout repris à l'enterrement de Margaret Hughes, à cause des petits pâtés en croûte qu'ils nous ont servis. »

Jackie ferme les derniers boutons-pressions près du col de sa blouse avant de rectifier sa coiffure devant le miroir accroché au-dessus de la cheminée. Mécontente du résultat, elle sort de son sac à main un peigne à dents fines et entreprend de crêper les mèches sur le haut de son crâne, histoire de gagner un peu de volume.

« J'ai vu sa fille ce matin, dit-elle.

— La fille de qui ? De Ken ? »

Jackie acquiesce.

« Elle s'est fait larguer. Son mari a couché avec une amie à elle alors qu'elle était en France pour s'occuper de leur fille malade. La pauvre est effondrée. J'ai tenté de lui remettre les idées en place, mais elle a rien voulu savoir. »

Joanne grimace.

« Je parie qu'elle t'a chaleureusement remerciée pour tes conseils.

— Ce type va tout lui faucher si elle réagit pas. Kenneth se fait un sang d'encre. Il sait pas quoi faire pour l'aider. Il a proposé de parler au mari mais elle est pas d'accord.

— Je croyais que Ken ne pouvait pas sortir de chez lui.

— C'est le cas, confirme Jackie. Mais tu vois ce que je veux dire. Il veut se rendre utile. Il sait qu'elle l'aime encore, alors il voudrait voir s'il peut le pousser à revenir.

— Qu'est-il arrivé à sa femme ?

— La femme de Kenneth ? » Joanne hoche la tête. « Accident de voiture. C'était il y a vingt ans. Elle a dérapé sur une plaque de verglas en roulant sur Shap Fell. Elle rentrait de Carlisle où elle avait fait ses courses de Noël, je crois.

— C'est bien triste, dit Joanne. Sa fille a des gosses ?

— Deux filles. Kenneth dit qu'elles sont mignonnes mais gâtées pourries. École privée, leçons de danse, de musique, d'équitation, de ski…

— Qui paie tout ça ?

— Eux. Ils sont propriétaires du Lakeshore Lodge, sur la route de Newby Bridge. C'est elle qui nous a engagées pour qu'on s'occupe de Kenneth. Elle est trop prise avec l'hôtel pour le faire elle-même. »

Joanne engloutit la fin du sandwich à la dinde.

« Et que pense-t-elle de tes relations avec son père ?

— On ne lui a encore rien dit. »

Joanne imagine la tête que fera la fille de Ken quand elle l'apprendra. Les gens qui ne connaissent pas bien Jackie ont tendance à la trouver un peu instable. Ceux qui la connaissent aussi, d'ailleurs.

Joanne fait glisser les miettes de la table à son assiette.

« Au fait, il n'y aurait pas une loi interdisant le flirt poussé avec les personnes invalides ? »

En réponse, Jackie fait semblant de lui donner un coup sur la tête.

« Il est pas invalide. »

Puis elle enfile sa veste et attrape son sac à main.

« Bon, c'est pas le tout, faut que j'y aille. Avant ma séance de pesage, j'ai rendez-vous avec l'infirmière du district chez Irene Slater. Son mari veut encore lui arracher son cathéter urinaire. » Elle frissonne à cette idée. « Ce sale con nous oblige à l'enlever une fois par semaine pour qu'il puisse tirer son coup. »

Tout compte fait, Joanne a eu tort de se dépêcher. En arrivant au commissariat, elle apprend que la formation est annulée. La prof, qui vient de Skipton, n'a pas pu franchir les Yorkshire Dales. Elle a roulé dans une ornière remplie d'eau et noyé son moteur. En cette saison, il y a des tas de voitures abandonnées le long des routes. Certaines personnes sont assez bêtes pour croire qu'elles peuvent traverser des flaques profondes de trente centimètres sans bousiller leur voiture.

Faute de formation, Joanne consacre son après-midi à la rédaction d'un rapport d'enquête. Voilà de cela deux mois, Cameron Cox, un homme d'affaires de Kirkby Lonsdale, bourgade située à trente kilomètres au sud-est de Windermere, s'est collé un canon de fusil dans la bouche et a redécoré sa salle de réunion. Joanne n'a pas vu la scène de suicide mais on lui a demandé de se rendre sur place peu après, car son épouse – Serena Cox – prétendait que son mari avait été assassiné par une femme avec laquelle il entretenait une liaison.

Malgré une longue enquête, la mystérieuse femme fatale n'a pas été retrouvée. En revanche, on a découvert que la victime était au bord de la faillite, suite à de mauvais placements. La malheureuse épouse ignorait tout de ses dettes et s'accrochait à sa version délirante : son mari avait été arnaqué par une blonde tout en jambes qui lui avait soutiré son fric avant de s'évanouir dans la nature.

Joanne envoie son rapport et s'apprête à enfiler sa parka pour rejoindre Ron Quigley et la petite bande au pub quand le capitaine McAleese l'appelle dans son bureau.

« On vient de nous signaler un problème. Il faut aller voir sur place, Joanne », dit-il sur un ton bourru.

Juste après l'annulation de sa réduction mammaire, Joanne lui a demandé si elle pouvait reprendre le boulot. McAleese s'est mis à bégayer, à balbutier au téléphone et a fini par l'autoriser à revenir immédiatement, si elle le désirait.

Joanne le trouve très bizarre en ce moment. Elle ne sait qu'en penser mais, depuis qu'il s'est séparé de son épouse il y a quelques mois, le capitaine McAleese n'est plus vraiment lui-même quand il se trouve en présence d'une femme. On dirait qu'il doute de ses compétences, tout à coup. Lui si imperturbable autrefois semble avoir perdu toute confiance en lui. Joanne a même du mal à reconnaître l'homme assis devant elle tant il lui paraît anxieux, crispé.

« Il y a eu un problème à Windermere, sur le parking de Booths, l'informe-t-il d'une voix autoritaire tout en remuant les papiers posés sur son bureau. On n'a pas tous les détails. Apparemment, c'est une affaire de vengeance. Une femme trompée.

— Quel est son nom ?

— Natasha Wainwright. Elle a volontairement embouti l'arrière d'une Maserati avec sa Porsche Cayenne. Et à plusieurs reprises. »

Joanne aspire en sifflant longuement mais son chef ne bronche pas, ne la regarde même pas. Du coup, elle ressent une pointe d'embarras. Aurait-elle mal réagi ? Elle trouve soudain que McAleese se montre particulièrement sec avec elle, en tout cas plus qu'avec ses collègues féminines, et elle ne comprend pas pourquoi.

« Le véhicule embouti appartient à son mari, reprend-il. Ce n'est pas lui qui tenait le volant mais sa petite amie, Eve Dalladay. Elle et Mme Wainwright étaient proches. Il semble qu'elle ait subi un traumatisme assez sévère. Toujours est-il qu'elle porte plainte.

— Coups et blessures volontaires ?

— Oui, je crois. Nous n'avons pas encore de témoignages. Nous avons besoin des enregistrements des caméras de surveillance et il faut aller jeter un œil sur la voiture parce que…

— Attendez une minute, l'interrompt Joanne. Il ne s'agirait pas de Mme Wainwright, la patronne du Lakeshore Lodge ? L'hôtel de Bowness ?

— Si. Pourquoi ? Vous la connaissez ? »

Joanne fait signe que non. « Pas personnellement. »

Le capitaine McAleese lève les yeux et soutient son regard. Un ange passe. On dirait qu'il veut ajouter quelque chose. Le lobe de ses oreilles vire au rouge, il inspire, s'éclaircit la gorge.

« Joanne, je me demandais si vous… »

Et il s'arrête.

« Oui, monsieur ?

— Rien, dit-il précipitamment. Peu importe. »

Puis il glisse un bout de papier vers elle.

« Allez donc lui parler, à cette Mme Wainwright. Voici l'adresse. Profitez-en pour examiner sa voiture. Pour l'instant, nous n'avons que la déposition d'Eve Dalladay… mais elle n'en est pas à sa première infraction.

— Quoi ? Natasha Wainwright ? »

Joanne n'en revient pas.

« Oui. C'est un peu surprenant mais le fait est que Mme Wainwright a écopé d'une peine de six mois de prison avec sursis en 1998. »

13

Tandis que je regarde la pluie marteler les vitres de la cuisine, mon portable se met à vibrer au fond de ma poche. Pas besoin de vérifier qui appelle. Je le sais. Sean a passé l'après-midi à tenter de me joindre et à m'écrire des SMS. Je n'ai pas répondu. Je suis installée à la table, mes pieds battent la mesure sur le carrelage, je mâchonne fiévreusement ma lèvre inférieure.

Felicity entre pour se préparer un chocolat chaud.

« Pourquoi tu restes assise toute seule ici ? » me demande-t-elle.

Elle est presque entièrement rétablie maintenant et elle a hâte de reprendre les cours. Je pense que regarder la télé toute la journée n'est pas aussi amusant qu'elle l'imaginait au début – surtout que son père est parti et que sa mère ne va pas tarder à devenir folle. Personnellement, je trouve que ce serait prématuré. Elle se fatigue pour un rien et je la vois encore grimacer quand elle se lève d'un siège.

« J'avais juste besoin d'un peu d'espace pour réfléchir », lui dis-je. Elle me propose une tasse de thé Earl Grey et je me force à sourire. « Oui, merci. Ce serait super. »

J'ai arraché avec les dents la petite peau qui souligne la base de mon ongle du pouce. Ça fait un mal de chien. Pour tenter d'y remédier, je passe la langue dessus mais c'est encore pire. La chaleur de ma bouche ne fait que raviver la douleur. Alors je souffle dessus.

« Tu es sûre que ça va, maman ? s'inquiète Felicity.

— Oui, pourquoi ?

— Tu parais préoccupée. C'est à cause de papa ? »

Elle prend un dessous-de-verre, le pose devant moi avant de mettre la tasse dessus en renversant un peu de thé. En temps normal, elle aurait droit à une remarque. Je lui demanderais de prendre un chiffon sur l'évier et d'éponger le bas de la tasse pour éviter les gouttes sur mes vêtements, sur le sol. Aujourd'hui, je m'abstiens de tout reproche. « Je suis juste un peu inquiète pour vous deux. Je me demande comment ça va se passer avec votre papa et Eve.

— On va s'en sortir », dit-elle tendrement.

Le problème, c'est que Felicity parle sans savoir. Aucune de nous trois ne sait si on va s'en sortir. Elle me ressert les répliques des ados qu'elle voit dans des séries comme *Hollyoaks* ou *Glee*. Elle ne sait pas ce que c'est, un divorce. Le seul couple séparé qu'elle connaisse est celui de ses grands-parents – et ça n'a pas été une mince affaire. Le père de Sean a fait une dépression nerveuse et, au bout de cinq ans, Penny n'a eu d'autre choix que de demander le divorce.

Telle est du moins la version officielle.

L'autre version, celle que nous n'évoquons jamais en présence de Penny, est sensiblement différente : David a quitté son épouse pour une autre femme.

Considérant qu'il avait suffisamment gâché sa vie et ses talents avec sa légitime, il s'est mis à la colle avec une rouquine d'Elterwater. Puis il s'est fait opérer pour inverser sa vasectomie et, dans la foulée, a engendré deux autres rejetons. (Il paraît que le plus jeune est une vraie peste.)

Quand Penny évoque la « dépression » de David, les gens rient sous cape. Mais elle-même est persuadée que c'est la stricte vérité. Sinon, quelle autre explication ? Et, malgré le côté tordu de l'affaire, je ne peux m'empêcher d'admirer cette attitude qui lui a épargné bon nombre de souffrances, à commencer par la phase d'autocritique qui suit toute rupture, celle où l'on se demande : *Mais qu'est-ce que j'ai fait de mal ?*

Alice entre, regarde Felicity et dit sur le ton légèrement méprisant qu'elle réserve à sa sœur : « Et moi ? Je compte pour du beurre ? »

Felicity me jette un coup d'œil.

« Qu'est-ce que tu veux boire ? lui demande-t-elle. J'ai fait du chocolat mais il ne reste plus de crème.

— Du Vimto mais bien chaud, s'il te plaît. J'ai mal à la gorge… Maman, où est le thermomètre pour les oreilles ? Je me sens fiévreuse, j'ai la migraine.

— Dans la boîte à pharmacie qui est dans le placard près du casier à bouteilles. Approche-toi un peu. »

Alice s'assoit près de moi en soupirant à fendre l'âme.

« Aujourd'hui, j'ai parlé à ma prof d'anglais… au sujet de papa, ajoute-t-elle tandis que je colle ma main sur son front.

— Ah ?

— Je ne suis pas dans mon assiette. Je n'arrive pas à me concentrer. Quand elle m'a demandé de lire tout haut un extrait des *Souris et des hommes*, je n'ai pas pu sortir un mot. En plus, un idiot de ma classe avait écrit "Lenny meurt" sur la première page de mon bouquin. J'avais envie de pleurer.

— Tu as le front un peu chaud, dis-je en passant à la nuque. Il vaudrait peut-être mieux que tu prennes un bain et que tu te mettes au lit.

— J'ai trop de trucs à réviser.

— Qu'est-ce qu'a dit ta prof ?

— Elle m'a dit qu'elle était là si j'avais besoin de parler un peu.

— C'est gentil de sa part », murmuré-je.

Je ne le montre pas mais je suis à la fois gênée et blessée d'apprendre cela. Je ne vois pas en quel honneur une jeune diplômée de 20 et quelques années se permettrait de donner des conseils sur la vie à ma fille, même en croyant bien faire.

« Pourquoi tu es allée lui raconter ça ? demande Felicity à sa sœur.

— Parce que j'en avais besoin, réplique Alice en prenant la mouche. J'avais besoin que quelqu'un comprenne ce que nous vivons en ce moment.

— Ou pour qu'on fasse attention à toi, réplique Felicity. Je ne peux pas la sentir, cette Mlle Bellamy. Je la trouve fausse.

— Elle n'est pas fausse, s'énerve Alice. C'est juste que tu es jalouse parce qu'elle n'enseigne que dans les meilleures classes.

— Pas du tout.

— Ça suffit, les filles, les supplié-je, mais ma requête tombe dans le vide.

— Mlle Bellamy enseigne toujours aux meilleures classes de chaque niveau, crache Alice. Je t'en prie, ne fais pas comme ces petites gamines qui disent toujours le contraire de tout le monde. Comme cette Poppy Ferguson qui répète sans arrêt qu'elle est excellente en anglais. Franchement, elle fait trop pitié, cette fille. Ne deviens pas comme elle, Felicity, c'est trop pénible. »

Felicity lève les yeux au ciel.

« Qui c'est qui croyait que Stephen Hawking était américain ? C'est bien toi, Alice, non ? »

Alice va chercher le thermomètre dans le placard.

« Je ne vois pas pourquoi tu ressors toujours ça. C'est nul. C'est comme si tu n'avais aucun autre argument… et puis, je ne suis pas la seule personne au monde à avoir fait cette erreur. Si tu n'étais pas si… »

On sonne à la porte. Mon cœur bondit. Je fixe la table en chuchotant : « N'allez pas ouvrir. Je ne veux voir personne aujourd'hui. »

Mais Alice s'est déjà précipitée.

« Maman, on ne peut pas se cacher éternellement. C'est sans doute mamie. Elle a dit qu'elle allait passer pour discuter avec toi. Elle apporte de la soupe au jambon et aux pois cassés. »

Un instant plus tard, j'entends Alice parler dans le vestibule : « Oui, entrez, fait-elle d'une voix plus aiguë que d'habitude. Elle est là… Maman ? Il y a une dame pour toi, une policière. »

Alice repart vers la cuisine. Pendant une seconde, je ne comprends plus rien parce que la femme qui la suit ne porte pas d'uniforme, juste un tailleur pantalon bleu marine bon marché qui lui va plutôt mal.

« Je suis l'inspecteur principal Aspinall, dit-elle. Madame Natasha Wainwright ? »

Je me contente de hocher la tête en tentant de cacher mon affolement.

« J'aimerais vous poser quelques questions, madame Wainwright. Vous êtes d'accord ? »

J'acquiesce de nouveau mais rien ne sort.

« Bien. Puis-je m'asseoir ?

— Comment ? Oui, bien sûr, désolée. Alice, va chercher quelque chose à boire pour l'inspecteur.

— Je veux bien du thé », précise-t-elle sans qu'on lui demande.

J'étais justement en train de me dire qu'un verre d'eau serait plus vite expédié.

Je devine les regards mortifiés qu'échangent les filles derrière moi. « Qu'est-ce qui s'est passé ? demande Alice. Vous êtes ici à cause de mon père ? Il a fait quelque chose de mal ? »

Le visage de l'inspecteur Aspinall ne laisse rien paraître. Elle est comme les employés des pompes funèbres qui sont formés à rester impassibles en toutes circonstances.

« Il vaudrait peut-être mieux que je parle à votre mère en tête à tête », suggère-t-elle.

Alice s'approche de moi.

« Maman ?

— Prépare le thé et va dans le salon, Alice. Je ne pense pas que ton père ait quelque chose à voir là-dedans. »

Je jette un coup d'œil à Joanne Aspinall qui confirme d'un signe de tête.

Nous gardons le silence pendant qu'Alice s'occupe du thé, tâche dont elle s'acquitte fort maladroitement en règle générale. Elle a déjà fait cramer deux bouilloires en oubliant d'y mettre de l'eau.

Felicity annonce qu'elle monte dans sa chambre et, quand le thé est prêt, Alice nous laisse à son tour.

Je sais parfaitement qu'elles nous écoutent mais d'un autre côté, si j'en fais un secret d'État, je ne ferai qu'aiguiser leur curiosité. Et je ne préfère pas.

L'inspecteur Aspinall prend une gorgée, grimace, sort un calepin. Alice a préparé de l'Earl Grey. Tout le monde n'aime pas.

« Un incident se serait produit cet après-midi à Windermere. Le problème nous a été signalé par le Dr Eve Dalladay.

— Humm-mm.

— D'après cette personne, vous auriez embouti sa voiture à plusieurs reprises sur le parking de Booths avant de vous en aller, la laissant avec de graves blessures au visage nécessitant des soins médicaux. »

Je fais de mon mieux pour paraître choquée.

« Quoi ? »

L'inspecteur Aspinall tend la main vers son mug avant de se raviser. « C'est ce qu'elle a dit ? »

Elle me regarde calmement.

« Oui. C'est ce qu'elle a dit. Elle a porté plainte.

— Mais c'est totalement faux. »

L'inspecteur Aspinall m'observe attentivement avant de poursuivre. « Madame Wainwright, vous êtes séparée depuis peu, n'est-ce pas ?

— En effet.

— Et cette dame, le Dr Dalladay, est bien la personne qui fréquente actuellement votre mari ?

— Oui, mais ça n'implique pas que je veuille lui faire du mal. Nous étions amies et, franchement, je ne suis pas du genre à…

— J'ai noté en arrivant que vous aviez eu un accrochage avec votre voiture. Elle est très abîmée… C'est bien *votre* voiture, là-dehors ? La Cayenne ?

— Oui, dis-je rapidement, mais ça n'a rien à voir. Je n'ai pas fait ce dont elle m'accuse. »

L'inspecteur Aspinall conserve son expression débonnaire. « Madame Wainwright, vous devez savoir que, dès qu'ils seront disponibles, je visionnerai les enregistrements des caméras de surveillance du parking. Par conséquent, je vous conseille de m'expliquer très vite ce qui s'est passé, sachant que votre voiture n'a pu être endommagée par l'opération du Saint-Esprit. Alors, dites-moi, avez-vous oui ou non percuté volontairement le véhicule d'Eve Dalladay ? »

Je suis sur le point de répondre quand j'entends un petit cri à l'extérieur de la cuisine, là où Alice et Felicity sont postées. Alice a plaqué une main sur sa bouche. Puis elle la baisse et s'exclame, d'un air horrifié : « Maman, tu n'as quand même pas fait une chose pareille ?

— Bien sûr que non, lui dis-je, et, m'adressant de nouveau à l'inspecteur Aspinall : Eve ment. J'étais en train de rouler derrière elle quand, tout à coup, elle a freiné. Je lui suis rentrée dedans. J'ai cru qu'elle avait voulu éviter un enfant qui traversait mais ce n'était pas le cas. Elle a freiné sans aucune raison, si ce n'est pour provoquer un accident. Elle l'a fait exprès.

— C'est bizarre mais votre Airbag ne s'est pas gonflé, répond-elle.

— Je n'allais pas vite. Mon Airbag ne se gonfle que si je roule à plus de quarante-cinq kilomètres à l'heure. Le sien ne s'est pas gonflé non plus. Donc le choc n'a pas dû être très violent.

— Ou bien, comme elle le prétend, elle était à l'arrêt. Et elle avait déjà retiré sa clé de contact, réplique l'inspecteur Aspinall sur un ton accusateur. Ce qui expliquerait pourquoi l'Airbag ne s'est pas déclenché.

— Non, dis-je avec fermeté, nous roulions. Je suis formelle.

— Pourquoi ne pas avoir appelé la police ?

— Je n'avais aucune raison de le faire : il était inutile d'établir un constat pour l'assurance, vu que Sean est propriétaire des deux véhicules.

— Et où cela s'est-il passé ?

— À la sortie de chez Booths. » Elle note. « Avez-vous vu les blessures sur le visage d'Eve ? Je suis sûre qu'elle exagère. »

L'inspecteur Aspinall dit sans relever la tête : « Non, je ne l'ai pas vue. »

Je croise les bras sur ma poitrine.

« Dans ce cas… »

Je regarde les filles du coin de l'œil pendant que l'inspecteur Aspinall continue à m'interroger sur les faits. Je vois bien que la présence d'une policière dans notre cuisine les déstabilise. Naturellement, elles détestent Eve. Elles lui en veulent pour le mal qu'elle nous a fait en leur volant leur père. Mais ça ne les empêche pas de se poser des questions. Leur mère est-elle capable de commettre un acte aussi dément qu'emboutir la voiture de cette femme ? Elles ne doivent plus savoir que penser.

Je l'ai peut-être percutée mais je n'avais pas le recul nécessaire pour accélérer. Il est donc impossible qu'Eve soit blessée. J'ai fait cela pour l'humilier, pour l'emmerder. Pas pour lui infliger des dommages corporels.

« Il s'agit d'une affaire privée, dis-je à l'inspecteur Aspinall en essayant de détourner son attention de l'incident lui-même. Quelle perte de temps pour la police ! » Je ricane. « Eve devrait avoir honte de vous avoir dérangée pour une affaire qui ne concerne qu'elle et moi. »

L'inspecteur Aspinall lève la tête.

« Peut-être, admet-elle. Mais que faites-vous de cette longue éraflure sur le flanc droit de votre voiture, madame Wainwright ? Je dirais qu'elle ne cadre pas avec votre version des faits. Il y a eu plus qu'un simple choc frontal, non ?

— Je...

— Et il y a aussi la question de votre peine de prison avec sursis, parce que moi je veux bien... »

Une exclamation de surprise nous parvient depuis le seuil de la cuisine. Alice se précipite : « Sa *quoi* ? »

Elle va se planter face à la policière.

« Désolée, mais qu'est-ce que vous venez de dire ?

— Alice, je t'en prie, dis-je à mi-voix en prenant conscience que mon mensonge risque de déboucher sur quelque chose de pire.

— Maman, explique-moi. Elle a dit que tu avais fait de la prison ? Maman, qu'est-ce qu'elle veut dire par là ? »

L'inspecteur Aspinall hésite un instant puis corrige :

« C'était une peine avec sursis. Pas de la prison ferme.

— Mais... qu'est-ce que c'est ? insiste Alice d'une voix chevrotante.

— Ça veut dire qu'on ne l'a pas enfermée, idiote, marmonne Felicity. Ça veut dire qu'elle a fait quelque chose de mal mais qu'au lieu de l'envoyer en prison on lui a donné sa chance. »

J'ai caché mon visage dans mes mains. J'écarte les doigts et je vois Alice pivoter vers moi, bouche bée.

« Qu'est-ce que tu as fait, maman ? hurle-t-elle. Qu'est-ce que tu as bien pu faire ? »

14

J'ai rencontré Eve en septembre 1997 à l'université de Manchester, trois jours après la rentrée. En débarquant dans le foyer pour étudiantes, j'étais très déprimée ; je portais en moi une blessure dont j'ignorais si je guérirais un jour.

Nous avions quelques journées de battement avant le début des cours magistraux, la première semaine étant consacrée à l'accueil des nouveaux arrivants. Aux dires des gens des Lakes ayant autrefois fréquenté cette fac, c'était l'occasion rêvée pour se faire des tas de nouveaux amis, quitte à passer les trois années suivantes à tenter de s'en débarrasser.

Ainsi renseignée, j'ai démarré ma vie d'étudiante avec une extrême prudence. M'y serais-je prise autrement, sinon ? En tout cas, sautant sur ce prétexte bien commode, j'ai donc décidé de faire bande à part ; de ne pas suivre le troupeau de mes compagnes qui avaient migré vers le bar du foyer avant même de défaire leurs valises ; de ne pas passer une nuit blanche avec mes trois voisines de chambre, étudiantes en socio, à picoler du Mad Dog 20/20 et du curaçao à la bouteille et à montrer mes seins à la fenêtre à quatre heures du matin comme si c'était la chose la plus désopilante du monde.

Arrivé le troisième jour, je me sentais horriblement seule. Ma mère me manquait plus que jamais et le mal du pays me pompait toute mon énergie. À l'âge de 14 ans, après la mort de ma mère, j'avais connu plusieurs épisodes dépressifs, sur des périodes allant de deux ou trois semaines à deux mois. Mon père ne savait comment m'aider. Il espérait que ça me passerait. Et c'est ce qui a fini par arriver – Sean s'est présenté comme antidote à ma souffrance. Quand je repense à cette époque, je me demande si j'ai raison d'affirmer qu'il a comblé tous mes manques. Ce serait peut-être accorder trop de mérite au jeune homme charmant qu'il était alors. Aujourd'hui, j'ai tendance à penser qu'il m'a juste fait oublier ma misère. Et malheureusement, quand je me suis installée à Manchester, il n'était plus là pour le faire.

Sean et moi nous sommes rencontrés au seizième anniversaire d'un copain. Nous vivions à deux pas l'un de l'autre, mais comme il était interne à la Sedbergh School, il ne revenait à Windermere que le week-end. Deux jours que nous passions ensemble en savourant chaque minute. Sa mère était une femme gentille, courtoise, qui faisait tout pour que je me sente à l'aise chez elle – enfin, jusqu'à ce que tombent les résultats de l'examen de fin d'études.

À partir de là, catastrophe.

À l'instigation de ses parents, Sean et moi avons pris la décision la plus raisonnable (pensions-nous), celle de nous inscrire dans des facs différentes. Il irait à Manchester faire son droit et moi à Édimbourg étudier la biologie. Nous laissions ainsi entre nous une distance convenable, assez courte pour que nous puissions nous voir de temps en temps et assez importante pour que nous fassions chacun de notre côté notre propre expérience de la vie universitaire – avoir de nouveaux amis, de nouveaux centres d'intérêt, et même acquérir une nouvelle vision du monde.

C'était une approche sensée et, même si j'appréhendais cette séparation provisoire, j'avais assez de plomb dans la tête pour comprendre qu'une telle opportunité ne se présentait qu'une seule fois dans la vie. C'était le moment ou jamais de faire passer l'avenir avant l'amour. Et lorsque j'évoquais ce projet devant des adultes bien intentionnés, je voyais à leur réaction qu'ils étaient grandement soulagés. Pour dire la chose en termes plus crus, le fait de s'inscrire dans la même fac que son premier flirt prouve juste qu'on est complètement naze. Chacun sait qu'un tel choix aboutit inéluctablement au désastre.

En mars, j'ai donc accepté la proposition de l'université d'Édimbourg, ce qui me convenait parfaitement – en apparence du moins. Malheureusement, quand j'ai reçu mes notes à la mi-août – deux B et un C, au lieu du A et des deux B requis –, il a fallu que je revoie mes prétentions à la baisse. Et vite, parce que les places restantes allaient être prises d'assaut et que je n'aurais plus guère le choix de la discipline.

En l'espace de quelques jours, dans l'urgence, j'ai envisagé les options les plus délirantes. Devais-je changer mon fusil d'épaule ? Étudier plutôt le marketing ? La philosophie ? L'urbanisme ? Tout sauf m'inscrire dans un institut de technologie de deuxième ordre niché au fin fond d'une banlieue, près d'une ville dont j'ignorais jusqu'au nom. J'aimais la biologie mais pas à ce point-là.

En fin de compte, j'ai renoncé à la biologie. Après avoir consulté des conseillers d'orientation, j'ai opté pour un diplôme professionnel avec un job à la clé. J'avais le choix entre la physiothérapie (toucher le corps des gens ne m'enchantait guère), la podologie (leurs pieds encore moins) et la radiologie (plus acceptable à mon goût). J'étais sûre de sortir au bout de trois ans avec un vrai métier en main. Un métier que je pourrais pratiquer partout dans le monde, si je le souhaitais, et dont je pourrais suspendre l'exercice dès que j'aurais envie d'avoir des enfants.

Et je vous le donne en mille. La seule université susceptible de m'accueillir malgré mes notes était celle de Manchester.

J'étais ravie. Excitée comme une puce. Et Sean pareil – il débarqua chez moi en disant : « Nous avons fait des pieds et des mains pour nous séparer. » C'était un clin d'œil de la providence, selon lui. Le destin s'arrangeait pour nous réunir. Ça marcherait forcément. La vie allait être…

Soudain, mon père m'appela depuis le rez-de-chaussée.

« Natty ? »

Sa voix me parut bizarre.

Je regardai Sean en haussant les épaules. La joie débordante qui me soulevait avait pris le pas sur mes facultés de raisonnement. Pas une seconde je ne songeai que l'intonation paternelle puisse annoncer autre chose que les merveilles à venir.

« Natty, répéta-t-il. Tu ferais mieux de descendre. Il y a quelqu'un qui veut te voir. »

Penny, la mère de Sean, se tenait au bas des marches, vêtue d'un tailleur bleu turquoise – dont la veste me semblait trop épaulée, une tenue de mariage qui ne se portait plus depuis les années 1980 – et juchée sur des escarpins aux talons démesurés.

Je descendis, légèrement hébétée, tant sa présence chez nous me déconcertait. Il faut dire qu'elle n'était jamais venue. Me voyant approcher, elle voulut esquisser un sourire mais, comme les muscles de son visage étaient contractés, elle ne parvint qu'à découvrir sa dentition – comme un vieux cheval sortant la tête de sa stalle. Je m'arrêtai net.

Quelque chose clochait.

Supposant qu'elle était passée le prendre, je criai à tue-tête : « Sean, ta mère veut te voir. » Il avait peut-être fait un truc qu'il n'aurait pas dû, ou alors il avait oublié quelque chose, par exemple un rendez-vous chez le dentiste.

Penny se tourna vers mon père : « Où pourrions-nous discuter tranquillement ? »

Et mon père, qui avait compris de quoi il retournait, lui indiqua le salon.

C'était avant que tout le monde ne jure que par le mobilier contemporain et les teintes crème, ocre et taupe ; avant l'arrivée des gros canapés en cuir chocolat qui trônent aujourd'hui dans le salon de papa, il n'avait que deux banquettes très simples, couleur jute. Et encore avant cela, quand j'étais au collège, il y avait dans le salon deux canapés plutôt chic, abricot rehaussé d'une bande turquoise. Quand elle posa le bout de ses fesses sur le deux-places et que ses jambes écailleuses à force d'abuser du soleil apparurent nettement sous sa jupe turquoise, je me rappelle m'être dit qu'elle était bien assortie au mobilier.

Dès que Sean montra son nez, elle lui ordonna de s'asseoir. Je le regardai obéir en essayant de décrypter sur son visage la raison de cette visite impromptue. Mais je ne vis rien à part cette expression à la fois vigilante et sereine qu'il adoptait toujours en présence de sa mère.

« Monsieur Odell, commença-t-elle.

— Appelez-moi Ken, je vous en prie, dit mon père.

— Comme il vous plaira », répliqua sèchement Penny.

S'ensuivit un silence embarrassé durant lequel je la vis rassembler ses mots.

Penny s'éclaircit la gorge. « D'abord, je dois dire que mon mari, David, souhaitait se joindre à moi. Malheureusement il a dû se rendre à Carlisle pour une affaire urgente. Mais vous pouvez être sûr que nous sommes parfaitement d'accord et que nous avons longuement discuté du sujet qui m'amène. Il m'a chargé de vous adresser ses excuses, Ken, et il espère faire votre connaissance bientôt. »

Mon père a fait un genre de moue indiquant qu'il en avait pris bonne note puis il a recommencé à se caresser le menton d'un air pensif.

J'avais une boule à l'estomac. Dans ce genre de circonstances, mon père avait coutume de demander une suspension de séance et se mettait à rouler une cigarette au prétexte que sans tabac il avait du mal à suivre une conversation. Je priai pour qu'il s'en abstienne, exceptionnellement.

« Je crains fort, Natty, dit Penny en se tournant vers moi, que la situation telle qu'elle se présente ne soit intenable. »

Puis elle attendit que je réagisse.

« Je ne vois pas ce que vous voulez dire », avouai-je le plus franchement du monde.

Elle voulut sourire mais finalement se sentit obligée de détourner le regard.

« Cela signifie que nous – et je parle au nom de toute notre famille – ne souhaitons pas que tu accompagnes Sean à Manchester. »

Sean la coupa en disant : « Natty ne m'accompagne pas, maman... Elle se rend là-bas de sa propre initiative pour... »

Penny leva la main.

« Je te laisserai la parole dans une minute, Sean. Pour l'instant, j'apprécierais que tu gardes le silence. »

Nous échangeâmes tous les trois – Sean, mon père et moi – des coups d'œil inquiets.

« Que suggérez-vous ? intervint prudemment mon père.

— Je n'ai rien de précis en tête, répondit Penny, mais David et moi estimons, entre autres possibilités, que Natty devrait reporter son entrée à l'université. D'une année peut-être.

— Pourquoi je ferais une chose pareille ? m'exclamai-je.

— Oui, pourquoi elle ferait ça ? renchérit Sean.

— Ne prends pas ce ton avec moi », l'avertit Penny.

Piqué au vif, Sean se renfonça néanmoins dans le canapé sans oser répliquer.

Il m'apparut soudain que je m'étais méprise. Je repensai à toutes les fois où nous avions discuté études supérieures dans la cuisine de Penny et David, je revis les formulaires UCAS étalés sur la table, l'air autour de nous vibrant d'excitation. J'avais cru comprendre que les parents de Sean désapprouvaient l'idée que nous fréquentions la même université de peur que leur fils ne soit distrait par sa petite copine. En réalité, c'était plus pervers : ils voulaient bien d'une petite copine, mais pas de moi. Par la suite, j'ai mieux saisi le fond de l'affaire : ils espéraient qu'il rencontrerait à Manchester une fille issue d'une école privée. Une fille de bonne famille.

En entendant cela, j'eus le sentiment d'avoir été trompée. Ils avaient donc joué la comédie depuis le départ. Tout en accusant le coup qui venait d'être porté à mon amour-propre, j'étudiai la réaction de Sean. De toute évidence, non seulement il avait eu droit à ce discours mais il avait déjà plaidé ma cause.

Mon visage se changea en pierre. Devinant qu'elle risquait de dépasser les bornes et d'empiéter sur un terrain où elle ne voulait pas s'aventurer, Penny changea de tactique.

« Natty. Permets-moi de te poser une question. Souhaites-tu vraiment entreprendre des études de radiologie ? Tu te vois exercer ce métier durant les dix, vingt, peut-être trente années à venir ? »

Bonne question, pensai-je. Comment en être sûre ? Peut-être bien. Probablement. Ce n'était pas comme si je voulais y consacrer toute ma vie. Mais n'est-ce pas le cas de tout le monde ?

Je finis par lui répondre.

« Je crois que oui.

— Tu crois que oui, répéta-t-elle platement en levant le menton. Natty est une fille intelligente, monsieur Odell. Je n'aimerais pas qu'elle gâche son avenir en suivant des études qui ne la passionnent guère juste pour rester auprès de Sean.

— Mais enfin, ce n'est pas le problème, protestai-je. Je…

— Ne serait-il pas plus sensé qu'elle redouble sa dernière année de lycée pour obtenir de meilleures notes ? poursuivit-elle comme si je n'avais pas ouvert la bouche. Ne serait-il pas plus prudent de viser l'excellence au lieu de se résoudre à un compromis, au lieu de…

— Madame Wainwright, répondit tranquillement mon père, c'est à Natty d'en décider. Et je crois savoir qu'elle a déjà fait son choix. Si vous nous disiez clairement le but de votre visite. D'ailleurs, je trouve préférable que vous parliez franchement dès à présent, ceci afin d'éviter tout malentendu. Il ne sert à rien de tourner autour du pot. »

Il se rencogna dans son fauteuil, signe que la fameuse pause clope n'allait pas tarder.

Sous mon regard mortifié, il sortit de sa poche une petite boîte métallique de tabac Player's et en roula une avec lenteur et application, comme à son habitude.

Penny se redressa, posa les deux mains sur ses genoux, inspira profondément et reprit en ces termes :

« Très bien. Dans ce cas, je vais m'efforcer d'être claire… Nous ne roulons pas sur l'or, David et moi. Nous ne sommes pas ce qu'on appelle une famille riche.

— Bienvenue au club, marmonna mon père avec un rictus complice.

— Oui, bien, fit-elle en passant d'une fesse sur l'autre. Néanmoins, mon mari et moi avons décidé il y a bien longtemps de privilégier les études de nos deux enfants, Sean et Lucy, quitte à nous priver de certains plaisirs coûteux. »

Elle devait espérer une salve d'applaudissements parce qu'elle marqua un temps d'arrêt. Comme l'ovation se faisait attendre, elle poursuivit.

« Ça n'a pas toujours été facile. Parfois, il a fallu se serrer la ceinture pour payer les frais de scolarité. Mais je suis fière de pouvoir dire que nous y sommes arrivés. Et Sean nous a rendus remarquablement fiers en obtenant les résultats qu'il a eus. »

À ce propos, Sean avait décroché trois A. En histoire, en anglais et en économie. Le salaud.

« Et maintenant qu'il a l'occasion de réaliser son rêve de devenir avocat, renchérit Penny, je ne voudrais pas que quelque chose l'en empêche.

— Et d'après vous, Natty serait ce quelque chose ? proposa mon père.

— Tout à fait, répondit-elle. Je pense que Sean doit se garder de tout ce qui peut le distraire de ses études. Et même si nous sommes très attachés à toi, Natty, même si nous espérons que vous resterez bons amis, nous préférerions que vous tiriez un trait sur votre relation. »

J'eus l'impression de recevoir une gifle.

Mon père leva les sourcils, expulsa l'air contenu dans ses poumons et dit :

« Il ne vous est pas venu à l'esprit que Sean pourrait bien être distrait par d'autres filles au cours des trois prochaines années ? C'est seulement Natty qui vous gêne, n'est-ce pas ?

— Monsieur Odell, je sais que cela peut paraître tiré par les cheveux. Non, je ne crois pas que Sean va… » – elle refit une pause, le temps de trouver le mot juste – « … s'abstenir complètement pendant trois ans. Ce qui m'inquiète, c'est l'intensité de la relation entre lui et Natty. »

En entendant le mot « intensité », Sean et moi échangeâmes un coup d'œil. Ce terme nous plaisait beaucoup, à l'un comme à l'autre. Nous étions heureux d'avoir su créer une telle union ; heureux qu'elle effraie tant sa mère. Rien n'aurait pu nous combler davantage.

Mon père alluma sa clope.

« Et si elle refuse ? dit-il en aspirant une bonne bouffée. Si Natty refuse de laisser sa place ? Je la vois mal attendre encore un an… Elle est mûre pour son âge, comme vous le disiez vous-même, et se retrouver en cours avec des étudiants plus jeunes qu'elle, l'année prochaine… »

Il me regarda en espérant que je saisisse la perche qu'il me tendait. « Qu'en dis-tu, Nat ? »

Penny ne m'en donna pas le temps.

« Eh bien, dans ce cas, nous devrons envisager une autre université pour Sean », répliqua-t-elle du tac au tac.

Sean réagit dans la seconde.

« Tu n'es pas sérieuse.

— Mais si, je suis très sérieuse, Sean. Sincèrement, je ne comptais pas en arriver là mais puisque Natty…

— Je n'irai pas à Manchester, dis-je faiblement, presque au bord des larmes.

— Bien sûr que si, répliqua Sean.

— Non, ce ne serait pas juste vis-à-vis de toi. C'est toi qui as de bonnes notes. Donc c'est toi qui… »

Mon père se leva. Trois paires d'yeux se posèrent sur lui. J'espérais qu'il dirait quelque chose d'utile.

Ce ne fut pas le cas.

De toute évidence, Penny se serait fait couper la langue plutôt que de nous voir partir ensemble pour Manchester. Si bien que, non sans réticence, nous avons fini par trouver un compromis. Nous resterions séparés pendant quelque temps, sur des campus différents, dans des résidences étudiantes différentes, de manière à éviter les rencontres. Sean a suggéré une séparation de six mois à l'essai. Il partait de l'idée que si nous consentions maintenant au sacrifice exigé par sa mère, nous aurions plus d'arguments à lui opposer ensuite, quand nous serions installés dans la routine universitaire. J'ai accepté, contrainte et forcée. Dans les jours qui ont suivi, je lui ai téléphoné plusieurs fois en le suppliant de m'expliquer les raisons de la décision de ses parents, mais il ne m'a rien dit. Soit parce qu'il ne voulait pas, soit parce qu'il ne pouvait pas.

Au bout du compte, c'est mon père qui m'a incitée à laisser tomber. Un jour que je pleurais, assise dans l'escalier, il s'est glissé près de moi et m'a prise par les épaules en disant : « Natty. Oh, ma Natty. » Dans sa voix, j'ai perçu la même compassion qu'au lendemain du décès de ma mère. Ces mots signifiaient : accepte. Accepte l'irrémédiable.

J'ai répliqué avec colère : « Pourquoi laisser cette femme tout décider ? Pourquoi tu ne lui as pas tenu tête ? »

Il m'a serrée contre lui.

« Si tu restes avec Sean… dit-il doucement. Si tu restes avec ce garçon… cette femme est capable de diriger toute ta vie. Ce serait peut-être le bon moment pour changer ton fusil d'épaule, Natty. »

Je fis donc mon entrée à l'université de Manchester comme une âme en peine. Et si je n'avais pas rencontré Eve dès le troisième jour, je crois que j'aurais fait demi-tour et regagné Windermere ventre à terre. Elle me savait fragile – je lui avais sorti tout ce que j'avais sur le cœur au bout de deux heures – et faisait montre à mon égard d'une sorte d'instinct maternel. Instinct que j'avais réveillé en elle et qui eut le temps de s'épanouir au cours des seize années suivantes.

Nous nous étions croisées dans la salle de bains, un vendredi soir. Il était vingt et une heures, je me brossais les dents en pyjama. Devant le miroir, Eve se mettait de l'eye-liner. En une seconde, je sus qu'elle était plus âgée que moi. Une fille possédant une telle assurance ne pouvait pas avoir 18 ans.

« Pourquoi tu ne sors pas t'amuser ? » me demanda-t-elle. Une question plutôt directe pour une personne que je ne connaissais pas moins d'une minute auparavant.

Je haussai les épaules faute de trouver une réponse adaptée.

« Tu n'as pas l'air assez tarte pour passer ton premier week-end à te morfondre dans ta piaule. Viens avec moi, si tu veux. Je connais le coin.

— Merci. Mais je n'ai pas trop envie de…

— Hein ? fit-elle avec un air de reproche avant de pivoter sur elle-même pour me regarder en face. Tu n'as pas trop envie de quoi ?

— De sortir.

— Pourquoi ?

— Je suis fatiguée », dis-je d'une voix monocorde.

Elle sortit de sa trousse à maquillage un tube de mascara, y enfonça la brosse plusieurs fois, se replaça face au miroir en ouvrant la bouche, comme on fait souvent dans ces cas-là, et entreprit de se peigner les cils en clignant les paupières de temps en temps.

Je ne pouvais m'empêcher de l'observer. Cette fille exerça sur moi une fascination instantanée.

« Tu n'as pas l'air fatiguée, répondit-elle sans me regarder. Tu as l'air triste. »

Incapable de trouver la bonne réplique, je me contentai de hocher la tête.

« Un garçon ? »

Allait-elle se moquer de moi et de mon allure pathétique ? Ne percevant aucune raillerie sur son visage ouvert, je répondis : « Ouais, un garçon. »

Elle referma sa trousse et me sourit.

« Va te changer, ordonna-t-elle. Et dépêche-toi… J'ai ce qu'il faut pour te guérir. »

Eve attendit sur le pas de ma porte pendant que je retournais le contenu de mes tiroirs, à la recherche d'une tenue mettable. J'optai pour un jean, une veste et une chemise à carreaux cintrée que je prévoyais de porter déboutonnée.

« Ça va comme ça ? » demandai-je.

Eve m'examina en se mordillant l'intérieur de la joue.

« Tu n'as rien de plus habillé ? On ne va pas dans un bar pour étudiants.

— Oh, je vois », répondis-je, un peu refroidie.

J'enfilai le corsage dos nu rose layette que j'avais acheté peu de temps auparavant. Il était très moulant et me comprimait les seins tout en les mettant en valeur. Quand je pivotai sur moi-même pour avoir son opinion, une ombre passa sur son visage.

« Là, c'est trop habillé », dit-elle sèchement.

Aussitôt, je me sentis bête. Eve avait l'air tellement plus cool et dégourdie que moi, avec son débardeur argenté peau de serpent marqué « Red or Dead » sur le devant. En plus de cela, je venais de démontrer que je ne connaissais rien à la vie nocturne de Manchester.

Eve traversa la chambre pour extraire de ma commode un corsage noir tristounet.

« Voilà, dit-elle en me le lançant. Ce sera parfait. Allez, grouille. »

Je fis comme elle disait et, pendant que je me maquillais légèrement, Eve me donna quelques détails sur sa vie. L'année précédente, elle s'était inscrite en première année de psycho à Manchester mais avait dû interrompre les cours à cause d'un problème au cerveau.

« Méningite ? » demandai-je, car on avait récemment parlé dans la presse de plusieurs cas touchant des étudiants.

Ces articles établissaient un rapport entre la méningite et la tendance qu'ont les jeunes à embrasser tout ce qui bouge dès qu'ils débarquent à la fac.

« Non, pas du tout. J'ai eu un anévrisme étant bébé.

— Un anévrisme ?

— On m'a mis une pince… Ici, tu vois ? »

Elle se pencha un peu en avant et baissa la tête en écartant ses cheveux.

À un centimètre de sa ligne d'implantation, on voyait une fine cicatrice dépourvue de pilosité.

Je la regardai d'un air consterné.

« Mais aujourd'hui tu vas bien ?

— Oui, très bien, dit-elle sur un ton monocorde. C'est juste que ça s'est mis à gonfler l'année dernière. Je ne sais pas pourquoi, je n'avais jamais eu ce problème. »

Et elle haussa les épaules pour signifier qu'il n'y avait pas de quoi en faire tout un plat.

« Merde, alors. Tu as dû avoir très peur. Tu es allée à l'hôpital ? Est-ce qu'ils t'ont… opéré le cerveau ? »

Elle éclata de rire.

« Non. Mais ils y ont songé… j'ai une agrafe à l'ancienne, un truc en métal. Aujourd'hui, ils utilisent d'autres modèles. Finalement, ils ont décidé d'attendre pour voir si l'œdème disparaissait de lui-même.

— Et c'est ce qui s'est passé ? »

Elle hocha la tête.

« Mais le temps que ça dégonfle et qu'on m'autorise à reprendre la fac, j'avais manqué trop de cours. Le département de psychologie a estimé que je ne pourrais pas rattraper mon retard. Alors j'ai pris une année sabbatique. »

Une année de liberté ! Cette idée me paraissait éminemment exotique, à l'époque – voyager en Inde ou au Mexique, sac au dos, visiter l'Amérique en vivant de petits boulots. Eve se garda de m'expliquer ce qu'elle-même avait fait durant cet intermède inespéré. Tout en arrangeant ses cheveux, elle lança qu'il fallait y aller si on voulait trouver de la place.

Une demi-heure plus tard, Eve transportait un plateau surmonté de shots de tequila qu'elle avait réglés avec un billet de cinquante (le premier que je voyais) vers un groupe de jeunes gens bruyants installés au fond d'un bar. Elle le posa en bout de table et dit :

« Les mecs, je vous présente Natty. Natty a le cœur brisé. Alors je veux que vous soyez hypergentils avec elle. »

En quelques secondes, la tablée explosa littéralement, les garçons se précipitant à la fois sur les verres et sur moi. Ils étaient presque tous en deuxième et troisième année d'ingénierie ou de médecine. Autant dire que Sean me sortit totalement de l'esprit, ce soir-là ; ainsi que les deux semaines qui suivirent car je commençai à m'amouracher d'un séduisant jeune homme originaire du Surrey.

Il s'appelait Will Goodwin.

15

Manifestement, Mme Wainwright n'a pas l'intention d'évoquer son passé trouble devant ses filles.

« Avez-vous quelqu'un à appeler ? lui demande Joanne. Parce que je vais devoir vous emmener avec moi pour interrogatoire. Je suis navrée mais, étant donné les circonstances, c'est la procédure. »

Joanne s'efforce de la ménager mais sa marge de manœuvre est étroite. Si Mme Wainwright a bien embouti le véhicule de sa rivale délibérément et assez violemment pour lui casser le nez, Joanne est obligée de la conduire au commissariat. Elle aurait dû en passer par là même si Mme Wainwright n'avait pas, dans une vie précédente, assommé un malheureux étudiant avec un club de golf.

« Madame Wainwright ? répète Joanne. Et votre mari ? Ne pourriez-vous pas l'appeler pour lui demander de rester auprès de vos filles ? Il sera peut-être tard lorsque vous rentrerez. »

Mme Wainwright fuit le regard de ses filles. Visiblement, elles n'avaient pas connaissance des antécédents judiciaires de leur mère et, pour la énième fois depuis qu'elle fait ce métier, Joanne pense : *Rien de tel qu'une histoire d'adultère pour faire sortir les squelettes du placard.*

Après quelques minutes de silence tendu, Joanne décide de prendre la situation en main. Elle s'adresse à celle des deux filles qui lui paraît la plus raisonnable.

« Comment tu t'appelles ?

— Felicity. »

Assise près de sa mère à la table de la cuisine, l'aînée – le genre bohème, névrosée – tremble comme une feuille. Elle ne lui sera pas d'une grande utilité.

Joanne sourit gentiment à Felicity.

« Peux-tu appeler ton père et lui demander de venir aussi vite que possible ?

— Pas de problème, répond-elle, et elle sort de la cuisine.

— Ne l'appelle pas, Felicity ! hurle sa sœur. Je ne veux pas le voir ici ! Pas après ce qu'il a fait ! »

Joanne inspire, lève les yeux au ciel et lui explique :

« Ta maman a des problèmes. Il faut lui faciliter les choses.

— Elle est en état d'arrestation ?

— Non.

— Alors vous n'avez pas le droit de l'emmener ! » Elle se tourne vers sa mère. « Maman, n'y va pas. Moi, je te crois ! Je sais que tu ne ferais pas de mal à Eve. Tu as raison, elle ment pour pousser papa à te détester, elle…

— L'interrogatoire doit être enregistré, intervient Joanne. Madame Wainwright, si nous partons immédiatement, vous pourrez sans doute rentrer chez vous d'ici deux heures. »

Ces dernières paroles l'incitent à se lever. Elle semble convoquer tout ce qu'il lui reste de courage pour dire : « Je vous rejoins, inspecteur. Laissez-moi un instant avec mes filles. »

Joanne hoche la tête et va l'attendre dehors.

Il n'y a personne dans le bureau où travaille Joanne. Tous ses collègues sont partis au pub retrouver Ron Quigley. Joanne leur envoie vite un texto pour dire qu'elle les rejoint dès que possible et va préparer la salle d'interrogatoire.

Au passage, elle demande à l'inspecteur Angela Blackwell de l'assister. À son invite, Natasha Wainwright prend place sur le siège en face d'elle. Elle est dans ses petits souliers.

« Vous voulez bien que je vous appelle Natasha ? demande Joanne.

— Plutôt Natty.

— Alors, Natty, je vais essayer de faire vite. Je vois bien que vous traversez une mauvaise passe, vous et vos filles, et qu'elles ont besoin de votre présence auprès d'elles. Donc, soyons clair. Pour l'heure, il n'y a pas d'inculpation, vous n'êtes pas en état d'arrestation. Si vous êtes ici, c'est pour répondre à des questions au sujet de l'agression commise sur la personne du Dr Eve Dalladay, aujourd'hui en début d'après-midi. Je dois savoir si vous souhaitez l'assistance d'un avocat. »

Natty fait non de la tête.

« Je veux juste rentrer chez moi.

— OK, nous avons déjà évoqué le sujet mais, pour les besoins de l'enregistrement, pourriez-vous me dire ce qui s'est passé en début d'après-midi quand vous avez embouti la voiture d'Eve Dalladay ?

— La voiture de Sean, corrige-t-elle. Ce n'était rien, franchement. J'étais sortie du parking de Booths et je descendais Crescent Road, à Windermere, quand je l'ai vue devant moi. Soudain, je ne sais pas pourquoi, elle a freiné brusquement et je n'ai pas pu éviter le choc. J'ai vérifié si elle allait bien et, comme c'était le cas, je suis rentrée directement à la maison. J'étais rudement secouée, étant donné les circonstances.

— Vous dites cela parce que votre mari, Sean Wainwright, et Eve Dalladay ont une liaison ?

— Oui, et parce qu'Eve était mon amie.

— Comment expliquez-vous les éraflures constatées sur le flanc droit de votre voiture ?

— Je les ai faites en sortant de notre garage en marche arrière, hier matin. J'étais préoccupée, stressée.

— Quand je vous ai posé la question tout à l'heure, vous avez dit que vous ignoriez comment c'était arrivé.

— Non, ce n'est pas ce que j'ai dit. Je n'ai pas répondu. Je ne voulais pas que les filles sachent à quel point j'étais bouleversée. Je fais de mon mieux pour qu'elles ne voient pas combien tout cela m'affecte. »

Joanne laisse tomber provisoirement le sujet.

« Vous et Eve Dalladay vous connaissez depuis combien de temps ? »

Natty détourne les yeux d'un air gêné.

« Depuis la fac. Elle s'appelait Eve Boyden, en ce temps-là.

— Que s'est-il passé ?

— À quel propos ? »

Joanne montre le dossier posé devant elle.

« Il est dit là-dedans que vous avez frappé un étudiant avec un club de golf. Vous lui avez fracturé le crâne. »

Natty Wainwright écarquille les yeux en murmurant :

« Personne n'est au courant de cela.

— Vous ne l'avez pas dit à vos filles ?

— *Non !* s'écrie-t-elle, outrée. Et je ne veux pas qu'elles l'apprennent.

— Je suppose que votre mari est au courant ?

— Oui, bien sûr. Ainsi que mon père... et Eve.

— Eve ?

— Elle était présente.

— Au moment de l'agression ?

— Non.

— Pourquoi avez-vous frappé ce jeune homme, Natty ?

— Parce qu'il m'avait quittée.

— Ce n'est pas un peu disproportionné ? demande Joanne.

— J'étais en colère. Il m'a humiliée et après il m'a laissée tomber... » Elle s'arrête et baisse les yeux sur ses mains. « Vous devez tenir compte du fait que j'étais très jeune alors. »

Joanne pose les mains sur la table.

« Avez-vous embouti volontairement la voiture d'Eve Dalladay, cet après-midi ?

— Non. Je ne suis pas quelqu'un de violent. Cette histoire avec Will Goodwin était une erreur sans lendemain. Je n'ai plus eu de problèmes d'aucune sorte depuis et je n'ai pas heurté la voiture d'Eve Dalladay par vengeance.

— J'insiste sur le fait que les enregistrements des caméras de surveillance présentes sur le parking seront bientôt disponibles. Si vous souhaitez ajouter quelque chose ou changer votre déposition, je suggère que vous le fassiez maintenant, lui conseille Joanne. Vous comprenez bien qu'il vaut mieux ne pas le faire après, n'est-ce pas, madame Wainwright ? »

Natty Wainwright croise sagement les mains sur ses cuisses et redresse le dos.

« Je n'ai rien à ajouter », dit-elle.

16

Il est plus de vingt heures quand je rentre à la maison. Une voiture de patrouille me dépose devant. Je croyais tomber sur la Maserati avec son pare-chocs arrière enfoncé, mais c'est la voiture d'Eve que je vois garée dans l'allée.

Tout à l'heure, je n'ai pas attendu l'arrivée de Sean pour aller au commissariat. Nous sommes parties sitôt que nous avons su qu'il était en chemin. Devant les filles et l'inspecteur Aspinall, j'ai prétexté que plus vite on y serait plus tôt je rentrerais. Mais en réalité, j'ai dit cela parce que je craignais de croiser le regard de Sean.

Enjoliver les faits devant mes filles, camper sur mes positions quand la police m'interroge sur l'accrochage avec Eve, ce n'est pas un problème pour moi. En revanche, avec Sean, ce serait une autre affaire. Il me connaît trop, il est bien placé pour savoir que si j'ai passé des années – Dieu sait combien – à me bâtir une vie dont je puisse être fière, c'est dans l'espoir d'enterrer mon passé.

Duper Sean ne serait pas si facile.

Je glisse ma clé dans la serrure, j'appuie sur la poignée. La porte résiste, verrouillée de l'intérieur.

Aussitôt, je m'énerve. Comment ose-t-il m'interdire l'entrée de ma propre maison ? J'appuie sur la sonnette en maintenant le bouton enfoncé pour qu'elle retentisse en continu et, de l'autre main, je tambourine sur la porte. Au bout d'un moment, on ouvre et Eve apparaît, un sparadrap en travers du nez, un autre sur le front.

« Qu'est-ce que tu fiches ici ? » lui dis-je. Elle fait un pas vers moi comme pour m'interdire le passage. « Où est Sean ?

— Sous la douche. Nous passons la nuit ici, Natty. Il est préférable que tu t'en ailles avant que les filles te voient. »

Je la foudroie du regard.

« Vous faites *quoi ?* Pas question. Dégage de mon chemin. »

Elle ne bouge pas d'un centimètre.

« Et qu'est-ce que tu as sur la figure ? » ajouté-je en la regardant attentivement.

Elle a de gros hématomes autour des yeux – demain, ils seront noirs – et une affreuse rangée de points de suture sur le menton.

Je lui balance avec mépris : « Ce n'est pas moi qui t'ai fait ça. Impossible. Comment tu t'es arrangée pour avoir cette tronche ? Tu t'es jetée dans l'escalier ? »

Comme elle ne répond pas, je la repousse pour franchir le seuil et me retrouve face à face avec Alice – assise au bas des marches, vêtue de son body léopard.

Elle souffle dans un mouchoir et, quand j'approche, esquisse un mouvement de recul, comme si je lui faisais peur.

« Alice, qu'est-ce qu'ils vous ont raconté ? dis-je, révoltée à l'idée qu'ils aient pu leur bourrer le crâne à peine avais-je tourné les talons. Qu'est-ce que cette… cette femme t'a dit ?

— Rien, bafouille Alice, déconcertée. Rien, maman. Que s'est-il passé ? Papa a dit que la police risquait de te garder toute la nuit et qu'il devait rester avec nous… et comme il ne peut pas laisser Eve toute seule à cause de… » Elle fond en larmes. « …à cause du choc qu'elle a reçu à la tête. Maman, c'est toi qui lui as fait ça ? Papa a dit que tu aurais pu la tuer. »

Je pose ma main sur son épaule et elle me regarde fixement, sans ciller.

« Alice, je ne lui ai fait aucun mal. Je te le jure, ce n'est pas moi qui l'ai blessée. »

Je me retourne et je vois Eve figée à deux mètres de moi, les yeux écarquillés, la mine navrée.

Eve porte une robe Laura Ashley ornée d'un col Claudine blanc totalement ridicule. C'est le genre de tenue qu'un avocat recommanderait à sa cliente pour qu'elle ait l'air pure et innocente devant ses juges.

« Qu'est-ce que tu as fait ? lui dis-je en sifflant. Tu t'es cogné la figure contre un mur, comme Myra Hindley[1] ? Pour paraître moins fourbe ? »

Le visage d'Eve a toujours vaguement ressemblé à celui d'un rongeur. À la fac, elle passait des heures

1. Tueuse en série ayant défrayé la chronique en Grande-Bretagne dans les années 1960. *(N.d.T.)*

à tenter d'agrandir ses petits yeux. À les « ouvrir », disait-elle. Elle se servait d'un eye-liner liquide et d'un fard à paupières brun qu'elle appliquait sur le bord externe de ses yeux. À l'en croire, elle savait exactement comment rehausser sa beauté. Mais à l'arrivée, on ne voyait guère la différence.

« Natty, dit-elle sur un ton compatissant, je t'en prie, arrête. C'est inutile et tu n'aides pas ta fille en faisant cela. Je vois bien que tu es trop bouleversée pour réfléchir sainement et je suis vraiment navrée de te voir si affectée, mais tes accusations sont parfaitement absurdes... Et en plus, ajoute-t-elle sur un ton légèrement moqueur à présent, rien ne prouve que Myra Hindley ait réellement fait cela. Il s'agit d'une rumeur que personne n'a jamais pu prouver. »

Je me tourne vers Alice et, à son expression, je constate qu'elle trouve les paroles d'Eve pleines de bon sens. Je suis en train de perdre sa confiance et je ne sais que faire pour me rattraper.

« Est-ce que tu vas aller en prison ? » me demande Alice d'une voix calme.

Soudain, je m'effondre. J'ai envie de me ruer sur Eve pour la rouer de coups. J'ai envie de l'attraper par les cheveux et de la traîner hors de chez moi. Mais ma fille m'observe avec attention, comme si elle peinait à me reconnaître. Je reste paralysée.

À cet instant, je vois Sean descendre l'escalier. Il est propre et encore humide après sa douche. Il tient mon sac de voyage.

« Je t'ai rassemblé quelques affaires, Nat, dit-il. J'ai averti ton père que tu passerais un peu de temps chez lui. »

Ma bouche s'ouvre d'elle-même.

« Pas question. Je suis chez moi. Ce sont mes enfants. Il faudra d'abord que vous me passiez sur le corps. »

Eve s'éclaircit la gorge.

« Natty, est-ce que la police a visionné les enregistrements des caméras de surveillance ?

— Je ne sais pas.

— Eh bien, à notre avis, ils ne les ont pas encore vus. Mais quand ils le feront demain matin, tu sais ce qu'ils vont découvrir, Natty. Tu sais ce que ces vidéos vont montrer. »

Je reste coite.

Sean descend les dernières marches en prenant garde de ne pas cogner la tête d'Alice avec le sac. Il me reconduit jusqu'à la porte et, à mi-voix, pour qu'Alice n'entende pas, me dit :

« J'estime que cette fois, il est préférable que les filles ne soient pas là quand la police viendra te chercher. Nous avons réussi à donner le change jusqu'à présent, Natty, mais elles ne sont pas aveugles. Veux-tu vraiment qu'elles assistent à ton arrestation, demain ? C'est ça que tu veux ?

— Mais ils ne vont pas m'arrêter, dis-je. Eve s'est blessée elle-même. Elle a fait cela pour me piéger, Sean. Elle l'a fait pour mettre ses sales pattes sur mes enfants et… »

Sean pose le sac et ferme les yeux.

« Natty, écoute-toi parler. Cela n'a ni queue ni tête. Aucun de nous ne se réjouit de la situation, nous ne voulons pas te priver des filles mais il y a des choses à régler. Et pour le bien d'Alice et de Felicity, je ne veux pas qu'elles voient leur mère embarquée comme une criminelle.

— Je ne suis pas une criminelle ! » hurlé-je.

Il répond en murmurant : « Mais selon la loi, tu en es une. Tu veux vraiment que toute l'histoire soit étalée devant leurs yeux ? »

Je me tords les mains d'impuissance. J'essaie vainement d'aligner deux idées. Je tremble en regardant Alice assise sur les marches. Il ne faut surtout pas qu'elle l'apprenne de cette manière-là.

Il se penche et me dit à l'oreille : « Vas-y maintenant. L'essentiel, c'est qu'elles continuent à ignorer ce que tu as fait. Je m'en assurerai personnellement mais, pour cela, tu vas devoir jouer franc jeu et laisser Eve tranquille. »

Un dernier coup d'œil sur Alice me prouve que je n'ai pas le choix. Je dois obtempérer.

Sean ouvre la porte, nous sortons. Je lui prends le sac des mains et j'attrape mes clés au fond de ma poche.

« Je vais t'appeler un taxi, Natty, dit-il. Ta voiture n'est pas en état de rouler… Regarde. »

Elle est très abîmée, en effet. L'avant est complètement enfoncé et une profonde éraflure court sur le flanc droit.

« Tes feux ne marchent plus. Tu risques d'avoir des ennuis avec la police.

— Ça va aller, dis-je. Quitte à partir, je préfère y aller tout de suite. » Il baisse la tête. Il se fait violence, je le sens, il n'a aucune envie de me mettre à la porte de chez moi.

« Dis-moi, Sean, vous n'allez pas encore coucher ensemble dans notre lit, hein ? » Je me fais suppliante. « Tu ne laisseras pas Eve dormir dans notre lit ? »

Et il répond : « Non. »

Le regard toujours braqué sur ses chaussures, il secoue la tête.

« Non, je ne ferai pas ça, Natty. »

Je suis là, occupée à sangloter, pendant que mon père roule une feuille de Rizla entre le pouce et le majeur, d'un geste lent et méthodique. Il lèche le bord gommé, allume le joint. L'odeur âcre du tabac Drum mêlé à la résine de cannabis se répand dans l'air. Il a toujours fumé un petit pétard de temps en temps. J'ai maintes fois tenté de l'en dissuader, mais sans résultat.

Un filet de fumée lui rentre dans l'œil. Il le ferme à demi et me demande : « Tu en veux ? »

Je cesse de pleurer juste le temps de le foudroyer du regard.

« Ne dis pas de bêtises.

— Ça te ferait peut-être du bien.

— Papa, une femme s'est installée chez moi à ma place. Je ne vois vraiment pas en quoi un joint pourrait m'aider. »

Il hausse les épaules, l'air de dire : « Va savoir. »

Je réplique vertement :

« Une femme qui se prétendait mon amie est en train de me voler ma maison et mes gosses. Et tu voudrais que je reste là à me droguer jusqu'à ce qu'on finisse par parler… de quoi ? Des invasions vikings ? De la construction des pyramides ?

— Ça m'a aidé quand ta mère est morte, dit-il sereinement.

— Ah ouais ? Eh bien, toi et moi, ça fait deux. Et tiens le cendrier sous le pétard, veux-tu ? Quand je ramènerai ce fauteuil à la maison de repos, j'aimerais qu'il ne soit pas criblé de brûlures de cigarettes. »

Je secoue la tête, exaspérée.

« Je vais me chercher à boire, dis-je en me frottant la nuque. Tu veux quelque chose ?

— Non. Fais donc rentrer le chat pendant que tu y es. »

Le regard perdu dans l'obscurité, je bois mon verre d'eau sur le seuil de la porte de derrière. J'essaie de retrouver mon calme. La nuit est douce, les nuages sont bas, il n'y a pas d'étoiles. Je secoue deux fois la boîte de croquettes en criant « Morris ! » et en produisant les petits sons qui attirent les chats, d'habitude.

Il y a les fans de chats et les fans de chiens. Je ne suis ni l'une ni l'autre. Je n'ai rien contre les bêtes, ce sont leurs poils qui m'insupportent. Ils se collent partout. Depuis que les filles sont petites, le sujet des animaux de compagnie revient régulièrement sur le tapis. La seule fois où nous avons failli en avoir, l'affaire s'est terminée pitoyablement. Il s'agissait d'héberger les cochons d'Inde de la classe le temps d'un week-end. Mais, curieusement, l'instit nous a vite rayés de sa liste. Ayant oublié de les ramener à l'école, j'avais dû les mettre dans un taxi, le lundi midi. (À ma décharge, je devais m'occuper d'un client particulièrement enquiquinant, ce jour-là.)

Je ferme la porte et je vais retrouver mon père.

« Le chat ne veut pas rentrer.

— On réessaiera dans une heure », dit-il. À cause du joint, il parle très lentement, comme s'il était presque endormi. « Il y a du cognac dans le buffet au-dessus de la bouilloire, Natty. Verse-t'en un verre.

— Je n'en veux pas.

— Viens par ici, me dit-il gentiment, et je pense qu'il veut me serrer contre lui. Viens par ici, ma chérie. »

Je m'avance vers lui, bras ouverts, sauf qu'en fait il ne voulait pas m'embrasser. Au lieu de cela, il me dit « Jette donc un coup d'œil », en désignant le grand miroir posé sur la cheminée.

« Tu vois bien que tu as besoin d'un verre, annonce-t-il en montrant le visage crispé par la colère qui s'y reflète. Va t'en verser un. »

Dans la cuisine, je trouve le cognac. D'habitude, mon père possède un stock de Metaxa 3 étoiles – le genre d'alcool qui peut remplacer l'essence dans un briquet – que son copain lui ramène de Grèce deux fois l'an. Mais ce soir, je tombe sur une grosse bouteille de Hennessy. Non décachetée. J'en prends une rasade et je me ressers aussitôt.

Je lui crie :

« Tu n'en veux pas ? Tu es sûr ?

— Bon, d'accord, donne-m'en un peu. »

Pendant que j'apporte les verres au salon, il écrase son mégot. « Formidable, dit-il en attrapant son cognac.

— À quelle heure passe l'auxiliaire de vie ? Celle qui t'aide à te coucher ?

— C'est variable. »

Je fronce les sourcils :

« Tu ne devrais pas fumer des pétards devant ces personnes, papa. Je veux dire, ça ne fait pas bien.

— Je suis sûr qu'elles en ont vu d'autres et des pires.

— Et si jamais elles te dénonçaient ? »

Il glousse.

« À qui ?

— À la police. »

En souriant, il porte le verre à ses lèvres. Ses yeux sont déjà injectés de sang – comme s'il sortait d'un bain d'eau chlorée.

« Qu'y a-t-il de si drôle ?

— Normalement, c'est moi qui devrais faire de la parano, répond-il en montrant le cendrier. À cause de la fumette.

— Je ne suis pas parano », protesté-je.

Il penche la tête, encore un peu moqueur.

« Tu n'es pas parano, répète-t-il d'une voix neutre. Tu n'es pas parano et pourtant tu es persuadée qu'Eve a fait exprès de se blesser au visage pour s'attirer la sympathie d'Alice et Felicity. Et voilà qu'à présent tu crois que mes auxiliaires de vie sont des indics. Tu manques de… Comment dit-on cela, déjà, ma chérie ? De preuves tangibles.

— J'estime simplement que tu devrais te montrer plus prudent et ne pas enfreindre la loi devant des quasi-inconnues.

— Je n'enfreins pas la loi », rétorque-t-il. D'un air agacé, je rejette mes cheveux en arrière en pensant : *Ça y est, nous y voilà. On est partis pour le grand couplet du fumeur de joint.* Il va me parler de l'ouverture d'esprit des adeptes du cannabis, des statistiques établissant que le shit est moins nocif que l'alcool, du faible pourcentage d'actes violents durant les matchs de foot néerlandais.

Mais au lieu du discours habituel, il me sort : « Natty, tu as blessé une femme en emboutissant son véhicule, cet après-midi. Tu as fait cela alors que tu as déjà un casier judiciaire... Alors, à ton avis, lequel de nous deux est le mieux placé pour donner des leçons ? »

Je ferme les yeux et me carre au fond du canapé.

« Seigneur, dis-je d'une voix étranglée. Qu'est-ce que je vais faire ?

— Ce soir ? Ce soir, rien du tout. Efforce-toi de retrouver un peu de bon sens et oublie ces histoires de complot – tu te comportes comme s'il te manquait une case. Sean n'est pas le premier homme à quitter sa femme pour une autre, ça arrive tous les jours. Laisse tomber la parano, Natty, et recommence à vivre. Ne serait-ce que pour le bien de tes filles.

— Mais tu n'as pas vu sa tête, papa ! Je n'ai pas pu la blesser aussi grièvement.

— Combien de fois as-tu embouti sa voiture ?

— Deux ou trois.

— Décide-toi. Deux ou trois ?

— Quatre, dis-je d'un air penaud. Mais c'est totalement impossible...

— Très bien, me coupe-t-il. Très bien, disons qu'elle s'est blessée elle-même, si ça peut te soulager. Cela ne change rien au fait que les flics sauront ce que tu as fait dès qu'ils visionneront les vidéos de surveillance. Et après, que se passera-t-il ? »

Je vide d'un trait ce qu'il reste de mon cognac.

« Ils viendront me chercher.

— Exact, dit-il tristement. Ils viendront te chercher. »

Il pose son verre sur l'accoudoir du fauteuil et soupire.

« Qu'est-ce qui t'a poussée à faire un truc aussi stupide, Natty ?

— J'en sais rien.

— Eh bien, nous avons jusqu'à demain matin pour trouver une explication. Après cela… »

Il ne termine pas sa phrase.

17

Demandez à n'importe quelle mère ce qu'elle redoute le plus et elle vous répondra sans doute qu'un malheur arrive à l'un de ses enfants. Cela mis à part, on passe sur le terrain des peurs basiques, comme celles des araignées, du vide et des espaces clos.

Dans mon cas, ce sont les serpents : je patauge dans un étang au milieu d'une jungle boueuse quand un serpent jaune venimeux me fonce dessus en zigzaguant à la surface de l'eau.

Enfin, il y a ça… et la prison.

Je suppose que pour la plupart des femmes, la peur de la prison ne figure pas en tête de liste. Une telle éventualité est aussi improbable que, disons, aller passer ses vacances à Bagdad. En toute logique, c'est quasiment impossible.

Mais, imaginez un instant que cela vous arrive. Imaginez que ce soit vous, la femme dont la photo figure à la une des journaux.

Aucun risque, direz-vous. Je ne suis pas ce genre de personne. Je ne mène pas ce genre de vie.

OK, mais alors posez-vous la question suivante : seriez-vous capable de tuer par désespoir ? Par jalousie ou par haine ?

Non ? Moi non plus. Et pourtant, ce sont des choses qui arrivent.

Un beau jour, une femme qui me ressemble, ou qui vous ressemble, a pu commettre un crime. Je ne parle pas de braquer une banque, de contrefaire des cartes de crédit ou de vendre de la drogue. Elle a simplement fait ce qu'elle était censée faire – aimer sa famille comme une lionne. Et quand sa famille a été menacée, elle a réagi avec l'instinct d'une mère, celui que nous possédons toutes en nous et que, par conditionnement social, nous avons enfoui pour pouvoir vivre entre gens civilisés. Elle a protégé sa famille et maintenant elle subit sa punition.

Il est cinq heures cinquante du matin, je suis allongée dans le lit étroit de ma chambre de jeune fille et je sais que, dans peu de temps, je risque fort de me retrouver derrière les barreaux.

Une personne qui blesse quelqu'un, surtout de manière involontaire, a souvent droit à une mise en liberté sous caution. Quand il s'agit d'une première infraction. Mais pour une récidive ? Je ne crois pas.

Je suis une récidiviste. Raison pour laquelle je dois absolument trouver une solution. Mais comment réfléchir correctement quand on est paralysé par la peur ? Impossible. Je songe à récupérer mon passeport, à me rendre à l'embarcadère des ferrys… quand tout à coup… VLAN ! Une pensée atroce me heurte de plein fouet : je ne reverrai plus mes enfants.

Bon, d'accord, je ne m'enfuis pas. Disons que je les laisse m'enfermer. Ils me mettent dans une prison pour femmes, je purge ma peine, quelle que soit sa durée – elle ne devrait pas dépasser quelques mois, au pire, et…

VLAN ! Je ne verrai pas mes enfants. Et si je les vois, ce sera au parloir de la prison.

À présent, je n'arrive même plus à penser tant la haine que j'éprouve envers Eve me submerge, tant cette injustice m'étouffe. J'enrage de m'être ainsi laissé berner par cette femme, de me retrouver à cause d'elle dans la plus inextricable des situations.

Je me lève, descends me préparer une tasse de thé et voir si le chat se décide à rentrer. En traversant le salon, je l'entends gratter à la baie vitrée. Je rebrousse chemin et j'ouvre la porte d'entrée en le grondant. Il se frotte contre mes jambes et miaule bruyamment. C'est un gros mâle au pelage noir luisant sur le dos et blanc sur le ventre – un cousin germain de Grosminet, sauf que son poitrail est parsemé de taches noires, comme la fourrure qui garnit la couronne de la reine. Mon père appelle ça la fourrure royale de Morris.

Il fait presque jour mais les lampadaires dans la rue projettent encore vers moi un faisceau de lumière ambrée. Ils éclairent le seuil ainsi qu'une enveloppe blanche posée par terre. Je ne l'ai pas remarquée en ouvrant au chat.

« Natty Wainwright » est inscrit dessus. Il n'y a ni adresse ni cachet de la poste ; on a dû la déposer dans la nuit.

Je ferme la porte, passe dans la cuisine et, après avoir versé quelques croquettes dans la gamelle de Morris, j'ouvre la lettre. Un froid glacial m'envahit.

EVE A DÉJÀ FAIT ÇA. NE LA LAISSEZ PAS PRENDRE CE QUI VOUS APPARTIENT.

Les idées défilent à cent à l'heure dans ma tête. Je regarde fixement le bout de papier et ces deux phrases écrites à la main, en petites capitales bien formées. À mon avis, c'est l'écriture d'un homme, vu que les hommes ont tendance à préférer les capitales – mais je peux me tromper.

La feuille elle-même semble avoir été arrachée d'un calepin jaune, avec des lignes imprimées. Je m'efforce de percer le sens des mots, à supposer qu'ils en aient, quand soudain la porte d'entrée se referme en claquant. Une voix de femme retentit : « Ce n'est que moi ! »

Jackie la Folle.

Je suis assise à la table de la cuisine, le papier serré entre mes doigts. Ses pas lourds se rapprochent. Elle se précipite sur la bouilloire, la remplit et, seulement après, s'aperçoit de ma présence.

« Oh, mon Dieu ! s'écrie-t-elle. Je ne vous avais pas vue. Qu'est-ce que vous faites ici ?

— C'est une longue histoire. »

On dirait qu'elle est énervée. Elle ouvre le frigo et le referme bien vite quand elle aperçoit ses plats préparés Weight Watchers, posés sur l'étagère du milieu.

« Ils sont à vous ? » demandé-je en les désignant.

Elle me sourit d'un air gêné.

« Quoi donc ? lance-t-elle comme si elle n'y était pour rien.

— Tourte au saumon et brocoli, cassolette de poulet…

— Ah, ça ? dit-elle. Oui, c'est à moi. Comment va votre père, ce matin ? Il a pris son petit-déj' ?

— Non, je crois qu'il dort encore. »

Elle s'apprête à ajouter quelque chose quand elle remarque le papier dans ma main. Elle se garde bien de m'interroger mais je le lui tends quand même.

La paire de lunettes qu'elle tire de sa poche de devant porte encore l'étiquette indiquant la puissance des verres, + 2.00. C'est le genre de loupes qu'on achète dans les stations-service ou près des caisses chez Decathlon. Avec ses binocles en équilibre au bout de son nez, Jackie a l'air d'une maîtresse d'école.

« Où vous avez eu ça ? demande-t-elle.

— Je l'ai trouvé. Quelqu'un a dû l'apporter pendant la nuit.

— De qui ça vient ? »

Je hausse les épaules.

« Aucune idée. Je pense que l'expéditeur veut rester anonyme… Autrement il aurait signé, non ? »

Elle hoche la tête.

« C'est bizarre comme message, hein ? Qu'est-ce que ça veut dire, elle a déjà fait ça ? *Ça* quoi ?

— Voler un mari, je suppose.

— Vous allez faire quoi, lui coller ce truc sous le nez ? Lui demander avec qui elle baisait avant ? »

Je déglutis. Dois-je lui parler des derniers événements ? De toute façon, mon père lui racontera tout, alors mieux vaut la mettre au courant. « Je suis un peu embêtée, pour tout dire. J'ai embouti la voiture d'Eve, hier…

— Volontairement ? »

Je grimace et je m'apprête à lui répondre, mais elle me coupe la parole.

« J'espère bien. Elle l'a pas volé après ce qu'elle vous a fait. Si c'était moi, j'aurais été jusqu'au bout et…

— Il y a plus grave. Elle l'a signalé à la police. »

Jackie tord la bouche comme pour dire : « Eh ben, il n'y a pas de quoi s'affoler. Cessez de vous inquiéter. »

Je baisse le nez.

« Ce n'est pas aussi simple. J'ai fait autre chose, il y a de nombreuses années. J'ai un casier judiciaire. »

Jackie écarquille les yeux puis rétracte le menton, sous le coup de la surprise. Après un instant de réflexion, elle éclate d'un rire rauque. « Vous alors, vous cachez bien votre jeu. Je vous aurais donné le bon Dieu sans confession. Votre père est au courant ?

— Personne ne le sait, dis-je fermement. Enfin, lui il le sait, évidemment… mais nous n'aimons pas trop en parler. »

Jackie la Folle retire ses lunettes de lecture et, de l'index, fait glisser une fermeture Éclair imaginaire devant sa bouche.

« Je serai muette », promet-elle.

Une fois qu'elle a versé le thé, Jackie monte lever mon père. J'entends le chauffe-eau s'allumer quand elle fait couler l'eau chaude. Ils rient.

Deux fois par jour, une auxiliaire de vie rend visite à mon père pour l'aider dans les actes essentiels du quotidien. Il se montre aimable, accommodant, toujours ouvert et de bonne humeur. Mais avec Jackie, l'ambiance est différente, plus chaleureuse, plus joviale. J'en viens à me demander comment il a vraiment vécu sa solitude durant toutes ces années. J'ai souvent tenté d'aborder le sujet, mais à chaque fois il esquivait en disant qu'il s'entendait bien avec lui-même. Et si j'insistais, il allait jusqu'à prétendre aimer la solitude. Maintenant, je commence à en douter. Maintenant, je me demande s'il ne faisait pas semblant, pour éviter que je m'inquiète, et j'ai un peu honte d'avoir pris ses déclarations pour argent comptant.

J'entends mon père descendre l'escalier sur les fesses – les kinés de l'hôpital disent que c'est la meilleure façon de procéder. Quand il atteint la dernière marche, Jackie et lui cessent de papoter gaiement ; je devine qu'ils parlent de moi. Au crissement métallique de ses béquilles, je sais que mon père vient d'entrer dans le salon. Il s'affale dans son fauteuil avec un soupir de soulagement. Je vais lui dire bonjour.

Il porte un pantalon de jogging noir, une polaire rouge et ses genoux sont encore très enflés. Ils font le double de leur taille normale ; on les remarque même sous le tissu. Ce doit être un vrai supplice. Soudain, je m'en veux de lui avoir reproché son joint, hier soir.

« Bonjour », dis-je.

Il n'a pas encore répondu que Jackie arrive derrière moi et m'annonce :

« Je lui ai parlé de la lettre anonyme.

— Ce n'est pas une lettre anonyme, bredouillé-je. C'est un message.

— De qui ? demande-t-il. Qui l'a apporté ? »

Je hausse les épaules.

« Voyons cela », dit-il.

Je lui tends le papier. Il le regarde, perplexe.

« C'est tout ? s'étonne-t-il. Rien de plus ? » Je hoche la tête. « N'importe qui ayant un intérêt quelconque dans cette affaire aurait pu écrire ça.

— Tu ne trouves pas bizarre qu'elle ait déjà fait ça ?

— Pas vraiment. Les femmes qui couchent avec des hommes mariés ont tendance à en prendre l'habitude… Ce qui me surprendrait, ce serait qu'elle ne l'ait jamais fait avant. Qu'y a-t-il de si étrange ? » ajoute-t-il en me rendant le papier.

Je m'apprête à répondre – et je me ravise.

Le souvenir vague d'une conversation me traverse l'esprit.

Il me faut quelques secondes pour retrouver les paroles exactes, mais ce qui m'apparaît d'emblée, c'est la méchanceté dont Eve faisait preuve, déjà à cette époque.

Nous avions regagné le foyer d'étudiantes après avoir passé la soirée dehors. Je me revois vautrée sur son lit, légèrement pompette, tout émoustillée d'avoir su éveiller l'intérêt de Will Goodwin.

« Oh là là, j'espère qu'il m'aime bien, dis-je.

— Il t'aime bien, rétorqua sèchement Eve tout en se brossant les cheveux, mais si tu as l'intention de le garder, il va falloir que tu lui passes un fil à la patte.

— Un fil à la patte ?

— Mmm-mmm. »

Je me redressai aussitôt, sur la défensive.

« Tu veux dire que je dois le prendre au piège ?

— Oui. »

J'éclatai de rire. Pour moi, piéger un garçon était aux antipodes de l'idée que je me faisais d'une histoire d'amour.

« Tu penses que j'ai besoin de piéger un mec pour qu'il m'apprécie ? »

Eve fit une moue signifiant : « Eh ben oui ! Mon Dieu, comment peux-tu être aussi naïve ?

— Mais je veux qu'il tombe amoureux de moi – de qui je suis réellement.

— Alors prépare-toi à rester célibataire. »

Ses paroles m'offensèrent, ce qui ne l'empêcha pas d'en rajouter sans se démonter le moins du monde. Eve semblait considérer qu'il était de son devoir de m'expliquer la vie.

« Tu crois vraiment qu'il suffit de ne pas baiser avant le troisième rendez-vous pour que Will Goodwin s'entiche de toi ? Tu crois que grâce à ça, tu gagneras son estime et son respect ? Qu'il t'emmènera chez lui pour te présenter à sa mère ? » Oui, c'était précisément ainsi que j'envisageais les choses. En voyant ma tête, Eve se mit à rire de bon cœur. « C'est très bien en théorie. Mais voyons, Natty, Will est un homme avant tout. Et les hommes ne fonctionnent pas comme les autres créatures sur Terre. Si tu veux qu'un mec tombe raide dingue de toi, suis mon conseil : tu dois découvrir ce dont il a envie… et t'y conformer.

— Mais il doit m'aimer telle que je suis, répliquai-je.

— Il doit ? Non, il ne doit rien. Deviens comme il veut que tu sois. Quand ce sera fait, cherche à savoir ce qu'il pense de lui-même et complimente-le sur les qualités qu'il se trouve. Porte sur lui le regard qui lui convient. Le regard qu'il souhaite. Quand il énonce une opinion, fais-lui comprendre que jamais tu n'as entendu une idée plus intelligente, plus géniale. Et bien sûr, n'oublie pas de lui faire des pipes le plus souvent possible et dans les lieux les plus incongrus. Essaie cette méthode, Natty. Elle marche à tous les coups. »

À présent, je regarde mon père et Jackie. Tous les deux m'observent d'un œil sceptique en attendant que je poursuive.

« Et si… Et si, pour une raison parfaitement dingue, Eve avait monté cette histoire de toutes pièces ? Si elle avait prémédité son coup ? »

Ils échangent discrètement des regards désolés.

Jackie la Folle frappe dans ses mains.

« Bien, que diriez-vous d'un bon petit déjeuner ?

— Non merci, pas pour moi. Je sors. »

Mon père prend une expression dubitative.

« Tu fais quoi ?

— Je sors.

— Mais la police ? bredouille-t-il. Tu devrais faire profil bas, non ? La police pourrait apercevoir ta voiture et…

— Tu fais bien d'évoquer le sujet, dis-je sur un ton enjoué. Cela ne t'ennuie pas si j'emprunte la camionnette ? »

18

Joanne présente sa carte officielle.

« Inspecteur Aspinall. J'ai parlé au téléphone avec Martin North.

— Ah oui, répond le chef de rayon. Suivez-moi, je vous montre le chemin. »

Le supermarché Booths n'est pas encore ouvert au public ; la journée ne commence qu'à 8 heures. Joanne a décidé de s'y rendre directement, sans passer au préalable par le commissariat. De cette manière, si jamais les enregistrements vidéo montrent quelque chose de concret, elle ira aussitôt chercher Natty Wainwright et s'économisera ainsi du temps de trajet.

En traversant le magasin, Joanne salue trois personnes qu'elle connaît. Booths emploie la moitié de Windermere, mais cela n'a pas toujours été le cas. Dans les années 1980, quand l'ancienne gare victorienne a été reconvertie en supermarché, tous les petits commerçants ont poussé des hauts cris. Depuis, les choses ont bien changé. Quand une boulangerie ou une boucherie disparaît, remplacée par une boutique de souvenirs ou une agence spécialisée dans les locations de vacances, les derniers défenseurs des commerces de proximité font encore entendre leurs protestations, et pourtant Joanne serait curieuse de savoir combien de personnes, aujourd'hui, seraient prêtes à bosser six jours par semaine sans compter leurs heures. Sans parler de la compta et des allers-retours chez les grossistes, tout cela bien sûr sur les temps de repos. On ne trouverait pas beaucoup d'amateurs, suppose-t-elle. Elle se dit qu'au bout du compte tout le monde finira par opter pour le salariat et ses commodités : les temps partiels, les congés payés, les arrêts maladie et la paie qui tombe en fin de mois.

« Bonjour, Martin, dit Joanne en entrant dans le bureau. Vous revenez de vacances ? Vous êtes tout beau tout bronzé.

— Italie, répond-il.

— C'était sympa ?

— C'est un pays qui me botte. »

Joanne ricane et Martin ajoute : « Je sais, c'est nul comme blague. »

Joanne a déjà sollicité l'aide de Martin à plusieurs reprises, pour des enquêtes. Il s'est toujours montré accommodant. L'année précédente, elle a arrêté une employée du service comptabilité pour détournement de fonds ; celle d'avant, toujours chez Booths, un chauffeur a été surpris en train de planquer de la marijuana dans un gros frigo. Et voilà six mois, l'une des serveuses de la cafétéria a poignardé son mari avec un couteau à pain ; elle a surgi de derrière la machine à café et s'est jetée sur lui en le voyant sortir du magasin chargé d'un paquet de Pampers destiné au bébé de son ex-épouse.

D'un geste, Martin North lui propose son fauteuil de bureau, dont le vinyle commence à se fendiller. Lui-même reste debout. Ce type est d'une maigreur surprenante. Il porte un pantalon de tergal – un petit 36, à vue de nez –, une chemise blanche en polyester et coton et une cravate unie. Qu'il fasse chaud ou froid, il met un maillot de corps sous sa chemise, comme un garçon de café italien vivant sous la coupe d'une mère dominatrice.

« Les enfants vont bien ? » demande Joanne. Martin hoche la tête en rougissant d'orgueil.

Joanne pose rarement ce genre de questions. Pourtant, elle sait qu'il n'en faut pas plus pour amadouer son interlocuteur, l'inciter à se confier. Elle a remarqué que le lieutenant Ron Quigley démarrait la plupart de ses entretiens par une question personnelle et elle a vu comment les gens réagissaient : ils baissent la garde, prennent un air détendu.

« Vous voulez les emporter au commissariat ? demande Martin au sujet des enregistrements vidéo.

— Ça vous embête si je les visionne ici ? Pour m'éviter de faire l'aller-retour.

— Pas de problème. » Il glisse une cassette dans le lecteur. « C'est assez marrant, en fait. »

Voyant que Joanne s'abstient de tout commentaire, Martin prend un air embarrassé et, pour se faire pardonner, s'empresse d'ajouter : « J'espère qu'elle n'est pas grièvement blessée.

— Elle survivra », lâche Joanne.

Joanne regarde la Maserati s'arrêter le long des poubelles de recyclage. Ses feux stop s'éteignent. Peu de temps après, une Porsche Cayenne apparaît derrière et lui rentre dedans.

Martin retient son souffle au moment où le chauffeur de la Porsche fait marche arrière et racle la rambarde en métal, sur la droite.

« Ça doit coûter un bras », dit-il à mi-voix.

La Cayenne sort du cadre l'espace de quelques secondes puis recommence son manège. Rien ne bouge à l'intérieur de la Maserati. Eve Dalladay doit être vissée à son siège, blessée ou abasourdie par le choc. Sinon, elle aurait déjà bondi hors du véhicule pour tenter d'échapper au massacre, comme l'aurait fait n'importe qui doté d'un peu de bon sens.

La Porsche revient à la charge deux fois encore. Ensuite, plus rien.

Martin propose de lui montrer d'autres images. Une deuxième caméra a filmé la Cayenne au moment où elle sortait du parking. Mais Joanne dit que c'est inutile. Le véhicule en infraction est clairement la Porsche de Natty Wainwright.

Aucun doute n'est permis. C'est elle. Et, contrairement à ses allégations, l'accrochage avec Eve Dalladay ne s'est pas produit dans les rues de Windermere.

Mon père me conseille d'attendre un peu avant de foncer chez moi et de brandir le papier sous le nez d'Eve. C'est une chose que de débarquer quand la maisonnée se réveille à peine, c'en est une autre que de le faire en proférant des accusations. Il pense que je brûle les étapes, que je me comporte comme toutes les femmes trompées. Pour lui, je devrais oublier ce message.

Mais je ne l'écoute pas. Je suis bien trop remontée pour cela, prête à en découdre. Je passe une heure à ronger mon frein devant la télé, l'œil rivé sur ma montre, à pester contre l'inanité des émissions matinales. Et à huit heures, me voilà partie au volant de la camionnette paternelle. L'arrière est bourré de matériel de bricolage, contrairement à ce qu'annoncent les autocollants « Ce véhicule ne contient aucun outil » sur les portes, seuls ornements de son vieux Transit blanc.

L'habitacle empeste le tabac froid et le lubrifiant – du WD 40, d'après l'odeur –, et l'intérieur de la portière côté chauffeur est criblé de brûlures de cigarettes. En remarquant les marques laissées par les clopes, je retrouve des souvenirs d'enfance, quand mon père m'emmenait avec lui sur tel ou tel chantier. Il baissait la vitre, juste un peu, et je regardais ébahie la fumée et la cendre être aspirées à travers la fente dès que la camionnette prenait de la vitesse. L'autre chose qui m'épatait, c'était sa façon de caler le volant avec ses genoux quand il voulait s'en rouler une autre.

Je rejoins la route principale en faisant grincer l'embrayage car le levier de vitesses pèse une tonne et je descends la pente en direction de Bowness. D'habitude, à cette heure-ci, je n'ai rien de particulier à faire au village. Après avoir déposé les filles, je file à l'hôtel saluer les clients qui entrent dans la salle du petit déjeuner, puis je passe la matinée dans le bureau à régler les problèmes en cours et à anticiper ceux qui risquent de se produire. Souvent, j'ai du mal à me concentrer car je suis sans cesse dérangée par des représentants. Le temps de m'en débarrasser, il est déjà onze heures et je n'ai pas tenu mon programme. Il faut que je retourne là-bas. Je ne peux pas rester cachée éternellement. Je leur ferai peut-être une visite surprise, comme les inspecteurs de l'hôtellerie, histoire que le personnel reste sur ses gardes.

Je passe devant les boutiques qui ouvrent, les cafés qui disposent leurs tables pour la journée, les plantes en pots qu'on arrose, les trottoirs qu'on balaie, les camions de livraison qui bloquent la chaussée. C'est bizarre de rouler incognito dans le Transit. Je croise quelques piétons, des gens que je connais de vue, et des automobilistes qui, si je circulais dans ma propre voiture, me salueraient d'un signe de main ou d'un appel de phares.

J'aperçois deux mères d'élèves qui promènent leurs chiens – j'ignorais qu'elles en avaient. Le jardinier de l'hôtel discute devant la boutique de sandwichs avec le plombier qui me dépanne lorsque mon ouvrier habituel n'est pas disponible. En les voyant rire, je me demande ce que Sean leur a dit à mon sujet. À notre sujet.

Nous exigeons la plus grande discrétion de la part de nos employés mais, bien sûr, on ne peut pas les empêcher de cancaner. Sean a-t-il pris modèle sur sa mère et leur a-t-il raconté que je faisais une dépression nerveuse ? Ce qui ne serait pas tout à fait inexact, d'ailleurs.

Quelques minutes plus tard, je me gare dans l'allée devant chez moi. En coupant le moteur, je laisse une vitesse enclenchée et bien évidemment, comme j'oublie de garder le pied sur l'embrayage, la camionnette fait un bond en avant.

Je me sens stupide.

J'ai hâte d'entrer et de me battre pour défendre ce qui m'appartient. Mais ne suis-je pas complètement à côté de la plaque ?

Tout à coup, mes certitudes m'abandonnent. Je traverse peut-être une phase classique du travail de deuil. Serais-je passée sans même m'en rendre compte du déni à la colère puis du marchandage à la dépression ?

Pourtant ce message a bien été écrit par quelqu'un, quelqu'un qui veut m'aider à découvrir la vérité. À moins que ce ne soit encore un coup d'Eve ? Peut-être m'a-t-elle fait parvenir ce mot en sachant que je déboulerais ici en proférant des accusations. Confirmant ainsi ma folie aux yeux de tous.

Mais n'est-ce pas déjà de la folie que de penser cela ?

Je n'en sais rien.

J'ai le cœur qui bat comme lorsqu'un gros camion vous colle au train sur l'autoroute ou lorsqu'on manque de tomber dans un escalier. Une sueur froide trempe mon dos entre les omoplates et, pour la première fois de ma vie, je me demande si j'ai encore toute ma raison.

Puis la porte s'ouvre et Eve apparaît, drapée dans une robe de chambre.

Elle marche vers la camionnette, le visage fermé, avec une telle détermination qu'on la dirait chez elle et qu'elle me ferait passer, moi, pour une étrangère ayant envahi son espace privé.

Instinctivement, je verrouille ma portière. Elle se plaque contre la vitre. Le contour de ses yeux a noirci depuis hier, mais elle a retiré le sparadrap qu'elle avait sur le nez, lequel ne présente aucune trace de fracture. Je l'observe du coin de l'œil sans tourner la tête.

« Natty, me dit-elle à travers la vitre, sur un ton un peu las. Qu'est-ce que tu fais ici ? »

Comme je ne réponds pas, elle cogne au carreau.

« Je vais appeler la police, menace-t-elle. C'est cela que tu veux ? »

Tout à coup, son air de sainte-nitouche me porte sur les nerfs. Je ne m'attendais pas à une haie d'honneur mais quand même.

Sans rien dire, je colle le message contre la vitre. Elle recule et lit en fronçant légèrement les sourcils.

J'articule silencieusement : « Alors ? »

Eve se contente de hausser les épaules, comme pour dire : « Alors quoi ? J'ai fait ça avant ? Rien à battre. »

Hors de moi, j'ouvre précipitamment la portière et fonce vers la maison. Eve me suit en trottinant car elle est en pantoufles. Peut-être me parle-t-elle, en tout cas je ne l'entends pas car je ne songe qu'à trouver Sean.

Je vais d'abord jeter un œil dans la cuisine mais il n'y est pas. Ni dans le salon, ni dans la buanderie où il cire parfois ses chaussures le matin, avant de partir pour l'hôtel.

Alors je me rue dans l'escalier, je monte les marches deux à deux et l'aperçois dans la chambre d'amis. Il se coupe les ongles des pieds, assis au bord du lit. En le voyant absorbé dans cette activité si banale, je reste comme deux ronds de flan. Comment peut-il s'occuper de ses pieds alors que ma vie tombe en lambeaux ? Je reste plantée sur le seuil jusqu'à ce qu'il se rende compte de ma présence.

« Nat ? fait-il d'un air inquiet.

— Regarde ce que j'ai reçu. »

Et je lui tends le message.

Eve arrive dans le couloir. Je pivote sur moi-même pour lui faire face. « Toi, tu restes où tu es. »

Elle ne réplique pas.

D'un geste méthodique, Sean rassemble ses rognures d'ongles et les dépose en tas sur la table de chevet. Puis il attrape le bout de papier et, au bout d'un temps infini, me dit : « Je ne vois pas où tu veux en venir, Natty. »

Je tente d'affermir ma voix.

« Elle a déjà fait ça, Sean.

— Je sais, répond-il. Eve m'a tout dit de son passé. Je suis au courant de la liaison qu'elle a eue au début de sa relation avec Brett. »

Elle et moi étions amies, paraît-il, et pourtant jamais elle ne m'a confié avoir couché avec un homme marié. Que m'a-t-elle caché d'autre ?

Tout en m'efforçant de digérer la nouvelle – encore une trahison –, je hasarde :

« Et si elle avait tout organisé ?

— Organisé quoi ?

— Tout ça, dis-je en désignant l'espace autour de moi d'un geste colérique.

— Et l'appendicite de Felicity ? avance-t-il. C'est elle qui a déclenché sa crise d'appendicite ? Tu peux m'expliquer comment elle s'y serait prise ? »

Voyant que je tarde à répondre, il reprend : « C'est toi qui as refusé que je te rejoigne en France, Natty. C'est toi qui disais que tout se passait bien. »

Je repars à la charge comme s'il n'avait rien dit.

« Sean, il faut que tu m'écoutes. Elle ne t'aime pas. Elle cherche juste à te prendre au piège. C'est comme ça qu'elle procède. C'est sa méthode, elle me l'a même *enseignée*. C'est comme ça qu'elle s'y prend avec les hommes. »

Il secoue la tête.

« C'est la vérité ! Comment peux-tu croire qu'elle t'aime ?

— Je le sais, dit-il. J'en suis sûr. Natty, arrête de crier. Les filles vont t'entendre. Arrête de...

— Elle ne t'aime pas. Elle...

— Écoute, j'en ai assez de devoir me justifier, s'énerve-t-il. Je t'ai dit que c'était fini entre nous, j'ai fait du mieux que j'ai pu, mais... » Il pousse un soupir de lassitude. « Mais... tu rends la situation impossible...

— Tu crois que je ne t'ai jamais menti ? dis-je d'une voix tremblante de colère.

— Je ne saisis pas.

— Tu crois que je ne t'ai jamais menti pendant toutes ces années ? Tu crois vraiment que je m'éclatais en écoutant tes foutus Doors, Sean ? Tu crois vraiment que j'ai de l'affection pour ta mère ? Eh ben non. *Niet.* Que dalle. Nous sommes faites ainsi, nous les femmes, espèce d'imbécile. On vous sert ce que vous avez envie d'entendre... »

Il me regarde fixement comme s'il ne me reconnaissait plus, comme si, tout à coup, il prenait conscience qu'il n'avait jamais su qui j'étais. Mais il en faut plus pour m'arrêter.

Je deviens méchante.

« Vous aimez les filles rigolotes, spirituelles ? Pas de problème, on a ça en magasin. Vous aimez les filles intelligentes, délurées ? Qu'à cela ne tienne. Vous aimez baiser dans la nature ? OK, ça marche. Les femmes sont capables de tout pour piéger les hommes, Sean. »

Il baisse la tête et garde le silence un bon moment avant de répondre : « Mais toi, Natty, tu ne faisais pas cela… Tu as cessé de faire toutes ces choses depuis longtemps déjà. »

Et je fonds en larmes.

« Parce que je n'avais pas une minute à moi, putain ! » dis-je en hurlant.

Puis je lui balance mes clés à la figure.

19

Si j'avais eu ma tête à moi, j'aurais emporté mon ordinateur portable. Mais comme je ne l'avais pas, je l'ai laissé.

Je sors de la chambre d'amis en vitupérant contre Sean, contre Eve, et, dans le couloir, je tombe nez à nez avec les filles qui me regardent d'un air atterré.

Avant ce jour, elles ne m'ont quasiment jamais entendu dire de gros mots (enfin, à part « merde » de temps à autre, quand un automobiliste me brûle la priorité). Felicity a revêtu son uniforme pour son premier jour d'école après sa maladie. Alice tient sa crosse de hockey comme pour se protéger.

Je marmonne « J'ai besoin de mon passeport » tout en dévalant l'escalier. Elles hochent la tête sans prononcer un mot. On dirait qu'elles redoutent de me contrarier… comme si j'étais une intruse, une cambrioleuse… « C'est bon, prends tout ce que tu veux… Sers-toi. » Je ne dis pas au revoir tant je suis obsédée par la recherche de mon passeport – c'est une idée fixe : si je le laisse derrière moi, je m'ôte toute possibilité d'échapper à la justice. Ce n'est qu'en émergeant du bureau – le cœur battant, le front en sueur d'avoir fouillé partout comme une dingue – que je les vois rassembler leurs affaires. Je m'arrête brusquement et je réalise ce que je viens de faire.

Les filles discutent à voix basse. En voyant leurs gestes précis, efficaces – trop appuyés, pour tout dire –, je regrette qu'à cause de moi elles se sentent gênées dans leur propre maison.

Felicity croise mon regard.

« Tu vas bien, maman ? »

Je me précipite vers elle.

« Je suis vraiment désolée pour ce qui arrive. »

Dans le vain espoir de regagner un peu dignité, je rajuste ma tenue, rabats mes mèches folles derrière mes oreilles.

« Vous allez bien, toutes les deux ? Felicity, tu es sûre d'être assez solide pour retourner en classe ? Comment va ton petit ventre ? »

En remarquant ses traits tirés, la colère me prend. Je suis furieuse contre Sean. Il n'aurait pas pu attendre que Felicity se rétablisse pour baiser mon amie ?

« J'ai encore un peu mal, avoue Felicity. Mais papa m'a fait un mot d'excuse pour le prof de sport. Et je n'ai pas beaucoup de cours aujourd'hui.

— Si c'est trop fatigant, tu n'auras qu'à m'appeler, hein ? N'hésite pas, il ne me faut que cinq minutes pour venir te chercher. »

Felicity acquiesce d'un signe de tête. Les yeux écarquillés, Alice s'approche de moi en chuchotant :

« Maman, qu'est-ce qui se passe ? Pourquoi tu as dit à papa qu'Eve lui mentait ?

— Ce n'est rien. Je croyais avoir des preuves susceptibles de retourner la situation. Mais en fait, je me trompais. »

Alice prend un air soupçonneux, comme si je lui cachais des choses, comme si je la jugeais trop immature pour comprendre.

« Ce n'est rien », redis-je d'une voix raffermie.

Elle me prend dans ses bras, me serre maladroitement, gênée par l'attirail qu'elle transporte.

« Ne fais plus rien, tu veux bien, maman ? dit-elle en retrouvant son calme. Laisse Eve tranquille parce que papa prend ça... tu vois... il prend ça super mal.

— Je ne ferai plus rien. »

Je leur dis que je les aime et, quelques secondes plus tard, me voilà repartie, direction le village. Au bout d'une centaine de mètres, je me gare en retrait de la route, à l'entrée d'un petit sentier peu fréquenté. Les yeux fermés, je tourne et retourne le passeport entre mes doigts en pensant : *À quoi ce truc pourrait bien te servir, Natty ? Où comptes-tu t'enfuir ? À Acapulco ?*

Exaspérée par ma propre bêtise, je cherche du regard le lac Windermere, sur ma gauche. De gros nuages de pluie arrivent par le sud-ouest. Adossées à la colline, de l'autre côté de la vallée, les maisons ressemblent à des boîtes de chocolat. À quelques détails près, je reconnais le panorama qui s'offre à moi tous les jours depuis la fenêtre de ma chambre. Celui que je contemple chaque fois que j'ai un problème à résoudre, quand je suis inquiète ou angoissée.

« Que dois-je faire ? dis-je à haute voix. Que dois-je faire à présent ? »

Tout à l'heure, les filles me regardaient comme si j'étais un monstre, comme si ma simple présence salissait le peu que je leur avais laissé. Et quand cette policière rondouillarde reviendra pour leur dire

« Désolée mais nous sommes dans l'obligation d'arrêter votre mère », je parie qu'elles lui répondront d'un air soulagé : « Oh oui, tant mieux. On dirait qu'elle a perdu la tête. »

Soudain, je regrette d'avoir été froide envers les femmes trompées que j'ai pu croiser au fil des ans, des femmes brisées par une rupture récente et dont l'expression incrédule montrait clairement qu'elles étaient dépassées par les événements.

L'une d'entre elles en particulier disait que le plus dur à supporter n'était pas la vente de la maison familiale ou la chute du niveau de vie mais tout ce temps libre qu'elle avait bien du mal à occuper désormais. Tous ces week-ends aujourd'hui interminables et qui autrefois se terminaient toujours trop vite. Avant, elle aurait emmené son fils au foot, elle aurait lavé les tenues d'école, peut-être aurait-elle fait un saut au magasin de bricolage avant de s'affaler dans le canapé devant *The X Factor*, à la fin d'une journée bien remplie.

« Qui regarde *X Factor*, s'était-elle mise à hurler au milieu de la librairie pendant que je choisissais une carte d'anniversaire pour la mère de Sean. Qui aurait l'idée de regarder *X Factor* seul devant sa télé ? »

Quand je songe à toutes les choses que je prévoyais de faire et auxquelles je dois renoncer, je ressens comme un vide. Je prends conscience que j'ai passé la moitié de ma vie ou presque à organiser, imaginer, souhaiter la réalisation de tel ou tel projet impliquant Sean. Que deviennent nos idées de voyage à Bologne, à La Rochelle ? Et cette envie que nous avions de visiter la France au volant d'une Mercedes-Benz 230SL, comme Albert Finney et Audrey Hepburn dans *Voyage à deux ?* Nous qui rêvions de passer nos dimanches au lit à lire le journal, de vendre l'hôtel pour acheter une villa à Sorrente perchée à flanc de falaise ? Qu'advient-il de tout cela, Sean ?

Une pluie grasse commence à tomber, à point nommé. Je m'énerve sur la manette des essuie-glaces et soudain, sur la route goudronnée, une voiture attire mon attention ; un véhicule gris, tout ce qu'il y a de banal, roulant phares allumés. Quand j'aperçois la conductrice, mon cœur se met à cogner comme un fou contre mes côtes. C'est la policière qui m'a interrogée hier. Je me transforme en statue, le nez baissé, le regard vissé sur mon rétroviseur latéral. Elle met son clignotant et tourne à droite, dans mon allée.

L'inspecteur Joanne Aspinall est debout sous la pluie, devant la maison de Natty Wainwright. Elle sonne à la porte et, de nouveau, s'émerveille devant cette magnifique bâtisse. Les murs du rez-de-chaussée sont en pierre de Lakeland, ceux de l'étage revêtus d'un parement blanc incrusté de petits galets. Elle doit bien valoir deux millions, peut-être plus si l'on tient compte de la vue sur le lac. La plupart de ces demeures élégantes, sorties de terre à la fin du XIXe siècle, ont été bâties par les chevaliers d'industrie du Lancaster. Celle-ci est quasiment la seule de la région à avoir conservé son caractère original. Dans les années 1950, la plupart de ses semblables ont été morcelées, transformées en immeubles collectifs – avec trois, voire quatre appartements. Il faut dire qu'une baraque pareille était impossible à chauffer, sauf bien évidemment à entretenir une petite armée de serviteurs chargés d'attiser le feu dans les cheminées ornant chaque pièce.

Joanne sonne une deuxième fois et rabat sa capuche sur sa tête. La pluie redouble d'intensité, l'eau glacée menace de transpercer ses vêtements. Enfin, on lui ouvre ; c'est Eve Dalladay en robe de chambre.

« Vous l'avez manquée de peu, dit-elle d'une voix monocorde, désagréable.

— Comment vous sentez-vous aujourd'hui, mademoiselle Dalladay ? s'enquiert Joanne avec amabilité. Vos blessures au visage ont l'air de cicatriser tout doucement. »

Eve ignore sa question pour mieux suivre son idée : « Natty sort d'ici. Elle est encore venue faire des problèmes. Vous avez visionné les vidéos de surveillance ? Dites-moi ! »

Joanne sourit, ne laisse rien paraître.

« Pourriez-vous me dire où elle est allée ?

— Chez son père, répond Eve. Enfin, je suppose. C'est là qu'elle vit maintenant.

— Elle a déménagé, alors ?

— Oui, et cela vaut mieux pour tout le monde. »

Joanne conserve une expression neutre mais, au fond d'elle-même, elle se dit qu'Eve Dalladay n'a pas perdu de temps pour investir les lieux. « Avez-vous l'adresse ? » demande-t-elle. Joanne connaît le nom de la rue – grâce à Jackie qui passe la moitié de son temps là-bas, en ce moment – mais n'est pas sûre du numéro. Eve la regarde avec un sourire pincé sortir son calepin de la poche intérieure de son manteau.

« L'adresse de qui ? demande Eve en jouant l'imbécile.

— Du père de Mme Wainwright.

— Je vais voir si je peux vous la trouver. »

Et elle lui ferme la porte au nez, la laissant seule sous la pluie battante.

Jackie la Folle attrape trois tasses dans le placard de la cuisine et brandit un sachet d'herbes à infuser.

« Ça vous dit, un pisse-mémé ? demande-t-elle.

— Quel genre ? »

Je songe que je suis bonne pour un sermon sur le rooibos ou les propriétés antioxydantes de la camomille bio. Mais non – Jackie hausse les épaules : pas la moindre idée.

« J'ai arrêté le lait. Je crois que c'est ça qui me cause des ballonnements, explique-t-elle en se caressant le ventre. Alors, comme ça, le message ne lui a fait ni chaud ni froid, à votre mari ? »

Je confirme d'un signe de tête.

« C'est pas de sa faute, dit-elle en donnant un coup de torchon sur les robinets. En ce moment, il ne pense qu'avec sa bite. Mais vous verrez, avec le temps, le vernis va craquer… »

La bouilloire siffle. Jackie plonge le sachet de tisane dans la tasse, le retire, le remet, plusieurs fois de suite. Quand elle ouvre le frigo, je constate qu'elle est allée faire les courses en mon absence. Les étagères sont bourrées de boissons probiotiques Yakult – entassées à côté des plats préparés. Je renonce à lui signaler que ces produits sont à base de lait.

Elle me tend la tasse, je prends une gorgée.

« Menthe poivrée, dis-je.

— Ouais, c'est l'un de mes clients qui me l'a donnée, pour faire de la place dans son placard, qu'il m'a dit. Il lui en restait toute une cargaison depuis la mort de sa femme. »

Jackie trempe ses lèvres dans le breuvage, fait la grimace et verse tout dans l'évier.

« J'en raffole pas. Ça me rappelle un médicament contre la colique. »

De nouveau, elle remplit la bouilloire puis se retourne pour me regarder. Elle reste ainsi un long moment, les yeux posés sur moi. C'en devient gênant.

« Qu'y a-t-il ? dis-je.

— Je réfléchissais.

— Et alors ?

— Ç'a dû faire un peu cloche de débarquer là-bas en lui agitant ce bout de papier sous le nez.

— Je m'en étais déjà aperçue, merci bien. »

Elle médite un instant puis reprend :

« Si vous voulez qu'ils vous écoutent… mais bon, je n'affirme pas que ça marchera parce que je sais pas trop si ce message n'est pas une plaisanterie, mais si vous voulez qu'ils vous prennent au sérieux, vous devez trouver un truc valable sur cette femme.

— Sur Eve ? Quoi, par exemple ?

— J'en sais rien. Que savez-vous d'elle ? »

Je hausse les épaules.

« On était ensemble à la fac, Sean et moi avons arrêté nos études, elle a continué, décroché son doctorat… puis elle est partie vivre aux États-Unis où elle a ouvert son cabinet de psy tout en donnant des conférences. Elle est parfaitement clean. À ma connaissance, elle mène une vie tout à fait banale. »

Jackie me décoche un regard entendu.

« Personne n'est parfaitement clean. »

Je soupire en serrant ma tasse entre mes paumes.

« Elle, si.

— C'est pas l'avis de la personne qui a écrit le fameux message. À quoi ressemble son mari ? demande-t-elle.

— Je ne l'ai jamais rencontré.

— Comment ça ? C'est impossible !

— Je n'ai pas le droit de pénétrer sur le territoire américain, Jackie… et Brett n'est jamais venu ici, alors… »

Jackie plisse le front, prend un air pensif et répète ce que je viens de dire, mais plus lentement.

« Vous n'avez pas le droit de pénétrer sur le territoire américain. »

J'attends en écarquillant un peu les yeux qu'elle comprenne sans que je lui mette les points sur les *i*.

Elle ne comprend pas.

« À cause de mon casier judiciaire. »

Visiblement, Jackie tombe des nues, ce qui peut expliquer son soudain mutisme. Elle finit quand même par verbaliser son étonnement :

« Donc, si on a un casier on est interdit de séjour à vie, là-bas ?

— Tout à fait, oui. »

Elle hoche la tête, le temps de digérer l'info, puis elle se mordille l'intérieur de la joue. Je sais ce qu'elle a en tête. Elle cherche un exemple à m'opposer : une personne ayant été admise sur le territoire américain malgré son casier.

Donc, avant qu'elle s'exclame « George Michael ! », je nous fais gagner quelques secondes en précisant : « Il existe des exceptions mais comme il faut un visa, de toute façon, on doit passer un entretien dans les locaux de l'ambassade américaine à Londres. Nous y avons songé, Sean et moi, la fois où nous avions prévu d'emmener les filles à Disneyland, mais on a laissé tomber. On craignait que cela ne s'ébruite. Et puis c'était beaucoup de soucis pour pas grand-chose puisqu'on pouvait se contenter d'aller à Disneyland Paris. »

Jackie réfléchit à tout cela quand soudain, on sonne à la porte.

Au début, elle fait la sourde oreille :

« Avez-vous le numéro professionnel d'Eve ? renchérit-elle.

— Oui, mais je l'ai toujours jointe sur son portable.

— Vous ne voulez pas appeler son secrétariat, histoire d'en savoir un peu plus sur elle ? » La sonnette retentit de nouveau. Jackie me jette un regard de connivence. « Planquez-vous, ordonne-t-elle. Je crois que les ennuis débarquent. »

D'un pas nonchalant, elle se dirige vers la porte. Voulant savoir qui est là, je fais le geste de la suivre mais mon père m'en dissuade d'un simple regard et me fait signe de reculer. Il a vu quelque chose depuis son fauteuil, sans doute le visiteur qui remontait l'allée. Il m'indique la porte de derrière. Pourtant j'hésite, je suis curieuse.

J'entends résonner la voix de Jackie : « Elle est pas ici, Joanne. » Et je me dis : *Joanne ?* Qui est Joanne ? Si Jackie hurle ainsi, c'est forcément à mon intention. Mais qui est…

Ça y est, j'ai saisi : Joanne est le prénom de l'officier de police qui m'a interrogée hier, l'inspectrice que j'ai aperçue tout à l'heure alors qu'elle s'engageait dans l'allée devant chez moi. Elle est venue directement ici. On lui a dit où j'habitais. Jackie et elle continuent à discuter. Mes paumes sont moites. On dirait qu'elles se connaissent bien. Je regarde mon père d'un air interrogatif.

« Sa nièce », murmure-t-il pour toute explication.

Je m'appuie contre le mur.

« Tu es vraiment certaine qu'elle n'est pas ici ? demande l'inspectrice à Jackie.

— Comment faut-il que je te le dise ? » réplique Jackie avec humeur.

Un blanc. La policière insiste : « Puis-je entrer ?

— Dis-moi ce que tu viens faire, d'abord.

— Je veux parler à Natty Wainwright.

— Et moi je te dis qu'elle… n'est… pas… ici, répète Jackie en articulant comme si sa nièce était idiote. Je ne l'ai pas revue depuis ce matin très tôt. Tu comptes l'arrêter ? »

Mon père tourne les yeux vers moi. Je note son regard fixe, son air affolé. Avec des petits gestes de la tête, comme des tics, il indique la salle à manger. Je ne comprends pas son manège.

« Quoi ? articulé-je.

— Là-bas », souffle-t-il.

De guerre lasse, j'esquisse un pas vers l'endroit qu'il me désigne. Subitement, je réalise qu'il s'inquiète pour son matériel de fumette posé sur la table derrière deux verres vides.

Exaspérée, je lève les yeux au ciel et m'empare des objets compromettants : le papier à rouler King Size Rizla et l'antique étui à cigarettes Player's Navy Cut en métal qu'il trimballe partout avec lui et que je connais depuis ma plus tendre enfance. Je marmonne entre mes dents : « Je t'avais dit d'être plus prudent avec ce truc. »

Le regard qu'il me lance signifie : « Ce n'est pas moi que cette femme recherche. »

Je vais me poster près de la porte de la cuisine, l'oreille dressée.

« J'ai juste un mot à dire à Ken Odell, poursuit l'inspectrice. Allons, Jackie, je vais te coller un délit d'entrave à la justice si tu ne me laisses pas…

— Non, tu ne le feras pas, répond Jackie, dédaigneuse. Et d'abord, qu'est-ce que tu lui veux, à Kenneth ?

— Lui poser quelques questions, c'est tout. Jackie, si tu ne me laisses pas faire mon travail, je ne pourrai pas aider cette femme. Son père possède peut-être des informations qui me permettront de calmer le jeu… »

Jackie soupire mais obtempère.

« Bon, d'accord, lâche-t-elle. Si c'est vraiment nécessaire. Mais, s'il te plaît, attends ici une minute que Kenneth enfile une tenue décente. Il est encore en caleçon. »

20

Je marche vite, la tête baissée sous ma capuche. Je longe Queens Drive puis j'emprunte les petites rues détrempées de Windermere. Quand la ligne de chemin de fer a été créée en 1847, on a donné à la bourgade le nom du lac voisin. Mais ne nous y trompons pas, il y a bien huit cents mètres à parcourir pour atteindre la rive. Raison pour laquelle la plupart des hôtels et des B & B sont implantés dans le village d'à côté, Bowness, destination touristique plus recherchée.

Windermere paraît fatigué à cette époque de l'année. De nombreux échafaudages masquent les pavillons mitoyens. On repeint, on répare à tour de bras. Beaucoup de vains efforts pour les propriétaires qui savent la bataille perdue d'avance, car ici la météo est cruelle. Aux pluies diluviennes de novembre succèdent les gelées de décembre. Et dès que le soleil refait son apparition au printemps, on constate que la peinture se décolle des murs extérieurs ou qu'une couche verdâtre faisant penser à de l'algue a envahi les façades.

Autant dire que les travaux de restauration sont soumis à un éternel recommencement, par chez nous.

Mais si on fait l'impasse, on s'expose à des dommages importants : fenêtres qui fuient, gouttières engorgées, taches de moisissure à l'intérieur, voire invasion de champignons divers et variés. Au mois de mars, les vents sont assez violents pour arracher les cheminées et, après une nuit particulièrement tempétueuse, il n'est pas rare de voir au matin un arbre émerger d'une chambre mansardée, chez un voisin.

Je ralentis l'allure. J'ai seulement emporté mon portefeuille. En même temps que je planquais le saint-frusquin de mon père dans le tambour de la machine à laver, j'ai glissé mon cabas Fendi dans le placard de la cuisine. Ensuite, je suis sortie par la porte de derrière, celle qui donne sur le portillon au fond du jardin.

Si j'étais à ma recherche – enfin, à la recherche d'une femme comme moi –, je sais que je me fierais au sac à main. Voilà pourquoi j'essaie de me fondre dans le paysage. Les femmes comme moi n'ont pas trop l'habitude de se promener à pied, par ici. Elles descendent rarement de leur 4 × 4, lequel contient tout le nécessaire : sac à main jeté sur le siège du passager, parapluie de golf dans le coffre, lunettes de soleil D & G dans la boîte à gants, prêtes à servir de serre-tête à la moindre éclaircie.

Un jour, je suis allée chercher Felicity chez l'une de ses amies habitant un modeste pavillon, non loin de la maison. En me voyant lui écrire un SMS pour la prévenir de mon arrivée, mon père assis à l'avant à côté de moi m'a traitée de folle.

« Pourquoi tu ne vas pas sonner chez eux ? »

Ne sachant trop quoi lui répondre, j'ai dit que c'était dans nos habitudes. Il a répliqué en rigolant : « Je parie que tu aurais fait l'effort de descendre si cette gamine vivait dans une grosse villa de riches. »

Bien sûr, j'ai protesté avec véhémence. Mais, pour être honnête, il n'avait pas tout à fait tort.

Arrivée au carrefour, au sommet de la butte, je tourne à droite puis tout de suite à gauche pour m'engager sur le sentier qui longe le ruisseau. Cette traverse n'est pas visible depuis la route. Quand j'étais petite, je passais par là en courant.

Tu te rappelles l'époque où tu étais persuadée que toutes les déviations, tous les chemins détournés étaient des raccourcis ? Où tu courais deux fois plus vite pour prouver à tes copains que c'était vrai ? J'émergeais triomphante de ce sentier, avec de la merde de chien collée à mes chaussures, et je passais l'heure suivante à me chamailler avec tel ou tel gosse qui se prétendait plus rapide que moi.

Maintenant, je me retourne pour vérifier que personne ne me suit et je m'accorde une petite pause, histoire de reprendre mon souffle. Pourtant je tiens la forme. Si j'ai du mal à respirer, c'est que cette fuite devant la police m'a provoqué une montée d'adrénaline. Ça bourdonne dans ma tête, j'ai l'impression d'être ivre. Je profite de ce temps mort pour sortir mon portable et appeler le cabinet d'Eve. J'entends sonner dans le vide puis je réalise – au moment où le répondeur s'enclenche – qu'il n'y a sûrement personne à une heure pareille.

« Vous êtes bien chez Nordstrom Seattle. Pour connaître les horaires d'ouverture de notre magasin, veuillez consulter notre site Internet... » Ma gorge se serre. Je raccroche et regarde fixement mon téléphone. Aucun doute, c'est le numéro qu'Eve m'a donné. Aurais-je fait une erreur en l'entrant dans mon répertoire ?

Je vide mes poumons, relâche les épaules, technique apprise en cours de yoga pour faire baisser la pression sanguine. Au moment où mes yeux se ferment, le sifflement d'alerte d'une grive me fait sursauter. Elle est posée au milieu des feuilles, à mes pieds, et me considère d'un air outragé. Je m'éloigne pour ne pas la perturber davantage.

J'ai un plan.

Rien de très élaboré mais ce n'est qu'un début : si j'emprunte les ruelles et les raccourcis de mon enfance, je rejoindrai la bibliothèque de Windermere sans que personne ne me remarque. Ce n'est pas bien loin. Dix minutes de marche.

Une fois sur place, je resterai cachée aussi longtemps que nécessaire tout en effectuant mes recherches. Car tout compte fait, je trouve que Jackie a parfaitement raison : pourquoi prendre pour argent comptant tout ce qu'Eve m'a raconté ? Elle a clairement prouvé qu'elle n'était pas la femme que j'imaginais. Alors, jusqu'où peut aller sa duplicité ? Peut-être trouverai-je des choses compromettantes sur elle, des choses qu'elle aurait faites en Amérique.

Devant la bibliothèque stationnent deux voitures avec des badges « handicapé » sur le pare-brise et une fourgonnette cabossée Bedford Rascal – le modèle avec les petites roues rigolotes. Je ne reconnais aucun de ces véhicules, j'entre donc dans le bâtiment en regardant mes pieds. À l'accueil, un ouvrier en salopette bleue explique sans grand enthousiasme à la bibliothécaire qu'il a « tout fini… et si vous aviez une balayette pour que je nettoie ».

La bibliothécaire s'extirpe de derrière son comptoir et va lui en chercher une. J'ai envie de lui dire que l'ouvrier n'a aucune intention de balayer. Il lui a proposé cela par simple politesse. Normalement, dans ce genre de cas, on est censé répondre : « Oh, mais non. Ne vous en faites pas ! Je nettoierai les copeaux. »

Les ouvriers ne s'attendent pas à ce que leur client coure chercher une pelle et une balayette.

Elle revient deux minutes plus tard, victorieuse.

« Je ne savais même pas que nous en avions une ! » s'écrie-t-elle en jubilant.

L'homme prend l'objet sans dire un mot et s'éloigne en traînant les pieds.

Je m'avance.

« Oui ? fait-elle.

— Puis-je avoir une heure sur Internet, s'il vous plaît ?

— Avez-vous votre carte de bibliothèque ? »

Mon cœur chavire.

« Non », dis-je en grimaçant. Bon sang, mon plan tombe à l'eau avant même que je ne le mette à exécution.

« Êtes-vous inscrite à la bibliothèque de Windermere ? » insiste-t-elle. Je fouille dans les recoins les plus reculés de ma mémoire. Quand les filles étaient petites, je…

« Oui ! J'étais inscrite autrefois. C'est sûr. Oui, ça me revient maintenant. »

La bibliothécaire me lance un regard torve avant de taper sur son clavier.

« Puis-je avoir votre nom ?

— Natasha Wainwright. »

Il lui faut quelques secondes pour relever la tête et sourire. « Je vous ai trouvée, m'annonce-t-elle. Souhaitez-vous une nouvelle carte ? Je peux vous la fabriquer pendant que vous ferez vos recherches sur ordinateur… si cela vous convient ?

— Parfait. »

Elle m'a attribué le poste numéro quatre. L'espace informatique se trouve à droite. J'ai beau chercher, je ne vois que deux ordinateurs, et occupés en plus.

« Le numéro quatre est de l'autre côté », me dit-elle, serviable. Ce qui signifie qu'elle me verra depuis son comptoir. J'hésite à lui demander une autre place – plus discrète – mais j'y renonce. Si je fais trop de chichis, je risque d'attirer l'attention. Je n'aurai qu'à me servir de l'écran comme d'un paravent au cas où l'une de mes connaissances passerait dans le coin.

Soudain, je me trouve excessivement prudente. Trop sans doute. Quelle importance si on me voit ? Pourquoi m'inquiéter ainsi ? Je crains peut-être qu'au moment où la nouvelle de ma cavale paraîtra dans le journal quelqu'un se souvienne, outré : « Et en plus, je l'ai vue à la bibliothèque de Windermere en train de taper sur un clavier d'ordinateur, comme si de rien n'était… »

Je m'installe face à l'écran et j'entre le code que la femme m'a donné. Je ne suis pas vraiment à mon aise. Pas parce que j'ai la police à mes trousses. C'est plutôt que… vous savez ce qu'ils disent à la télé, au sujet des claviers d'ordinateur et des télécommandes qui abritent plus de bactéries, plus d'excrétions microbiennes que, par exemple, des toilettes publiques ? Et à chaque fois, un médecin content de lui pose la question qui tue : « Combien de personnes pensent à nettoyer ces objets-là ? »

Eh bien, il y en a au moins une. Moi.

Je suis même du genre à les essuyer tous les jours. Et plutôt deux fois qu'une. Voilà pour expliquer le vague dégoût que je ressens à l'idée de toucher ce clavier dont la barre d'espacement est entourée de miettes de nourriture. Et au cas où cela vous intéresserait, je signale que je ne suis affligée d'aucun TOC. Si j'avais un TOC, je passerais la moitié de mon temps à astiquer sans aucune raison et l'autre moitié à vérifier. Moi, je nettoie dans un but bien précis. Si je ne fais pas disparaître les traces du précédent utilisateur (peut-être un gars qui sue et se fourre les doigts dans le nez), je risque d'attraper n'importe quoi. Un norovirus. Un impétigo. Je n'ose même pas y penser.

Je jette un regard désemparé autour de moi. Au moins, si j'avais du savon sans eau.

À ma droite, une jeune femme d'une vingtaine d'années tape comme une sourde. Elle a de longs cheveux noirs qui lui descendent à la taille et un diamant piqué dans la narine. La monture du bijou ayant viré au vert-de-gris déteint sur la peau entourant le piercing.

Elle s'immobilise et se tourne vers moi.

« Vous avez besoin d'aide ? demande-t-elle avec un petit accent.

— Comment ?

— Vous avez besoin d'aide… avec l'ordinateur ?

— Oui, en quelque sorte, dis-je en me collant un sourire sur le visage. Avez-vous des lingettes ? »

Elle fronce les sourcils, sans comprendre.

« Des lingettes ? »

Et, pour l'aider, je fais semblant d'enlever mon mascara.

« Des lingettes démaquillantes.

— Aaah, fait-elle. Un instant. »

Elle se penche sur sa droite et se met à fouiller dans son sac.

Elle me tend un paquet de Wet Ones. Je la remercie et, sous son regard ébahi, j'en sors deux et entreprends de stériliser le clavier. Sans oublier la souris.

Quand j'ai terminé, je sens qu'elle veut dire quelque chose. « *Neurótico* », murmure-t-elle en secouant la tête.

Elle peut bien penser ce qu'elle veut. C'est le cadet de mes soucis.

J'entre « Eve Dalladay » dans Google et je me carre au fond de mon siège en espérant qu'une information apparaîtra comme par magie. Ou du moins un élément de réponse qui m'aidera à comprendre pourquoi Eve a fichu ma vie en l'air.

Mais rien ne s'affiche. Je tombe sur le conseil habituel : « Essayez avec l'orthographe Eve Halliday. Eve Holliday. »

Non, merci. Je cherche Eve Dalladay.

Je fais défiler la page. Une entrée Facebook propose deux autres Dalladay. Mais sans aucun détail. Du coup, je passe sur Bing et j'obtiens exactement les mêmes résultats.

Après deux vaines tentatives je retourne sur Google et tape « Dr Dalladay ». Ce serait bien le diable si elle n'était pas inscrite sur LinkedIn. Mais je fais encore chou blanc.

Je n'en reviens pas. C'est comme si elle n'avait jamais existé.

J'essaie « Dalladay + Washington, Seattle, psychologue » – rien du tout.

Puis me vient une idée de génie.

Je tape « Brett Dalladay ». Il y a forcément quelque chose sur le mari d'Eve. J'appuie un bon coup sur la touche « Entrée » et j'attends, les mains croisées derrière la tête, que le moteur de recherche récompense ma vivacité d'esprit.

J'en suis pour mes frais. Une nouvelle page s'affiche mais la phrase ne change pas. « Aucun résultat trouvé. »

21

Assise devant la coiffeuse de Natty, Eve Dalladay examine son visage sous tous les angles dans le miroir triple. Ce qu'elle voit lui plaît beaucoup. Suffisamment d'hématomes pour provoquer chez autrui un petit cri de surprise, mais pas assez pour rester marquée.

Chaque fois que Sean pose les yeux sur elle, il prend un air affreusement désolé dans lequel on peut lire qu'il regrette amèrement ce que Natty est censée lui avoir fait.

Cette sotte de Natty.

Bien sûr, Eve a tablé sur son imprudence. Elle aurait eu tort de s'en priver.

En réalité, elle l'a surestimée. Elle s'attendait à rencontrer des difficultés avec ses filles. Elle pensait devoir employer les grands moyens pour se faire apprécier d'elles, quitte à leur bourrer le crâne, à les manipuler psychologiquement. Mais Natty lui a facilité les choses.

Tant qu'elle s'obstine à creuser sa propre tombe, songe Eve en appliquant de l'anticernes sur sa paupière inférieure, je n'ai qu'à la laisser faire.

Eve ouvre le premier tiroir de la coiffeuse et, quand elle découvre ce qu'il contient, part d'un rire méprisant.

Elle a toujours su que Natty avait un problème. C'est le genre de fille qui veut tout contrôler. Il est si facile de piétiner les plates-bandes d'une personne obsédée par les détails sans importance. Si facile de vaincre une femme qui passe tellement de temps à vérifier que tout fonctionne parfaitement qu'elle ne voit même pas le danger qui plane au-dessus de sa tête. Il faut dire que ce type de femme se rencontre fréquemment de nos jours. Eve met cette quête de la perfection sur le compte du manque d'assurance. Elles ont besoin d'en faire davantage, d'exister davantage. Après avoir fondé une famille, réorganisé leur maison, retrouvé leur silhouette de jeune fille, elles n'ont de cesse que de prouver qu'elles sont plus que des épouses, que des mères. Alors elles reprennent leurs études, montent une entreprise, trouvent leur vocation, passent au niveau supérieur. Elles sont tellement focalisées sur leurs objectifs qu'Eve les repère à un kilomètre. Et elle n'a plus qu'à se baisser pour cueillir l'époux délaissé.

À ce jour, Eve a réussi à accumuler quantité de biens : voitures, vêtements, espèces, mais aussi une jolie maison de ville à Londres et un appartement à Seattle. Malheureusement, elle a dû vendre ces propriétés voilà quelques années quand elle s'est retrouvée à cours de liquidités, suite à une confrontation particulièrement désagréable avec une épouse rancunière. Eve a été obligée de fuir, après cela. Elle regrette sincèrement d'avoir laissé la pauvre femme dans cet état. Un enfant ne devrait pas découvrir le cadavre de sa mère, elle en est bien consciente ; elle n'est pas totalement inhumaine, après tout. Mais quand une bonne femme débarque en hurlant juste au moment où vous dînez avec un futur pigeon, elle doit s'attendre à en subir les conséquences, cela va sans dire.

Natty range ses produits de maquillage dans les petites cases bien séparées d'un tiroir à compartiments. Eve prend un tube de crème de nuit au rétinol à peine entamé que Natty a sûrement fait venir des États-Unis parce que le rétinol ne se délivre que sur ordonnance au Royaume-Uni et en expulse entièrement le contenu sur un mouchoir en papier. Elle n'a jamais vraiment compris pourquoi ces petites espiègleries lui causaient un tel plaisir, mais c'est ainsi.

Après le rétinol, elle s'attaque à un flacon de Crème de La Mer qu'elle vide d'un seul geste. Elle applique le produit sur ses jambes, ses pieds, puis s'en prend aux rouges à lèvres – Rouge Coco de Chanel, Diorific de Dior – qu'elle pique avec un coton-tige avant de les transformer en une masse informe et graisseuse.

Quand elle en a terminé avec le tiroir du haut, elle passe au suivant. Elle y trouve une plaquette de pilules contraceptives qu'elle s'amuse à éjecter l'une après l'autre avant de les réduire en poudre avec le dos d'une brosse à cheveux.

Ce geste lui évoque les graines de coriandre qu'on écrase au pilon dans un mortier. Elle songe au délicieux curry qu'elle pourrait préparer pour le dîner de ce soir. Sean lui a répété plus d'une fois que Natty interdisait qu'on fasse chauffer du curry dans la maison – au prétexte que l'odeur s'imprègne, sans parler des taches jaunes indélébiles que laisse le curcuma sur les plans de travail en granit.

Eve remet un peu de Touche Éclat sur les traces violacées qu'elle a sous les yeux puis regarde dans un coin du miroir le reflet de la fenêtre donnant sur le lac.

La pluie s'est un peu calmée. Le soleil qui perce entre les nuages fait scintiller l'eau. Peut-être descendra-t-elle jusqu'à la rive. Elle pourrait sauter dans un ferry et s'offrir une petite visite touristique. Sean disait qu'on pouvait acheter un laissez-passer pour la journée et se rendre à Ambleside, à Newby Bridge, à Fell Foot Park – et, qui sait, casser une graine au centre d'accueil des visiteurs à Brockhole.

Eve n'a plus remis les pieds à Brockhole depuis l'âge de 11 ans. Elle était venue dans la région des Lakes en voyage scolaire. Elle se souvient qu'on lui avait appris à monter un muret de pierres sèches. Elle avait vu son premier araucaria, disparu aujourd'hui, paraît-il. Mais surtout elle se revoit sur un débarcadère, le sourire aux lèvres, tandis que son amie Andrea, dans la boutique de souvenirs, pleurait la perte du billet de cinq livres auquel elle tenait tant.

Eve se rappelle le doux frisson qui l'avait inondée lorsque sa main avait effleuré l'argent au fond de la poche de son short. On l'avait envoyée en voyage scolaire sans lui donner le moindre sou. Pourtant ce billet, elle n'avait pas l'intention de le dépenser.

Qu'aurait-elle fait d'un stylo coiffé d'une peluche ? Ou d'une gomme parfumée ? Aucun intérêt.

Elle avait volé cet argent dans un autre but.

Pour savourer l'expression déconfite sur le visage d'Andrea. Se réjouir de la voir pleurer et de l'entendre dire entre deux sanglots qu'elle ne pourrait rien s'acheter dans la boutique de souvenirs. Elle l'avait volé pour embêter les professeurs et « ternir cette merveilleuse journée », comme ils le diraient ensuite devant la classe, la mine triste.

Quand elle avait laissé le billet glisser gentiment dans l'eau, entre les lattes en bois de la jetée, elle avait éprouvé une agréable sensation, comme une bouffée de plaisir, une décharge d'énergie explosant à l'arrière de ses genoux et se diffusant jusqu'au sommet de son crâne.

Par la suite, les profs mirent le larcin sur le compte de Karen Wilcox. Karen était une petite souillon venant d'une famille de sept frères et sœurs. Elle ne changeait jamais de vêtements et devait garder son slip et son tricot de corps à la piscine parce qu'elle n'avait pas de maillot de bain.

Eve ne prit jamais la peine de rétablir la vérité.

À présent, elle observe son visage dans le miroir pour voir si le souvenir de la pauvre Karen injustement accusée en perturbe la sérénité.

Pas du tout.

22

Comment Eve peut-elle ne pas exister ? C'est tout bonnement impossible. Il y a forcément une trace d'Eve Dalladay quelque part. Une personne possédant un cabinet de consultation doit au moins figurer dans un registre professionnel.

Je tape fiévreusement sur mon clavier tous les mots-clés qui me passent par la tête. Je remonte dans son passé – j'inscris son nom de jeune fille, Eve Boydell, Cheshire. Eve Boydell, université de Manchester, Eve Boydell…

Quelqu'un m'interpelle.

« Natty ? Natty, c'est toi ? Dieu du ciel, c'est bien toi ! »

Je lève les yeux pour voir la mère de Sean foncer vers moi, deux audiolivres serrés contre sa poitrine, le sac à main rose Radley que je lui ai offert pour la dernière fête des Mères suspendu au creux de son bras.

« Bonjour, Penny, dis-je. Que faites-vous ici ? »

Elle ouvre la bouche. Sur son visage, je lis de la confusion mêlée à du mépris. On dirait qu'elle vient de surprendre un employé modèle en train de piquer dans la caisse.

« Ce… ce que… je fais ici ? » bafouille-t-elle.

Je confirme d'un signe de tête.

« Je suis venue prendre ça pour Valerie Warburton », dit-elle en fronçant les sourcils. Elle me montre les audio-livres. Celui du dessus est un roman de Barbara Taylor Bradford. Je ne vois pas l'autre.

Elle attend une réponse de ma part, espère obtenir une explication à ma présence en ces lieux. Mais je me contente de regarder la salle autour de moi comme si je cherchais un prétexte pour échapper à cette discussion.

« Tu ne devrais pas être avec la police ? siffle-t-elle. Sean m'a dit qu'ils étaient passés à la maison et… »

Tout à coup, remarquant que la fille assise à côté de moi la dévisage, elle baisse de plusieurs tons tout en prenant un air dégoûté car elle vient d'apercevoir le piercing dans sa narine. « Sean dit que la police est à ta recherche, Natty », murmure-t-elle. Comme la fille la foudroie du regard, elle lève résolument le menton. « Il m'a dit que tu avais eu une altercation avec Eve.

— C'est exact, Penny. »

Ma franchise la désarçonne.

« Eh bien, poursuit-elle. Alice et Felicity sont terriblement contrariées par toute cette affaire, terriblement contrariées. J'irai les voir ce soir quand j'aurai rempli mes obligations envers Valerie. Le Women's Institute[1] a instauré un tour de… »

---

1. Organisation basée sur le volontariat, ayant vu le jour au Canada avant de s'étendre à d'autres pays dont la Grande-Bretagne en 1915. De nos jours, les Women's Institutes proposent à leurs membres d'enseigner, apprendre et pratiquer diverses activités manuelles dans le but d'améliorer leurs conditions de vie. *(N.d.T.)*

Lorsqu'elle fait allusion au Women's Institute, elle adopte un ton sévère, dictatorial, elle se met presque au garde-à-vous.

« En fait, ajoute-t-elle, il faudra que je prenne de la salade de crevettes quand je… »

Sa voix s'éteint tandis qu'elle réfléchit à tout ce qu'elle doit faire.

Soit dit en passant, je ne vois pas qui est Valerie Warburton. Peut-être suis-je censée la connaître. C'est probablement une notabilité, une femme formidable souffrant d'un handicap – d'où l'empressement de ces dames à remplir frénétiquement leur devoir d'assistance.

« Donc, je disais, reprend-elle en revenant à ses moutons. Je disais que je comptais emmener les filles dîner dehors, pas trop tard, histoire de leur changer les idées. Est-ce Alice qui aime la cuisine italienne ? Ou bien Felicity ? Peut-être irons-nous juste manger une bonne viande. Je suppose que cela doit faire des siècles qu'elles n'ont rien avalé de consistant. »

Puis elle s'arrête.

« Natty, hasarde-t-elle d'un ton grave mais quelque peu dubitatif. Natty, Sean a dit que tu avais embouti la voiture d'Eve. »

Sous-entendu : « Enfin, Natty, tu n'as quand même pas fait une chose pareille ? » Je n'ai pas le temps de répondre que la fille à côté renifle, tourne vivement la tête et me demande :

« Vous avez embouti la voiture de qui ?

— De la maîtresse de mon mari. »

Elle ouvre grands les yeux.

« Bravo.

— Merci, lui dis-je avant d'affronter de nouveau le regard de Penny. En effet, j'ai embouti la voiture d'Eve, mais cette affaire est plus complexe que ce qu'on vous en a dit…

— J'ai toujours su que tu le ferais, lâche Penny, sourde à ma tentative d'explication.

— Que je ferais quoi ?

— Que tu… Peu importe, s'interrompt-elle. Allons parler de tout ça dans un endroit plus discret. Suis-moi. »

Puis elle balance un dernier regard dédaigneux à la fille sur ma droite et ajoute : « Assure-toi de ne rien oublier à ta place, Natty. »

Je ne me fatigue pas à lui expliquer que je n'ai pas pris mon sac à main, que mon porte-monnaie est au fond de ma poche. Je me lève en silence, la suis d'un pas traînant et m'arrête avec elle dans le hall d'entrée, au milieu d'une exposition sur les dinosaures présentée par l'école primaire du coin.

« Très bien, dit-elle. La priorité, pour l'instant, ce sont Alice et Felicity. Et laisse-moi te dire, Natty, tu leur donnes un bien mauvais exemple. Que peuvent-elles penser d'une mère qui se conduit de cette manière ? »

Je m'apprête à lui répondre mais elle m'intime l'ordre de me taire d'un doigt impérieux. J'en suis réduite à grimacer un petit sourire souffreteux. « Bien évidemment, cette situation est horrible pour tout le monde, et Dieu sait que le comportement de Sean ne m'inspire aucune indulgence… mais défoncer la voiture d'Eve, Natty ? Qu'est-ce qui a bien pu te passer par la tête ?

— Je n'avais rien dans la tête.

— De toute évidence. Mais à présent, il va falloir utiliser ta cervelle. Tu ne peux pas continuer à faire comme si de rien n'était et regarder passer les journées en te lamentant sur ton sort. Et avant tout, tu dois cesser de t'en prendre à Eve. Donc ma question est la suivante : Qu'est-ce que tu comptes faire ?

— À propos de quoi, Penny ? Je ne vous suis pas. »

Penny pousse un grand soupir et m'attrape par le poignet.

« Il faut que tu recommences à vivre, Natty. Il faut que tu te retrousses les manches au lieu de t'accrocher à Sean. Que crois-tu que j'aie ressenti quand David a eu sa dépression nerveuse et qu'il est parti avec cette… cette enfant ? Je vais te le dire : j'étais anéantie par le chagrin. Les journées me paraissaient interminables. Je n'en voyais pas le bout. Mais je m'en suis bien sortie. Et comment ? Parce que je me suis prise en main. Bon, tu n'es pas obligée de te décider immédiatement, je sais qu'il y a des choses à organiser. Et je sais que tu ne peux pas tout lâcher comme ça… mais ils ont désespérément besoin d'aide à la boutique Sauvez les enfants. »

Je récupère mon bras.

« Je ne crois pas.

— Et pourquoi cela ?

— Penny, écoutez-moi, pas plus tard qu'hier, votre fils a installé une autre femme dans ma maison, dans mon foyer, et vous pensez que la solution à ce problème réside dans le… travail caritatif ?

— Si tu ne fais rien pour t'occuper, Natty, tu vas déprimer. Et, tant pis si tu trouves que je vais trop loin en te disant ça, mais je tiens à te rappeler qu'une mère ne doit jamais, au grand jamais, se laisser aller au désespoir devant ses enfants, même et surtout dans ce genre de circonstances. Sean et Lucy n'ont jamais été témoins de la maladie de David ; je leur ai épargné cela. Et c'est exactement ce que tu devrais faire avec…

— La maladie de David ?

— Sa dépression nerveuse. » Elle me regarde d'un air surpris. « Tu t'en souviens forcément, Natty.

— Penny, David n'a jamais été malade. Il vous a quittée. »

Elle ouvre la bouche, sincèrement étonnée, comme si je venais de lui balancer une paire de gifles.

« Comment peux-tu dire ça ?

— Parce que c'est vrai. »

Elle recule en bredouillant : « Je t'assure que non. » Ses yeux s'embuent de larmes. « Je t'assure que David avait des tas de problèmes psychologiques longtemps avant qu'il se passe quoi que ce soit. »

Elle pose ses audiolivres sur une table d'exposition, fouille dans son sac à la recherche d'un mouchoir propre et s'éponge les yeux. Le regard blessé qu'elle me lance me fait aussitôt regretter mes paroles.

« Pardon, Penny, dis-je en faisant un geste vers elle. Je n'aurais pas dû dire cela, je… »

Mais elle croise résolument les bras sur sa poitrine, et moi je reste plantée là, incapable de trouver les mots. J'aurais dû l'arrêter avant qu'elle me pousse à bout parce que je sais – j'ai toujours su – que ce mensonge au sujet de David est la seule chose qui l'empêche de tomber en petits morceaux. La seule chose qui l'aide à fonctionner comme un être humain normal.

Finalement, Penny retrouve sa voix.

« Je te saurai gré de garder tes opinions pour toi dorénavant, Natty », renifle-t-elle.

La scène confine au tragique car ces paroles qu'elle voudrait péremptoires sonnent comme une plainte.

Tout en rassemblant ses affaires pour partir, elle reprend : « J'ai fait cela uniquement pour t'aider. J'espère sincèrement que tu le comprends. »

Je hoche la tête d'un air accablé et la regarde disparaître dans le rayon fiction. Soudain, je sens un courant d'air dans mon dos. Les portes automatiques viennent de s'ouvrir.

Je me retourne et reste figée sur place.

« Bonjour, madame Wainwright », lance l'inspecteur Joanne Aspinall.

Elle doit voir de la peur sur mon visage car elle se fend d'un sourire rassurant.

« Je suis venue vous chercher, dit-elle en évaluant prudemment ma réaction. Vous ne voulez sans doute pas que je vous dise vos droits en public ?

— Vous m'arrêtez ? »

Elle me prend par le coude et me guide vers la sortie.

« Laissez-moi vous conduire au poste le plus discrètement possible. Pas besoin de menottes, n'est-ce pas ?

— Hein ? » fais-je dans un souffle, trop désorientée pour comprendre tout de suite qu'elle ne plaisante pas. « Non, pas besoin, non. »

Et nous sortons.

23

Tout compte fait, Eve n'ira pas se balader sur le lac Windermere. Il recommence à bruiner et elle ne supporte pas l'humidité. Il n'a pas cessé de pleuvoir durant les quelques malheureux jours qu'elle a passés ici.

Au village, à l'hôtel, à l'hôpital, Eve a entendu les gens dire en plaisantant que l'année dernière, l'été a eu lieu le deuxième mardi de juin. Et tout de suite après, ils ont ajouté : « Bien sûr, s'il ne pleuvait pas autant… nous n'aurions pas ces magnifiques lacs. »

Eve n'est pas persuadée que les lacs constituent réellement une compensation. Comment les habitants font-ils pour passer toute l'année dans ce trou perdu rempli de flotte ? Comment supportent-ils, jour après jour, la vision de ce ciel bas et lourd, de cet horizon éternellement voilé entre ciel et lande ?

En plus de cela, ils n'ont aucun commerce digne de ce nom. Rien que des boutiques de souvenirs remplies de poteries aux couleurs criardes, de robes à smocks taille haute avec des broderies vulgaires à l'ourlet, d'horribles bottes à semelles compensées pour femmes à gros mollets.

On pourrait penser que les effets combinés du mauvais temps, du manque de lumière et du choix restreint de biens de consommation contribueraient à pourrir l'humeur des autochtones – comme il paraît que cela se passe en Alaska, par exemple. Mais jusqu'à présent, Eve n'a rien remarqué de tel. Les gens ici ont l'air heureux – en particulier les retraités. Eve les trouve plus en forme, plus gais, plus vigoureux même que ceux des autres régions. Naturellement, elle n'a pas l'intention de rester assez longtemps pour devenir vieille à son tour. Non, elle restera le temps qu'il faudra pour soutirer une somme convenable à Sean et ensuite elle partira pour Málaga. Elle tentera sa chance sur la Costa del Crime avec tous ces Russes pleins aux as. Enfin, à moins qu'elle n'arrive à persuader Sean de laisser ses filles et de vendre. À la rigueur, elle pourrait s'en contenter.

Aujourd'hui il apparaît clairement à Eve que le désir de Sean doit prendre le pas sur le sentiment de pitié que lui inspirent ses blessures. S'il persiste à remâcher ses remords, il est bien capable d'oublier pourquoi il a quitté Natty. Et Eve ne peut pas courir ce risque.

Dans cette optique, elle a décidé de se débarrasser de sa toison pubienne.

Il est toujours préférable de confier ce genre d'opération à une professionnelle. Eve le sait mais elle n'a franchement pas envie de recourir à l'un de ces instituts ringards qu'elle a vus à Bowness. Elle le fera donc elle-même.

Mais doit-elle aller jusqu'à se coller du strass sur le pubis ? s'interroge-t-elle. Peut-être que non. Sean est assez conservateur en ce qui concerne le sexe : trop de brillant pourrait lui couper ses effets.

Elle prend le téléphone pour l'appeler.

Il répond à la troisième sonnerie.

« Rentre à la maison », feule-t-elle.

Il dit qu'il arrive sur-le-champ.

Elle choisit le rouge à lèvres rouge sang qu'elle garde pour ce genre d'occasion, en applique deux couches et ajoute du gloss par-dessus. Elle se donne un coup de peigne, fait un tortillon avec ses cheveux et les remonte en un chignon qu'elle fait tenir mollement avec plusieurs épingles ornées de faux diamants. Puis elle s'épaissit les cils avec du mascara.

Elle étale sur ses pommettes un peu de fard à joues pailleté et n'oublie pas de passer le pinceau sur ses seins avant d'attacher son soutien-gorge. Puis elle enfile ses bas – sept deniers, bordés de dentelle noire –, les fixe au porte-jarretelles – pas de string, cette fois-ci –, chausse ses escarpins et s'avance vers le lit.

Allongée sur le dos, elle enduit sa peau fraîchement épilée d'une huile d'amande douce. Quelques minutes de massage et sa chair est lisse et souple, rebondie. Bientôt prête.

Elle glisse un doigt dans son vagin pour s'assurer qu'elle mouille et, une fois rassurée, se met sur le ventre. Dans cette position – le visage tourné vers la tête de lit en cuivre – et avec cette tenue affriolante, Sean profitera en entrant d'une belle vue sur l'arrière de sa personne.

Et elle attend.

Quand elle entend claquer la porte d'entrée puis les pas rapides de Sean dans l'escalier, elle écarte les jambes et tourne la tête pour regarder derrière elle en coulant un regard de braise entre ses longs cils.

Sean apparaît sur le seuil, hors d'haleine.

Avant qu'il puisse dire quoi que ce soit, Eve lui décoche un sourire coquin et se met à quatre pattes.

Cela fait trois fois que j'essaie de joindre Sean sur son portable. « Votre correspondant a éteint son téléphone… » m'annonce, hautaine, la voix préenregistrée de la femme Vodafone. J'ai toujours pensé qu'ils auraient intérêt à confier ce rôle à une personne plus avenante. Il est déjà assez pénible de ne pas pouvoir obtenir son correspondant sans devoir en plus se coltiner cette mégère. Un joli accent chantant des Highlands serait un sacré mieux… « Eh ben, c'est pas de chance, vot' correspondant… »

« Et si vous essayiez de joindre quelqu'un d'autre ? » dit platement l'inspecteur Aspinall en jetant un bref regard au sergent de faction : ils commencent à perdre patience. « Pourquoi pas votre père ? Vous pourriez l'appeler, non ? »

Je secoue la tête et marmonne « Il ne peut rien pour moi », tout en songeant : *Où est Sean ? Mais qu'est-ce qu'il fabrique ?*

Nous avons toujours eu un principe concernant les portables : ne jamais les éteindre quand les filles ne sont pas avec nous. On peut les mettre en mode silencieux, mais les appels téléphoniques venant d'un membre de la famille doivent toujours nous parvenir. Peu importe l'heure ou ce que nous sommes en train de faire. Cette règle ne souffre aucune exception.

Bien sûr, je sais que Sean et moi ne formons plus une famille au vrai sens du terme, mais quand même. Les filles sont en cours et donc le téléphone de Sean devrait être allumé. Je n'ai droit qu'à un seul coup de fil. Pas question de le gaspiller en appelant quelqu'un d'autre.

À la quatrième tentative, je tombe enfin sur sa messagerie.

« Sean, dis-je d'une voix tremblante d'émotion, Sean, je t'en prie... je suis au commissariat de Kendal... on m'a arrêtée. J'ai besoin du nom de l'avocat dont tu parlais... tu sais, le gars que tu as rencontré à... Je ne sais plus où c'était. » Je marque une pause. Le fait d'évoquer ma situation à voix haute m'en fait percevoir toute la gravité. « Je n'ai personne d'autre à appeler, Sean. Je t'en prie, dépêche-toi, je suis toute seule ici. »

Je penche la tête pour voir le sergent de faction s'affairer en faisant semblant de ne pas écouter. Il a exactement la même tenue que les employés du bar, à l'hôtel – polo noir, pantalon noir repassé. Hanches étroites, avant-bras musclés – des bras de menuisier –, il se laisse pousser les favoris. Je reste interdite un bref instant : cela fait combien de temps que les officiers de police ne portent plus ni chemise ni cravate ? Où est passée la fameuse veste à épaulettes quadrillées ?

Le sergent croise mon regard. Je détourne les yeux et baisse d'un ton : « Sean, je n'ai personne d'autre... je t'en prie, contacte cet avocat. Ils attendent pour m'interroger, et je suis morte de peur. » Puis, juste avant de raccrocher, une chose me revient en tête : « Ne dis pas aux filles que je suis ici. »

Je repose le combiné et me tourne vers l'inspecteur Aspinall. Tout à l'heure, elle m'a lu mes droits. On m'a arrêtée pour coups et blessures volontaires et conduite dangereuse. Je me suis servie de mon véhicule comme d'une arme.

« Et maintenant, que va-t-il se passer ? dis-je à mi-voix.

— Pas grand-chose. Nous attendons votre avocat.

— Mais s'il ne peut pas venir ? S'il ne peut pas se déplacer avant demain ? Je ne sais pas où est son cabinet, il pourrait très bien… »

Mes paroles suivantes s'évaporent pendant que je me creuse la tête. Si je pouvais me rappeler la conversation que nous avons eue, Sean et moi, à propos de ce type. Je sais seulement qu'il est affublé d'un surnom bébête, du genre Dr Ladébrouille, parce qu'il a obtenu un grand nombre de non-lieux sur des affaires impliquant des crétins de footballeurs de ligue un.

L'inspecteur Aspinall hausse les épaules et m'adresse un sourire de sympathie, comme si j'étais trop bornée pour saisir l'évidence.

« Si vous refusez les services de l'avocat commis d'office, nous ne pourrons pas faire grand-chose. »

Je soupire.

« Puis-je rentrer chez moi ? Je promets de ne pas quitter le pays. »

Elle hoche négativement la tête.

« Hélas, non. On ne peut pas vous laisser partir… pas cette fois. »

Je la regarde, abasourdie.

« Vous voulez dire que je vais devoir rester ici ?

— Oui.

— Sérieusement ?

— Oui.

— Il y a sûrement quelque chose à faire, dis-je, désemparée. Vous allez forcément trouver une solution pour que je rentre chez moi, n'est-ce pas ? »

L'inspecteur Aspinall demeure impassible. Elle doit penser que je me comporte comme une imbécile, une femme gâtée, mais ce n'est pas cela du tout. Je suis terrifiée. Derrière elle, un homme maigre discute vivement avec un officier, lequel s'efforce de le calmer. L'homme ne doit pas peser plus de cinquante kilos, il a la peau du visage abîmée et paraît très perturbé. L'entendre proférer tous ces jurons à tue-tête me dérange profondément. Quelqu'un a endommagé son véhicule et s'il braille ainsi, c'est que la police vient de lui dire de contacter son assurance. On lui intime l'ordre de baisser le ton s'il ne veut pas être mis à la porte du commissariat. Quand il abat son poing sur le comptoir, le bruit nous fait tous sursauter.

D'une voix suppliante, je chuchote à l'inspecteur Aspinall :

« Je ne peux pas rester ici. Vous ne comprenez pas… ce n'est pas ma vie.

— Madame Wainwright, vous n'avez pas le choix. »

Soudain, je n'arrive plus à respirer. En toute logique, je sais depuis le départ qu'une arrestation débouche sur une comparution devant la cour quelques jours plus tard. Tout à l'heure, je me disais en moi-même : *Tiens le choc, Natty.* Mais durant les quinze minutes qu'il a fallu pour arriver jusqu'ici – sur la route, l'inspecteur Aspinall franchissait les ornières inondées à toute vitesse comme seules peuvent se le permettre les personnes utilisant une voiture de fonction – je n'ai pas vraiment imaginé qu'on m'enfermerait dans une cellule, ni que je dormirais en prison, ni que je ferais pipi dans des toilettes basses sans lunette, posées dans le coin d'une pièce.

Devinant ma panique, l'inspecteur Aspinall pose la main sur mon bras et dit d'un ton ferme et mesuré : « Je vais m'efforcer d'être aussi claire que possible, madame Wainwright. À moins que le Dr Dalladay ne change d'avis et retire sa plainte, vous resterez ici jusqu'à l'interrogatoire. Ensuite... »

Je m'apprête à l'interrompre, mais elle reprend aussitôt :

« Ensuite, si vous êtes inculpée, on vous libérera peut-être contre le versement d'une caution. Mais je ne peux vous le garantir, étant donné votre casier judiciaire.

— Ça veut dire que je vais rester en prison ? hurlé-je, horrifiée. Que je vais rester enfermée jusqu'à ma comparution ?

— C'est ainsi que les choses se passent, généralement. Oui. »

Je ravale mes larmes.

« Ne faites pas cela. Je vous en prie, ne faites pas cela, je ne suis pas comme ça. »

Je ne pense plus à rien sauf à ma mère. Elle ne m'a pas éduquée dans l'amour et l'honnêteté pour que j'échoue ici. Elle n'a pas investi en moi tout ce qu'elle avait de bonté, de probité pour qu'aujourd'hui je me retrouve en prison.

La mère de Sean avait raison. Quelle sorte d'exemple suis-je en train de donner à mes enfants ?

Je ne suis qu'une source de honte.

L'inspecteur Aspinall penche la tête.

« Ça va bien se passer, dit-elle en m'emmenant par le coude vers les cellules. C'est loin d'être aussi affreux que vous l'imaginez. »

Le problème quand on jouit bruyamment, pense Eve Dalladay pendant qu'elle s'agite frénétiquement en hurlant de plaisir, à califourchon sur Sean, c'est qu'on n'entend pas toujours les gens approcher. Et après, c'est trop tard. Or, Eve crie toujours au moment de l'orgasme.

Les hommes, ces créatures éminemment simplistes, ont un besoin inné de vous donner du plaisir. Eve les compare souvent à des corniauds éperdus de loyauté qui ne sont heureux que si leur maître est satisfait.

Et qu'y a-t-il de plus satisfaisant pour un homme que de voir son amante se tordre et hurler de plaisir ? En croyant béatement que nul autre sur Terre n'est capable d'un tel exploit. Voilà pourquoi ils trouvent tous qu'Eve est un si bon coup. Ses performances au lit sont moins importantes que la façon dont elle réagit à leurs caresses. Voilà pourquoi ils la trouvent si généreuse, pourquoi ils ont tant de mal à la quitter.

Elle se détache de Sean et lui annonce qu'ils ont un problème.

Il bondit hors du lit, enfile son caleçon, ses chaussettes, sa chemise, se met à arpenter la chambre en se tordant les mains.

« Tu es sûre ? redemande-t-il. Absolument sûre ? »

Il a peur, sa voix tremble.

« Je t'assure, c'était bien Felicity, répète Eve. Elle se dirigeait vers sa chambre.

— Seigneur, dit-il. Oh, Seigneur ! »

Il attrape son portable posé sur la coiffeuse et fixe sur Eve un regard horrifié. « Il était éteint. Felicity a probablement tenté de me joindre depuis l'école. »

Il l'allume et, au même instant, la sonnerie retentit. Son visage se crispe encore un peu plus.

« Natty », annonce-t-il.

Il interrompt l'appel en cours et glisse l'appareil dans la poche arrière de son pantalon.

« Que vais-je faire ? gémit-il. Que vais-je bien pouvoir lui raconter ? Felicity n'a que 14 ans. Elle n'aurait pas dû voir ça. Aucun enfant ne devrait voir ça. »

Il passe la main dans ses cheveux. Eve suppose qu'il tressaille intérieurement en se remémorant la scène : les corps nus, les grognements animaux, presque bovins qu'Eve émet avant de jouir, comme s'ils montaient du fond de ses entrailles.

« Laisse-moi lui parler », dit-elle.

La bouche de Sean s'ouvre d'elle-même.

« Non ! s'écrie-t-il comme au théâtre. Jamais de la vie. Ce serait encore pire. Mille fois pire.

— Vraiment ?

— Oh, mon Dieu, qu'est-ce que je suis en train de faire ? Pourquoi ai-je permis qu'une telle chose arrive ? Quel genre de père faut-il que je sois… »

Le reste de sa phrase reste coincé dans sa gorge. Il a un haut-le-cœur, et Eve se dit qu'il va vomir.

Elle descend du lit et se plante devant lui, en escarpins et soutien-gorge.

« Ferme la porte, Sean », susurre-t-elle.

Il obéit.

« Attends un petit moment. Ne te précipite pas, tu le regretterais, je peux te l'assurer. »

Il se remet à faire les cent pas en répétant : « Mais qu'est-ce que j'ai fait ? » Eve sent la panique monter en elle mais elle se contrôle, de peur qu'il ne pète les plombs pour de bon. À la façon dont il s'exprime, elle devine que le problème ne se limite pas à Felicity.

« Sean, dit-elle d'une voix ferme, je suis capable de gérer ça. Crois-moi, je sais ce que je fais. Si tu vas la voir pour t'excuser, tu vas bafouiller, tu ne vas pas trouver les mots. Du coup, tu risques de la troubler encore plus. Felicity est une jeune fille vulnérable. Elle a besoin d'une explication. Une explication en bonne et due forme. Elle doit comprendre ce que c'est qu'être adulte, même si cela peut paraître déroutant parfois. Je te le promets, je garderai la tête froide et je ne mettrai pas notre relation en avant. Je vais gérer ça avec doigté, en professionnelle, alors que toi tu vas mal t'y prendre. Résultat, elle ne saura pas comment réagir et elle restera choquée pendant un bon bout de temps.

— Je ne sais pas. Je ne sais vraiment pas. »

Eve enlève ses escarpins, enfile sa robe de chambre Laura Ashley et décide de rester pieds nus.

« Tu dois me faire confiance. Je ne veux pas te dicter ta conduite envers ta fille mais, souviens-toi, c'est mon métier… Bonté divine, Sean, cela fait partie des choses que j'enseigne. »

Cette dernière phrase le fait tressaillir puis, peu à peu, Eve voit qu'il commence à se détendre. Elle lui tend une planche de salut, un prétexte bien commode pour lui épargner la confrontation qu'il redoute. Oui, bien sûr, il devrait laisser quelqu'un de plus qualifié que lui gérer le problème, pense-t-il.

Il se laisse tomber sur la chaise de la coiffeuse, enfouit son visage dans ses mains et finit par articuler : « Tu as raison. Avec moi, ce serait pire. Oh, mon Dieu, je n'imagine même pas ce qu'elle ressentirait si je débarquais dans sa chambre pour lui expliquer ce qu'elle vient de voir. Tu n'as qu'à t'en charger. C'est la meilleure solution. »

Eve hoche la tête.

« Très bien, dit-elle. J'y vais tout de suite, avant qu'elle se mette à déprimer.

— Que vas-tu lui dire ?

— J'aviserai en fonction de sa réaction. Il faut d'abord qu'elle exprime ses sentiments.

— Cette méthode fonctionne ?

— Si elle voit que je l'écoute attentivement et que nous tenons vraiment compte de ce qu'elle éprouve, je crois qu'on devrait s'en sortir.

— OK, ça me va. »

Eve fait un crochet par la salle de bains pour essuyer son rouge à lèvres criard et en mettre un autre dans les tons rosés. Quand elle repasse dans la chambre, elle s'arrête devant Sean et dépose un baiser sur ses cheveux.

Il relève le menton, lui prend les mains et la regarde au fond des yeux. Les siens débordent de larmes.

« Merci, dit-il. Merci pour ton aide.

— Je vais tout arranger, Sean. Je te le promets. »

24

J'essaie d'être courageuse. Vraiment, je fais tout ce que je peux.

Je me bourre la tête d'images. Je pense à toutes les pauvres femmes qu'il y a de par le monde : les réfugiées fuyant les zones de guerre ; les mères assises à l'arrière de chariots bâchés ou sur des mulets, serrant contre elles leurs bébés affamés, leur vie tout entière tenant dans un sac élimé.

Je m'efforce d'imaginer ce qu'elles éprouvent. La peur, l'inconnu, la douleur de tout laisser derrière soi. Alors, après, quand je regarde ma cellule, je me dis que ça pourrait être pire, et de loin. Des tas de femmes endurent des épreuves bien plus terribles.

En fait, si je plisse un peu les yeux et tourne la tête de côté – pour ne pas voir la fenêtre à barreaux et la porte métallique –, je pourrais très bien être dans un hôtel Formule 1.

Des murs en parpaings passés à la chaux, couleur magnolia, et par terre une moquette bleu roi. « La seule cellule avec moquette », a fait remarquer l'inspecteur Aspinall en me faisant entrer. Je lui ai exprimé ma reconnaissance.

Allongée sur le duvet couvrant la couchette fixée au mur, je m'abstiens autant que possible de penser à l'hygiène. Je passe distraitement la main sur la moquette. C'est bizarre, on dirait qu'un fil métallique court à travers sa trame et rebique par endroits, comme les premiers cheveux blancs sur mes tempes.

Peut-être que cette moquette a été tissée avec la laine d'un vieux mouton. Ou celle d'un Herdwick. Une espèce qui donne une viande particulièrement goûteuse. L'écrivaine et fermière Beatrix Potter en élevait autrefois dans la région de Lake District. En revanche, leur laine est trop rêche pour les vêtements.

Quand vient la saison, nous servons de l'agneau de Herdwick aux clients de l'hôtel.

Un vrai régal. À les entendre prononcer le mot « Herdwick », on croirait qu'il s'agit d'une nourriture sacrée. Nous mettons au menu des viandes sélectionnées pour leur saveur : agneau de pré salé, poulet de Goosnargh, bœuf Galloway.

Aujourd'hui, bizarrement, il en est de la viande comme des vins ou des livres – si on ne colle pas dessus « Lauréat du prix machin », le consommateur boude. Je me suis déjà demandé ce qui arriverait si on inversait les étiquettes au supermarché – les bandeaux des prix littéraires sur les saucisses, les médailles du meilleur cru sur le boudin. Et inversement.

Mais je m'égare. J'ai un méchant coup de cafard chaque fois que je pense aux jours, aux semaines, aux mois ayant précédé l'arrivée d'Eve. Je fonçais droit devant, sans rien regarder autour de moi. Comme si j'avais des œillères. Les mains dans le cambouis, l'esprit ailleurs, toujours à m'inquiéter de ce qu'il restait à faire et à soupirer de soulagement une fois que c'était fait.

Je lui ai bien préparé le terrain.

Du coup, il lui a suffi de débarquer et de prêter un peu attention à Sean – ce que je n'avais pas fait depuis trop longtemps – pour l'attirer dans ses filets. Ça me rappelle cette pub pour le Viandox. Des gosses s'amusent dans la rue et soudain tout s'arrête car ils viennent de renifler la bonne odeur de la sauce que maman est en train de mitonner. C'est ce qui s'est passé avec Sean, j'imagine.

J'entends du bruit à la porte. Une clé tourne dans la serrure, le pêne glisse hors de son habitacle. Aussitôt, je me dresse et m'assois sagement au bord du lit, chevilles croisées, mains sur les cuisses. Comme la princesse Diana, sur ses premiers portraits officiels. Peu importe la personne qui s'apprête à entrer, je veux qu'elle ait le sentiment que je n'ai rien à faire là.

Un policier que je n'ai jamais vu passe la tête par la porte.

« Il y a un avocat pour vous. »

Puis il me fait un sourire automatique.

Je me lève, époussette mes vêtements où s'accrochent quelques cheveux et des fibres du sac de couchage. Et j'attends, le cœur battant.

Dix secondes plus tard, le même policier réapparaît.

« Alors vous venez ?

— Comment ? dis-je, troublée. Oh, je croyais que c'était l'avocat qui se déplaçait.

— Non, c'est pas assez chic pour eux, ici. Allez, ma petite dame, ajoute-t-il en me tenant la porte, je vous montre le chemin. »

Cette personne ne correspond nullement à l'idée que j'ai d'un avocat, si tant est que j'en aie une.

Pour commencer, c'est une femme. Immédiatement, je découvre l'existence d'un vieux fond de misogynie en moi, chose que j'ignorais. Je sais parfaitement que les femmes bossent aussi bien que les hommes. Mieux, la plupart du temps. Et, bien évidemment, il est tout à fait souhaitable que les femmes exercent les mêmes métiers et touchent les mêmes salaires que les hommes, qu'elles accèdent pareillement aux instances dirigeantes des entreprises, des gouvernements, des groupes d'influence.

Mais que se passerait-il si cette avocate devait rentrer chez elle à toute vitesse pour s'occuper de ses gosses ? Alors ? C'est de ma vie dont il est question, pas d'un modèle social utopique basé sur la parité.

Je veux être défendue par un homme, pas par une mère de famille multitâches. Je veux un avocat capable de se concentrer exclusivement sur mon dossier.

En bref, un homme déterminé, égoïste et arrogant.

« Madame Wainwright, dit-elle en me tendant la main, je suis Wendy Hogg de Foster et Updike. Comment allez-vous ? »

Je la regarde d'un air gêné : « Mal. »

Elle a une petite cinquantaine, un visage rond, la peau flasque, des yeux dépourvus de cils, à ce que je peux en voir, et elle ne mesure guère plus d'un mètre cinquante-cinq. Elle n'est pas maquillée et ses cheveux drus, sans couleur particulière, sont coupés au carré, dans le genre Victoria Wood.

Je trouve qu'elle ressemble davantage à une assistante sociale. Une assistante sociale qui aurait repris le boulot récemment, après un congé de longue maladie.

Est-ce Sean qui me l'a envoyée ? Pour s'assurer que je ne sortirai pas de cette prison ?

On nous laisse seules. Wendy Hogg soulève la mallette posée près de sa chaise et la met sur la table. Tout en sortant un gros stylo-plume, elle démarre par ces mots : « Nous entrerons dans les détails tout à l'heure. Votre mari, M. Wainwright, a eu l'amabilité de me résumer l'incident quand il a fait appel à nous. Pourriez-vous commencer par me dire combien de fois vous avez embouti cette voiture, madame Wainwright… et pourquoi. »

Je regarde derrière moi pour vérifier que nous sommes seules et je vais m'assoir face à elle. Devant mon silence, Wendy Hogg me regarde en penchant la tête.

« Madame Wainwright ? » insiste-t-elle.

J'ai lu les romans de Michael Connelly (pas la série Harry Bosch, je n'aime pas trop, mais ceux avec Mickey Haller – *La Défense Lincoln*, etc.) et je sais donc qu'on ne doit jamais avouer son crime, pas même à son avocat.

« Je n'ai pas embouti la voiture, dis-je fermement.

— Ah bon ? réplique-t-elle en fronçant les sourcils. Alors, ce n'est pas vous sur la vidéo de surveillance que je viens de visionner ? Pourtant, ça vous ressemble. »

Je baisse la tête. Que suis-je censée lui répondre ? Si j'avoue tout et qu'elle se révèle parfaitement incompétente… Si elle n'a aucune solution pour me faire…

« Je peux vous faire sortir dès ce soir », dit-elle sans s'énerver.

Soudain, elle a droit à toute mon attention.

« Vous pouvez ? Comment ?

— D'abord, vous me dites exactement ce qui s'est passé, et après je réfléchirai à la manière de procéder. Au préalable, j'aimerais entendre votre version des faits. Pour m'assurer que nous n'oublions rien.

— Mais je pensais que je n'étais pas censée avouer avoir percuté la voiture d'Eve. Je pensais… »

Elle m'interrompt.

« Vous pensiez mal. Maintenant, reprenons. Vous admettez avoir embouti cette voiture, oui ou non ? »

Je jette un coup d'œil dans le vague comme si je cherchais l'inspiration hors de ces quatre murs tristes.

« Oui, réponds-je avec un air de chien battu.

— Trois fois ?

— Peut-être quatre, dis-je en m'avançant sur mon siège. Puis-je vous poser une question ? Je ne veux pas me montrer grossière, je ne mets pas en cause vos compétences ni rien, mais je croyais que j'aurais affaire à maître Updike. »

Sans lever le nez du calepin où elle prend des notes, elle me répond : « Maître Updike assurera votre défense devant la cour. Le cabinet Foster et Updike fait appel à mes services pour tout ce qui concerne les aspects juridiques de ce genre d'affaire. À savoir les délits liés à la conduite des véhicules motorisés. Dites-moi, Eve Dalladay portait-elle sa ceinture ? »

Je suis sur le point de répondre non, quand je me ravise.

Jusqu'à présent, je me figurais qu'Eve avait détaché sa ceinture avant que je lui rentre dedans. Mais maintenant, je n'en suis plus si sûre. De fait, je ne me rappelle pas l'avoir vue partir violemment vers l'avant au moment de l'impact.

« Peut-être bien qu'elle portait encore sa ceinture. »

Wendy Hogg écrit, lève les yeux et, pour la première fois, je remarque un soupçon de gentillesse sur son visage.

« Pour votre gouverne, dit-elle, mon boulot consiste à chercher la petite bête, à mettre au jour des contradictions afin de vous éviter d'être inculpée. »

À ces mots, je bondis sur mes pieds avec une telle énergie que je manque de renverser le bureau qui nous sépare.

« Il y a des contradictions. J'ai tenté de le dire à la police mais ils n'ont pas voulu m'écouter. C'est vrai, j'ai embouti sa voiture, mais je ne suis pas responsable de ses blessures au visage.

— Alors, d'après vous, elle se serait blessée elle-même ? Pour quelle raison aurait-elle fait cela ? »

Moi qui ai cru, l'espace d'une seconde, qu'elle était de mon côté, la voilà qui me balance les mêmes questions que les autres. Comme si elle me prenait pour une parano.

« Je ne cherche pas à vous coincer, madame Wainwright, précise-t-elle. Parlez sans crainte. J'essaie seulement de déterminer les motivations d'Eve Dalladay. Quel est votre point de vue à ce sujet ?

— Elle m'a volé mon mari. » En m'entendant parler, je commence à trouver l'argument un peu faiblard. « J'ai même reçu un message disant qu'elle n'en était pas à son coup d'essai. Ce que je crois, c'est qu'elle ne l'aime pas et qu'elle essaie de me faire passer pour folle. J'ai cherché sur le Net, elle n'y est pas, on dirait qu'elle n'a jamais existé.

— Intéressant, fait Wendy Hogg en hochant la tête. Le fait qu'elle ait des vues sur votre mari me paraît une motivation suffisante.

— Vraiment ? Vous ne croyez pas que je délire ?

— Pas sûr qu'on puisse utiliser le message que vous avez reçu, mais non, à mon avis, vous ne délirez pas. » Elle se carre au fond de son siège, pose son stylo à côté de son calepin et déclare : « Avant d'arriver ici, j'ai fait un détour par la gare de Windermere et j'ai visionné leurs vidéos de surveillance. Comme vous le savez, la gare jouxte le parking du supermarché. Sur les images, on vous voit très bien emboutir la voiture d'Eve Dalladay, de l'autre côté des rails.

— Ah bon ? dis-je sans savoir si je dois m'en réjouir ou pas.

— Oui. Et j'ai eu la nette impression qu'elle portait sa ceinture de sécurité. De plus, sur l'enregistrement, son visage ne heurte jamais le volant. Pas une seule fois. »

Quand Eve ouvre la porte, Felicity a les yeux rivés sur l'écran de son ordinateur portable et un casque sur les oreilles pour renforcer la barrière entre son environnement immédiat et le vaste monde s'étendant au-delà de sa chambre.

Eve l'observe depuis le seuil. Elle connaît les filles de Natty depuis qu'elles sont nées. Inutile de préciser qu'elle ne les a pas vues très souvent, mais elle a joué le rôle de la tante absente avec un certain brio, en servant à Natty des histoires de voyages et de responsabilités à assumer de l'autre côté de l'Atlantique, lesquelles ne comportaient qu'une part de vérité. Eve venait les voir quand elle n'avait rien de mieux à faire. À l'occasion, elle emmenait les filles au cinéma, leur payait des bonbons. Cela ne l'enchantait pas particulièrement. Elle le faisait pour paraître normale. Parce que c'était le genre de chose qu'on fait entre amies.

Quand les filles avaient 6 et 4 ans, Eve se rappelle les avoir emmenées au sommet de l'Orrest Head à Windermere pour leur montrer le panorama. C'était une longue randonnée pour leurs petites jambes. Alice, qui ne demandait qu'à faire plaisir, marchait devant en babillant. Elle ramassait en chemin des pommes de pin, des glands, des bouts de bois en forme d'animaux.

Felicity en revanche restait toujours en arrière, comme si elle n'avait pas confiance en Eve.

Eve regardait jouer Alice et Felicity. Il faisait frisquet sur ces hauteurs. L'automne touchait à sa fin. Les arbres avaient perdu leurs feuilles et la vue sur le lac Windermere était à couper le souffle : l'eau sombre, bleu saphir, le ciel à l'ouest virant au rose orangé, même s'il n'était pas encore quinze heures.

Seule sur un banc dont le bois usé lui donnait l'impression d'être assise sur une dalle de granit, Eve observait les gamines gambader joyeusement, leurs joues rougies par le froid. À un moment, comme elles s'approchaient du vide, elle leur cria : « Faites demi-tour, les filles ! »

Mais elles firent semblant de ne pas l'entendre. À cet instant, Eve sentit monter en elle une envie presque irrépressible. Elle leur aurait volontiers fracassé le crâne contre le banc. Jusqu'à ce que mort s'ensuive.

Comme c'était souvent le cas, cette pulsion meurtrière lui était venue subitement, sans motif particulier à part le désir qu'elle avait de faire du mal à Natty. Elle se demandait ce qu'elle ressentirait en plantant un couteau dans le ventre de cette femme qui la considérait comme une amie. Une femme qui se croyait invulnérable parce qu'elle achetait les sièges pour bébés les plus chers du marché, ne laissait jamais ses enfants sans surveillance, préparait pour toute la famille des repas parfaitement équilibrés, sans additifs, sans colorants, sans joie. En fin de compte, Eve a patienté quelques années pour répondre à cette question, puis une occasion s'est présentée, une occasion si belle qu'elle ne pouvait pas ne pas la saisir.

Felicity retire ses écouteurs.

« Quoi ?

— Tu es rentrée de l'école plus tôt que prévu. Tout va bien ?

— Très bien, marmonne-t-elle avant de se remettre à fixer l'écran. Tu peux me laisser, maintenant. »

Eve se sent indiciblement attirée par cette adolescente en colère, par la tempête qui fait rage dans sa tête. Une tempête que Felicity essaye à toute force de cacher sous un masque d'insolence.

« J'ai promis à ton papa de parler avec toi de ce que tu as vu.

— Je n'ai rien vu. »

Eve sourit.

« Tu sais bien que si. »

Le regard ailleurs, Felicity répond : « Voilà, on a parlé. Maintenant. Tu. Peux. Me. Laisser. »

Assez bizarrement, Eve s'est déjà retrouvée dans ce genre de situation. Peu avant la débâcle de Cameron Cox, elle avait signé un bail de six mois pour un local professionnel de luxe à Richmond, dans le North

Yorkshire. Comme d'habitude, elle s'était rapidement constitué une belle clientèle. La région manquait cruellement de thérapeutes et surtout de thérapeutes séduisantes à qui tout réussissait. Très vite, Eve avait commencé à coucher avec un type venu la consulter pour ses insomnies.

Peu après, elle s'était installée chez lui – comme prévu –, et tout aurait pu aller pour le mieux si le fils du monsieur n'avait débarqué un jour sans prévenir, les surprenant en pleine action sur la table Queen Anne de la salle à manger. L'adolescent était devenu fou de rage. Il faut dire qu'il avait vu son père le visage enfoui entre les cuisses d'Eve, laquelle se trémoussait de plaisir sur la fameuse table.

Eve avait pris la situation en main, expliquant au jeune homme qu'il s'agissait d'un comportement normal pour des adultes – « C'est ce que font les adultes entre eux » – et qu'il le savait pertinemment, étant accro aux sites porno. Elle regrettait qu'il ait assisté à cela, mais pas question qu'elle s'excuse pour une chose parfaitement banale, parfaitement humaine. Elle avait ajouté que lui-même était libre d'en faire autant, s'il souhaitait ramener une fille à la maison.

Le garçon avait accueilli l'intervention d'Eve avec des larmes de remords, disant qu'il regrettait de l'avoir mal jugée et que, bien sûr, son père avait droit à un peu d'amour après toutes ces années passées auprès d'une femme qui le trouvait repoussant.

Tout compte fait, les choses s'étaient plutôt bien arrangées.

Mais en observant Felicity, Eve comprend qu'elle va devoir changer d'approche.

« Tu es toujours là ? » dit la jeune fille en levant un sourcil.

Eve se précipite vers elle et la saisit par le menton.

« Si tu m'emmerdes, je réduirai ta mère en bouillie, je te le promets. »

Felicity la regarde bouche bée, trop abasourdie pour prononcer un mot.

« Est-ce que c'est compris ? répète Eve.

— Tu me fais mal.

— Je sais certaines choses à son sujet qui pourraient bien…

— Ah oui ? Moi aussi je sais des choses à ton sujet, Eve, murmure Felicity. Je t'ai vue à l'œuvre. »

Eve relâche sa prise.

« Que veux-tu dire ?

— À Noël, il y a deux ans. À l'hôtel. Je suis tombée sur toi et cet imbécile qui débarque en hélicoptère, chaque année. L'homme marié.

— Je ne m'en souviens pas, répond Eve, dédaigneuse.

— Ouais. Pas étonnant. Tu n'avais pas l'air très réveillée, si ça peut t'aider. »

Sous le regard vengeur de Felicity, Eve plisse les yeux, laisse passer deux secondes et lui balance une bonne gifle. En plein sur la bouche.

Puis elle se penche vers elle pour mieux la menacer encore une fois. « Tu m'as bien entendue. Si tu m'emmerdes, c'est ta mère qui va morfler. Je sais des trucs sur ta famille. Elle ne le supportera pas. Maintenant, pour la dernière fois, est-ce que tu veux la faire souffrir ? »

Felicity fait non de la tête.

« Dis-le. Je veux l'entendre de ta bouche.

— Non, je ne veux pas, s'écrie Felicity. Ne fais pas de mal à ma mère. Je t'en prie.

— Bien, dit Eve avec un sourire satisfait. Voilà une chose de réglée. » Et elle sort de la chambre.

25

Durant mes premières semaines à l'université, j'avais l'impression d'être devenue quelqu'un de différent.

Je regardais mon reflet dans le miroir, les sourcils froncés d'étonnement, et je m'interrogeais : *Qui es-tu ? Qui es-tu, Natty ?* Les réponses étaient aussi nombreuses qu'excitantes.

Tout à coup, j'aimais apprendre. Parce que j'apprenais « pour de vrai », loin de l'atmosphère calfeutrée du lycée où chaque jour ressemblait au précédent, où les cours se succédaient dans la même monotonie. Là-bas, les grands amphithéâtres pouvaient accueillir deux cents personnes. Dans la bibliothèque John-Rylands, avec ses salles en sous-sol et son mobilier ancien, les étudiants avaient le choix entre cultiver avec application un air d'indifférence apathique et – comme je le faisais – arpenter les rayonnages dans un état proche de l'extase.

J'étais à mille lieues de ma petite vie provinciale et je voulais goûter à tout ce qui passait à ma portée.

Ma discipline me plaisait beaucoup. Les études de radiologie comportaient tellement de matières liées à la biologie humaine : anatomie, physiologie, pathologie. Pour compléter les cours, j'ai passé une journée dans le service de radiologie du Hope Hospital, à Salford. Un service flambant neuf – avec tout le confort, contrairement à ce qu'on trouve d'habitude dans les hôpitaux publics. Il y avait même du vrai café. Et j'ai vécu un après-midi formidable aux côtés d'une jeune manipulatrice en radiologie qui m'a interrogée sur les contre-indications à l'IRM, au scanner et aux rayons X – autant de thèmes que nous avions abordés la semaine précédente en amphi. J'en suis sortie convaincue d'avoir choisi la bonne filière et aussi un peu indignée que la mère de Sean ait pu insinuer que je m'étais trompée d'orientation. Et, toute à ma nouvelle passion, je comptais bien faire en sorte qu'elle s'en morde les doigts un jour ou l'autre.

Sean.

Je ne l'avais pas revu. Pas même croisé par accident et, lâche comme je l'étais, j'espérais que cela continuerait ainsi.

Il essayait de me joindre *via* la cabine à pièces de mon foyer. À plusieurs reprises, j'ai trouvé un Post-it collé sur la porte de ma chambre. C'était tantôt « Appel Sean Wainwright » ou « Un mec a téléphoné » – mais je n'ai jamais donné suite.

Que lui aurais-je raconté ? Que j'allais bien ? C'était peu dire. Non seulement j'allais bien mais je l'avais également totalement oublié depuis que j'étais amoureuse d'un autre.

J'ai le cœur lourd lorsque je repense à cette malheureuse période de ma vie. Combien de temps m'a-t-il fallu pour me retrouver dans le lit d'un autre garçon ? Pas plus de quelques jours. Peut-être parce que Sean m'avait tourné le dos. Ai-je fait cela pour le punir ? Sans doute. Ai-je remplacé un amour par un autre pour oublier le rejet dont j'avais fait l'objet ? Certainement.

Will Goodwin était un sale type. Tout le contraire de Sean. Il était étudiant en troisième année d'ingénierie, très beau gosse, fils de bonne famille, mais c'était un individu dangereux (son père était un célèbre éditorialiste du *Times*). Quelques heures après notre rencontre, il m'est arrivé la pire des catastrophes : je suis tombée raide amoureuse. Tout cela pour pouvoir recoller les morceaux de mon cœur brisé.

L'attirance que je ressentais envers Will avait quelque chose de choquant, surtout pour moi. Comme était choquant le fait que, du jour au lendemain, je n'aie plus pensé qu'à lui. Après tout, il n'était pas mon premier flirt. J'avais déjà aimé un garçon : Sean.

C'est ainsi que j'ai découvert avec quelle facilité les femmes s'illusionnent sur les hommes. Elles sont capables de mettre de côté leur amour-propre, leurs amitiés, tout ce qui les constitue, rien que pour garder un mec.

Nous étions menés par une force extérieure à nous, sur laquelle la raison n'avait aucune prise ; la mère de Sean avait vu juste, à cet égard. Si les étudiants en ingénierie n'avaient pas eu un boulot monstre à abattre toutes les semaines, j'aurais certainement mis mes propres études de côté. Pour la bonne raison que je n'arrivais pas à me détacher de Will.

Alors, le soir de tempête où j'ai débarqué trempée comme une soupe dans la chambre qu'il occupait au foyer pour lui annoncer que j'étais enceinte – que je portais son enfant, conçu par accident –, je ne m'inquiétais pas trop. Je savais qu'il m'aimait autant que je l'aimais. Cette grossesse tombait franchement mal, certes, mais j'avais déjà imaginé dans ses moindres détails la vie merveilleuse qui s'offrait à nous.

Nous étions à la fin des années 1990 et, en ce temps-là, les bébés avaient la cote. Rien n'était plus chic qu'un beau jeune homme promenant son enfant dans un porte-bébé. Les pubs pour les parfums, les magazines, les brochures de vacances regorgeaient de jeunes couples intrépides menant des vies d'autant plus actives et passionnantes qu'ils étaient parents. Ces images débiles, je les avais gobées tout rond, comme la plupart des filles de ma génération, j'imagine.

L'arrivée d'un bébé ne m'empêcherait pas de mener ma vie comme je l'entendais ! Je pouvais faire tout ce que je voulais !

Will Goodwin ne fut pas du même avis, ce qui ne surprendra personne.

« Tu es quoi ? me demanda-t-il.

— Enceinte.

— Pourtant, tu prends la pilule. »

Je gloussai en haussant les épaules comme pour dire que ces choses-là arrivaient parfois.

« Quoi ? Comment ? Tu peux m'expliquer ce que signifie ce geste, putain ? » s'écria-t-il en singeant ma mimique. Son visage avait une drôle d'expression, comme lorsqu'un footballeur français fait l'innocent après un tacle particulièrement vicieux. « Tu la prends, la pilule, oui ou merde ?

— Bien sûr, dis-je, étonnée qu'il en doute. C'est juste que…

— C'est juste que quoi ?

— La pilule n'est pas efficace à 100 %. Quand on vomit, qu'on a la diarrhée ou qu'on a trop bu…

— Tu parles ! lâcha-t-il. C'est ce que racontent toutes les nanas qui veulent tomber en cloque. En fait, c'est juste qu'elles l'ont pas prise, exprès. Ce truc est vieux comme le monde.

— Je… je ne ferais jamais ça. »

Il me fixa d'un air glacial.

« Sans blague ! »

J'en eus le souffle coupé. Atterrée, je tombai assise sur son lit une place. Je n'avais rien vu venir. Il m'aimait. Il m'avait dit qu'il m'aimait. Alors pourquoi une telle méchanceté ?

Tout à coup, je fus prise d'une nausée. Croyant que j'allais me vomir dessus, je penchai la tête entre mes genoux. Il faisait très chaud dans cette chambre. Et il y avait cette odeur écœurante qui me pénétrait par la bouche.

Je levai la tête.

« Ça sent quoi ?

— J'en sais rien. Je ferais peut-être bien de prendre une douche.

— C'est de la sueur », dis-je.

Il se mit à ranger fébrilement un tas de papiers sur son bureau.

« Dave et moi, on est allés au practice.

— Tu as reçu quelqu'un ici ? » Mes mains commencèrent à trembler. « Est-ce que quelqu'un était ici… avec toi ?

— Personne à part Dave. Il a tendance à sentir la chaussette après le sport.

— Will, avançai-je prudemment. Ça sent le sexe, pas vrai ? »

D'abord, il ne répondit rien, se bornant à suspendre son geste. Puis, je le vis se raidir et, quand il se tourna vers moi, il était l'image même de l'arrogance.

« Ouais. T'as raison. »

Puis il partit d'un rire immonde.

« Oh, putain, j'y crois pas que tu sois en cloque. Ça, pour un manque de bol… »

Il se moquait de moi ? Il osait se moquer alors qu'il couchait avec une autre ?

J'avais 18 ans et un bébé dans le ventre. Qu'étais-je censée faire ?

Je voulais lui faire du mal. Je le voulais profondément.

Sans réfléchir une seule seconde, j'attrapai le premier objet à ma portée. Je réaliserais ensuite qu'il s'agissait d'un fer 7 mais, sur l'instant, je pris cela pour un banal club de golf. Bref, je levai la chose au-dessus de mon épaule droite.

Il ne m'en croyait pas capable. Et il est probable que j'en serais restée là s'il ne m'avait regardée avec ce sourire narquois.

Je prévoyais de le frapper à l'épaule. Un bon swing bien ajusté.

Mais il se pencha. Ce pauvre crétin se pencha au dernier moment et, malheureusement pour moi, au lieu de le toucher à l'épaule, le fer 7 le percuta au niveau de la tempe.

26

J'arrive chez mon père peu après dix heures. Un policier du commissariat de Kendal a proposé de me déposer mais j'ai dit non, merci. Franchement, je ne me voyais pas dans une voiture de patrouille à parler de la pluie et du beau temps. J'ai donc demandé qu'on m'appelle un taxi.

La seule chose dont j'ai besoin en ce moment, c'est de rentrer chez moi. Je n'ai pas de vêtements de rechange, pas de brosse à dents, rien. Je me sens crasseuse dedans comme dehors, surtout après avoir passé deux jours à avaler de la bouffe dégueulasse. Mais, par-dessus tout, je veux parler à mes filles. Leur annoncer que je m'en suis sortie avec une simple inculpation pour voies de fait et que je suis libre. Bien sûr, je brûle de leur dire qu'Eve est une fieffée salope doublée d'une arnaqueuse et qu'elle a embobiné leur père… mais pour cela, il me faudra patienter. Je dois redoubler de prudence si je souhaite regagner leur confiance. Ne pas foncer tête baissée comme je l'ai fait l'autre jour.

Mais je me languis de les voir. Elles sont à moi. Elles m'appartiennent. La rupture avec Sean est une chose, mais savoir qu'une autre femme vit chez moi avec mes enfants… La souffrance atroce qui m'accable dès que je pense à cela… m'est insupportable.

Je sors un trousseau de clés de la poche de mon manteau. Il y en a tant qu'il me faut quelques secondes pour trouver celle qui ouvre la porte de mon père. Tout cela pour découvrir qu'elle n'est pas fermée. Ce n'est pas la première fois – mon père ne tire le verrou qu'en allant se coucher – mais, ce soir, les lumières sont éteintes, ce qui veut dire que les auxiliaires de vie sont passées et reparties sans fermer derrière elles.

Ça m'agace. Aussitôt, je dresse mentalement la liste des récriminations à présenter demain à la première heure au prestataire de services. *Laisse pisser, Natty, ou ta tête va exploser.* J'allume dans l'entrée ; la maison est agréable, accueillante. Les larmes me montent aux yeux quand je repense à ce qui s'est passé cet après-midi. Il s'en est fallu d'un cheveu qu'on me jette en prison.

Ç'aurait très bien pu arriver. La fin de tout. Piégée à l'intérieur du système, sans aucune porte de sortie.

Sur la marche du bas, le chat me considère d'un œil rond. Je chuchote : « Salut, Morris. »

Mais il ne répond pas. Il me regarde l'air de dire : « Ta présence m'est parfaitement indifférente. »

La voix rauque de mon père me parvient depuis le premier étage. « Jackie ?

— Non, papa, c'est moi.

— Natty ? Où étais-tu, ma chérie ?

— À Kendal.

— À une heure pareille ? »

Je ris sous cape.

« Attends, dis-je. Je monte dans cinq minutes. »

Et je file à la cuisine.

Dans le frigo, posés à côté des Yakult de Jackie et des yaourts Müller allégés, je trouve un morceau de cheddar étuvé et quelques grains de raisin sans pépins. Je me prépare un petit pique-nique avec un verre de lait, quelques crackers, je verse un peu de lait dans une soucoupe pour Morris qui se faufile entre mes jambes. Son air placide s'est envolé maintenant qu'il y a de la nourriture dans l'air.

« Tu es bien changeant, mon petit gars », dis-je en posant prudemment la soucoupe sur le sol, ce qui ne m'empêche pas de renverser quelques gouttes au dernier moment. Morris commence par laper le lait répandu sur le carrelage. Tant mieux, ça m'évite de nettoyer. Je suis crevée, mon esprit tourne à vide. À chaque heure qui passe, je sens mes vieilles certitudes se diluer un peu plus dans l'espace.

Au sommet de l'escalier, la porte de la chambre de mon père est entrouverte. Sa lampe de chevet est allumée et trois oreillers sont calés dans son dos.

« Je t'ai réveillé ?

— Non, Polly vient de partir. J'étais couché mais je ne dormais pas.

— Elle n'a pas mis le verrou. Tu attends Jackie ? »

À son air, je devine que non. Mais il ne veut pas que Polly ait des ennuis.

« Elle a dit qu'elle passerait peut-être. Mais pas avant minuit parce qu'elle est prise ailleurs. »

Il ment mal.

« J'ai regardé un vieux film de Clint Eastwood, histoire de tuer le temps, ajoute-t-il pour changer de sujet.

— Un bon ? »

Il grimace.

« Il y avait Sondra Locke au générique. J'ai éteint au bout d'une demi-heure.

— La Yoko de Clint, fais-je remarquer d'un air absent, et mon père acquiesce d'un signe de tête.

— Ta voiture est garée devant. Je suppose que Sean a pu la faire réparer.

— Oh, dis-je. Je ne m'en étais pas rendu compte.

— Que faisais-tu à Kendal ? reprend-il.

— On m'a arrêtée. »

Son visage se décompose.

« C'est cette femme flic qui est venue sonner ici ?

— Elle m'a retrouvée à la bibliothèque. »

Il déglutit.

« Nom d'un chien, pourquoi tu ne m'as pas appelé, ma chérie ?

— Qu'est-ce que tu aurais fait ? »

Son visage est gris d'inquiétude. Aurait-il involontairement orienté les pas de l'inspecteur Aspinall ? Peut-être en lui disant que je recherchais des indices susceptibles de confondre Eve. Cette femme n'est pas idiote. Pas besoin d'être un génie pour deviner où j'étais.

« C'est affreux, tu aurais dû me prévenir. » Il est trop ému pour que je lui demande ce qui s'est dit en mon absence. « Tu es restée toute seule là-bas pendant tout ce temps ? Ils t'ont mise dans une cellule ?

— C'est bon, papa. Je vais bien. Sean m'a trouvé une bonne avocate. Il faut que tu dormes… Je te raconterai tout demain matin. »

Je m'apprête à sortir de la chambre quand je me retourne.

« Ça ne t'ennuie pas si je reprends la camionnette demain ?

— Pas de problème, ma chérie, quand tu veux. Tu en as besoin pour quoi ?

— J'ai des courses à faire. »

Il est sept heures trente et je roule vers le sud sur la voie centrale de la M6, près de Preston. La nuit dernière, j'ai pu dormir pour la première fois depuis longtemps. Ce matin, je me suis levée fraîche et dispose. J'ai mis mon mouchoir sur les pénibles événements des jours précédents. Songer à tout cela m'épuise et j'ai besoin de rester concentrée sur ma mission.

En réalité, j'aurais dû prendre la route plus tard parce que là, à tous les coups, je vais me retrouver coincée dans les embouteillages de huit heures dès que je passerai sur la M60. Mais c'était ça ou tourner en rond pendant une heure tout en évitant les questions de mon père et aussi celles de Jackie, très probablement. J'ai laissé un mot disant que je partais aux aurores car j'avais mille choses à faire.

Le Transit n'est heureux qu'à cent kilomètres à l'heure. Sa vitesse idéale. En dessous comme au-dessus, tout se déglingue et le volant se met à vibrer comme s'il allait se détacher – je suppose que mon père s'en fiche avec la poigne qu'il a, mais moi j'ai du mal à le maintenir. Et je ne parle pas de l'absence de visibilité vers l'arrière. Comme il n'y a pas de lucarne au fond du fourgon, je dois me contenter des rétroviseurs latéraux. Par deux fois, j'ai failli heurter un véhicule placé dans un angle mort alors que je voulais changer de voie. Alors j'y vais mollo.

Je repasse dans ma tête les questions que je prévois de poser. J'espère obtenir des réponses fiables mais, soyons réaliste, ma démarche pourrait tout aussi bien être une perte de temps. Je ne sais même pas ce que je cherche exactement. Mais il faut bien commencer par un bout. Qui ne tente rien…

Une bonne heure plus tard, j'arrive dans le centre de Manchester, trouve une place sur Booth Street West, près d'Oxford Road, et continue à pied jusqu'à l'Institut des sciences psychologiques.

Sur le trottoir, la foule des étudiants m'entraîne avec elle. Je songe un instant qu'Alice sera comme eux dans deux ans. Elle fera partie de cette marée, dans une université quelque part, tout comme moi dix-huit ans avant elle. Réagira-t-elle de la même manière que moi ? Sera-t-elle triste ? Désemparée ? C'est peu probable. Alice est Alice. Si je devais trouver des mots pour la qualifier, je dirais que c'est une gamine « franche », « déterminée », « énergique », « assurée ». Elle s'en sortira mieux que moi.

Je suis presque dans le hall quand mon portable vibre au fond de ma poche. Felicity. Si j'hésite à répondre – bien que j'aie très envie de lui parler –, c'est que le moment est mal choisi.

Mais quand les filles ne sont pas auprès de nous, nous leur répondons systématiquement. Quelles que soient les circonstances.

« Maman, c'est toi ? »

Sa voix est tendue, presque inaudible.

« Que s'est-il passé, Felicity ? Tu as l'air triste.

— Non, répond-elle un peu trop vite. Je suis juste… »

Je l'entends inspirer et je parie qu'elle va se mettre à pleurer. Vous savez comment sont les adolescentes. Elles démarrent en parlant normalement, et après on a droit à deux bonnes minutes de sanglots avant d'obtenir le mot suivant.

« J'ai cherché à t'appeler hier soir… dit-elle, toujours en chuchotant mais sans pleurer. Mais tu n'as pas décroché. »

Je décide de mentir.

« Je n'avais plus de batterie et j'ai oublié d'emporter le chargeur chez grand-père. »

Et je rembraye immédiatement, de peur qu'elle me demande comment j'ai fait pour le recharger ce matin : « Je suis désolée de ne pas t'avoir donné de nouvelles, ma chérie, j'étais un peu chamboulée, à cause d'Eve et de tout le reste. J'avais besoin de temps pour panser mes plaies. »

Un jeune étudiant passe près de moi et me tient la porte en m'interrogeant du regard : « Vous entrez ? » Je lui fais signe que non.

« Vous y arrivez sans moi ? Est-ce que papa vous nourrit correctement ? lui dis-je sur un ton détaché, comme si ces questions ne me déchiraient pas le cœur.

— Oui.

— Et ton petit ventre, comment va-t-il ? La cicatrice ? Elle ne suppure pas, hein ?

— Non, elle est propre.

— Elle ne sent pas mauvais ? »

Elle pousse un grand soupir.

« C'est bon, maman.

— Parfait. Je suis soulagée. Vraiment. Écoute, ma chérie, il faut que j'entre quelque part, alors je vais raccrocher. On parlera plus tard, d'accord ? Je te rappelle dès que j'ai fini.

— Maman ?

— Oui, mon cœur ? »

Elle marque un temps d'hésitation. Aussitôt, ma bouche se dessèche. Je sens bien qu'elle éprouve le besoin d'exprimer quelque chose. Mon cœur se serre. L'impensable se serait-il produit ? Les filles seraient-elles au courant de mon passé ? Sean et Eve leur auraient-ils tout raconté ?

« Rien », dit-elle en raccrochant sans même un au revoir.

Comme je le disais, le père de Will Goodwin était une grosse pointure du *Times* – rédacteur en chef adjoint, plus précisément. Il remua ciel et terre pour empêcher que l'agression de son fils ne fuite dans la presse. Les journalistes ont ce pouvoir, vous savez – un petit coup de fil à un pote et hop, telle ou telle info ne sera jamais imprimée. Terence Goodwin entretenait l'espoir que son fils ferait un jour de la politique et ne voulait pas que les débordements de notre liaison sabotent ses chances. Will termina sa convalescence chez lui, dans le Surrey. Pendant ce temps, Sean et moi rentrions au pays, l'oreille basse, prêts à affronter la colère maternelle. Sean en encaissa l'essentiel. Pour ne pas y laisser trop de plumes, nous décidâmes de ne révéler à personne la véritable ascendance d'Alice. Officiellement, nous avions enfreint les interdits posés par Penny, nous étions restés ensemble. D'où cette grossesse.

Quelques mois plus tard, j'écopai d'une peine de prison avec sursis. En dehors de Will et de sa famille, peu de gens étaient au courant de la malheureuse affaire de Manchester et de ses conséquences. Il y avait Sean, mon père et, bien sûr, Eve Dalladay.

Pourquoi Sean a-t-il fait cela pour moi ? Le comble de l'altruisme. Je ne l'ai jamais su, faute d'explication convaincante de sa part. En revanche, je me rappelle qu'il prenait farouchement ma défense, à cette époque-là. Il se considérait comme mon protecteur et, en tant que tel, veillait à m'épargner toute contrariété. Par réaction, je suis devenue une fille docile. Je m'en remettais à lui pour arranger les choses, diriger les opérations. Le jour où j'ai déboulé dans sa chambre universitaire pour le supplier de m'aider à avorter – j'avais trop honte pour m'adresser à quelqu'un d'autre –, il m'a opposé un refus catégorique. Il a dit qu'il m'aimait assez pour accepter cette situation, qu'il considérait cet enfant comme le sien. Puis, chose à peine croyable, il m'a ramenée à la maison.

Je range l'appel de Felicity dans un coin de ma tête, du moins j'essaie, et je pénètre dans la fac de psycho. À ma droite, une série de bureaux, peut-être cinq ou six, portes closes. Des noms sont collés dessus, tous précédés du titre de docteur. Je me dis qu'on devrait inventer un truc pour différencier le titulaire d'un doctorat quelconque d'un vrai docteur en médecine. Par exemple, aux États-Unis, ils utilisent les initiales MD. *Medicinae doctor*.

J'examine les affichettes, mais comme ces noms ne m'évoquent rien, je poursuis mon chemin le long du couloir. Il y a du passage, tout au bout. Un panneau suspendu au plafond indique « Accueil ».

Le hall de réception est composé d'un solide comptoir arrondi plaqué hêtre et de deux rangées de chaises style Art déco. À en juger par l'odeur de résine de polyuréthane qui plane dans l'air et l'aspect pelucheux de la moquette sous mes pieds, ils viennent de rénover.

Je m'approche des deux réceptionnistes. L'une a une soixantaine d'années, les cheveux hirsutes, des lunettes au bout du nez et un cou tout ridé. On pourrait la téléporter dans n'importe quel cabinet médical, elle ferait l'affaire : « Non, le docteur machin ne se déplace pas à domicile sauf en cas d'extrême urgence. » « Oui, il vous en coûtera trente livres pour faire contresigner votre demande de passeport. »

L'autre est une jeune femme de vingt et quelques années, avec des faux cils et un grain de beauté *à la** Marilyn Monroe, tracé au crayon brun sur la joue gauche.

Je me dirige vers Marilyn et lui dis sur un ton exagérément contrit : « Bonjour, je suis vraiment désolée de vous déranger mais j'ai fait mes études ici, autrefois… voilà quelques années… et j'espérais trouver des renseignements sur l'une de mes anciennes camarades.

— On ne fournit pas ce genre d'informations, réplique sa collègue sans lever le nez de son travail.

— Oui, dis-je en m'adressant à elle directement. Je comprends parfaitement cette politique. Mais je ne recherche pas de renseignements personnels. J'aimerais juste avoir une petite conversation avec l'un des professeurs. Est-ce possible ?

— Voyez ça avec l'administration générale, m'assène-t-elle.

— Mais j'arrive de Cumbria en voiture, et c'est un professeur que je…

— Vous m'en direz tant, lâche-t-elle. L'administration générale se trouve à l'extérieur de ce bâtiment. Tournez à gauche en sortant. »

Pour mieux signifier la fin de la conversation, elle se lève et, une chemise sous le bras, se dirige vers les gros classeurs métalliques posés derrière. Elle ouvre un tiroir et commence à fouiller parmi les dossiers suspendus en grommelant pour faire comprendre que quelqu'un (sans doute Marilyn) s'est trompé en replaçant un document.

Mon regard se pose de nouveau sur la jeune femme au grain de beauté. Je me compose un air penaud auquel elle répondra, je l'espère, par un sourire complice ou en levant les yeux au ciel comme pour dire : « Vous voyez ce que j'endure tous les jours ? Quelle vieille grincheuse ! »

Mais elle ne fait rien de tel. Elle place ses deux mains de chaque côté de sa tête en imitant des oreilles d'âne et me regarde, les yeux écarquillés.

J'articule un « Comment ? » inaudible. Alors elle sort ses dents de devant tout en inclinant la tête en direction du couloir que j'ai emprunté pour venir.

Je ne vois pas du tout ce qu'elle veut dire mais je fais quand même demi-tour. Il faut que j'arrive devant la troisième porte pour comprendre ses mimiques.

Dr Phil Hutch[1].

Les oreilles d'âne étaient en fait des oreilles de lapin.

Je reste un moment à piétiner devant la porte. Les phrases que j'ai répétées en venant flottent

---

1. *Hutch* : clapier. *(N.d.T.)*

au-dessus de ma tête comme un nuage. Certaines me reviennent par bribes, mais impossible de reconstituer un ensemble cohérent.

« Et merde ! » dis-je *sotto voce*, à l'instant même où la poignée s'abaisse. Je me rattrape en faisant semblant d'être en train de frapper quand un homme de grande taille apparaît devant moi. Chemise-cravate, petite bedaine, lunettes à la Buddy Holly.

« Oups ! J'ai failli vous renverser », dit-il avec un accent que je ne situe pas immédiatement.

Il me sourit aimablement. L'étincelle que j'aperçois dans son regard me semble prometteuse. Bingo ! Je lui plais.

La chance est avec moi.

« Avez-vous un moment à m'accorder ?

— J'ai toujours un moment pour une jolie femme, répond-il. Entrez donc. Que puis-je faire pour vous ? »

Nous sommes debout, face à face. Je soutiens son regard plus longtemps que nécessaire. Je souris mais, soudain, je remarque les gigantesques points noirs qui parsèment son appendice nasal. L'image d'une fraise criblée de graines me traverse l'esprit.

Je respire un bon coup. « Votre accent, dis-je tandis que nous nous asseyons, est vraiment…

— Fabriqué ? » propose-t-il.

Je ris.

« J'allais dire "intéressant". D'où venez-vous ? »

Il y a une photo sur son bureau. Deux garçons bronzés, éclatants de santé, à califourchon sur un jet-ski. En dessous, une eau turquoise, transparente.

« Je suis né à New York, dit-il. Mais je vis ici depuis… » Il fait de la main un geste indiquant qu'il ne compte plus les années. « J'aime à penser que mon accent Nouvelle-Angleterre rappelle celui de Cary Grant, l'ancienne star d'Hollywood, mais d'après certains il se rapprocherait davantage de celui de Naomi Campbell. » Son bras s'étire brusquement au-dessus du bureau. « Phil Hutch, annonce-t-il en me serrant la main.

— Natty Wainwright. Enchantée de vous connaître. Donc, vous êtes docteur en psychologie ?

— Hélas, oui.

— Et vous enseignez ici depuis… longtemps ? »

Il plisse le front sans cesser de sourire.

« Seriez-vous journaliste, mademoiselle Wainwright ?

— Mon Dieu, non ! Juste ciel ! »

Il s'enfonce dans son fauteuil, croise une jambe sur l'autre, la cheville droite posée sur le genou gauche, et me montre toutes ses dents. Je lui donne dans les 54 ans. Un homme mûr avec un petit quelque chose – du charme, je suppose. C'est sûrement le genre de prof qui sait mettre à l'aise ses étudiants, de telle sorte qu'ils ont l'impression de sortir du lot, de faire partie du cercle. Très peu pour moi. J'ai toujours préféré les enseignants stricts, peu désireux de frayer avec vous. Ceux-là n'ont pas de petite cour autour d'eux, pas d'ego à cultiver, ils sont là pour prodiguer leur savoir, point barre.

« Je ne suis pas journaliste », dis-je, la tête inclinée, la paupière papillonnante.

D'habitude, je ne flirte jamais avec des inconnus mais, en l'occurrence, je n'ai guère le choix si je veux arriver à mes fins.

« Je cherche des infos sur une ancienne étudiante – elle est passée par cet institut voilà un bon bout de temps. »

D'un petit coup de langue, j'humecte ma lèvre inférieure.

« J'ignore si je pourrai vous aider, répond-il d'une voix douce. Des tas de gens passent par ici.

— Elle est restée quelques années. Elle a même fait un doctorat.

— Ah bon ! dit-il sur un ton plus enjoué. Dans ce cas, ce sera sans doute plus facile. »

Il se tourne vers l'écran, entre son mot de passe et attend en me jetant un coup d'œil excédé.

« Il est horriblement lent, ce matin, marmonne-t-il avant de se remettre à taper.

— Cette personne s'appelle Eve Dalladay, mais vous avez dû la connaître sous le nom d'Eve Boydell. »

Il marque un temps d'arrêt, contracte très légèrement les épaules. Son comportement change aussitôt, de manière presque imperceptible, mais il change néanmoins.

« Un doctorat, vous dites ?

— Oui. »

Les yeux toujours braqués sur l'écran, il insiste :

« Vous en êtes sûre ? Parce que je n'ai aucun souvenir d'une étudiante portant ce nom.

— Elle a dû s'inscrire ici en 1997 – enfin, elle était déjà inscrite en 1996 mais elle a suspendu ses études pour raison médicale. Sa famille habitait Alderley Edge, dans le Cheshire. »

Il dresse un sourcil.

« On consomme plus de champagne à Alderley Edge que dans tout le Royaume-Uni.

— C'est ce qu'on dit, oui. Sans doute à cause de toutes ces épouses de footballeurs. »

Il clique deux fois et se rembrunit.

« Vous êtes sûre que votre amie n'a pas seulement passé l'examen de première année avant d'aller s'inscrire ailleurs ? Ce cas de figure est assez fréquent.

— Tout à fait sûre.

— Eh bien, non, je ne la vois pas sur ma liste. »

Quelque chose me dit qu'il ment. Ou bien alors il n'y a effectivement aucune trace d'Eve dans les registres de la faculté – ce qui ne m'étonnerait guère puisqu'il n'y en a pas sur Internet non plus.

« Je crains de ne pouvoir vous aider, mademoiselle Wainwright, claironne-t-il pour clore notre entretien. Je suis navré mais je dois y aller. J'ai un cours de première année dans dix minutes. » Il éteint son moniteur mais le disque dur bourdonne encore.

« Les chiens de Pavlov ? » demandé-je.

Il sourit.

« Entre autres choses. Au fait, que vouliez-vous savoir exactement sur cette ancienne étudiante ? Parce que, même si elle figurait dans nos registres, je n'ai pas le droit de fournir des informations personnelles. Avez-vous essayé ses parents ?

— En fait, ce sont ses parents – ou plus précisément, son père – que j'aimerais retrouver. » Je décide de broder un peu. « C'est assez délicat. Eve et moi étions très proches, à l'université, et nous le sommes restées mais nous nous voyons rarement car elle vit aux États-Unis. Voilà deux semaines, elle a débarqué chez moi dans un état pitoyable. Elle venait de rompre avec son mari. Et puis, du jour au lendemain, elle a disparu.

— Oh ?

— Oui, je n'ai aucune nouvelle d'elle. J'ai essayé tous les numéros qu'elle m'a donnés. Plusieurs fois.

J'ai tenté de la localiser, mais sans résultat. Je m'inquiète. Franchement, je me fais beaucoup de souci.

— Vous avez prévenu la police ?

— Bien sûr. Ils l'ont notée dans leur fichier des personnes disparues mais je ne suis pas plus avancée. Si quelqu'un veut disparaître, c'est son droit le plus strict.

— Donc elle n'est pas chez ses parents ?

— C'est la raison de ma venue. Sa mère est morte quand elle avait 23 ans. Elle était plus proche de son père… mais il s'est remarié et je ne sais pas ce qui s'est passé mais je crois qu'Eve ne s'entendait pas avec sa nouvelle épouse. Je pense que c'est en partie pour cela qu'elle s'est installée en Amérique.

— Et si vous retrouviez son père…

— Il pourrait peut-être me renseigner. » Je regarde mes mains et poursuis d'une voix chargée d'émotion. « J'ai juste besoin de savoir qu'elle va bien. Qu'elle ne gît pas dans un fossé, quelque part… Et comme personne ne semble s'en préoccuper… » Je renifle un petit coup, fais semblant de chercher un mouchoir dans ma poche.

Il ouvre son tiroir du haut, me tend une boîte de Kleenex grand modèle.

« Merci, dis-je en me mouchant. Je ne sais que faire d'autre.

— Vous devez être terriblement inquiète », répond-il gravement.

S'ensuit un bref silence. Il prend un air consterné mais, au moment où je lève les yeux vers lui, je vois son visage se crisper involontairement, comme s'il débattait dans son for intérieur, en proie à un terrible dilemme.

Je suis venue ici dans l'espoir d'éclairer un tant soit peu le parcours d'Eve après mon départ de la fac, de trouver des anomalies, des lacunes. La nuit dernière, une idée a germé dans ma tête : le récit arrangé qu'elle a fait de l'incident du parking n'est peut-être que la partie émergée de l'iceberg. Eve est peut-être une menteuse pathologique, et si je veux prouver à ma famille qu'elle n'est pas celle qu'elle prétend être, j'ai besoin de preuves. Parce qu'on ne peut pas être docteur en psychologie – enseigner, recevoir des patients – et n'apparaître nulle part, sur aucun document, dans aucun registre.

Phil Hutch s'éclaircit la voix. Il tient ses mains l'une contre l'autre, comme s'il priait. « J'aimerais vraiment vous fournir quelque chose de concret mais on dirait… » Il regarde ailleurs, d'un air triste. « On dirait que votre amie n'a jamais étudié ici. Quant à ce doctorat… Je suis vraiment navré de ne pouvoir vous aider, mais… »

On entend deux coups rapides à la porte. Nous sursautons l'un et l'autre.

« Phil, grommelle une femme. Les types d'UPS sont à l'accueil. Ils nous livrent de l'équipement mais ils ne veulent pas que je signe. Il faut que ce soit le directeur du département, alors… »

Elle entre.

C'est le dragon de l'accueil.

« Oh, fait-elle en plissant les yeux. Vous ? »

Je souris humblement mais elle me fixe avec une telle intensité que mon cœur s'emballe.

« Qu'est-ce que vous faites ici… ? » reprend-elle.

Mais Phil Hutch a déjà bondi de son siège. Il la fait sortir du bureau en la tenant par le coude. Pourquoi une telle précipitation ?

« Je ne serai pas long », bredouille-t-il à mon intention avant de refermer la porte derrière lui.

Je respire à fond deux fois, tant bien que mal. Je touche mon cou. Ma peau est brûlante. Inutile de me regarder dans une glace. Je sais que je suis couverte de taches rouges. Je n'ai jamais su mentir… j'aurais été une piètre comédienne.

Je ferais mieux de m'en aller. M'en aller tout de suite avant que Phil Hutch ne revienne et que je m'enferre un peu plus dans mes mensonges. Oui, va-t'en, Natty. Lève-toi et sors.

Mais le disque dur bourdonne toujours. Ce bruit m'attire indiciblement, comme une incantation… « Viens, Natty, viens voir les secrets que je porte en moi… »

En ravalant mon appréhension, je me lève et j'entrouvre la porte pour vérifier qu'il n'y a personne dans le couloir. Ma carotide bat dans mon cou à un rythme endiablé.

C'est bon, mais il faut faire vite.

Je contourne le bureau, j'allume l'écran et, dans mon excitation, je renverse d'un coup de pied la corbeille à papier. L'écran passe du noir au… c'est quoi, ce truc ?

Un site de paris sportifs.

Phil Hutch ne s'est même pas donné la peine de consulter les registres de la fac. Bon Dieu, jusqu'à quand vais-je me laisser embobiner par les détenteurs de l'autorité ?

Quand je ferme cette fenêtre, je tombe sur la page d'accueil de la fac de psycho. Ce n'est pas facile à lire, et je n'y comprends pas grand-chose…

Des voix assourdies résonnent derrière la porte. Je me fige et j'écoute.

Dois-je me rasseoir et faire semblant de rien ?

Non. Une occasion pareille ne se présentera pas deux fois. Au diable les conséquences. Je dois être fixée sur le compte d'Eve le plus vite possible.

Et en une minute, c'est fait.

27

J'ai regagné la camionnette. Maintenant, il faut que je me calme. Ça bouge beaucoup autour de moi : des étudiants montent ou descendent de leurs Fiat 500 aux couleurs vives, de leurs Mini Countryman. Ils rient aux éclats comme si le monde leur appartenait. Je remarque leurs belles dents.

Sur ma droite, une Ford Escort hors d'âge se gare en marche arrière. Sa conductrice, une femme d'une bonne cinquantaine d'années, en descend. Elle a l'air stressée, l'aile et la portière droites de son véhicule sont tellement cabossées qu'elle a du mal à tourner la clé dans la serrure. Après deux essais infructueux, elle renonce et, sans remarquer ma présence, s'éloigne d'un bon pas en serrant contre elle une pile de dossiers. Une prof sans doute. Je l'observe dans mon rétro – des bottines en daim aussi vieilles que sa voiture, un cardigan défraîchi à grosses mailles, des collants en laine qu'elle aurait dû jeter l'année dernière. Tandis que je la regarde marcher, je songe que décidément quelque chose ne tourne pas rond dans ce bas monde, puisque les étudiants sont plus riches que leurs professeurs.

Je suis surexcitée, impatiente d'en découdre. Cette salope d'Eve ne perd rien pour attendre car maintenant, j'ai une piste, et je suis sûre que, dès ce soir, tout rentrera dans l'ordre. Eve va décamper de chez moi et je pourrai retrouver ma famille.

Je mets le contact et m'apprête à démarrer quand mon portable vibre au fond de ma poche. Un texto de Felicity. Elle veut savoir où je suis. Je réponds « Je reviens bientôt » et, quand j'appuie sur « Envoi », je m'aperçois qu'Alice a laissé un message vocal. Il a dû arriver quand j'étais dans le bureau de Phil Hutch. « Bonjour, maman, c'est moi », dit-elle.

Elle ne m'appelle « maman » que lorsqu'elle est malheureuse, qu'elle a des problèmes ou une demande particulière à me faire. En bref, chaque fois qu'elle est sous le coup d'une forte émotion. Ce qui, chez elle, arrive presque tout le temps.

« Maman, il faut que je te parle. C'est vraiment important. Felicity refuse d'en discuter avec moi mais je la trouve très renfermée, déprimée. Et pour le coup, je n'y suis pour rien, enfin je crois. Peut-être que c'est de ma faute mais, en tout cas, je n'ai rien fait pour la contrarier… Je pense plutôt qu'elle a besoin de toi. Je pense qu'il est arrivé un truc moche. Mais elle ne crachera pas le morceau. Bref, faut que j'y aille, ajoute-t-elle en baissant la voix, je devrais être en cours à l'heure qu'il est, mais j'ai pensé que… Oh, tu me manques, maman. »

Je ferme les yeux en soupirant à fendre l'âme. Felicity a besoin de moi. Alice a besoin de moi. Mais je ne peux renoncer à suivre cette nouvelle piste. C'est trop important. Je n'ai pas le choix.

Je ravale mon sentiment de culpabilité – encore une fois – et je passe la marche arrière en jetant un coup d'œil machinal sur le tableau de bord. Le voyant du réservoir est allumé. Génial. Il ne manquait plus que ça.

Je donne un coup de poing sur le volant puis je lève les yeux vers le plafond de la camionnette comme si je m'adressais à Dieu en personne : « Tu ne pourrais pas me lâcher, un peu ? Je fais tout ce que je peux ! »

Dix minutes plus tard, j'attends mon tour dans une station Shell. Il pleut des cordes, je suis coincée dans la file et les automobilistes devant et derrière mon Transit m'ont l'air assez agressifs. Je sens que je me liquéfie sur mon siège car je viens de réaliser que j'ignore de quel côté se trouve le bouchon du réservoir.

Si j'avais pris le temps de réfléchir quand le voyant s'est allumé, je serais descendue deux secondes pour vérifier. Comme c'est parti, j'ai dû me garer du mauvais côté de la pompe. Si c'est le cas, je vais devoir sortir de la station, me faufiler entre les véhicules qui roulent pare-chocs contre pare-chocs sur la route à deux voies et faire un demi-tour aux feux, ce qui est strictement interdit.

Donc je descends du Transit juste au moment où la camionnette devant moi démarre. Et soudain, le doute m'assaille. J'y vais ou j'y vais pas ? Dois-je aller vérifier ou reprendre immédiatement le volant ?

Je file vers l'arrière du van et finis par repérer un clapet près de la portière du passager. Comme de bien entendu, l'imbécile garé derrière moi ne peut s'empêcher de klaxonner. Il aurait tort de se gêner. Heureusement, quelques instants plus tard, tout rentre dans l'ordre. Je remplis tranquillement mon réservoir, satisfaite d'avoir retrouvé mes esprits. Cela dit, j'ai encore du mal à digérer ce que je viens d'apprendre. Jugez du peu : Eve a été renvoyée de l'université.

Quelques mois après mon départ de Manchester, on a découvert qu'elle entretenait une liaison avec un professeur (facile de deviner lequel). Elle n'a donc pas terminé son année et a dû quitter la fac sans diplôme, et encore moins de doctorat.

Ce qui nous amène à la question suivante : comment a-t-elle pu exercer pendant quinze ans une profession dont elle ne connaissait quasiment rien ?

Je frémis rien que d'y songer.

Je ne doute pas qu'Eve me sortirait une belle excuse de sa manche si jamais je l'accusais de mentir à propos de son métier. Mais ce n'est pas tout. Je suis tombée sur une info bien plus intéressante.

Les parents d'Eve n'ont jamais habité Alderley Edge, le paradis des multimillionnaires du Cheshire, mais à Bolton. Ce qui fait une grosse différence.

Je suppose (mais je peux me tromper) qu'au 32 Wilkinson Street ne se dresse pas la luxueuse villa dont elle m'a parlé mais une maison en brique rouge, comme tant d'autres alignées d'un bout à l'autre de la rue. J'en aurais bientôt le cœur net, car c'est là que je vais. Ce n'est pas très loin, une demi-heure de route après Manchester.

Je raccroche la pompe et me dirige en trottinant vers la boutique pour payer mon essence. Une fois entrée, je m'installe dans la file : des hommes en costume, des maçons en jeans maculés de mastic et bottes de chantier jaunes. Devant la caisse, je vois une femme vêtue d'un survêtement Juicy Couture, queue-de-cheval haut perchée, tatouage yin-yang sur la nuque.

Quand arrive mon tour, je compose mon code et le caissier boutonneux m'annonce :

« Cette carte est rejetée. Vous voulez recommencer ou en prendre une autre ?

— Pardon ? »

J'ai dû mal comprendre.

« Paiement refusé, dit-il. La carte.

— Impossible. Il reste au moins… »

Je me retiens de proclamer qu'il y a trente mille livres sur mon compte. Je ne voudrais pas avoir l'air de me vanter, dans ma situation.

« Ça vous ennuierait de réessayer ?

— Commencez par la sortir, me conseille-t-il avec son accent de Salford. Et maintenant refaites votre code. »

Un type s'adresse à lui par-dessus mon épaule. S'ensuit un dialogue incompréhensible où il est question de l'équipe de Manchester City, de points engrangés, de classement. Ils pourraient tout aussi bien parler russe, pour ce que je comprends.

La machine bipe. Carte refusée.

« Je suis désolée, dis-je mortifiée en fouillant dans mon portefeuille. Pourriez-vous essayer celle-là ? »

On recommence tout du départ. Cette deuxième carte est liée à notre compte joint, alors que l'autre était inscrite au nom de l'hôtel, et même si son plafond de retrait est un peu plus bas, je suis sûre qu'il reste assez. J'équilibre mon budget tous les mois sans faute.

Refusée.

« Qu'est-ce qu'on fait maintenant ? dis-je aussi calmement que possible.

— Mettez-vous dans ce coin-là, dit-il sans s'énerver en m'indiquant du menton les présentoirs de biscuits. Vous allez devoir appeler votre banque. »

Merde.

Merde, merde et remerde.

J'ai envie de pleurer.

« Je ne pourrais pas repasser plus tard ? demandé-je sans trop d'espoir. Le même problème est arrivé à une amie à moi, et je suis sûre qu'on lui a laissé vingt-quatre heures pour revenir payer.

— C'est une station franchisée, ici, réplique-t-il. Le gérant ne fait pas crédit.

— Mais je ne peux quand même pas vous restituer l'essence que j'ai mise dans mon réservoir !

— Le mieux c'est d'appeler votre banque », dit-il en regardant ostensiblement derrière moi afin de m'inciter à dégager le passage pour qu'il puisse servir le client suivant.

Moi qui criais victoire pas plus tard que tout à l'heure, je me sens nulle à présent. Ma réussite me semble dérisoire vue d'ici. Au lieu d'appeler la banque, je compose le numéro de Sean. Comme il ne répond pas sur son portable, j'essaie le fixe.

Eve décroche.

« Allô, dit-elle comme si elle avait toujours vécu là.

— Pourquoi c'est toi qui décroches mon téléphone ?

— Parce que tu étais en garde à vue, réplique-t-elle.

— Ils m'ont libérée. Ils ont réduit les chefs d'accusation, tu… »

Les gens qui attendent à la caisse en profitent pour me dévisager. Ma carte a été rejetée et maintenant, voilà que je parle de « chefs d'accusation » comme une vulgaire criminelle.

Pas glorieux.

« Je sais qu'ils t'ont libérée, dit-elle. On me l'a dit hier soir. Mais les services du procureur n'ont pas terminé leur enquête, donc tu n'es pas encore sortie d'affaire.

— Est-ce que Sean est là ? Est-ce qu'il sait pourquoi ils ont réduit les chefs d'accusation ? Tu lui as parlé des contradictions qu'ils ont trouvées dans ta déposition, Eve ?

— Il n'est pas là. »

Sa réponse me laisse supposer que Sean ne connaît pas l'existence du deuxième enregistrement vidéo.

« Où est-il ?

— Oh, tu sais, dit-elle vaguement, comme s'il était quelque part dans les parages.

— Non, je ne sais pas. C'est pour ça que je te pose la question. J'ai besoin de le joindre de toute urgence. Mes cartes de crédit ont été rejetées et je dois payer ma facture de carburant. Il faut qu'il règle le problème avec la banque, tout de suite. Je ne peux pas m'en aller sans payer… c'est évident.

— Tes cartes ont été annulées, Natty. »

Je veux répondre mais je n'ai plus de voix. Plus de mots.

« Annulées ? » dis-je enfin, abasourdie.

Les gens tentent de détourner le regard sans y parvenir car ils sentent monter la crise de panique.

« Sur les comptes joints, oui, répond-elle platement. Sean a annulé tes cartes de crédit et a déplacé la moitié de l'argent de votre compte commun sur ton compte personnel.

— Pourquoi ? Pourquoi il a fait ça ?

— Je ne comprends pas ta question. Sean n'a rien fait de mal, Natty. Tu disposeras d'une nouvelle carte et de la même quantité d'argent que la semaine dernière, mais plus sur votre compte joint. Comme tu ne t'occupes plus de l'hôtel, c'est déjà bien que tu aies accès aux fonds. Pour l'essence, tu n'as qu'à te servir de ta carte de débit… il n'y a pas de quoi s'énerver.

— Mais je n'ai pas ma carte de débit sur moi. » J'ai l'impression que je vais exploser. « Elle est dans le pot sur le rebord de la fenêtre de la cuisine. Je l'ai passée à Alice la semaine dernière et j'ai oublié de la remettre dans mon portefeuille. »

Eve ne répond pas. Je l'entends marcher dans la cuisine. Elle porte des chaussures à talons.

« Ah oui, tu as raison, dit-elle. La voilà. Je suppose que tu vas laisser ta voiture sur place et prendre un taxi… attends, ta voiture est en réparation, non ? Qu'est-ce que tu conduis, Natty ?

— La camionnette de mon père. »

Elle éclate de rire.

« Attends, je vais voir si Sean a cinq minutes pour venir te libérer. Où es-tu ? »

Je reste coite.

« Natty ? insiste-t-elle, comme si je lui faisais perdre son précieux temps.

— À Manchester.

— Manchester ? Qu'est-ce que tu fiches là-bas ? Tu viens de sortir de garde à vue. Quelle étrange idée, alors que… »

Elle s'interrompt.

Puis elle me demande, par précaution : « Quelles sont tes intentions, Natty ? »

Je voudrais me taire mais c'est plus fort que moi, je lui déballe ce que j'ai sur le cœur.

28

« On ne m'a pas renvoyée, dit Eve, comme si cette conversation l'ennuyait prodigieusement. Je suis partie de mon propre chef. Quelles que soient les preuves dont tu disposes, Natty… » – et elle appuie sur le mot « preuves » comme s'il avait des guillemets –, « …elles n'ont aucune valeur. »

Mes accusations lui passent complètement au-dessus de la tête. Je ne sais pas trop si c'est une bonne chose – en soi, cela démontre seulement qu'elle est capable de mentir sous la pression – ou s'il faut s'en inquiéter parce que cela démontre qu'elle est capable de mentir sous la pression.

« On verra bien, lui dis-je, par défi.

— J'aurais pu t'éviter de jouer au petit détective. Si tu m'avais posé la question, tu aurais su que j'ai quitté Manchester pour continuer mes études à Salford. C'est vrai, j'ai eu une aventure avec un prof et nous avons décidé d'un commun accord qu'il valait mieux que je change de fac avant que cette histoire s'ébruite. » Elle ricane en y repensant. « Je ne suis pas la première à qui cela arrive. Tu vois quelque chose d'illégal là-dedans ? Si je ne t'en ai jamais parlé, c'est parce que j'avais promis à ce mec de garder le secret. Il était marié. »

J'essaie de ravaler ma déception.

« Reviens à Windermere, Natty. Tu perds ton temps là-bas. »

Je ne veux pas lui laisser le dernier mot. Alors, dans un accès de colère et de désespoir, je crie : « Puisque tu le prends comme ça, sache que ce n'est pas la seule chose que j'ai découverte sur ton compte ! » Et je raccroche, hors d'haleine, en tremblant comme une démente.

Le caissier boutonneux me surveille du coin de l'œil.

« Vous avez eu votre banque ? demande-t-il.

— Pas encore. »

En le voyant lever les sourcils, je me rappelle que je suis mal placée pour employer ce ton. Je n'ai pas de quoi payer.

« Je vais aller voir si je n'ai pas un peu d'argent dans la boîte à gants de ma camionnette, dis-je. Ça va si je la déplace devant la station de nettoyage pour dégager l'accès à la pompe ? Ne vous inquiétez pas, je ne m'enfuirai pas. »

Il m'indique la collection de caméras de surveillance installées à l'extérieur en haussant les épaules pour exprimer son indifférence. Si je tentais quoi que ce soit, les flics me rattraperaient dans la minute.

Après une fouille méticuleuse du Transit, je parviens à rassembler 2,47 livres. Ajoutées aux quelques sous qui traînent dans mon portefeuille, j'obtiens la somme royale de 17,80 livres.

Il me manque cinquante livres. Sans trop d'espoir, je fouille une dernière fois dans mon sac et c'est là que je les trouve.

Coincées entre mon agenda et une brochure présentant des uniformes hôteliers, je trouve les cartes de retrait de mes filles, celles associées à leurs comptes sur livret. Des comptes auxquels j'ai accès et qui doivent bien contenir quatre mille livres chacun, somme provenant des divers virements effectués par des gens de la famille pour leurs anniversaires ou par nous-mêmes pour les récompenser de leurs bons résultats scolaires. J'en pleurerais de soulagement.

Je me dirige d'un pas assuré vers une jeune femme mince occupée à ajuster une casquette de pompiste sur sa tête.

« Bonjour, dis-je en souriant, j'ai besoin d'un service. Pourriez-vous me déposer près d'un bureau de poste ? Il faut que je retire de l'argent pour payer mon essence.

— Non », répond-elle en tournant les talons.

Totalement sidérée, je la regarde s'éloigner tandis qu'un type, de l'autre côté de la pompe, se marre en secouant la tête.

« Très aimable, commente-t-il. Que vous arrive-t-il ? Vous avez perdu votre sac ? »

Il porte un gilet jaune avec « United Utilities » imprimé sur la poche de poitrine.

« C'est tout comme. Mon mari a fait annuler mes cartes de crédit et n'a pas songé à m'en faire part. »

L'homme esquisse une grimace.

« C'est ce que j'appelle un sale coup, dit-il sans s'émouvoir. Un divorce difficile ?

— On est séparés.

— C'est la période la plus dure. Quand le divorce approche, on oublie qu'on a été mariés. »

Il tourne les yeux vers le compteur de la pompe et appuie doucement sur le piston à plusieurs reprises jusqu'à ce qu'il arrive au chiffre voulu. Sean fait cela, lui aussi, même s'il paie son essence par carte. Pourquoi chercher à atteindre une somme ronde, disons soixante livres, si on ne règle pas en espèces ? Mais Sean le fait quand même, et cette habitude semble lui procurer un réel contentement. C'est sûrement un truc de mec. L'homme secoue la pompe pour récupérer les dernières gouttes puis reporte son attention sur moi.

« Donnez-moi une minute, dit-il en sortant son portefeuille. Je vous emmène. »

Deux heures plus tard, la pluie s'est calmée et je suis garée devant le 7, Wilkinson Street, à Bolton. C'était la seule place libre dans toute la rue. J'en ai bavé pour arriver jusqu'ici. Je ne sais pas ce qui s'est passé mais j'ai réussi à rater la sortie sur la M61 et, du coup, j'ai pris la bretelle qui débouche de l'autre côté de la ville. Au lieu de faire demi-tour, comme la raison me le dictait, j'ai décidé de revenir par le centre-ville en croyant que je gagnerais du temps.

J'avais tort.

En tout cas, maintenant, je suis stationnée devant une école primaire, un bâtiment austère doté d'une petite cour de récréation en ciment et de hautes fenêtres en verre fumé. Aux yeux d'un enfant de 5 ans, cet édifice doit ressembler à une prison.

Quantité de rues partent de Wilkinson Street, toutes semblables, toutes bordées de petites maisons de quatre pièces – deux en bas, deux en haut – en brique rouge, accolées les unes aux autres. Le quartier vit dans l'ombre d'une gigantesque usine abandonnée, sans doute désaffectée car ses fenêtres sont éventrées. Ce truc hideux, monstrueux, domine le paysage comme tant d'autres vestiges de la grande époque industrielle, dans le nord de l'Angleterre. Les journées de seize heures. Grands dieux. Difficile à imaginer de nos jours, alors que dans le coin les saris, les burqas et les monospaces ont remplacé les sabots et les casquettes sur les pavés.

Je me remets un peu de rouge à lèvres, descends de la camionnette et me dirige vers le numéro 32, de l'autre côté de la rue. Les habitations donnent directement sur le trottoir. Pas de jardin devant, pas de petite allée, et les vitres aux fenêtres sont impeccables, comme si le laveur de carreaux passait tous les jours. C'est le genre de rue où les gens ont gardé l'habitude de balayer devant leur porte et de nettoyer leur morceau de caniveau.

Je m'arrête au numéro 32 mais, au lieu de sonner, je prends le temps d'examiner la façade. Les fenêtres ont conservé leur simple vitrage d'origine, les cadres ont été repeints récemment en blanc brillant et les rebords en noir. On a choisi une nuance d'acajou très moche pour teinter la porte d'entrée mais, en revanche, elle est propre comme un sou neuf. Deux papillons en plastique géants ornent la maçonnerie en brique. Ça fait ridicule et pourtant ça égaye.

J'appuie sur la sonnette et j'attends.

Une éternité plus tard, à savoir quatre bonnes minutes, la porte s'ouvre en grand et je vois apparaître une vieille dame appuyée sur un déambulateur. Elle respire fort, son visage est cramoisi. Immédiatement, je m'en veux de l'avoir dérangée. La distance qu'elle vient de parcourir doit représenter un marathon, pour elle.

« Madame Boydell ? » hasardé-je tout en sachant que cette personne n'a aucun lien familial avec Eve. Mais je n'ai rien trouvé de plus malin comme entrée en matière.

« Qui ça ? »

Elle est sourde.

J'articule bien.

« Je cherche Mme Boydell. Vous la connaissez ?

— Qui ça ?

— Boydell.

— Fermez la porte, m'ordonne-t-elle en s'apprêtant à négocier un virage à cent quatre-vingts degrés avec son déambulateur. Faut que je mette mes oreilles. »

Et elle s'engage dans un petit couloir en supposant que je la suis.

C'est dingue, les gens ne regardent donc pas *Crimewatch*[1] ? Ne savent-ils pas qu'on ne doit jamais laisser des inconnus pénétrer chez soi ?

Elle bifurque sur la gauche vers le salon, un espace exigu presque entièrement rempli par un lourd buffet d'ébène et deux fauteuils à oreillettes qui me rappellent celui que mon père utilise en ce moment à cause de ses genoux. Une antique chaudière à gaz siffle dans un coin, au pied de laquelle est couché un chien noir de race indéterminée au museau grisonnant. Il semble exténué mais dès que j'entre, il dresse la tête. Je remarque ses yeux vitreux dont les pupilles

1. Émission de télé produite par la BBC qui reconstitue des crimes majeurs irrésolus dans le but d'obtenir des informations du public. *(N.d.T.)*

virent à l'orangé sous la lumière. Il est aveugle mais il a capté ma présence et tente maladroitement de remuer la queue.

« Assis, mon beau », fait la femme. Elle s'exprime avec un fort accent du Nord.

Je ne peux m'empêcher de lui dire « Vous ne devriez pas laisser entrer des inconnus, vous savez ? », mais elle ne m'entend pas. Elle est en train d'ajuster son appareil auditif. Un sifflement strident retentit, comme celui d'une bouilloire sur le feu.

Je grince des dents le temps qu'elle termine ses réglages.

« Je fais du bruit ? demande-t-elle en penchant la tête sur le côté.

— Un petit peu.

— C'est fini ? » demande-t-elle.

Je lui fais signe que oui.

« À la bonne heure ! »

Et avant que je puisse ajouter quoi que ce soit, elle se penche en avant et descend son mi-bas pour découvrir le bandage crasseux qui lui enveloppe le mollet.

« Ça recommence à suinter, me dit-elle en grimaçant. Je pense que je devrais lui faire prendre l'air. »

Elle a un ulcère à la jambe, une plaie ouverte, horrible à voir. On dirait qu'on lui a retiré une cuillerée de chair.

« Seigneur, dis-je, à la fois sidérée et écœurée. Est-ce que c'est l'os ?

— Ouais. Ce truc ne veut pas guérir. Où est votre sac à malices ?

— Mon sac à malices ? »

Et soudain, je réalise qu'elle me prend pour une infirmière et que la vague odeur de poisson que j'ai reniflée en entrant est en fait celle de la chair humaine en décomposition.

« Non, non, je ne suis pas votre infirmière. »

J'ai dû parler trop vite parce qu'elle prend un air offensé.

« Qui êtes-vous, alors ?

— Natty Wainwright. »

Elle plisse le front.

« Qui ça ?

— Peu importe. »

Je m'approche et me place bien en face pour qu'elle voie mes lèvres remuer.

« Je voudrais parler à M. Boydell, dis-je en hurlant presque. Savez-vous où il est ?

— Mort.

— Oh, c'est affreux. J'ignorais. Je suis vraiment navrée. Cela remonte à quand ?

— 1967.

— Vraiment ?

— L'amiante, précise-t-elle en hochant la tête d'un air lugubre. Mais à cette époque, on ne savait pas que c'était mauvais, alors on n'a pas été indemnisés. Kathleen Moss, la femme qui loge au numéro 48, elle touche quatorze livres par semaine en plus de sa pension. Vu que son mari est mort après. »

Pendant quelques instants, elle remâche silencieusement cette injustice. J'estime préférable d'attendre. Puis je m'éclaircis la voix.

« Sauriez-vous par hasard où est Mme Boydell ? »

Ma question paraît l'étonner. Elle me regarde comme si je voulais la faire marcher.

« Je suis Mme Boydell ! s'écrie-t-elle.

— Oh, je vois, bien sûr », dis-je, embarrassée.

Tout cela n'a strictement aucun sens. Comment se pourrait-il que cette femme soit la Mme Boydell que je recherche ? D'abord, elle est trop âgée. Ensuite, il y a fort peu de chances pour qu'elle soit de la famille d'Eve, et encore moins sa mère. Cette mère décédée depuis fort longtemps, si l'on en croit Eve. C'est forcément une coïncidence.

Mais il faut que je m'en assure.

« Madame Boydell, avez-vous une fille prénommée Eve ?

— Eve ?

— Oui.

— Non.

— Bien.

— C'est ma petite-fille, ajoute-t-elle. Une sale gamine, celle-là. Depuis qu'elle s'est tirée de chez elle, sa mère n'a pas reçu un seul coup de fil. Ça vaut peut-être mieux, d'ailleurs.

— Donc, votre fils a épousé… » Je m'accorde une pause pour réfléchir à l'organisation interne de cette famille. « Votre fils a épousé la mère d'Eve ? C'est bien cela ?

— Hein ? réplique-t-elle en ricanant. Notre Sharon ne s'est jamais mariée.

— Ah bon ?

— On n'a jamais su le nom du père. Un bon à rien qui se prenait pour un caïd, c'est ce qu'elle en disait. Si c'est lui que vous cherchez, je peux pas vous aider. Sharon a donné notre nom à sa fille, Boydell, vu qu'elle voulait pas que les gens sachent qui il était.

— Donc, si je comprends bien, votre fille Sharon a élevé l'enfant toute seule. Dans ce quartier ?

— Dans cette maison », dit-elle fièrement.

Tout excitée par ce que je viens d'apprendre, je me penche vers elle en priant le ciel que ma question suivante ne débouche pas sur une impasse.

« Madame Boydell, dis-je en contrôlant mon souffle, où est Sharon aujourd'hui ? Elle habite toujours par ici ?

— Pour sûr. Elle a un bungalow du côté de l'hôpital… elle a déménagé quand tous ces Pakis sont arrivés. » Elle se tapote l'aile du nez en prenant un air de conspiratrice et poursuit dans un murmure : « Elle ne veut pas l'avouer, et surtout n'allez pas lui dire que c'est moi qui vous l'ai dit, mais notre Sharon… eh ben, elle est un peu raciste. »

29

Eve fait couler un peu de crème UHT d'une brique, pose les mugs sur des soucoupes, déballe soigneusement les Cadbury Flakes[1] – en éparpillant les miettes restées au fond du paquet sur la crème –, place une barre chocolatée à côté de chaque tasse de cacao brûlant et, pour finir, une cuillère à long manche.

Ces gestes-là ne lui viennent pas naturellement mais, quand elle recule d'un pas pour contempler son œuvre, elle est enchantée du résultat.

Alice est assise à la table, sa cravate d'école à moitié dénouée. Elle s'est collé en travers du nez un patch antipoints noirs – ce qui irait de soi si elle en avait, mais elle n'en a pas. Eve a noté qu'Alice faisait cela tous les jours, une manie qu'elle trouve agaçante mais qu'elle s'abstient de critiquer pour l'instant. Alice est à la recherche de la peau parfaite, eh bien, qu'à cela ne tienne.

Felicity elle aussi est présente à la table du goûter. Mais elle ne dit rien et regarde obstinément sa tasse.

---

1. Barre chocolatée à la texture feuilletée. *(N.d.T.)*

« Pourquoi elle répond toujours pas au téléphone ? gémit Alice sans s'adresser à personne en particulier.

— Peut-être que ta maman a besoin de rester seule quelque temps, suggère Eve. Elle a dû passer une sale journée, hier.

— Mais je lui ai laissé des dizaines de messages, insiste Alice. On dirait qu'elle nous a, genre, complètement abandonnées. Tu trouves pas ? »

Felicity lève la tête vers Eve et lui décoche un regard assassin puis, en serrant les mâchoires, attrape sa tasse et quitte la table.

« Je monte dans ma chambre. »

Alice s'arrête au milieu du texto qu'elle est en train de composer. « Felicity, tu sais que tu n'as pas le droit de boire là-haut. Maman va péter un câble si elle l'apprend.

— Si c'est exceptionnel, tu peux peut-être le faire quand même, Felicity, intervient Eve. Je n'en parlerai pas. »

Felicity la dévisage froidement avant de se rasseoir.

« Finalement, je préfère rester ici. »

Alice regarde sa sœur d'un air inquiet puis reporte son attention sur son téléphone.

« J'écris à maman, déclare-t-elle. C'est la dernière fois. Si elle répond pas, je laisse tomber. Si elle veut plus entendre parler de nous, je vais pas m'acharner à essayer de la joindre toutes les cinq minutes. »

Eve examine sa coiffure dans la vitre du placard fixé au mur. Elle se retourne et dit :

« Si on dînait dehors ce soir, les filles ?

— Super », répond Alice.

Felicity considère Eve entre ses paupières mi-closes.

« Encore ? dit-elle, sarcastique. Ça ne t'arrive jamais de préparer un vrai repas ? »

Alice réplique, scandalisée : « Felicity ! Ne sois pas insolente. C'est pas sa faute si elle doit rester ici avec nous parce que maman s'est barrée. Eve n'est pas censée nous préparer à manger et tout le reste… »

Felicity recule sa chaise en la faisant crisser sur le carrelage.

« J'ai des devoirs à faire », dit-elle, et elle s'éclipse.

Alice reste bouche bée.

« Mais qu'est-ce qui lui prend ? souffle-t-elle. Elle n'est pas la seule à en baver, dans cette histoire. Elle n'est pas la seule à être triste que maman ait été arrêtée. Elle n'est pas la seule victime.

— Sois patiente avec elle, Alice. Chacun réagit à sa manière. Ce n'est pas facile d'avoir une inconnue chez soi… quand on n'a jamais vécu qu'avec ses parents.

— Mais tu n'es pas une inconnue. On te connaît depuis des siècles.

— Mais pas en tant que petite amie de votre père. Alice, crois-moi, si j'avais eu le choix, j'aurais fait en sorte que les choses se passent en douceur. Les ados ont besoin de temps pour s'adapter. On ne peut pas débarquer du jour au lendemain, comme si on allait remplacer leur mère, alors que…

— Oh, Eve, dit Alice en se levant d'un bond. Je sais bien que tu ne cherches pas à la remplacer ! Pour moi c'est clair. Tu es là pour… pour nous aider. »

Et elle serre Eve dans ses bras.

« Merci, répond Eve en reniflant discrètement. C'est très gentil de ta part. Parfois, j'ai l'impression que je m'y prends mal. Je n'aurais jamais imaginé me retrouver un jour dans cette situation. Et je suis tellement désolée pour ce qui arrive à ta mère. J'aurais préféré que la police reste en dehors de tout ça... Seulement voilà, tout a été filmé par les caméras de surveillance. Et, bien sûr, ils ont ressorti son casier judiciaire, alors... »

Eve hausse les épaules comme si elle n'avait rien pu faire pour éviter cela.

Alice baisse la tête.

On dirait qu'elle est fâchée. Soudain Eve s'inquiète. Aurait-elle poussé le bouchon un peu trop loin ? Elle voulait juste mettre Alice de son côté et, connaissant son caractère influençable, elle pensait que ce serait facile. À présent, elle n'en est plus tellement sûre. Aurait-elle choisi la mauvaise tactique en chargeant sa mère devant elle ?

Mais Alice reprend la parole.

« Tu crois que maman nous racontera ce qui s'est passé quand elle était jeune ? »

Eve lui sourit gentiment, lui prend les mains, les serre entre les siennes et dit : « J'en suis certaine, Alice. Mais il faut lui laisser le temps. Personnellement, je ne connais pas tous les détails, mais si je les connaissais, je ne dirais rien. Ce n'est pas à moi de le faire. C'est votre maman qui doit vous en parler. »

Alice acquiesce d'un air grave.

« Elle le fera, poursuit Eve. Quand le moment sera venu. En attendant, j'espère juste qu'elle prendra soin d'elle.

— Qu'est-ce que tu veux dire ?

— J'espère qu'elle ne fera pas de bêtise. Quand nous avons parlé, tout à l'heure, j'ai...

— Tu lui as parlé ?

— Je ne voulais pas te le dire parce que je l'ai trouvée très déprimée.

— Pour quelle raison ? demande Alice. Elle était où ?

— Elle n'a pas voulu me le dire.

— Oh, mon Dieu, s'écrie Alice, affolée. Et si elle était blessée, et si…

— Elle n'était pas blessée, Alice, juste déprimée. Allons, ne t'inquiète pas trop, dit Eve en l'attirant contre elle pour lui caresser les cheveux. Dès qu'elle se sentira mieux, je suis sûre qu'elle donnera de ses nouvelles. »

Le bruit de la porte d'entrée qui claque résonne à travers toute la maison.

« Salut ! hurle Sean. Il y a quelqu'un ?

— On est ici, papa. Dans la cuisine. »

Sean apparaît et jette sur la table la petite monnaie qui traîne au fond de ses poches. Il est un peu débraillé. Le cheveu hirsute. Lui qui était toujours tiré à quatre épingles, il commence à se laisser aller. On aperçoit une ombre sous ses aisselles et le col de sa veste Armani rebique d'un côté.

En le voyant approcher, Eve lui présente le haut de son crâne mais Sean ne se penche pas pour l'embrasser.

« Tout va bien ? » s'inquiète-t-elle.

Sean se détourne et pose un baiser sur les cheveux d'Alice. Il remarque le patch sur son nez et réagit en disant « Tu mets ce truc tous les jours, maintenant ? » sur un ton inhabituellement excédé, pense Eve.

Alice n'y prend pas garde, trop occupée à lui expliquer qu'il ne connaît rien aux problèmes de peau et *a fortiori* des peaux adolescentes soumises à un excès de sébum.

« Tu as parlé à maman ? lui demande-t-elle ensuite.

— Non, pas aujourd'hui.

— Elle ne répond pas au téléphone. »

Eve se dépêche d'intervenir : « J'ai dit à Alice de ne pas s'inquiéter, que Natty a probablement besoin de passer un peu de temps avec elle-même. »

Sean la regarde, interloqué.

« Pourquoi aurait-elle besoin de passer du temps loin de ses filles ? réplique-t-il.

— Je suppose… je voulais dire que…

— C'est leur mère », assène-t-il.

Eve écarquille les yeux. Sean ne lui a jamais parlé sur ce ton. Ce n'est pas bon signe. Elle lui demande à mi-voix : « Sean, il y a un problème ? »

Elle le voit redresser les épaules comme pour tenter de relâcher la tension.

Il secoue la tête.

« Dure journée à l'hôtel.

Je peux faire quelque chose ? »

Il ouvre la bouche mais se ravise aussitôt.

« Chérie, dit-il en se tournant vers Alice, ça t'ennuierait de nous laisser seuls une minute, Eve et moi ?

— Pourquoi ?

— Nous avons des choses à nous dire. »

Alice soupire pour bien montrer qu'elle n'apprécie pas.

« OK, dit-elle en passant sur son épaule la bandoulière de son sac de cours. OK, j'y vais. »

Sean attend qu'elle soit hors de portée de voix pour commencer.

« Il y a des problèmes à l'hôtel. Je suis désolé d'être de mauvaise humeur.

— Quel genre de problèmes ?

— Des bricoles. Rien de grave. Mais à la longue, tout s'accumule et c'est comme si…

— Comme si quoi ? »

Il détourne le regard.

« C'était Natty qui s'occupait de ces petites merdes, tu sais ? Maintenant qu'elle est partie, on dirait que cet hôtel prend l'eau de partout.

— Oh non, c'est impossible, Sean, s'exclame Eve. Personne n'est irremplaçable. Pas même Natty.

— C'est ce que je n'arrête pas de me dire, répond-il avec un sourire contrit. Et puisque nous parlons à cœur ouvert… J'aurais dû aborder le sujet hier soir, je sais, mais voilà, je suis sincèrement désolé pour ce qu'elle t'a fait…

— Sean, tu t'es déjà excusé, et je t'ai répondu que tu n'y étais pour rien.

— Non, je voulais dire que même si je lui ai trouvé un avocat, ça ne signifie pas pour autant que je lui pardonne ses actes. » Il fait une pause, cherche les mots exacts. « J'avais besoin de le faire, tu comprends ? Pour l'aider à sortir de la galère où elle s'est fourrée. Pour son bien et celui des filles aussi.

— Tu n'as pas à te justifier. Tu ne serais pas l'homme que j'aime si tu ne te sentais pas redevable envers elle. »

Il hoche la tête, s'approche d'Eve, pose la main sur son bras. « Enfin bref, pour revenir à ces problèmes à l'hôtel, j'avais envisagé d'embaucher un deuxième directeur… à moins que tu n'aies envie de t'impliquer davantage ? Car je doute de pouvoir y arriver seul. Cela supposerait que nous…

— Oh non, s'écrie Eve avec un rire gêné. Ce n'est pas vraiment mon truc. »

Sean lève les mains devant lui. « Non, dit-il. Non, tu as raison. C'était juste une idée, et il se dirige vers le frigo. Demain, je mettrai une annonce. Avec une personne supplémentaire, je devrais pouvoir m'en sortir. Bon sang, j'ai même eu un coup de fil de la banque aujourd'hui. Ils m'ont cuisiné à propos de cartes de crédit qui auraient été annulées. Je ne vois pas ce qui leur prend. Comme si j'avais le temps de m'occuper de ces broutilles alors que l'hôtel tourne à plein régime. Nous avons quatre-vingts couverts ce soir… et en plus, Tony Iommi a prévu de rester. »

À la mention des cartes de crédit, un tic nerveux agite la paupière gauche d'Eve.

Sean sort une Budweiser, la décapsule et boit une gorgée au goulot. « Je vais devoir y retourner en fin de soirée pour prendre un verre ou deux avec lui, dit-il. M'assurer qu'il est content.

— Pas de problème, dit Eve, soulagée de constater que Sean a retrouvé sa bonne humeur. De toute façon, j'ai dit aux filles que nous sortions dîner tous ensemble. Tu n'auras qu'à nous déposer à la maison et retourner à l'hôtel ensuite. Qui est Tony Iommi ? Un critique gastronomique ? »

Sean s'étrangle presque en avalant sa bière, la mousse grimpe rapidement dans le goulot et se répand sur sa main. Il porte la bouteille au-dessus de l'évier en disant : « Non, c'est un guitariste célèbre. » Il part d'un petit rire et la regarde d'un air moqueur. « Tu ne vois vraiment pas qui c'est ? *Paranoid*[1], ça ne te dit rien ?

— Si, bien sûr », réplique Eve en clignant des yeux. Elle préfère ne pas afficher son ignorance. « J'adore ce groupe… En fait, je les écoutais en boucle autrefois… quand j'étais étudiante. »

Sean grimace un sourire, récupère son portable, dépose un petit baiser sur la joue d'Eve et dit qu'il monte prendre une douche.

1. Deuxième album du groupe de heavy metal britannique Black Sabbath, sorti en 1970. *(N.d.T.)*

30

Cela fait bientôt deux heures que je poireaute dans la rue, devant le bungalow de Sharon Boydell. Je suis sur le point d'abandonner quand je la vois arriver.

Elle fait marche arrière dans l'étroite allée et commence à sortir ses courses du coffre de sa Nissan Micra. En m'approchant, je l'entends tousser. Une toux grasse et catarrheuse qui s'achève dans un raclement de gorge. Une fumeuse.

Je laisse passer un instant car elle est absorbée dans sa tâche et je m'en voudrais de la faire sursauter. Elle sort d'un sac des biscuits au chocolat qu'elle transfère dans un autre sans s'apercevoir de ma présence. Elle fait des gestes rapides, brusques, un vrai paquet de nerfs. C'est le genre de femme qui ne prend jamais un gramme quoi qu'elle mange.

Tout à coup, elle me repère du coin de l'œil, se tourne et, dès que je vois son visage de face, je n'ai plus aucun doute : c'est bien la mère d'Eve. Cette femme est son portrait craché, avec trente ans de plus. Trente ans de galère.

Si vous la croisiez dans la rue, vous penseriez sans doute qu'elle en a bavé et probablement trop picolé étant jeune. La peau de son visage, exagérément tendue, rappelle celle d'une momie. Le regard noir qu'elle me jette signifie clairement que ma présence l'indispose. J'espère un instant qu'elle est plus déroutée que furieuse mais ses yeux fixes, largement écarquillés – «Bon, alors ? Vous me voulez quoi ? » – m'enlèvent toute illusion.

« Euuh, désolée de vous déranger, mais...

— Ça m'intéresse pas, me lance-t-elle avant de replonger dans son coffre.

— Je n'ai rien à vendre. »

Elle se fiche éperdument de mes explications.

« Chuis chez British Gas, reprend-elle sans même lever les yeux, cette bande de voleurs... J'ai des fenêtres en UPVC, autant dire que j'ai pas besoin de double vitrage. Et si c'est le bon Dieu que vous voulez me fourguer, c'est déjà fait, je suis catholique. Vous voyez, ma p'tite dame, j'ai rien à faire de votre camelote.

— Je n'ai rien à vendre, redis-je, un peu froissée qu'on me prenne pour une démarcheuse à domicile.

— C'est ce qu'ils disent tous, réplique-t-elle avec une œillade ironique à mon endroit. Et puis tout de suite après, ils vous balancent une question débile du genre : "Pensez-vous que vous avez le meilleur abonnement de téléphonie mobile, rapport qualité-prix ?" J'en ai ras la casquette qu'on vienne frapper à ma porte. Alors, si ça vous ennuie pas... » Elle m'indique la route d'un signe de tête que je traduis par : « Dégage avant que je me fâche pour de bon. »

« Madame Boydell, dis-je très prudemment, je suis venue vous parler d'Eve. »

Aussitôt elle se fige, déglutit, s'apprête à répliquer vertement mais, à la dernière seconde, change d'avis.

« Elle est morte ? demande-t-elle.

— Non.

— Blessée ? »

Je secoue la tête.

« Non. »

Elle reprend son expression farouche, m'observe entre ses paupières.

« Elle vous a envoyée ici parce qu'elle vous doit de l'argent ?

— Non, rien de tout cela. Écoutez, dis-je en passant d'un pied sur l'autre. Y a-t-il un endroit où nous pourrions discuter ?

— Quoi que cette fille ait derrière la tête, j'ai rien à voir avec. Rien du tout, vous pigez ? »

Elle me tourne le dos et fait semblant de chercher quelque chose au fond de son coffre.

Je reviens à la charge.

« Je vous en prie, j'ai vraiment besoin de votre aide. Laissez-moi entrer. Si au bout de deux minutes vous en avez assez, je m'en irai. Je vous le promets.

— Pas question. Si vous avez un truc à dire, dites-le ici. Si je vous fais entrer, vous allez déranger mon garçon. On a assez de problèmes comme ça…

— Votre garçon ? » dis-je en tournant la tête pour regarder la maison derrière moi. J'étais pourtant sûre qu'il n'y avait personne. Cela fait des heures que je suis là et rien n'a bougé à l'intérieur. « Madame Boydell, j'ai sonné chez vous plusieurs fois sans obtenir la moindre réponse. Je crois qu'il n'y a personne.

— Il doit être occupé », répond-elle sans me regarder.

Je reste sans voix. Pourquoi une telle hargne ?

Sharon Boydell ferme son coffre, se penche et attrape un sac dans chaque main. Je suis à cours d'idées.

Je prends mon ton le plus cordial pour dire :

« Vous devriez coller un panneau sur votre fenêtre.

— Je devrais faire quoi ?

— Si vous ne voulez pas être dérangée, collez un panneau marqué "Prière de ne pas sonner. Ici, on travaille de nuit". C'est ce que j'ai fait à une époque et ça a tout de suite fonctionné. »

Elle penche la tête comme si elle pesait le pour et le contre.

« Je suivrai peut-être votre conseil. »

La voyant baisser la garde, je m'empare d'un sac resté par terre.

« Posez ça, ordonne-t-elle.

— Non. »

Elle soupire, lève les yeux au ciel.

« Qu'est-ce que vous comptez faire ? Rester plantée là toute la journée ?

— S'il le faut », fais-je d'une voix tremblante. Je prends mon air le plus autoritaire mais elle n'est aucunement impressionnée. Cette brindille de femme possède un sacré caractère.

Puis elle finit par céder.

« Bon, d'accord, d'accord. Attrapez donc ça, et elle me colle deux autres sacs devant les pieds. Rendez-vous utile au moins », ajoute-t-elle avant d'entrer chez elle d'un pas fier.

Sharon Boydell a rangé tous les produits allant au frigo, fumé deux Lambert & Butler, retiré le couvercle d'une tourte à la viande et aux rognons qu'elle a enfournée avec des pommes de terre McCain Smiles. Et une fois qu'elle a terminé, elle semble enfin prête à parler.

Je n'ai toujours pas vu son fils mais je pense qu'il existe bel et bien, tout compte fait. À cause des pommes de terre rigolotes. Pourtant, cette maison n'est pas bien grande : quoi qu'il soit en train de faire, il le fait discrètement. Ce pavillon mitoyen date des années 1930. L'espace est réduit mais les pièces sont bien agencées.

Dans l'étroite kitchenette, Sharon se tient dos à l'évier. Derrière elle est alignée une série de pots contenant des arbres à monnaie à différents stades de croissance. Elle suit mon regard et m'explique : « Je fais des boutures pour des gens. » Puis elle hausse les épaules. Pourquoi se fatigue-t-elle à me raconter ça ?

On dirait que Sharon Boydell n'a pas beaucoup d'argent à consacrer à la décoration de son intérieur – le bois marron de ses placards de cuisine est plein de nœuds, ébréché sur le bord, et je suis prête à parier que sa boîte à thé a le même âge que moi.

« Alors, qu'est-ce qu'elle a fichu ? demande-t-elle après les banalités d'usage. Elle a encore fait des siennes, ma fille ?

— Elle a pris mon mari. »

Sharon ne semble guère surprise.

« C'est dans ses habitudes. Vous n'êtes pas la première et certainement pas la dernière.

— Ah bon ?

— Elle est comme ça. Elle met le grappin sur un type, lui pique son fric et passe au suivant. Il paraît qu'elle se fait passer pour une psy. Le truc qui me dépasse, c'est qu'il y ait des gens assez bêtes pour aller la consulter.

— Vous dites cela comme si c'était de notoriété publique, comme si tout le monde connaissait ses méthodes. »

Sharon lève les sourcils.

« *C'est* de notoriété publique.

— Moi je n'en savais rien, et pourtant c'était une amie. Quand je l'ai connue, j'avais 18 ans. Pour autant que je sache, elle filait le parfait amour avec Brett depuis…

— Brett ? Qui c'est ?

— Brett Dalladay. Son mari.

— Jamais entendu parler.

— Le nom de mariage de votre fille est Dalladay. Elle s'appelle comme ça depuis – je prends le temps de compter dans ma tête – eh bien, depuis sept ans environ.

— Avec Eve, la seule chose dont on peut être sûr, c'est qu'elle ment comme elle respire. »

Sharon attrape son paquet de cigarettes, en sort une, se met à secouer son briquet et tente de faire jaillir une flamme. Manifestement, il est vide. Elle finit par renoncer, va allumer sa clope au grille-pain en disant : « Putain, j'ai oublié d'en racheter un. » Je me demande pourquoi elle ne se sert pas des brûleurs à gaz de sa cuisinière, quand je m'aperçois qu'elle a des plaques électriques.

La conversation s'interrompt une vingtaine de secondes, le temps que Sharon tire deux ou trois bouffées, emplissant la cuisine de fumée, laquelle s'ajoute à l'odeur douceâtre de papier brûlé émanant du grille-pain. Un mélange plutôt curieux et légèrement écœurant.

« Eve est capable de tout pour arriver à ses fins, reprend Sharon. Et quand je dis tout, c'est tout. Elle n'a pas de sentiments, elle ne connaît ni le remords ni la pitié. » Je n'ai plus besoin d'insister, les paroles se déversent de sa bouche comme si j'avais ouvert un robinet. « Si un jour vous l'entendez exprimer des regrets, c'est parce qu'elle se croira prise au piège, à court de mensonges. Alors elle fera mine d'être désolée. Mais ça ne dure pas bien longtemps. »

Sharon secoue la tête.

Je voudrais qu'elle m'en dise davantage sur les anomalies que j'ai découvertes dans le cursus universitaire et professionnel de sa fille. Je veux savoir si elle a effectivement poursuivi ses études à Salford après avoir été renvoyée de Manchester. Je veux savoir ce qu'elle faisait aux États-Unis. J'ai tellement de mal à démêler le vrai du faux. Mais d'un geste de la main, Sharon m'intime le silence. Elle réfléchit.

« Mariée pendant sept ans, vous dites ?

— Oui. Et ils ont vécu ensemble en Amérique durant ces sept ans. Pour autant que je sache.

— C'est pas impossible, dit-elle enfin. Puisque ça fait environ sept ans que je ne l'ai pas vue.

— Elle fait des allers-retours entre ici et les USA depuis qu'elle est en âge de voyager seule. Elle m'a dit qu'elle s'était installée là-bas parce qu'elle ne s'entendait pas avec la nouvelle épouse de son père… et que vous étiez morte. »

Sharon ne montre toujours aucun signe d'étonnement.

« Eve n'a jamais connu son père. »

J'acquiesce d'un hochement de tête mais je m'abstiens de préciser que j'en ai déjà parlé avec la grand-mère d'Eve. Sharon m'apparaît comme une femme lunatique ; inutile de la contrarier. Elle pourrait se fâcher en apprenant que sa mère a laissé entrer une inconnue chez elle.

« La dernière fois qu'elle est partie, on a essayé de la retrouver, poursuit-elle, mais ça n'a rien donné. Comme si elle avait été effacée de la carte, qu'elle avait jamais existé.

— Comment est-ce possible ?

— Aucune idée. Je vois vraiment pas comment une personne peut disparaître sans laisser de traces.

— Ça a dû être horrible, j'imagine. Vous avez dû croire qu'elle était… morte ? »

Sharon se tourne, fait tomber sa cendre dans l'évier et nettoie avec un jet d'eau froide.

« Pour être sincère, sa mort ne m'aurait pas dérangée, mais j'avais besoin de lui donner quelque chose. »

Et elle détourne le regard, soudain évasive.

J'attends qu'elle continue, tout en me gardant de remplir le blanc par des bavardages. Je ne veux pas qu'elle change de sujet.

« J'avais besoin de lui dire un truc important, ajoute-t-elle. Mais bon, ça n'a rien donné. Pourtant, j'ai essayé les services sociaux, la police et tout. Un an plus tard, comme on n'avait toujours rien, j'ai demandé à mon amie qui bosse à l'hôpital de regarder son dossier médical. Mais ça n'a… »

Sharon se tait.

« J'en ai trop dit », murmure-t-elle.

Elle met les mains devant sa bouche comme pour tenter de rattraper une gaffe.

« Ne vous inquiétez pas, lui dis-je. Je ne le répéterai pas.

— J'ai promis à Anne d'en parler à personne. Bon sang. » Elle s'en veut de son étourderie. « Elle pourrait se faire virer pour ça… Avec tout ce qu'elle a fait pour moi, il pourrait même lui arriver encore pire que ça.

— Sharon, dis-je avec fermeté. Je serai muette. Vous avez ma parole. Qu'est-ce qu'Anne a découvert ?

— Rien.

— Il n'y a rien dans son dossier médical depuis sa disparition ? »

Sharon part d'un éclat de rire sarcastique.

« Et rien non plus avant. Pas la moindre information sur elle.

— Mais c'est totalement impossible !

— Comme si elle avait jamais existé, insiste Sharon. On n'a même pas retrouvé le dossier de son opération, quand elle était bébé, et rien sur…

— Ah oui, dis-je en me rappelant. L'anévrisme qu'elle avait à la tête. C'est pour cela qu'elle a dû redoubler sa première année de fac.

— C'est ce qu'elle vous a raconté ? »

Je hoche la tête.

« Oui, elle avait une infection et…

— On lui a mis une pince dans le cerveau quand elle était bébé, ça, oui, dit Sharon en refaisant tomber sa cendre. Mais il y a pas eu de complications. C'est pas pour ça qu'elle a raté son année de fac. Comme je disais, tout – absolument tout – ce qui sort de sa bouche n'est qu'un tissu de mensonges. Elle raconte tellement de bobards qu'elle ne doit même pas se rappeler que… » Elle s'interrompt. « Rien. »

Je vois bien que Sharon s'interdit d'aller trop loin dans ses révélations et j'évite d'insister, de peur qu'elle se referme comme une huître.

« Pourquoi est-elle devenue comme ça ? » dis-je pour l'encourager.

Sharon se redresse comme si elle se sentait attaquée.

« Vous insinuez que j'ai été une mauvaise mère ? Que je l'ai négligée ? Que je me suis pas assez occupée d'elle ?

— Non, m'écrié-je, horrifiée à l'idée qu'elle se méprenne. Non, ce n'est pas ça que je voulais dire. Pas du tout.

— C'est bon, allez. Moi-même je me suis posé cette question des milliers de fois. Qu'est-ce que j'ai pu faire de mal ? Pourquoi a-t-elle tourné ainsi ? J'ai même demandé à mon généraliste ce qui n'allait pas chez elle, et il m'a conseillé de lire des trucs sur le narcissisme. J'ai cru qu'il plaisantait. » Elle rit à cette évocation. « Avant on disait que le narcissisme chez les femmes venait d'une mauvaise éducation, d'un manque d'affection. En fait, c'est rien que des conneries vu qu'aujourd'hui les savants disent exactement l'inverse.

— C'est-à-dire ?

— Que les petites filles qui ont ce problème, c'est qu'elles ont été trop gâtées par leurs parents, on leur a trop répété qu'elles étaient uniques, formidables. Il paraît que ça prend des proportions énormes, en Amérique. Bref, je suppose que c'est ce qui est arrivé à Eve. Après ses opérations… n'oubliez pas, c'étaient des opérations du cerveau… eh bien, après ça, moi et ma mère on l'a pourrie gâtée.

— Ah oui ?

— Je sais. Ça paraît incroyable qu'un gosse devienne cinglé juste parce qu'on l'a trop aimé. C'est pas juste, vous ne trouvez pas ?

— Eh bien… »

Soudain, je songe à mes propres filles. Et si elles aussi… si elles me tournaient le dos sans raison, un jour ? Si elles ne voulaient plus entendre parler de moi, après tout ce que j'ai fait pour elles ?

« Il a fallu que je m'endurcisse vis-à-vis d'elle, explique Sharon avec un rictus douloureux. Ça n'a pas été facile. Mais le fait est que je n'avais pas le choix. » Elle tire une dernière fois sur sa cigarette avant de l'écraser dans l'évier. « Je n'avais pas le choix, redit-elle comme si elle se parlait à elle-même, comme si elle récitait un mantra pour ne pas sombrer dans la folie. Il y avait Danny.

— Danny ?

— Le frère d'Eve. »

J'acquiesce mais j'ai du mal à suivre. En même temps, je remarque que Sharon a brusquement changé de comportement. Son attitude défensive, presque guerrière, a laissé place à une curieuse vulnérabilité.

Elle se concentre, rassemble ses mots.

« Danny a besoin d'une grande attention. Il… il a des petits problèmes. Paralysie cérébrale, précise-t-elle à mi-voix comme si elle craignait qu'il n'entende. C'est bénin mais, vous comprenez, il a besoin de moi. Enfin voilà, les choses sont ainsi. »

Je voudrais lui dire quelque chose de gentil mais elle ne m'en laisse pas le temps : « C'est la vie. À chacun son lot. » Elle esquisse un sourire courageux. « Ne croyez pas que je me plaigne. Seigneur, non. J'ai besoin de Danny autant qu'il a besoin de moi… C'est juste que, eh bien, vous demandiez pourquoi j'ai cessé de m'occuper d'Eve et…

— Je n'ai jamais dit une chose pareille.

— Non, vous ne l'avez pas dit. Mais moi si. Je lui ai tourné le dos. Il le fallait parce qu'avec tout ce qu'elle nous a fait endurer il est arrivé un moment où j'ai plus eu la force de continuer à l'aimer. C'était trop dur pour Danny. Me voir déprimée le déprimait. Alors…

— C'est tout à fait compréhensible », dis-je.

Comme par hasard, au même instant, nous entendons une porte se fermer et, peu après, le bruit d'une chasse d'eau. Sharon se retourne, retire consciencieusement le couvercle d'une conserve de haricots cuisinés, va chercher la sauce barbecue et le ketchup dans le placard.

Sharon se penche vers moi.

« Ne dites pas que vous êtes venue discuter d'Eve, m'avertit-elle, et je la rassure d'un signe de tête. Elle lui manque. S'il entend son nom, il va parler d'elle toute la nuit. »

Un instant plus tard, une immense silhouette se profile sur le seuil. Danny dépasse largement le mètre quatre-vingts. On dirait un gros nounours affublé d'un polo des Bolton Wanderers. Il présente tous les symptômes de la paraplégie spastique : son pied gauche est tourné vers l'intérieur, presque à angle droit, et il tient serré contre lui son bras droit plié au niveau du coude.

« Maman ? dit-il. À quelle heure on mange ?

— Tu as fini les journaux de Josh ? demande-t-elle avec brusquerie.

— Ouais, j'ai fini. »

Sharon ne fait pas les présentations. Un peu embarrassée, je lui souris, lui dis mon nom et j'ajoute que je suis passée papoter un peu avec sa mère.

« Ton repas sera prêt dans cinq minutes », annonce Sharon. Danny repart en traînant les pieds. Quand il est loin, elle m'explique que Danny glisse des suppléments et des prospectus dans le *Bolton Evening News* pour donner un coup de main au fils des voisins qui distribue les journaux. Danny adore ce boulot répétitif.

« Ça le fait tenir tranquille quelques heures par jour, murmure-t-elle tandis que le son de la télévision retentit dans le salon. Je vous proposerais bien de rester, dit-elle en mettant le couvert, mais cette tourte n'est pas bien grosse. Et Dan a un appétit d'ogre. Il a beau manger, manger, il a toujours faim.

— Pas de souci. Je ne vous dérangerai pas davantage. Il faut que je reprenne la route pour retrouver mes enfants. Merci d'avoir été si franche avec moi. Maintenant, je comprends un peu mieux ce qui s'est passé. Puis-je vous poser une dernière question ?

— Allez-y.

— Eve était-elle violente ? Je ne l'ai jamais constaté par moi-même mais je la crois capable de tout, même du pire.

— Oui, elle était violente. Enfant, elle piquait des crises de rage, elle était incapable de se contrôler. Comme font tous les gosses capricieux, elle se mettait à pigner dès qu'on la contrariait. Le problème, c'est qu'elle est restée la même en grandissant. Elle a juste changé sa manière d'exprimer sa colère. »

Je prends quelques secondes pour digérer ses paroles.

« Je me demande, pourtant…

— Oui ?

— J'aimerais savoir ce qui s'est produit il y a sept ans pour qu'elle éprouve le besoin de disparaître.

Elle n'a pas fait cela pour prendre un nouveau départ. Pas seulement. Elle devait fuir quelque chose. Je me suis souvent demandé quoi. »

Sharon prend un air résigné.

« Vous disiez que vous avez des enfants ? Garçons ou filles ?

— Deux filles. 16 et 14 ans.

— Ah oui ? Et elles sont faciles à vivre ?

— Ça dépend des moments. Actuellement, j'ai le sentiment qu'elles préfèrent la compagnie d'Eve à la mienne, parce que…

— Eve ?

— Oui. »

Sharon esquisse un geste de recul. Un léger trouble passe sur son visage tandis qu'elle attend la suite.

Je bredouille « Il y a eu un malentendu… un accident », sans me décider à lui avouer qu'on m'a récemment arrêtée pour coups et blessures. Je ne veux pas que Sharon pense du mal de moi alors même que je viens de critiquer le comportement violent de sa fille. « J'ai eu un accident, et pour cette raison, mon mari et Eve doivent prendre soin de mes filles pendant quelque temps.

— Elle ne doit pas apprécier, réplique Sharon. Eve supporte pas les gosses. »

Je me rembrunis.

« Eh bien, peut-être a-t-elle changé d'avis parce qu'elle tente d'avoir un bébé. Elle veut des enfants mais son mari refuse. C'est pour ça qu'ils ont rompu. Dans d'autres circonstances, je la plaindrais. »

Sharon me regarde en penchant la tête. Quelque chose la chiffonne. « Mais… Eve s'est fait stériliser. »

Je secoue la tête.

« Non, c'est impossible.

— Ça remonte à loin, murmure Sharon.

— Quand ? Vous êtes sûre ?

— Évidemment que j'en suis sûre. J'étais avec elle. Elle avait 19 ans.

— Dieu du ciel ! m'écrié-je tant je suis stupéfaite. Mais quelle idée de se faire stériliser à un âge aussi précoce ? C'est quelque chose de définitif. Comment une femme peut-elle décider qu'elle ne voudra jamais d'enfant ? En plus, je suis sûre que l'hôpital public refuse de pratiquer ce genre d'intervention sur les jeunes filles. Il existe forcément un protocole pour... »

Sharon me regarde au fond des yeux.

« Elle leur a dit qu'elle se suiciderait s'ils l'opéraient pas. Donc ils avaient pas vraiment le choix.

— C'est pas vrai ! »

Mon esprit se remet à tourner à cent à l'heure. Je pense tout haut. « Peut-être, mais elle était très jeune. Je veux dire, il doit bien y avoir un suivi psychologique pour ce genre d'opération, non ? On aurait pu lui proposer la pose d'un stérilet ! Ç'aurait été plus judicieux. Il existe des tas de solutions... alors que ça, c'est irréversible...

— Arrêtez ! » hurle Sharon.

Je me tais et reste à la dévisager en silence.

Elle est pâle comme un linge. Je réalise que, sans le vouloir, j'ai touché un point particulièrement douloureux.

« Pardonnez-moi, dis-je. Je ne voulais pas vous contrarier, je ne voulais pas... me mêler de ce qui ne me regarde pas.

— Eve tenait absolument à se faire stériliser, déclare Sharon, le regard vide. Si elle a tellement insisté, c'est qu'elle ne supportait pas l'idée d'avoir un autre enfant.

— Un autre enfant ? »

Sharon garde les yeux rivés sur le sol.

« Eve ne voulait pas risquer d'avoir un autre enfant comme Danny. »

31

Quand je sors de chez Mme Boydell, je ne suis plus la même qu'en entrant. Je suis arrivée persuadée que Sharon Boydell détenait des informations susceptibles de m'aider à démasquer Eve. Et je n'ai pas été déçue, loin de là. Le problème, c'est que je ne peux pas les utiliser.

Danny ignore qu'Eve est sa mère. Et Sharon m'a prévenue que si j'ouvrais la bouche – que ce soit maintenant ou dans dix ans – elle me retrouverait et m'arracherait la tête. (Ce sont ses paroles exactes, et je n'ai aucune raison de ne pas la croire.)

Elle m'a dit qu'elle s'était donné un mal de chien pour que Danny ait droit au bonheur qu'il méritait. Depuis qu'il est né, il endure les moqueries, les mauvais traitements des gosses de son âge. Il a subi de nombreuses opérations douloureuses, destinées à réduire son hémiplégie. Si elle a tenté de retrouver Eve, voilà sept ans, c'est que Danny avait attrapé une pneumonie après une intervention chirurgicale et qu'elle craignait le pire. Plus tard, quand elle a compris qu'Eve avait tout fait pour effacer ses traces,

Sharon a décidé de tirer un trait sur sa fille et de continuer à vivre sans elle.

Je roule en direction du nord sur la voie centrale de la M61. Tout en conduisant, je me demande si Eve et moi n'aurions pas quelques points communs, finalement. Moi aussi, j'ai vécu dans le mensonge pour tenter de me défaire d'un passé encombrant. L'expression « vivre dans le mensonge » est une manière polie d'évoquer la tonne de conneries qu'on est capable d'inventer pour dissimuler ses erreurs. Et maintenant, mes mensonges me rattrapent. C'est bien fait pour moi, je paie tout le mal que j'ai fait à Sean quand nous étions jeunes et que j'ai perdu la tête pour ce petit snobinard.

Sean s'est adapté tout naturellement à son rôle de père. Il est devenu le meilleur père du monde. Il a compromis son avenir professionnel pour élever un enfant qui n'était pas le sien.

Et comment l'ai-je remercié ?

En devenant foldingue, obnubilée par le besoin d'avancer, de me bâtir une vie ayant toutes les apparences de la réussite personnelle et professionnelle. Et en ignorant résolument les désirs qu'il pouvait avoir.

Maintenant je comprends que la chose importante, la seule chose importante, c'était Sean et moi. Nous formions un couple profondément uni, assez solide pour tout supporter. Mais il faut prendre soin de son mariage, sinon il se fendille et, quand il menace de s'écrouler, il y a toujours une femme dans les parages. Une femme cynique qui attend son heure pour fondre sur votre foyer et voler tout ce qui vous appartient.

La circulation ralentit au sud de Preston. J'arrive près du tronçon éternellement encombré où l'autoroute rejoint la M6. La lueur des feux stop rougit le ciel devant moi. Et si je n'appuyais pas sur la pédale de frein ? Si je laissais la camionnette continuer sur son élan, percuter la file des véhicules à l'arrêt ?

Le sentiment de vide mortel qui me ronge en ce moment pourrait très bien déboucher sur un tel geste. Je n'y ai jamais pensé auparavant mais la conduite sur autoroute est une activité à haut risque. Elle suppose une certaine dose de confiance entre automobilistes. Mais qui nous dit qu'ils sont toujours sains d'esprit, qu'ils n'ont pas de tendances suicidaires ? À la seconde où je parle, si je le décidais, je pourrais non seulement me tuer mais probablement causer la mort de trente personnes.

Je frissonne à cette idée et je déplace mon pied vers la pédale de frein. Puis je rétrograde. L'embrayage est si raide que mon nerf sciatique m'envoie une décharge jusque dans la fesse gauche.

La camionnette ralentit, s'arrête. Je suis cernée de toutes parts mais je me sens plus seule que jamais.

Je sors mon téléphone.

Eve promène son regard dans la pizzeria.

Un observateur extérieur croirait voir une famille parfaitement normale ; deux parents, deux enfants – des gens heureux, sans histoires – partageant un repas.

Il y a un monde fou et, comme si le brouhaha propre à ce type d'établissement ne suffisait pas, une enceinte juchée au-dessus de la porte balance du Dean Martin – « Volare » – à fond la caisse, et le patron transmet les commandes à ses employés de cuisine sur un ton inutilement proche du hurlement. Il navigue entre les tables, drague éhontément les dames d'âge mûr qui baissent le nez en feignant de ne pas apprécier l'attention qu'il leur porte.

On pourrait être dans n'importe quelle pizzeria de par le monde, songe Eve en tripotant la nappe à carreaux rouges et blancs. Elle observe le visage ravi des enfants au moment où arrivent des coupes de glace à la vanille surmontées d'un cierge magique, cette petite touche de lumière qui transforme un banal dessert en présent de conte de fées.

Eve reporte son attention sur les filles. Comme d'habitude, Alice babille. Elle porte une tenue absolument ridicule – une robe bleu roi au crochet, sur un legging à rayures roses – et s'est fabriqué une coiffure assortie : un genre de choucroute avec au sommet des mèches auburn piquées de minuscules papillons argentés. Eve ne trouve aucun mot pour qualifier cette horreur.

Felicity a choisi un jean taille basse (à cause de sa cicatrice d'appendicite) et des baskets. Quand Eve lui a demandé de s'habiller un peu mieux, elle l'a envoyée se faire foutre. Mais si discrètement que personne d'autre n'a entendu. À cette modeste rebuffade, Eve a répliqué par un sourire mauvais, assez efficace pour que la gamine lui présente vite ses excuses. À contrecœur, naturellement. Depuis, Felicity n'a plus rouvert la bouche.

Soudain lassée de jouer la comédie du bonheur familial, Eve s'évade dans ses pensées. Elle se demande combien de temps elle va devoir supporter cette mascarade. Elle a hâte de passer à autre chose.

Une musique retentit. Un air inconnu, métallique. L'espace d'une seconde, son cœur s'emballe. C'est sûrement l'anniversaire d'un convive. Eve regarde vers les cuisines, s'attendant à voir surgir un défilé de serveurs et autres marmitons avec maracas, tambourins et sourires composés pour l'occasion.

Voilà ce qu'elle déteste le plus dans les restaurants italiens.

En réalité, la musique vient du portable d'Alice. Eve s'empare de son verre et avale une bonne gorgée de rouge râpeux. Tout à l'heure, Sean a refusé de commander du vin de qualité en prétendant qu'ils étaient tous ordinaires ici, chers ou pas. « Les plats ne rapportent pas suffisamment, a-t-il dit sur un ton sentencieux pendant qu'Eve examinait la carte. Pour s'assurer des revenus corrects, je suis sûr qu'ils font venir une piquette dont personne ne veut en Italie et la facturent cinq fois son prix.

— Si la restauration ne rapporte rien, pourquoi servir des repas à l'hôtel ? lui a demandé Eve.

— Parce qu'il le faut bien. On n'y gagne pas un rond mais on se rattrape avec l'hébergement. Si j'obtenais un permis de construire modificatif, je rajouterais dix chambres. Mais il y a peu d'espoir. En ce moment, ils délivrent les permis au compte-gouttes, à l'intérieur du parc national. »

Eve ayant opté pour du rouge, Sean a commandé un truc inconnu au bataillon. C'est cette bibine qui maintenant lui décape le fond de la gorge. Elle repose son verre et se rabat sur le prosecco tout en regardant Alice téléphoner. La jeune fille penche la tête, fait de grands gestes en parlant pour laisser croire qu'elle répond à un appel de la plus haute importance.

« Tu es sur le chemin du retour ? dit Alice. Tu seras là dans une heure ? »

Immédiatement, Eve se raidit. C'est Natty au bout du fil.

« Maman, je ne t'entends pas très bien, ça coupe… tu n'es pas au volant, hein ? »

Alice lève les yeux au ciel.

« Tu n'es pas censée téléphoner en conduisant, dit-elle à sa mère. Enfin bref, où étais-tu passée ? Je n'ai pas arrêté de t'appeler… pourquoi tu ne répondais pas ? »

Eve fait semblant de s'intéresser aux crevettes tigrées pimentées que Sean a prises en entrée, tout en dressant l'oreille pour espionner la conversation d'Alice. Ce dîner au restaurant n'était peut-être pas une si bonne idée, après tout. Sean est nerveux, il s'inquiète pour l'avenir de l'hôtel et semble encore bourrelé de remords parce que Felicity n'a pas décroché un mot depuis la veille et qu'il croit que son mutisme est lié au fait qu'elle les a surpris au lit dans le plus simple appareil. Mais Eve est bien placée pour savoir que la raison en est tout autre.

Trop occupée à gronder sa mère, Alice, elle, ne remarque rien de tout cela. Elle n'en finit pas de lui reprocher son silence des derniers jours.

Les autres clients commencent à la trouver pénible. Mais en bons Britanniques, ils se contentent de la dévisager en murmurant entre eux. Personne n'osera se lever pour lui demander de baisser le ton.

« Non, dit Alice, on mange dehors… italien… Non, maman, je n'aime plus les champignons à l'ail, c'est Felicity qui en a pris. Moi je préfère la bruschetta à la tomate, tu te rappelles ?... Attends, je leur pose la question. »

Alice couvre le micro avec son pouce et regarde son père.

« Maman voudrait revenir à la maison... elle te demande si tu es d'accord. Je lui dis OK, hein ? »

Ne sachant trop sur quel pied danser, Alice jette un coup d'œil à Eve.

« Ce soir ? réplique Sean.

— Je crois que oui », répond Alice avec une moue parce qu'elle sent que ça pose problème.

Sean tend la main.

« Donne-moi le téléphone. »

Il inspire.

« Natty, ce soir ce n'est pas jouable, dit-il d'une voix basse. Il faudrait nous prévenir un peu plus tôt. » Et il poursuit en consultant Eve du regard : « Si on disait demain matin ? » Eve acquiesce d'un hochement de tête. « Oui, demain matin, c'est mieux pour nous. Vers onze heures ? Qu'on ait le temps de boucler les valises... Ce soir, je serai coincé à l'hôtel jusqu'à pas d'heure... oui... un pot avec Tony Iommi... Non, je ne serai pas rentré avant minuit. »

Tout en sirotant son prosecco, Eve regarde s'évanouir le sourire d'Alice au moment où elle réalise qu'elle devra encore patienter pour voir sa mère. Le nez dans son assiette, Felicity plante furieusement sa fourchette dans ses champignons à l'ail – attitude que Sean lui a déjà reprochée en disant qu'elle mangeait comme une sauvage.

« Où étais-tu passé ? demande Sean à Natty. À Bolton ? Mais qu'es-tu allée faire à Bolton ? »

Eve laisse tomber son verre qui se fracasse en mille morceaux sur le carrelage de la pizzeria.

La voiture de Jackie la Folle est garée devant chez mon père. Comme c'était la seule place susceptible d'accueillir la camionnette, je continue jusqu'au bout de la rue dans l'intention de laisser le Transit devant la maison d'un vieux monsieur, lequel me regarde faire mon créneau d'un air pas content du tout. Je tâche d'approcher mes roues du trottoir au maximum sans pour autant monter dessus. Quand c'est fait, je coupe le moteur et je lui jette un coup d'œil de ma composition – «Ce bout de trottoir ne vous appartient pas. » Il plisse les yeux et ferme ses rideaux d'un geste dédaigneux. « Pauvre con », marmonné-je en sortant du véhicule.

Je suis crevée. Vannée. La journée a été longue. Je parcours les routes depuis l'aube et il est presque vingt et une heures. À force de rester assise au volant, j'ai l'impression de peser des tonnes, mes jambes sont raides et ankylosées, quant à mon dos, il me fait aussi mal que si j'avais reçu un coup de sabot de mule.

Je redescends la rue. Le bitume sous mes pieds brille d'humidité. Il a dû pleuvoir toute la journée. L'air est encore lourd et moite.

Au-delà de la grand-route, au bout de la rue où je marche, se trouve l'école de mon enfance. Ensuite, c'est le bois de Sheriff Wood. Je vois le sommet des arbres, au loin. Cela me rappelle l'époque où j'avais 8 ou 9 ans. Il faisait bon gambader sous les pins sylvestres à cet âge béni où les soucis et les obligations n'avaient pas lieu d'être.

Arrivée à destination, j'ouvre la barrière et j'aperçois Jackie à travers les vitres. Penchée au-dessus de mon père, elle pose un baiser sur son front. Un moment de tendresse, d'intimité. En les voyant ainsi tous les deux, il me vient à l'idée qu'ils sont peut-être plus proches, plus liés que je ne l'imaginais. On n'embrasse pas sur le front quelqu'un dont on n'est pas amoureux. Je ne peux m'empêcher de sourire devant cette scène touchante. La vie est étrange quand même. Cela fait des années que mon père n'a pas connu d'histoire d'amour et quand enfin il rencontre une femme, sa fille s'installe chez lui.

En ouvrant la porte d'entrée, je crie très fort « Salut ! » et je redresse le paillasson du bout du pied. Il faudra que je passe un bon coup d'aspirateur dans la maison avant de partir, demain.

« On est là », répond mon père.

Au timbre de sa voix, je devine qu'il a beaucoup bu.

« Désolée. Me revoilà. Toi qui te croyais débarrassé de moi… »

Mon père hausse les épaules.

« T'inquiète pas, ma chérie. Je me doutais bien que tu ramènerais la camionnette un jour ou l'autre. Au fait, où étais-tu ? J'ai eu Alice au téléphone, elle te cherchait. »

Il a un verre à la main.

« Qu'est-ce que tu bois ? dis-je pour éviter de répondre.

— Je termine le cognac. Il en reste un fond. Mes genoux m'ont fait souffrir le martyre aujourd'hui. »

Jackie la Folle lui prend son verre.

« Je te ressers ? » lui demande-t-elle.

Jackie est en uniforme, le poignet droit entouré d'un bandage. Elle se tourne vers moi.

« Joanne a dit qu'il y avait des soucis ?

— Elle m'a arrêtée, dis-je en bâillant. Mais j'ai échappé à l'inculpation pour coups et blessures volontaires parce que mon avocate a trouvé une vidéo de surveillance prouvant que les blessures d'Eve ne sont pas de mon fait. Elle avait sa ceinture de sécurité. » Je me laisse tomber sur le canapé. « Qu'est-il arrivé à votre poignet ?

— Je me suis fait une entorse en soulevant un gros connard assis sur ses chiottes. »

Je fais une grimace.

« Vous ne devriez pas travailler si vous êtes blessée. »

Elle se met à rire.

« Pas le choix. Faut bien que je bosse si je veux croûter. »

Mon père et Jackie échangent des regards timides. À les voir ainsi, je dirais qu'elle risque fort d'emménager dans cette maison d'ici peu. « Vous avez l'air crevée, ma petite. Si je vous préparais un bon grog ? »

Je lui souris avec gratitude.

« Oh, ce serait tellement gentil. Merci.

— Prends le rhum de cuisine », dit mon père, mais Jackie n'en a cure. Elle écarte son conseil d'un revers de main et le toise comme pour dire : « Qu'est-ce que tu peux être pingre, des fois ! »

« Et un truc à grignoter, aussi ? me propose-t-elle. Je parie que vous n'avez rien avalé de la journée.

— Non… mais ça ira, j'irai me préparer quelque chose tout à l'heure. Ne restez pas exprès pour moi,

Jackie. Vous devez avoir hâte de rentrer après cette longue journée à vous occuper de tous ces gens.

— Ça m'ennuie pas, dit-elle. De toute façon, j'ai un autre client dans une demi-heure. Je suis à la bourre mais j'ai voulu passer voir si votre père allait bien.

— Vous n'avez pas encore terminé ? »

Où cette femme trouve-t-elle toute cette énergie ?

Elle sourit.

« J'en ai deux à mettre au lit à Windermere et un autre à Crook. L'une des nouvelles recrues a envoyé un SMS pour prévenir qu'elle est malade… Elle tiendra pas le coup longtemps. »

Jackie se dirige vers la cuisine et, un instant plus tard, j'entends le petit *plop* d'une lame perçant un film alimentaire. Je me demande lequel de ses plats Weight Watchers elle compte me servir. J'espère que ce sera le saumon aux brocolis. J'entends sonner le four microondes. La porte de derrière s'ouvre, se referme et Jackie arrive avec un plateau surmonté d'un grog fumant et d'une assiette de poulet tikka masala. Espérant attirer son attention, Morris le chat se frotte contre ses jambes.

« Voilà pour vous, ma chère, dit-elle en posant le plateau. Je n'ai plus qu'à nourrir le chat, Kenneth, dit-elle, et après je pars.

— À quelle heure tu reviens ? demande-t-il.

— Vers onze heures. Peut-être un peu plus tôt. Tu veux vraiment que j'annule Karen ce soir ? »

Mon père hoche la tête.

« Je préfère t'attendre, mon amour. »

Il prononce ces deux derniers mots à voix basse, comme pour tester leur sonorité.

« Je pourrai t'aider à monter l'escalier quand tu voudras te coucher », dis-je. Mais il refuse d'un signe de tête.

« Tu tombes de sommeil. Dans vingt minutes, tu dormiras. Laisse, Jackie s'en chargera. »

Jackie s'en va, nous restons tous les deux assis sans rien dire. C'est agréable. Le silence me fait du bien et, le cognac ayant produit son effet anesthésiant, mon père profite pleinement de cet instant de répit. Mes yeux se ferment d'eux-mêmes. Je lui demande pourquoi il ne fume pas pour soulager ses douleurs, comme il fait d'habitude.

« C'est bien toi qui parlais des vertus analgésiques de la marijuana, et tout et tout ? »

Il me dit qu'il a arrêté.

« Tu as arrêté de fumer du jour au lendemain ? fais-je, éberluée.

— Non… juste les pétards… Jackie apprécie pas trop ça », explique-t-il à mi-voix. Et je me dis : *Mince alors, il est vraiment mordu. Jamais personne n'a réussi à le convaincre d'arrêter.*

Lorsque je me lève pour aller me coucher, il veut savoir ce que je compte faire dans les jours à venir. « Je rentre à la maison demain, dis-je. Ensuite, je prendrai rendez-vous avec un avocat pour le divorce. »

Mon père lève les sourcils.

« Alors la bagarre est terminée ?

— Terminée. »

Il approuve d'un hochement de tête. « Le seul moyen d'en sortir vivant, c'est de marcher droit devant soi, dit-il. Pas la peine de résister ; tu fais bien de baisser les armes. » Il hoche encore la tête, comme s'il souscrivait à sa propre opinion. « Tu es une bonne fille, Natty, murmure-t-il. Une bonne fille. » Je l'embrasse pour lui souhaiter bonne nuit.

Une douche bien chaude et hop, au lit. Je m'endors dans la minute.

Et quand je me réveille, quelqu'un tente de me tuer.

32

J'étouffe, je ne peux plus respirer. J'ouvre grande la bouche et, au même instant, je sens qu'on me pique la peau du visage, du cou. Des coups de couteau.

Je hurle de panique.

Non, pas maintenant, s'il vous plaît. Je ne veux pas mourir comme ça.

Je tends les bras en avant. Je repousse mon agresseur et tout à coup, je ne sais pas pourquoi, mes poumons se gorgent d'air.

Je tousse. Une odeur de rouille, de produits chimiques pénètre dans ma bouche et mes narines. Je ne sais plus où je suis. Je bondis hors du lit, j'allume la lumière.

Là, sur mon oreiller, il y a le chat. D'où cette sensation d'étouffement. Personne ne veut me tuer, tout compte fait. Je me détends. C'est juste que Morris est venu me réveiller.

Maintenant que mon regard s'habitue à la lumière, je me remets à tousser. Au même instant, je vois la fumée s'infiltrer dans ma chambre. Des volutes de brume violette qui se glissent entre la porte et le chambranle. C'est âcre, toxique.

Terrifiée, je garde les yeux rivés sur cette porte. On se croirait dans un mauvais film d'horreur. Mes membres se figent.

Je suis la personne qui regarde le bateau couler sans pouvoir faire un geste, même si l'eau monte vitesse grand V. Je suis littéralement paralysée.

Mes yeux analysent le danger mais mon corps ne répond pas. Ma conscience se ferme, se recroqueville sur elle-même, dans sa coquille.

Je n'ai aucune idée de l'heure. Est-ce déjà le matin ? Où est papa ? Jackie est-elle revenue ?

Je suis perdue et rien en moi ne peut y remédier. Mes sens m'abandonnent. Dans ma tête vacillent des images, comme de vieilles photos décolorées : Alice bébé, Felicity le jour de son mariage, Alice avec un bébé…

J'entends pleurer. Un miaulement triste, pitoyable, étranglé.

Morris.

Immédiatement, je refais surface. Je regarde autour de moi en sachant qu'à la seconde où j'ouvrirai cette porte la fumée s'engouffrera et que le manque d'oxygène me clouera sur place. Je touche la poignée d'un doigt hésitant. Elle n'est pas chaude. Les flammes n'ont pas encore atteint cette partie de la maison.

Seigneur, que dois-je faire ?

Faute d'une meilleure idée, je soulève la vitre, attrape Morris et le pose sur le rebord en criant dans la nuit : « Au secours ! À l'aide ! » Quelque part dans mon cerveau, je note que des fenêtres brillent au-delà du jardin. Tout le monde ne dort pas. Les voisins vont peut-être donner l'alerte.

« Au feu ! » hurlé-je en encourageant Morris à sauter. Il résiste. Je le pousse plus franchement mais il feule, plante ses griffes dans mon bras. Pourtant le toit de la cuisine n'est qu'à un mètre sous la fenêtre. Je l'entends atterrir avec un bruit sourd et aussitôt je passe à autre chose. Il faut que j'appelle les pompiers. Mes yeux balaient l'espace autour de moi. Où est le téléphone ?

Une vieille pub préventive me revient en tête.

« En cas d'incendie, sortez du bâtiment, appelez les secours et restez dehors. »

Je sortirai quand mon père sera sorti. Où ai-je bien pu mettre mon téléphone ?

Je ferme la fenêtre, sachant que si je la laisse ouverte la fumée du palier envahira la chambre en un clin d'œil.

J'attrape le jeté de lit, m'en recouvre comme d'un linceul en ramenant les coins vers mon visage pour protéger mon nez et ma bouche, puis je respire à fond et, enfin, j'ouvre la porte.

La fumée se précipite vers moi, me force à reculer. Elle est si épaisse qu'elle me fait penser à un mur impénétrable, presque solide.

Je mets un pied dans le couloir en essayant de crier assez fort pour que mon père m'entende. Mais je dois battre en retraite tant cette fumée dense, toxique, omniprésente m'aveugle.

Je viens de me rappeler que l'air frais stagne au niveau du sol. Je m'allonge par terre. Je vais chercher mon père.

Mais je n'y arrive pas.

Jamais je ne pourrai le rejoindre. Je me mets à pleurer quand je réalise que je ne sais pas où il est.

Je progresse à plat ventre jusqu'au seuil de sa chambre. J'appelle « Papa ! », mais je suffoque. Mes yeux irrités, noyés de larmes ne me servent à rien. Je ne vois même pas mes mains. Je ne vois rien du tout.

Changeant de direction, je rampe vers l'escalier.

Et c'est alors que j'entends gronder le brasier. Il est là, juste en bas des marches. Faute de la voir, j'en ressens la luminosité. Elle irradie par pulsations, la fumée produisant un effet stroboscopique.

Et la chaleur – la chaleur est insupportable.

Brutalement, il m'apparaît que la maison tout entière est la proie des flammes. Toute cette putain de maison est en train de brûler.

Je ne peux pas passer. Je ne peux pas rejoindre mon père.

L'angoisse me prend à la gorge. Je gémis : « Papa. Papa, réponds-moi ! Où es-tu ? »

Mais personne ne répond.

33

Assise dans un fauteuil devant la fenêtre, je regarde vaguement le lac. Ce matin, l'eau a la couleur de la boue. La forêt dense qui borde la rive opposée se reflète à la surface. Les arbres à feuilles caduques n'ont pas tous revêtu leur parure printanière ; certains sont encore dépouillés. Chez nous, les tout premiers bourgeons ont percé dans le sycomore à la droite du jardin ; on ne les voit que si on est à côté.

Le cycle de la vie végétale et ses différentes étapes sont pour moi un éternel sujet d'émerveillement. Chaque année, je m'étonne de constater que le marronnier d'Inde reste vert jusqu'aux premiers jours de décembre, que les hortensias ne sortent de leur torpeur hivernale qu'à la fin du mois de mai. Je n'arrive pas à m'ôter de l'esprit – peut-être à cause des émissions enfantines, je ne sais pas – que les feuilles tombent en octobre et que la terre renaît en mars. Ici, en tout cas, ça ne marche pas comme ça. À Windermere, la nature suit son propre rythme.

Tous les printemps, les martinets reviennent nicher sous les avant-toits de la maison et, tous les printemps, je harcèle Sean à ce sujet. Mais il n'a jamais pris la peine d'enlever le nid.

Maintenant, je suis bien contente qu'il ne l'ait pas fait. Maintenant je peux passer des heures – des jours entiers – à observer leurs acrobaties. On dirait qu'ils volent juste pour le plaisir.

Mon père est parti.

Il ne s'en est pas sorti. Moi, oui, lui, non.

Je regarde fixement par la fenêtre et c'est comme si le temps s'était arrêté. En cet instant, je ne ressens rien du tout.

Je lève les yeux vers le voile de brume nimbant les pics de Claife Heights, au loin. Quand par endroits il se mélange aux nuages qui flottent au-dessus, on a l'impression de voir deux mondes se rejoindre. Dans peu de temps, ces nuages traverseront le lac d'est en ouest et de petites gouttes de pluie frapperont ma vitre, plongeant ma chambre dans la pénombre.

Il paraît que c'est lui qui a déclenché l'incendie. Il se serait endormi avec une cigarette allumée, laquelle aurait mis le feu à son fauteuil. L'alcool qu'il avait absorbé en attendant le retour de Jackie l'aurait abruti au point qu'il n'aurait rien pu faire.

Il paraît qu'il n'avait aucune chance d'en réchapper. Que les fumées toxiques dégagées par le fauteuil – celui que je lui avais fourni et qui n'était pas ignifugé – l'ont asphyxié en l'espace de quelques secondes. Bien avant qu'il ne... personne n'ose terminer cette phrase.

Ils préfèrent que je le fasse moi-même. Les fumées toxiques dégagées par le rembourrage des coussins auraient tué mon père avant qu'il ne réalise qu'il brûlait. Avant qu'il comprenne qu'il allait mourir calciné. Avant qu'il soit réduit en cendres dans son propre salon.

C'est ce qu'ils m'ont dit, espérant peut-être que cela m'apaiserait un peu. Que cela me consolerait du fait que je n'ai pas pu le rejoindre au rez-de-chaussée. J'entends d'ici les gens du village : « Tu parles d'un couillon. Il s'est soûlé et voilà, il a mis le feu. » Une bêtise aussi énorme n'est pas considérée comme une tragédie. Il aurait pu l'éviter.

J'entends qu'on frappe discrètement à ma porte.

« Je voudrais bien que tu manges quelque chose, Natty », dit Sean.

Je suis assise dos à lui.

« Non, merci. Je n'ai pas faim.

— Tu as pris tes médicaments ? » demande-t-il.

Je hoche la tête sans me retourner.

« Tu devrais y aller, lui dis-je.

— Je vais rester.

— Va-t'en, Sean », dis-je sans changer de position.

Je devine qu'il incline la tête. « Comme tu voudras. » Je perçois son pas léger dans l'escalier. Il redescend.

Je souffre d'une lésion mineure par inhalation – pas bien méchant, ç'aurait pu être pire – mais il est possible que la fumée, particulièrement l'exposition aux émanations du PVC, me prédisposent aux réactions allergiques. De ce fait, je dois prendre des antibiotiques pour éviter de développer plus tard un problème de santé.

Sean vient très souvent « jeter un œil » pour s'assurer que je vais bien. Il a une mine de chien battu.

Il s'en veut tellement à propos de tout qu'on dirait presque que c'est lui qui a donné le fauteuil à mon père. Bien sûr, l'amie qui travaille dans la maison de repos s'est spontanément déclarée responsable. Elle assume tout. C'est elle la méchante. Elle est rongée de remords car elle savait que le fauteuil n'était pas conforme aux réglementations en matière d'hygiène et de sécurité – raison pour laquelle il était rangé dans le garage, en attendant qu'on l'emporte à la décharge.

J'ai tenté de lui dire que mon père aurait probablement succombé, de toute manière, mais elle est trop effondrée pour m'écouter. Et, pour être honnête, je ne suis pas en état de lui remonter le moral. J'ai trop à faire avec mon propre chagrin. Alors je me contente de lui répéter : « Tu n'as rien à te reprocher. » Si elle me croit, tant mieux.

L'enterrement a lieu mardi. J'ai l'impression que je ne pourrai pas le supporter, mais il paraît que c'est une réaction normale. On me parle de phénomène cathartique, on me dit que je vais y arriver, que c'est une étape essentielle pour franchir le cap. Mais je n'ai que faire de ces conseils. Je n'ai pas envie de me sentir mieux. Je veux rester comme je suis. J'adorais mon père. Il est mort. Pourquoi ne pas me laisser avec ma tristesse ?

Je n'ai pas vu Jackie.

J'ai tort, je sais. Elle souffre, elle aussi, je devrais essayer de lui parler, de la réconforter. Ce serait bien de ma part. Mais je ne peux m'y résoudre.

Quand elle est passée à l'hôpital, je l'ai renvoyée. Je refuse de savoir comment elle réagit au décès de mon père. Elle l'a connu dans les derniers jours de son existence. Moi, je le connais depuis toujours. Pourquoi aurait-elle droit à de la compassion ?

Et j'aimerais autant que les personnes bien intentionnées s'abstiennent de me dire que je dois être forte pour mes enfants. J'ai envie de crier merde au monde entier. Qu'on me fiche la paix. Voilà ce dont j'ai besoin.

J'entends des pneus crisser dans l'allée. En temps normal, je me lèverais pour aller voir par la fenêtre qui est ce visiteur. Pas aujourd'hui. Je suis en robe de chambre et je n'ai pas l'intention de bouger d'ici, même s'il reste des dispositions à prendre pour les funérailles.

Un employé des pompes funèbres est passé hier. Sean l'a reçu. Il est venu me demander mon avis sur le style du cercueil, si j'avais des préférences pour les vêtements.

« Les vêtements du croque-mort ? ai-je demandé.

— Ceux de ton père », a gentiment corrigé Sean.

Je l'ai regardé fixement, la bouche ouverte.

« Il a brûlé. Mon père n'est plus qu'un morceau de charbon, et il veut savoir quelle tenue lui mettre ? Il est fou ou quoi ? Trouve quelqu'un d'autre, Sean. Ce type est idiot, c'est évident. Je ne veux pas qu'il s'approche de papa, tu m'entends ? »

Sean s'est esquivé en promettant de résoudre le problème. J'étais dans une telle colère que je lui ai balancé ma tasse de thé. Je l'ai raté mais j'ai fait un trou dans le plâtre du mur et une éclaboussure marron en arc de cercle, que je n'ai pas l'énergie de nettoyer.

Aujourd'hui, je dirai à Sean de ne plus remettre les pieds ici. J'en ai assez de le voir traîner autour de moi en marchant sur des œufs, de peur que j'explose. Il est le seul à essuyer ma rage, les autres, je les épargne. Alors il vaudrait mieux qu'il se retire. Je ne comprends pas ce besoin qu'il a de rester auprès de moi.

« Tu m'as quittée, tu as fait ton choix, lui ai-je dit hier soir. Je ne vois pas pourquoi tu t'obstines à venir.

— Parce qu'en ce moment tu as besoin de soutien, Natty. Même si nous ne sommes plus ensemble, je ne peux pas t'abandonner comme ça, après seize ans de mariage.

— Tu ne peux pas m'abandonner ? Mais c'est déjà fait. Là, tu essaies seulement de soulager ta conscience. Va retrouver Eve. Va retrouver cette salope… elle pourra t'en apprendre, question abandon… elle est experte en la matière… »

Et je me suis arrêtée avant d'en dire trop.

J'ai fait une promesse à Sharon. La mort de mon père m'a peut-être rendue folle de douleur mais elle ne change rien à cela.

Il y a des bruits dans le hall, en bas. Une voix d'homme, que je ne connais pas, suivie par celle d'une femme qui se racle la gorge bruyamment.

Sean refait son apparition.

« Natty, il y a des gens pour toi.

— Dis-leur que je dors.

— Je crois vraiment que tu devrais…

— Qui que ce soit, dis-leur que j'ai pris une tonne de calmants et que tu n'arrives pas à me réveiller. Dis-leur ça.

— Je ne peux pas.

— Sean, dis-je en le foudroyant du regard, si tu n'étais pas là, ils seraient restés dehors, de toute façon. Alors quelle différence ça fait ?

— C'est la police, Natty. Il faut que tu leur parles. »

La colère monte en moi quand j'entends leurs pas dans l'escalier.

Comment la police ose-t-elle venir fouiner ici, après ce qui s'est passé ? N'ont-ils aucune pitié ? Ils pourraient au moins attendre l'enterrement avant de recommencer à me harceler avec cette histoire entre Eve et moi.

« Madame Wainwright, êtes-vous d'accord pour nous recevoir ? »

C'est l'inspecteur Aspinall qui parle. Je la regarde de travers comme pour dire : « Ai-je le choix ? »

Derrière elle, sur le seuil, j'aperçois un gros bonhomme moustachu, court sur pattes. Il n'a plus qu'une couronne de cheveux et porte un genre d'imper défraîchi, à la Columbo. Ayant remarqué l'épaisse moquette coquille d'œuf, il se penche pour délacer ses chaussures.

« Toutes mes condoléances », murmure l'inspecteur Aspinall.

Je hoche la tête pour la remercier.

« Je vous présente le lieutenant de police Ron Quigley », dit-elle en désignant le gros homme derrière elle.

Je prends l'air étonnée.

« Deux policiers ? Ce doit être grave.

— Nous travaillons ensemble, explique-t-elle. En binôme. » Elle fait une pause et se tourne pour prendre son collègue à témoin. « Le lieutenant Quigley était en congé, raison pour laquelle vous n'avez pas encore eu l'occasion de le rencontrer. »

Le lieutenant Quigley relève la tête et me salue. Il n'a toujours pas fini d'enlever ses chaussures et il souffle comme un phoque. On dirait que c'est sa première activité physique depuis des années.

« La présence de deux policiers n'a rien d'inquiétant en soi, madame Wainwright, reprend l'inspecteur Aspinall. C'est de la pure routine.

— Oh, je ne suis pas inquiète, lui dis-je sur un ton amer. Juste étonnée.

— Étonnée ?

— Oui. Je me demande bien pourquoi vous venez me voir aujourd'hui. Cela n'aurait pas pu attendre ?

— Malheureusement non, j'en ai peur.

— Vous vous doutez que je ne suis pas en état de réfléchir à vos questions. Les obsèques ont lieu mardi – vous ne pourriez pas repasser quand les choses seront un peu tassées ? Je ne vois vraiment pas où est l'urgence, puisque les charges contre moi ont été réduites. »

Au lieu de répondre, l'inspecteur Aspinall attend son collègue, lequel enfin déchaussé se tient en chaussettes sur le pas de ma porte.

Il fait chaud dans cette chambre ; j'ai monté le chauffage à fond. Depuis que j'ai quitté l'hôpital, je suis plus sensible au froid – comme une vieille dame. Si je ne m'étais pas raisonnée, j'aurais volontiers étalé un plaid sur mes genoux, mais j'ai quand même conscience que la température de cette pièce est beaucoup trop élevée pour une personne normale.

Le front et le haut du crâne du lieutenant Quigley brillent de sueur. Comme il a l'air de ne pas savoir où se mettre, je lui propose de s'asseoir. Je suggère « Ici, peut-être ? » en montrant la chaise posée devant la coiffeuse.

Il ne semble pas convaincu. Sans doute ce siège est-il trop ouvertement féminin : coussins rayés rose bonbon ornés de galons cramoisis. Avant, il était dans la chambre d'amis, mais je l'ai échangé avec celui sur lequel Eve s'est assise pour se maquiller. En plus, elle a abîmé tous mes produits de beauté, ce que Sean refuse d'admettre. Il préfère penser que Felicity a fait cela dans une crise de colère (une colère due à quoi ? Mystère). Elle a même réussi à tacher le daim blanc de ma jolie chaise avec de la lotion. Je n'ai donc pas eu d'autre choix que de m'en débarrasser.

« Je vais retirer mon imper, si cela ne vous ennuie pas, dit le lieutenant Quigley en s'épongeant le front avec un mouchoir. Il fait un peu chaud ici.

— Puis-je m'asseoir au bord du lit ? demande l'inspecteur Aspinall.

— Je vous en prie. »

Si je consens tacitement à cet interrogatoire, c'est que je réalise peu à peu qu'ils ne comptent pas remettre au lendemain ce qu'ils sont venus éclaircir aujourd'hui.

L'inspecteur Aspinall pose ses fesses au bord du matelas comme si le fait de s'y asseoir carrément constituait un manque de respect. Elle me fixe avec un sourire navré.

Au bout d'un instant, elle se décide à rompre le silence : « Chic type, votre père. »

Et subitement, tout s'écroule en moi. Le choc m'atteint d'autant plus fort que, loin de m'attendre à une telle déclaration, je viens de baisser la garde. À quoi m'attendais-je, d'ailleurs ? Une gigantesque vague d'émotion me submerge. Je ne peux rien contre elle.

Pour garder un semblant de dignité, je lui réponds oui d'un signe de tête trop raide et j'essaie d'articuler : « Oui. Oui, c'est vrai. » Mais les larmes se mettent à couler abondamment, les mots s'étranglent dans ma gorge. Je lève la tête vers elle et, à cet instant, mes traits se décomposent.

« Allons, dit-elle en se levant brusquement pour venir s'agenouiller près de moi. Allons, ne vous gênez pas. Pleurez autant que vous voudrez. »

Elle me caresse gentiment le bras. Je me balance d'avant en arrière, comme font les enfants. On dirait que le barrage qui retenait ma douleur vient de sauter.

Entre deux sanglots, j'arrive à articuler :

« C'est trop merdique… tout ça… c'est devenu trop merdique.

— Je sais, dit-elle. Je sais bien. »

Elle se lève et marche vers la coiffeuse où le lieutenant Quigley lui tend la boîte de mouchoirs, puis elle revient vers moi.

« Doucement, dit-elle. N'essayez pas de parler tout de suite. Prenez votre temps. »

Elle a un visage si aimable. Un genre de beauté tranquille qu'on ne remarque pas la première fois qu'on la voit. Je regarde subrepticement sa main et, voyant qu'elle ne porte pas d'alliance, je m'interroge sur sa vie. Puis je songe à sa tante.

« Comment va Jackie ? dis-je en me mouchant.

— Pas fort, répond-elle.

— Elle l'aimait vraiment, hein ?

— Ça lui a fait un choc terrible. »

Elle tient ma main tout en parlant. Sa poigne est solide, réconfortante. « Ce n'est probablement pas le meilleur moment pour parler de ça, dit-elle, réticente, mais... elle a récupéré le chat.

— Morris ? »

Cela m'étonne parce qu'on m'a dit qu'un voisin de mon père l'avait recueilli.

« Jackie peut le garder quelque temps, poursuit-elle, mais dans l'appartement que nous louons, les animaux sont interdits. Jackie se demandait si vous pourriez le prendre.

— Bien sûr », dis-je à voix basse.

Ce serait agréable d'avoir un souvenir de mon père. Tout ce qui lui appartenait a été détruit dans l'incendie. Je n'ai plus rien. À part mes propres photographies. La plupart de celles de ma mère ont disparu elles aussi.

« Dites à Jackie de l'apporter quand elle... ou alors je pourrais passer le prendre. En tout cas, j'aimerais bien la voir. »

L'inspecteur Aspinall penche la tête.

« Vous en êtes sûre ?

— Oui, fais-je un peu embarrassée. Elle vous a dit que je l'avais renvoyée, quand j'étais à l'hôpital ? »

Elle acquiesce.

« Jackie comprend votre réaction. Elle sait que c'était au-dessus de vos forces. »

J'inspire profondément pour tenter de me calmer, mais un sanglot reste coincé dans ma poitrine et mon souffle se bloque au moment où j'expire. Mes bronches, mes poumons sont tellement irrités que cet effort m'arrache une grimace.

« On m'a dit que vous avez eu beaucoup de chance, reprend l'inspecteur Aspinall.

— Oui, c'est également ce qu'on m'a dit. »

Elle marque un temps d'arrêt puis desserre sa main et prend un air un peu gêné.

« C'est la raison de notre visite, en fait, dit-elle en me regardant droit dans les yeux.

— Vous n'êtes pas venus me parler d'Eve Dalladay ? »

Elle secoue la tête et, sur un ton ferme et professionnel, m'annonce : « L'incendie… d'après certains indices, il s'agirait d'un acte criminel.

— Je ne saisis pas.

— Nous allons devoir vous poser quelques questions, madame Wainwright, car il semble que quelqu'un ait mis le feu délibérément.

— Mais non, dis-je en récupérant ma main tout en me redressant sur mon siège. C'est à cause d'une cigarette. Mon père s'est… »

Je m'arrête.

L'inspecteur Aspinall se lève. Son visage n'affiche plus aucune émotion. Ni sympathie, ni compassion.

« On a trouvé des traces de solvant, explique-t-elle en sortant un calepin de la poche de sa veste pendant que je la dévisage, atterrée. Probablement de l'essence à briquet, bien qu'on n'ait pas encore reçu les conclusions du labo. Mais on a relevé cette substance sur son fauteuil. »

34

« Ça veut dire que vous me soupçonnez ? hurlé-je en bondissant de mon siège. Vous pensez que j'ai assassiné mon propre père ? »

Ils parlent, parlent, me demandent ce que j'ai fait cette nuit-là, mais je ne les entends plus. J'ai l'impression que ma tête va exploser. Je n'arrive pas à croire que quelqu'un ait mis le feu volontairement. Pourquoi ? Je ne comprends pas.

Je répète sur le même ton :

« Vous pensez que je l'ai tué ? Mais pourquoi ? Pourquoi j'aurais fait ça ? Dites-le-moi !

— Madame Wainwright, calmez-vous.

— Non, je ne me calmerai pas. » Mon nez coule, je postillonne des gouttes de morve. « Et c'était quoi, ce cinéma, tout à l'heure ? Pourquoi avez-vous fait semblant de me plaindre ? Pour m'accuser d'avoir tué mon père juste après ? Vous êtes stupide ou quoi ? » Je sanglote. « Jamais de la vie, jamais je ne lui aurais fait de mal », dis-je en me couvrant le visage de mes mains.

Je me réfugie dans un coin de la pièce, tremblante. Je ne supporte pas d'entendre ce qu'ils disent. Je me sens piégée. Il faut que je sorte de cette chambre.

Le lieutenant Quigley prend le relais.

« Madame Wainwright, calmez-vous, je vous en prie. Il faut qu'on parle.

— Qu'est-ce que vous allez faire ? M'emmener au poste comme la dernière fois ? Et recommencer toute cette mascarade ? » Je pivote sur mes talons pour me placer face à l'inspecteur Aspinall. « J'estime que vous avez déjà amplement fait la preuve de votre incompétence, inspecteur. Je ne vois aucune raison pour qu'il en soit autrement, cette fois-ci. »

Quelqu'un a tué mon père. Quelqu'un a voulu tuer mon père.

L'inspecteur Aspinall hausse les épaules comme si mes accusations n'avaient pas le moindre fondement.

« J'agis en fonction des renseignements qui me sont donnés, dit-elle d'une voix assurée. Dans les mêmes circonstances, n'importe quel autre policier aurait fait comme moi. D'autant qu'il s'agissait d'une récidive.

— Mais je n'ai absolument rien fait », hurlé-je.

Elle jette un coup d'œil légèrement exaspéré au lieutenant Quigley mais n'ajoute rien. Inutile de continuer à me provoquer. Nous savons l'une et l'autre que j'ai fait quelque chose : j'ai embouti la voiture d'Eve à plusieurs reprises. Mais je ne l'ai pas blessée.

Soudain, Sean surgit dans la chambre. Ayant entendu les cris, il s'est dépêché de monter. À présent, il s'encadre sur le pas de la porte, à deux mètres de moi. Il nous regarde tous les trois l'un après l'autre sans savoir que faire.

Ses yeux finissent par se poser sur l'inspecteur Aspinall : « Que s'est-il passé ? Qu'y a-t-il ? »

Je ne lui laisse pas le temps de répondre.

« Ils prétendent que j'ai tué mon père.

— Quoi ? »

L'inspecteur Aspinall pousse un grand soupir.

« Ce n'est pas ce qu'on a dit, madame Wainwright, et vous le savez très bien. Personne ne vous a accusée de cela.

— Alors pourquoi me demandez-vous où j'étais ? Pourquoi me demandez-vous ce que je faisais ?

— Parce que nous essayons de reconstituer le fil des événements durant les quelques heures ayant précédé l'incendie. Et pour cela, nous avons besoin de votre coopération. Si vous refusez de nous révéler votre emploi du temps durant ce laps de temps, cela compliquera les choses. Sachez qu'une personne sans alibi devient automatiquement suspecte. C'est aussi simple que cela, madame Wainwright. »

Je me tourne vers Sean et, à son front soucieux, je devine qu'il peine à comprendre pourquoi je ne parle pas de mon passage par Bolton. Il n'y a vraiment pas de quoi en faire tout un plat, pense-t-il.

J'ai promis à Sharon Boydell de ne jamais révéler son secret, et maintenant voilà que les inspecteurs Aspinall et Quigley me mettent le couteau sous la gorge.

Finalement, je baisse les épaules et j'explique tranquillement :

« J'ai passé la journée à chercher des infos sur Eve. Je suis allée à l'Institut des sciences psychologiques de l'université de Manchester. Pas mal de gens m'ont vue. Ils pourront confirmer ma présence.

— Où êtes-vous allée ensuite ? demande l'inspecteur Quigley.

— Ensuite, je suis allée interroger sa famille. » Je jette un coup d'œil vers Sean ; il me regarde comme si j'étais devenue folle. « J'ai parlé à sa grand-mère. Cela fait des années qu'elle n'a pas vu Eve. Ensuite, je suis rentrée, comme vous le savez, et je suis montée me coucher. À mon réveil, la maison était en flammes.

— C'est tout ? demande l'inspecteur Aspinall.

— C'est tout. »

Sean s'avance lentement vers moi. Il s'arrête, me prend par les épaules, à bout de bras, et me regarde avec une infinie tristesse.

Je chuchote : « Qu'y a-t-il ? »

Il se penche pour déposer un doux baiser sur mon front. « Je suis tellement désolé, Natty », dit-il en m'effleurant la joue du bout de son index. Puis, de nouveau, il m'embrasse sur le front comme pour me rassurer.

« Désolé pour quoi ? dis-je.

— Pour tout.

— Va te faire foutre, Sean. »

Et je le repousse.

Comme c'est son premier jour de reprise, le lieutenant Quigley a décidé d'inviter Joanne à déjeuner.

« À toi de choisir, lui dit-il pendant qu'elle conduit. Du moment que ce n'est pas un sandwich ou une minuscule part de quiche. »

Joanne jette son dévolu sur sa brasserie préférée, à Windermere. On y mange très bien et l'atmosphère est détendue. Joanne sait qu'elle y trouvera des plats légers – elle est incapable d'avaler de la nourriture riche, le midi, sinon elle s'endort sur son bureau – et Ron de quoi se sustenter à la mesure de son appétit. C'est un vrai mec qui ne peut se contenter d'une petite salade à midi.

Joanne annonce à la serveuse qu'elle prendrait bien des champignons farcis au fromage de chèvre. Puis elle sourit intérieurement quand Ron commande de la joue de porc braisée *et* du bœuf bourguignon.

« Tu as une grosse faim, on dirait, lui lance-t-elle, ce à quoi il répond :

— Comme toujours, ma chérie.

— Voulez-vous des *escargots** avec le bœuf ? » s'enquiert la jeune femme.

Il la regarde avec des yeux ronds.

« Des quoi ?

— Des escargots, répète-t-elle. Le bœuf bourguignon est servi accompagné d'escargots. »

Ron la dévisage, abasourdi, puis il branle du chef comme si la serveuse venait de lui proposer une fricassée de rat.

« Pourquoi voulez-vous que je mange des escargots ? Et puis non, faites pas attention à ma question. Dites-moi plutôt quelles bières vous avez. »

Joanne attrape un exemplaire de la gazette locale posé sur la table voisine. Elle parcourt les gros titres. Il se passe très peu de choses dans la région. Cette semaine ne fait pas exception à la règle : « Un motard blessé sur une route glissante » ; « Un homme commet un attentat à la pudeur à Kendal » ; « L'union des agriculteurs s'insurge contre la décision autorisant les lanternes chinoises ». Avec cette affaire d'incendie criminel et d'assassinat, il y aura enfin un peu de sensationnel dans le prochain numéro.

« Eh bien, nous avons eu droit à du spectacle, ce matin », dit Ron.

Joanne referme le journal, le plie en deux et le donne à la vieille dame qui attend que son thé infuse, sur sa gauche.

« Mme Wainwright s'énerve facilement, dit-elle, mais nous venions de lui apprendre que son père avait sans doute été assassiné, Ron. Elle n'allait quand même pas rester sans réagir, non ?

— Oui, bien sûr, admet-il. Tu crois que c'est elle ?

— C'est peu probable.

— Alors, pourquoi rechignait-elle à nous dire où elle était avant les événements ?

— J'ai le sentiment qu'elle nous cache quelque chose. Mais elle a au moins raison sur un point : elle n'a pas de mobile. En tout cas, je n'en vois aucun. Le problème, c'est qu'on va devoir l'interroger dans les règles, à cause de ses antécédents. Mais elle risque de ne pas coopérer… De son point de vue, elle n'a rien à voir là-dedans.

— Mme Wainwright s'est abstenue de nous poser la question la plus évidente.

— Laquelle ? s'enquiert Joanne. Tu veux dire : qui a tué son père puisque ce n'est pas elle ?

— Non, pas exactement. Elle aurait dû nous demander qui pouvait en vouloir à Ken Odell au point de l'assassiner.

— Tu crois que ça ne l'a pas encore effleurée que c'était peut-être elle qui était visée ? »

Ron acquiesce avec un regard sinistre.

« Je n'aimerais pas être dans la même pièce qu'elle quand cette idée lui traversera l'esprit. »

La serveuse apporte les boissons. Joanne a commandé de l'eau, Ron une bouteille de bière – un breuvage sombre et velouté portant un nom ridicule. Les brasseurs ont un problème en ce moment : c'est à croire que pour se vendre, les brunes, les blondes, les amères du Yorkshire ont tout à coup besoin d'appellations débiles.

Ron remplit tout doucement son verre en y prenant un plaisir visible, puis en trois bonnes gorgées en vide la moitié.

« C'est fort, non ? commente Joanne.

— Ça ? dit-il innocemment. Non, j'ai connu pire, Joanne. Seulement quatre degrés. » La mousse crémeuse salit la moustache de Ron. « On peut en boire toute la nuit et se réveiller en pleine forme le lendemain matin. Ce sont les additifs qui donnent la migraine.

— Sans blague ? » sourit Joanne en secouant la tête.

Ron descend le reste de sa chope et soupire de contentement.

« Alors, qu'est-ce que tu en penses ? lui demande-t-il au bout de quelques secondes.

— Tu veux parler de l'incendie ? » Ron fait oui de la tête. « Je crois qu'on devrait commencer par un peu de porte-à-porte, histoire de récolter quelques témoignages. Ça n'a pas dû être facile d'entrer dans la maison, de déclencher l'incendie alors que Ken Odell était assis dans son fauteuil, puis de ressortir sans être vu.

— Pas facile, d'accord, admet Ron. Mais la victime avait bu. Alors ça reste dans l'ordre du possible. »

Joanne acquiesce.

« La vraie question, c'est qui avait intérêt à le tuer. Et si ce n'est pas lui qu'on visait, qui avait intérêt à *la* tuer. »

35

Joanne se force à avaler une part de gâteau aux pommes et aux amandes pendant que Ron s'offre une autre pinte, puis ils sortent de la brasserie et passent aux choses sérieuses. D'habitude, ils mettent leur uniforme quand ils font du porte-à-porte. Mais ils ont appelé l'inspecteur principal McAleese et il a été décidé avec lui que, puisque tout était calme au commissariat et qu'ils étaient déjà sur place, ils pouvaient tout aussi bien commencer en suivant.

Ils regagnent leur véhicule sous un beau soleil. Ron demande à Joanne de lui tenir sa veste pendant qu'il retrousse ses manches de chemise en veillant à obtenir des revers parfaitement réguliers. C'est bizarre qu'il soit si méticuleux avec ses manches, pense Joanne, alors que la tache de sauce qui salit sa cravate ne semble nullement le gêner. Dès qu'ils montent dans la Mondeo, Joanne lui tend un mouchoir pour qu'il la nettoie.

« Bon, alors, par où tu veux commencer ? demande Ron. Queens Drive ? À moins que tu ne préfères interroger une personne en particulier.

— Va pour Queens Drive. On pourrait discuter avec les voisins, dans un premier temps. J'ai besoin de fouiller un peu dans les archives avant de passer à ce truc qui me chiffonne. Je veux me préparer correctement. Je ferai ça quand on retournera au commissariat, lorsqu'on en aura terminé ici. »

Ron boucle sa ceinture, plisse les yeux à cause de la lumière puis rabat le pare-soleil.

« C'est toi la patronne », lance-t-il.

Joanne sourit. Non seulement Ron est plus gradé qu'elle mais il a plus d'expérience puisqu'il est enquêteur depuis près de trente ans.

« Tu comptes m'expliquer ce que tu as en tête ou je suis censé deviner ?

— Essaie toujours », dit Joanne, et elle passe la première avant de s'insérer dans la file des véhicules roulant au pas vers Bowness.

Plus on s'approche de la saison estivale plus ce tronçon est embouteillé, à cause de l'afflux des touristes qui se dirigent vers le lac.

Une rafale de vent agite les fleurs de cerisier et, en un instant, le pare-brise de Joanne est noyé sous des pétales rose layette bordés de brun. Il faut qu'elle enclenche les essuie-glaces pour le dégager. Des images lui reviennent de son enfance, quand elle se promenait par ici en remplissant de fleurs le bas retourné de son T-shirt pour fabriquer du parfum une fois rentrée chez elle. Des fleurs que sa mère retrouvait quelques semaines plus tard dans un triste état, entassées au fond du placard de Joanne, laquelle se faisait gronder car sa mère avait déjà du travail par-dessus la tête pour tenir sa maison.

Queens Drive n'est pas bien loin mais ils n'avancent pas, sauf par à-coups. L'automobiliste devant eux n'ose pas dépasser la file des voitures qui stagnent sur la gauche. Ils doivent donc attendre qu'il en trouve le courage.

Ron s'énerve, il râle. Quand il se tourne vers Joanne en levant les yeux au ciel, elle renifle l'odeur douceâtre de son haleine.

« Pourquoi tu ne prendrais pas à gauche sur Brook Road, propose-t-il, quitte à faire un détour ? Ce rigolo va nous faire poireauter ici jusqu'à ce soir. »

Et il se penche vers Joanne pour appuyer longuement sur l'avertisseur.

L'homme sursaute et, dans son rétro, regarde Joanne d'un air catastrophé. On dirait qu'il va pleurer.

« Bon Dieu, Ron, arrête. Je déteste quand tu fais ça. Vise un peu ce pauvre type, il a presque quatre-vingts balais. Et maintenant il croit que c'est moi qui ai klaxonné. »

Ron hausse les épaules.

« Il devrait pas conduire.

— Tu seras comme lui, un jour », marmonne Joanne. Ron tend le bras pour recommencer son manège mais Joanne l'arrête d'une tape sur la main. « Ça suffit, Ron, ou alors tu descends et tu continues à pied. »

S'ensuivent quelques minutes de silence ponctuées par les soupirs excédés de Ron. Joanne laisse son esprit vagabonder. Elle repense à Eve Dalladay. Se pourrait-il que cette femme soit l'auteur de l'incendie ? Joanne a trouvé excessifs certains comportements de Natty Wainwright mais à présent, pour la première fois, elle s'interroge sur ce par quoi elle est passée.

Si Joanne n'était pas obligée d'enquêter sur cette histoire d'incendie, elle prendrait le temps de creuser davantage l'affaire du parking. Elle envisagerait la possibilité que Mme Dalladay se soit elle-même infligé ses blessures. C'est sans doute par cela qu'elle aurait dû commencer. Elle avait peut-être besoin de…

« Que comptes-tu faire avec le chef ? lui demande Ron à brûle-pourpoint, d'une voix chantante qui lui met aussitôt la puce à l'oreille.

— Tu parles de McAleese ? Je ne comprends pas. Que suis-je censée faire ? »

Elle se tourne vers Ron mais il ne la regarde pas. Les yeux braqués sur la route, il sourit de toutes ses dents.

« Ron ?

— Oh, rien, fait-il d'un air innocent.

— Tu as entendu dire quelque chose ?

— J'ai dû mal comprendre.

— De quoi tu parles ? J'ai raté un truc ? » Joanne est un peu déstabilisée, elle a chaud tout à coup. Elle tend le bras pour allumer la climatisation. « McAleese se comporte bizarrement avec moi depuis des semaines, avoue-t-elle. On croirait qu'il me snobe. Tu es au courant d'un truc que j'ignore ?

— Il est en train de divorcer, ça, tu le sais.

— Bien sûr que je le sais. Je ne vis pas sur une île déserte. Il n'est pas satisfait de mon travail ? »

Ron renifle, se tourne vers elle et dit :

« C'est ça que tu t'imagines ?

— Non. J'ai toujours bien fait mon travail… mais, à part ça, je ne vois pas ce qu'il aurait à me reprocher. Bon, d'accord, j'ai posé un congé pour une opération qui n'a pas eu lieu. Mais qu'est-ce que j'y peux, moi ?

— Joanne, dit Ron en retrouvant son sérieux, ça n'a rien à voir avec ça.

— Ah. Bon. D'accord. Bien. »

Elle prend à gauche sur Queens Drive et repère une place libre à trente mètres le long du trottoir de gauche.

Ron secoue la tête en marmonnant : « Et ça se dit inspecteur de police. »

Joanne lui décoche un regard acerbe parce que, s'il est au courant de quelque chose, pourquoi ne pas cracher le morceau ?

Ils descendent de voiture et font une première halte pour inspecter les dommages causés par l'incendie, depuis le trottoir d'en face.

« Quel bordel », commente Ron. Joanne acquiesce dans un murmure. « Je présume qu'il est inutile d'essayer de relever les empreintes. »

Le joli pavillon en pierre de Lakeland n'est plus qu'une carcasse éventrée, calcinée. Le toit d'ardoises a disparu. À part deux ou trois chevrons, le brasier a tout englouti. La maison mitoyenne n'a pas trop souffert – elle a perdu une partie de son toit et les fenêtres du premier devront être remplacées. À part cela, il suffira d'un bon coup de peinture, se dit Joanne, car une épaisse couche de suie recouvre toutes les surfaces. Cela dit, il paraît que les dégâts causés par l'eau sont souvent très délicats à réparer.

Une équipe d'ouvriers est en train de dresser un échafaudage contre le mur à pignons. Joanne et Ron les observent un instant puis s'apprêtent à traverser la rue quand une voix derrière eux les arrête.

« Voilà ce qui arrive quand on mélange alcool et cigarettes », entendent-ils.

Tout en sortant son calepin, Joanne se retourne pour adresser un signe de tête à la femme postée de l'autre côté du muret.

« Tout ce gâchis, c'est à cause d'une cigarette, vous savez ? renchérit la voisine sur un ton réprobateur.

— C'est ce qui se dit, répond Joanne. Vous connaissiez M. Odell ? »

La femme grimace, rentre le menton puis ramasse une paire de sécateurs.

« Juste de vue », répond-elle, mais Ron sent qu'elle en aurait long à raconter. Il regarde Joanne en levant un sourcil.

La voisine a dans les 70 ans, des hanches larges et des chevilles épaisses – gonflées par la rétention d'eau. Joanne s'imagine plantant son index dans cette chair pâteuse ; il s'y enfoncerait sans doute jusqu'à la deuxième phalange, songe-t-elle. La femme fait quelques pas et se penche vers elle.

« Au fait, vous êtes qui ? C'est l'assurance qui vous envoie ?

— Nous sommes officiers de police », répond Ron.

La femme les examine d'un air sceptique.

« On ne dirait pas.

— C'est parce que nous sommes en mission secrète », chuchote-t-il. Joanne lui cogne le pied du bout de sa chaussure. « Arrête tes conneries », articule-t-elle silencieusement.

La femme se remet à tailler sa haie de buis. Elle plisse le front chaque fois que les lames du sécateur entrent en contact.

« Il va bientôt pleuvoir, dit-elle. Il faut que j'aie terminé avant.

— Accepteriez-vous de répondre à quelques questions ? » demande Joanne.

La femme s'interrompt au milieu d'un geste.

« À condition que vous me montriez vos plaques. Pour ce que j'en sais, vous pourriez tout aussi bien être des journalistes et je ne veux pas retrouver dans la presse des choses que je n'ai pas dites. »

Quand Ron et Joanne lui présentent leurs badges, il leur apparaît – c'est surtout Joanne qui le remarque – qu'elle est incapable de déchiffrer quoi que ce soit sans ses lunettes.

« Tout me semble en règle, dit-elle sur un ton tranchant. Que voulez-vous savoir ? »

Ron jette un coup d'œil sur la maison incendiée de Ken Odell, se retourne vers la femme, puis refait encore une fois le même geste.

« Vous ne voyez pas la route depuis les fenêtres de votre salon, n'est-ce pas ? Cette haie est bien trop haute.

— En effet, admet-elle, et elle ajoute, alors même que Joanne est prête à passer à la maison suivante : Mais de là-haut, c'est possible. » Elle désigne une fenêtre au premier, juste au-dessus de la porte d'entrée. « C'est ma pièce de couture. J'y suis quasiment tous les soirs, la lumière est meilleure. Et mon mari regarde la télé en mettant le volume à fond, ce qui a tendance à me taper sur les nerfs, ces derniers temps.

— Étiez-vous à votre domicile la nuit de l'incendie ? demande Joanne.

— Oui.

— Avez-vous noté quelque chose de particulier, qui sorte de l'ordinaire, cette nuit-là ?

— Il y a toujours pas mal d'allées et venues par ici, dit-elle sur un ton réprobateur. Surtout des femmes, à toute heure de la nuit. »

Joanne s'éclaircit la gorge pour répondre :

« Je sais que M. Odell a subi une opération. Il y a tout lieu de penser que les femmes en question étaient des gardes-malades. Elles venaient l'aider à s'habiller, à se déshabiller... C'est à cela que vous faites allusion ?

— Mmmm, marmonne-t-elle en posant le sécateur à ses pieds. Si vous le dites. En tout cas, on s'en serait bien passé. L'une d'elles en particulier traînait souvent dans le coin. Une espèce de mégère et grossière avec ça...

— En dehors des gardes-malades, qui avez-vous vu ? intervient Ron pour épargner à Joanne d'autres remarques désobligeantes sur sa tante Jackie.

— J'ai vu sa fille, dit-elle. Elle était chez lui.

— Mme Wainwright ?

— Oui. Jamais un bonjour. Cette femme se montre parfois très impolie. J'ignore pourquoi, alors que je la connais depuis qu'elle est grande comme ça. » Elle place sa main à la hauteur de sa hanche, paume vers le bas. « C'est sans doute parce qu'elle a perdu sa mère trop jeune. Kenneth Odell n'a jamais jugé bon de lui apprendre les bonnes manières. »

Ron passe d'un pied sur l'autre, ce que Joanne traduit par : « Finissons-en vite. » Mais la femme renchérit : « Vous savez qu'il se drogue, je suppose. »

Ron tousse.

« Qui ça ? fait-il d'un air narquois. Ken Odell ? »

La femme croise les bras et confirme en hochant la tête plusieurs fois.

Au même instant, la porte d'entrée s'ouvre derrière elle. Sort un vieux monsieur en chemise, cravate, blazer bleu, pantalon repassé et chaussures cirées. Son élégant chapeau de paille blanc est agrémenté d'une petite plume. D'un pas hésitant, il s'engage sur la courte allée. Joanne et Ron le saluent d'un sourire. Joanne croit qu'il va s'arrêter pour dire un mot à sa femme – et peut-être lui demander ce qu'ils font ici. Il va sans doute vouloir mettre son grain de sel, comme le font souvent les gens de manière spontanée. Mais lui, non. Il leur rend leur bonjour en soulevant légèrement son chapeau mou, adresse un regard malveillant à sa femme et poursuit son chemin.

Ron fait un clin d'œil discret à Joanne.

« Je vais vous dire une chose, reprend la femme en regardant son mari s'éloigner. Le chat de Kenneth Odell prenait mon jardin pour des toilettes. Lui, il ne me manquera pas… Ça, non, insiste-t-elle avec un geste sec du menton. Pas une seule seconde. »

Peu après, Joanne et Ron, postés devant la maison suivante, discutent à l'abri des oreilles indiscrètes. Ron s'éponge le front.

« Alors comme ça, dit-il, l'œil pétillant de malice, Ken Odell était un drogué ?

— Il fumait un joint de temps à autre, explique Joanne. Jackie m'en a parlé parce qu'elle craignait qu'il n'ait des problèmes avec la justice. Elle lui a posé un ultimatum.

— Quoi ? s'étonne Ron. Elle lui a dit : “C'est moi ou la drogue” ?

— Quelque chose dans ce goût-là. »

Ils décident de se partager la tâche. Joanne prendra les numéros pairs, Ron, les numéros impairs. Ils viennent de se séparer quand Joanne voit le vieux monsieur au chapeau mou revenir dans sa direction, un petit sachet blanc dans la main gauche. Il s'arrête un instant pour reprendre son souffle et, de la main droite, s'appuie à un réverbère. Sautant sur l'occasion, Joanne le rejoint d'un pas rapide.

« Vous revenez de la pharmacie ? » lui lance-t-elle aimablement.

Par réflexe, il se touche la poitrine.

« Angine, explique-t-il.

— Je suis l'inspecteur Aspinall. »

Elle s'apprête à lui exposer la raison de sa présence mais il l'interrompt.

« Je vous connais, ma chère. Vous ne devez pas vous en souvenir mais autrefois j'étais le secrétaire du comité de surveillance du quartier. Nous avons discuté ensemble une ou deux fois. Vous débutiez dans le métier, en ce temps-là.

— Mais bien sûr que je m'en souviens, répond Joanne en souriant. Vous êtes monsieur… monsieur… »

Elle cherche son nom.

« Jerry Gasnier.

— Oui, c'est cela. Je ne vous ai pas reconnu à cause du chapeau.

— J'étais aussi arbitre de cricket, explique-t-il. Bref, que puis-je faire pour vous, ma chère ? C'est au sujet de l'incendie ? Je vois que vous avez parlé à Marion.

— Nous interrogeons tous les voisins. Simple enquête de routine. Nous voulons savoir si quelqu'un aurait remarqué un événement inhabituel, une personne inconnue traînant dans les parages. »

Il tente de rassembler ses souvenirs en regardant le ciel.

« Il avait plu en début de soirée, si cela peut vous aider », intervient Joanne.

L'homme la regarde un instant pour s'assurer qu'elle ne plaisante pas et, comme elle n'en a pas l'air, lui tapote le bras d'un air joyeux.

« Ah, voilà une précision bien utile. Merci.

— Votre femme dit qu'il y a eu beaucoup de passage dans cette maison, ces derniers temps. Mais elle ne se rappelle pas si une personne en particulier…

— Marion ne supportait pas que Ken Odell gare son Transit devant ses fenêtres. Ils se sont pris le bec pas mal de fois, au fil des ans, et comme vous l'avez probablement constaté par vous-même, ils ne s'aimaient guère. Ne la laissez pas ternir votre opinion sur cet homme… si jamais vous étiez tentée de le faire. Sa mort est suspecte, n'est-ce pas ? C'est pour cela que vous enquêtez ?

— En effet, confirme Joanne.

— Alors permettez-moi de vous dire une chose. Ken Odell était un type formidable et un excellent voisin. Marion ne le sait pas mais il a réparé notre chaudière plus d'une fois. Elle ne lui aurait jamais permis d'entrer chez nous, alors je le faisais passer par la buanderie, en douce, quand elle était enfermée à l'étage. À part Marion, tout le monde le regrette énormément dans le quartier, croyez-moi. »

Jerry Gasnier s'accorde un instant de réflexion.

« Je me souviens d'une chose, ajoute-t-il. J'ai vu une personne dont la présence ici m'a effectivement semblé un peu étonnante. Je ne sais plus si c'était le soir de l'incendie ou plus tôt. Je ne voudrais pas vous lancer sur une fausse piste.

— Dites toujours. Tout ce qui vous revient en tête peut nous être utile.

— Une belle blonde tout en jambes.

— Elle est entrée chez Ken ?

— Je ne peux pas l'affirmer. J'étais en train de sortir les bacs de recyclage, il était tard… j'étais accroupi près de la barrière. À ce moment-là, j'ai cru qu'elle quittait la maison qui jouxte celle de Ken. Comme son allure ne cadrait pas trop avec celle des femmes qui viennent chez lui, si vous voyez ce que je veux dire, j'ai supposé que c'était une amie de Susannah. Mais plus j'y pense, plus je me dis qu'elle se rendait chez Ken. »

Joanne prend note.

« C'était vers quelle heure, d'après vous ?

— Oh, dix heures au moins.

— Pourriez-vous identifier cette femme, si nécessaire ?

— Certainement, ma chère.

— Merci, monsieur Gasnier, c'est très…

— Je vous en prie, appelez-moi Jerry.

— Puis-je vous laisser ma carte, Jerry ? Si autre chose vous revient, appelez-moi à ce numéro. À n'importe quelle heure. »

Il prend la carte, la salue et parcourt les quelques mètres qui le séparent de son domicile.

En le regardant s'éloigner, Joanne pense : *Une blonde tout en jambes ?*

Et elle ressent un frémissement au creux de l'estomac.

36

J'ai en tête une expérience de physique, au lycée. Un binoclard cacochyme étire un fil de cuivre entre deux points. Contrairement aux apparences, nous ne sommes pas en train d'étudier les propriétés des matériaux conducteurs, mais l'élasticité. La loi de Hooke. Le vieux prof tourne un cliquet et nous regardons le fil s'amincir progressivement, en guettant l'instant où il passera de l'état élastique à celui dit plastique. Le matériau ne retrouvera pas sa forme originelle. On parle alors d'un point de non-retour. Les choses ne seront plus jamais comme avant.

Voilà où j'en suis.

J'ai atteint ma limite.

Dans une heure, les filles rentreront de l'école et je devrai leur annoncer qu'il n'y aura pas d'enterrement mardi. La dépouille de leur grand-père est sous la responsabilité du médecin légiste. Nous ne pourrons l'inhumer que… eh bien, je ne sais pas quand.

Comment vais-je leur dire qu'il a été assassiné ?

Ne leur dis pas. Garde ça pour toi.

Après avoir bien réfléchi au problème, j'ai décidé ceci : je ne leur infligerai cette blessure supplémentaire que lorsqu'on en sera absolument certain. Mais j'ai finalement vite réalisé que, de toute manière, elles l'apprendraient dès leur retour à la maison. Ce ne serait qu'une question de minutes : il leur suffirait d'aller sur Internet. Combien de fois ne les ai-je pas entendues dire : « Ouais, on est déjà au courant. On l'a su par Facebook. »

Moi, enfant, je ne savais rien. J'ignorais tout des affaires des adultes. Quand mon père regardait le journal télévisé, je faisais autre chose. Les problèmes du monde me passaient au-dessus de la tête, à cet âge béni. Je me demande si mes filles connaîtront un jour l'indignation, la tristesse, l'impuissance que je ressens aujourd'hui à l'écoute des bulletins d'information. Ou ont-elles été à ce point gavées durant leur enfance qu'elles deviendront en grandissant des personnes blasées, apathiques ? Et si c'est le cas, quelle sera leur position face à la misère du monde ? Diront-elles : pourquoi en faire tout un plat, puisque nous ne pouvons rien y changer ?

La tête dans les mains, je prépare les phrases que je vais bientôt prononcer. Sean m'a proposé de le faire à ma place mais je ne supporte plus de le voir tourner autour de moi. Alors je lui ai demandé de partir. Il m'a dit que la colère était une bonne chose, que je devrais la canaliser, la transformer en force, pour être plus présente auprès des filles. Il m'a dit que la rage valait mieux que le chagrin, que je devrais…

Je lui ai répondu que s'il s'obstinait à chercher des aspects positifs dans cette série de catastrophes, je lui planterais un couteau dans l'œil.

On sonne à la porte.

Je ne réagis pas.

On sonne à nouveau.

Je ne réagis pas.

Un instant plus tard, j'entends qu'on tapote sur un carreau avec une clé. Je me tourne, l'œil bouffi, le cou raide, comme pris dans un étau, et je vois Jackie la Folle derrière la vitre de la cuisine.

Je lui fais signe d'entrer en bougeant les lèvres : « La porte est ouverte. » Et, dix secondes plus tard, elle me prend dans ses bras et nous pleurons ensemble, le nez de l'une dans les cheveux de l'autre.

« Je pensais que vous ameniez le chat, dis-je en sanglotant quand nous nous écartons enfin.

— Je suis pas repassée chez moi, explique-t-elle, je suis venue directement de Crook quand notre Joanne m'a appelée au sujet du… » Jackie s'interrompt et, ne pouvant se résoudre à prononcer le mot « meurtre », elle opte pour « … des derniers événements ». « Notre Joanne dit qu'en raison des derniers événements nous devrons toutes nous présenter au commissariat de Kendal d'ici les prochaines quarante-huit heures, pour être interrogées. »

Je la dévisage.

« Qui ça, "toutes" ?

— Toutes les auxiliaires de vie.

— On vous soupçonne ?

— C'était pas un accident, Natty, et sa voix reste coincée dans sa gorge. Ils ont besoin d'interroger toutes les personnes ayant eu un lien avec cette maison et avec votre père. »

Dès qu'elle cesse de parler, la gravité de la situation nous apparaît pleinement. Il va y avoir une enquête, un procès. Seigneur, je vais devoir témoigner devant la cour, me retrouver face à la personne qui nous a fait cela.

« Je vous ramène Morris dans une heure ou deux, si ça vous va, dit doucement Jackie. Désolée mais nous ne pouvons pas le garder.

— Ne vous inquiétez pas, lui dis-je. Je veux l'avoir auprès de moi.

— Oak Street, c'est pas vraiment un endroit pour lui, répond-elle en souriant. J'ai dû lui trouver un bac à litière – y a pas un mètre carré de pelouse dans notre quartier, juste des cours en ciment et des terrasses. Je pense aussi qu'il a dû se bagarrer avec des chats errants, au début – il a pas trop envie de mettre le museau dehors en ce moment. Il sera bien mieux ici, avec tout cet espace.

— Merci. Merci beaucoup de l'avoir recueilli… et, Jackie, pardonnez-moi pour l'autre jour, à l'hôpital. Je n'aurais pas dû vous renvoyer. C'était méchant de ma part. C'est juste que je n'avais pas envie de… »

Elle lève la main.

« C'est bon, je comprends », dit-elle.

Et c'est en la voyant faire ce geste que je remarque qu'elle a toujours son bandage au poignet. Il est vraiment moche maintenant. Le trou qu'elle a découpé pour passer le pouce s'est élargi et s'effiloche d'un côté.

« Comment va la main ?

— Oh, ça ira mieux dans un jour ou deux.

— Vous avez vu un médecin ?

— Pas besoin. C'est pas si grave. Ce bandage, je le garde surtout pour me faire plaindre. Pendant que les gens s'inquiètent pour mon poignet, ils me parlent pas de l'incendie… ni de votre père. Ils me racontent leurs petites misères. Cela dit, la plupart du temps, ils ont pas besoin qu'on les encourage beaucoup pour ça. »

Je souris, vérifie ma montre.

« Les filles ne vont pas tarder. Il faut que je leur dise ce qui s'est passé.

— Pas facile. Je pense qu'il vaut mieux leur annoncer carrément au lieu de tourner autour du pot. »

Je hoche la tête.

« Mais comment ? Je ne vais quand même pas leur dire : "Quelqu'un a voulu tuer votre grand-père" ? »

Jackie fait un pas en arrière, penche la tête puis dit un truc qui me laisse sans voix.

« Qu'est-ce qui vous fait croire que c'est après votre père qu'ils en avaient ? »

Joanne et Ron sont sur le point de regagner le commissariat. Ils ont interrogé tous les voisins présents et sont arrivés à la conclusion qu'ils n'en apprendraient pas davantage.

Dans les téléfilms policiers, il y a toujours des individus qui ont des choses à cacher. De terribles secrets. Tantôt ils se referment, restent sur la défensive et se montrent fuyants, refusent de parler, tantôt ils se transforment en moulins à paroles pour ensuite se renfrogner en lorgnant les policiers d'un air menaçant.

Si seulement c'était ainsi dans la vie réelle, songe Joanne en rétrogradant en troisième pour doubler un tracteur tirant une remorque chargée de moutons. Cet après-midi, ils ont interrogé six personnes avant de jeter l'éponge. Eh bien, même si ces personnes n'avaient rien d'intéressant à raconter, elles se sont quand même creusé la cervelle tant elles étaient désireuses de se rendre utiles, quitte à parler pour ne rien dire. À la fin, il ne lui restait plus une seule carte de visite – celles qu'elle refile aux gens pour leur faire comprendre poliment que l'entretien est terminé. « Si autre chose vous vient à l'esprit, quoi que ce soit… »

Malgré cela, Joanne continue à espérer qu'un beau jour, peut-être bientôt, elle tombera sur un suspect comme on en voit à la télé. Il se fendra d'un rictus malsain, peut-être même qu'il l'insultera avant de partir en courant et de sauter par-dessus la barrière du voisin. *Un peu de nouveauté ne fait jamais de mal*, pense-t-elle.

« Pourquoi tu vas par là ? » demande Ron quand ils arrivent au niveau de la remorque. La tête des moutons dépasse entre les barreaux. Tout le monde sait qu'il y a un petit abattoir un peu plus loin, dans la vallée de Lyth, à l'usage des fermiers du coin. Ron observe le bétail à travers sa vitre. « Je parie qu'ils croient qu'on les emmène se balader à Blackpool[1] », dit-il. Puis il répète : « Pourquoi tu vas par là, Joanne ?

— Je veux vérifier un truc avant de quitter Bowness. »

Joanne tourne le volant à droite, franchit le portail de l'hôtel Lakeshore Lodge, suit la courbe de l'allée en U et s'arrête devant l'entrée monumentale. Elle dit à Ron de rester dans la voiture. Il obéit sans discuter, trop heureux de pouvoir suivre le match de cricket à la radio pendant ce temps. Penché sur le parterre de fleurs devant la façade, le jardinier lève la tête et

---

1. Station balnéaire du nord de l'Angleterre accueillant un grand parc d'attractions, un cirque, un aquarium, un zoo… *(N.d.T.)*

la reconnaît à l'instant même où il allait lui dire de continuer jusqu'au parking.

« J'en ai pour une minute », lui crie-t-elle en passant. Il opine du bonnet et reprend son travail.

Le hall de réception est envahi de fleurs, de paniers suspendus, de pots débordants de verdure. Joanne ignore le nom de toutes ces plantes et, d'ailleurs, elle s'en contrefiche. Elle repère un cuisinier rondouillard portant un pantalon à carreaux noirs et blancs rappelant un drapeau de formule un. Il tient une cigarette entre le pouce et l'index, à la manière de Marlon Brando. Joanne sait qu'il ne se permettrait pas de fumer devant tout le monde si Natty Wainwright était encore aux commandes.

Elle se dirige vers le comptoir et agite la clochette posée dessus. Deux secondes plus tard, un homme maigre comme un clou émerge du bureau et l'accueille d'un « Bonjour, madame ».

En voyant sa plaque, l'homme se trouble juste un instant. Il se ressaisit très vite et se présente : « Je suis Raymond, le directeur général, que puis-je pour vous aider ? »

Il a un accent, d'Europe de l'Est manifestement, et une coupe de cheveux qu'on ne rencontre plus beaucoup de nos jours. Bien dégagée sur la nuque et les tempes, le reste figé par une bonne dose de brillantine.

« Bonjour, Raymond, dit aimablement Joanne. Je cherche le Dr Eve Dalladay. Elle ne serait pas dans le coin, par hasard ?

— Oh, laissez-moi réfléchir. Elle est passée ce matin, en coup de vent. Mais oui, je me rappelle, elle est partie. Avec M. Wainwright.

— Oh, quel dommage. J'avais besoin du numéro d'immatriculation de son véhicule. Où sont-ils en ce moment ? Est-ce qu'ils ont laissé une adresse ?

— Inutile, répond-il. Sa voiture est dehors. La petite Audi, vous voyez ?

— Je vois.

— Sur le parking. M. Wainwright conduit… la Maserati est – comment dit-on ? – elle est en…

— En réparation ? »

Il hoche gravement la tête.

« Très abîmée. Si vous voulez, j'appelle M. Wainwright.

— Non, merci, Raymond. Peut-être plus tard. »

Et sur ces mots, elle s'en retourne.

« Renseigne-toi sur cette immatriculation, veux-tu, Ron ? » dit Joanne en tendant à son collègue le calepin où elle a inscrit le numéro. D'un signe, elle prend congé du jardinier et démarre, des questions plein la tête. Elle imagine une scène dans un vieux film. Un central téléphonique. Une standardiste bien roulée, habillée comme dans les années 1950, établit la connexion, débranche des prises, les rebranche ailleurs.

En cet instant, il peut se passer diverses choses. Joanne étudie les options l'une après l'autre, anticipe une conclusion pour chacune. Quoi qu'il en soit, il faut absolument qu'elle retourne au commissariat immédiatement, car ce dont elle a besoin ne peut s'obtenir d'un simple coup de fil. Elle met donc le pied au plancher et, dans un crissement de pneus, fonce vers la route. Ron et son téléphone sont projetés sur le côté.

Quand ils dépassent le club de golf de Windermere, Ron annonce : « La voiture est enregistrée au nom de

Cameron Cox. » Son haussement de sourcils signifie : « Ça te parle ?

— À Kirkby Lonsdale ? demande Joanne.

— Ouais. Comment tu le sais ?

— Simple intuition. Ce type s'est suicidé d'un coup de fusil dans la tête, tu te rappelles ?

— Ouais, je me rappelle. Sa femme disait qu'il avait une liaison.

— Et aussi que la maîtresse en question avait vidé le compte en banque de la victime avant de déguerpir… mais nous n'avions pas assez d'éléments pour démarrer une enquête. À l'époque, j'ai pensé qu'il avait falsifié ses comptes, vu qu'une belle somme en espèces avait également disparu. Mme Cox n'a pas souhaité que nous regardions de trop près, au cas où l'administration fiscale s'en serait mêlée.

— Ça me paraît logique, dit Ron en baissant sa vitre pour laisser entrer de l'air. Alors comme ça, tu penses avoir trouvé la mystérieuse maîtresse ? »

Les armes de poing sont interdites au Royaume-Uni et c'est sans doute mieux ainsi.

Parce que si j'en avais une, s'il y avait un pistolet caché au fond d'un placard, ou dans une boîte sous le lit – au cas où un intrus pénétrerait durant la nuit –, je m'en serais déjà servi contre Eve. Je lui aurais collé le canon sur la tempe et j'aurais fait exploser son joli crâne devant tout le monde. Et, pour faire bonne mesure, je crois que je lui aurais mis du plomb dans le ventre avant de m'attaquer à ses rotules.

Mais les choses étant ce qu'elles sont, je me borne à errer à travers la maison en ramassant un objet par-ci, un autre par-là.

Je retire le couteau Honyaki de son coffret et j'examine la lame. Cette merveille m'a coûté très cher. C'est un couteau de chef cuisinier. Il tranche les steaks comme du beurre et, tandis que je le tiens dans la main, que je le soupèse, je peux presque entendre le bruit qu'il fera en s'enfonçant dans la poitrine d'Eve. Le bruit que fait un enfant quand il boit du thé chaud. Le bruit de l'air qui glisse sur une surface humide.

Je n'aurai pas besoin de m'y reprendre à plusieurs fois. Non, il n'y aura pas de bain de sang. Je connais suffisamment l'anatomie humaine pour savoir comment faire. Une entaille bien placée, profonde de deux centimètres, suffit à percer le ventricule gauche.

Je m'arrache un cheveu, le laisse pendre dans l'air entre les doigts de ma main gauche et, de la droite, je le tranche d'un bref coup de lame. Je regarde la portion inférieure tomber lentement par terre. C'est ainsi qu'on teste le fil d'une lame.

Je recommence l'exercice pour plus de sûreté.

Puis je vais dans la buanderie. Je ramasse l'antique fer à repasser qui nous sert de cale-porte. C'est un bloc de métal noir très lourd, comme ceux que nos grands-mères faisaient chauffer sur le feu. Un objet contondant, idéal pour assommer quelqu'un, en cas de besoin.

La porte se referme d'elle-même. Derrière, je repère la crosse de hockey de Felicity, avec son manche entouré d'une bande adhésive pour une meilleure prise. Quelle arme choisir ? Je vais poser délicatement le fer et la crosse sur l'égouttoir, à côté de l'évier. L'évier où je nettoie les chaussettes verdies par l'herbe et les culottes tachées de sang, où je passe les torchons de cuisine à l'eau de Javel. L'évier au-dessus duquel Sean cirait ses chaussures, blanchissait les tennis des filles, où je rempote mes plantes quand elles ne tiennent plus dans leur pot d'origine.

Je prends la crosse – plus lourde que dans mon souvenir – et, adossée au plan de travail, la soulève comme un club de golf au-dessus de mon épaule droite. J'ai déjà fait ce geste dans une vie précédente sauf que, cette fois-ci, mon swing passe au ras du sol. J'imagine la tête d'Eve posée sur le tee et, allez savoir pourquoi, cela me fait sourire. Juste avant que le bois ne lui défonce le crâne, elle me supplie de l'épargner, et j'éclate de rire.

Maintenant, je songe à notre vieille amitié. Quelle sale blague. Je fléchis les genoux, à moitié accroupie, et de nouveau je me prépare à frapper. Je ne sais pas si vous êtes au courant, mais les vrais amis se comptent sur les doigts d'une main. En dehors de ce tout petit cercle, il n'y a que de simples relations. Des gens qu'il vaut mieux oublier en cas de pépin car ils ne sont jamais présents quand on a réellement besoin d'eux.

Eve était mon amie. Mais pas une amie d'enfance, ce qui lui a permis de s'inventer un passé sur mesure, une belle histoire dont je n'ai jamais douté.

Eve m'a pris mon mari et a tué mon père.

Et maintenant je vais la tuer.

37

C'est le milieu de l'après-midi. Joanne est assise devant son ordinateur, les sourcils en accents circonflexes. La clarté qui se déverse par les fenêtres fait briller la couche de poussière sur l'écran, si bien qu'elle a du mal à lire. Elle se lève, règle les stores verticaux mais, pour bien déchiffrer le texte, elle doit en plus utiliser un dossier comme pare-soleil.

Elle a eu beau chercher dans toutes les bases de données à sa disposition, elle n'a rien trouvé concernant cette femme, le Dr Eve Dalladay. Pas de numéro de Sécu, pas de véhicule à son nom, pas d'adresse, pas de casier judiciaire, pas de contraventions, pas de carrière professionnelle.

Sur le bureau est posée la transcription des notes qu'elle a prises durant l'interrogatoire de Natty Wainwright, juste après l'incident du parking. Maintenant, Joanne a la certitude que Dalladay est un nom d'emprunt, un parmi d'autres peut-être. Elle se donnerait des gifles de n'avoir pas vérifié cela avant.

Elle lève la tête.

« Il faut qu'on retourne à Windermere, Ron, marmonne-t-elle. Viens donc voir ça. »

Ron quitte son fauteuil en grimaçant à cause de ses genoux qui craquent, contourne le bureau de Joanne et se place à côté d'elle. « Qu'est-ce que c'est ?

— Eve Dalladay est un fantôme. Elle n'existe nulle part. »

Ron reste pensif. Il en faut davantage pour l'impressionner.

« Alors elle nous a donné une fausse identité, fait-il en haussant les épaules avant de regagner sa place.

— Ce n'est pas tout, poursuit Joanne. Elle roule dans la voiture d'un mort. Sans assurance. »

Le véhicule ayant appartenu à Cameron Cox est toujours enregistré au nom et à l'adresse du défunt, à Kirkby Lonsdale.

Ron s'appuie au dossier de son siège et croise les mains derrière la tête.

« Puisque tu me parles de ça, c'est qu'il doit y avoir un lien avec notre enquête, non ?

— Bien sûr.

— Ce qui signifie que tu as un témoin prêt à jurer qu'il a vu Eve Dalladay entrer chez Ken Odell le soir de l'incendie ? »

Joanne repasse dans sa tête la description que Jerry Gasnier lui a faite d'Eve – une blonde tout en jambes – et lui répond :

« Peut-être bien.

— Peut-être bien que oui, ou peut-être bien que non ?

— Peut-être bien que non. Mais j'obtiendrai forcément une identification positive, à un moment ou à un autre », dit-elle avec confiance.

Ron récupère son stylo et se remet au travail.

« OK, Ron, écoute… il faut que tu me croies sur parole. Je n'ai encore rien de concret, mais je tiens le mobile. Natty Wainwright a dû découvrir un truc pas clair au sujet d'Eve Dalladay, un truc qui se serait passé autrefois et qu'elle n'était pas censée savoir. Peut-être qu'Eve Dalladay n'existe effectivement pas. C'est un motif suffisant pour qu'elle tente de la supprimer.

— Mais pas pour l'inculper de meurtre, Joanne, et tu le sais parfaitement. Essaie donc de déterrer autre chose. »

Dans le PV de l'interrogatoire, Natty Wainwright dit que le nom de jeune fille d'Eve est Boydell. Joanne décide de reprendre ses recherches sur cette nouvelle base. Ce patronyme est assez courant : plusieurs Eve Boydell sont enregistrées dans les fichiers de police. Ça va lui prendre des siècles pour tout vérifier, pense Joanne en faisant défiler les affaires sur son écran, espérant que l'une d'entre elles lui sautera aux yeux.

Sur ses entrefaites, l'inspecteur Colin Cunningham entre dans le bureau, un peu essoufflé.

« Joanne, dit-il. Colette de l'administration a besoin de te parler. Passe la voir quand tu auras une minute, tu veux ? Elle veut vérifier tes heures avec toi.

— Merci, Colin. J'irai demain.

— Je le ferais tout de suite, si j'étais toi. Il y a un problème dans les fichiers du personnel. Tu risques de ne pas toucher ton salaire… Peu de gens peuvent se le permettre, ces temps-ci. »

Joanne pousse un gros soupir. Si son salaire ne tombe pas sur son compte à la fin du mois, elle est fichue. Son loyer est débité lundi et Jackie ne lui a pas encore versé sa part. Jackie est à sec parce qu'elle a dû verser deux cents livres au véto qui a recousu le chat de Ken Odell. Mais jamais elle ne réclamera d'argent à Natty Wainwright – elle dit que ce ne serait pas bien.

Joanne recule son fauteuil pour se lever quand un détail lui attire l'œil.

Holland Park. Londres.

C'est le seul quartier chic que le logiciel a pu relier au nom d'Eve Boydell. Joanne se rapproche de l'écran, clique sur le lien, ouvre le document.

Encore un suicide. Et un suicide douteux, pense Joanne. On dirait qu'elle en sème partout derrière elle.

La dénommée Jilly Bernstein a été trouvée par sa fille de 11 ans gisant dans sa baignoire. Elle se serait tranché la gorge. La maîtresse de son mari, une certaine Eve Boydell, a été vue en train de se disputer avec Mme Bernstein quelques heures auparavant, dans un restaurant de Chelsea, L'Aubergine – à trois kilomètres de chez elle.

Le légiste a écarté l'hypothèse d'un meurtre. La fameuse Eve Boydell a disparu et la police la recherche toujours pour entendre son témoignage.

Joanne vérifie la date. Sept ans ont passé depuis.

« Ron, dit-elle à mi-voix. Je crois que j'ai quelque chose. »

Ron lit la description d'Eve et se tourne vers Joanne. « Ça lui ressemble ? » Elle confirme d'un hochement de tête. « Alors tu ferais bien de choper tes clés de bagnole », dit-il.

Joanne fait un petit détour par les toilettes pour se rafraîchir un peu. Elle s'asperge les aisselles avec du déodorant, se passe de l'eau sur le visage et se brosse les cheveux avant de les attacher avec un élastique. Ses chaussures sont poussiéreuses. Elle les essuie rapidement avec un mouchoir humide. *Ça ira pour l'instant*, pense-t-elle en se promettant de les cirer ce soir, quand elle rentrera. Tout cela lui prend moins de deux minutes.

Ron est en train de briefer l'inspecteur principal McAleese dans son bureau. Il lui fait un compte rendu de ce que Joanne a découvert au sujet d'Eve Dalladay, l'informe qu'ils vont partir l'interroger et peut-être la ramener au poste. Joanne reste dans le couloir, devant la porte ouverte. Elle ne souhaite pas participer à la conversation – d'abord parce que le temps presse, mais aussi parce que, en ce moment, elle n'adresse la parole à son chef qu'en cas d'absolue nécessité. Il court une rumeur fort déplaisante dans les services. On parle d'une compression de personnel. Joanne a décidé qu'il valait mieux faire profil bas.

McAleese lui lance un bref coup d'œil. « Joanne, dit-il en manière de salut, puis il reporte son attention sur Ron.

— Monsieur », répond-elle sur le même ton.

McAleese promet de mettre Angela Blackwell sur le dossier Eve Boydell. Peut-être trouvera-t-elle d'autres éléments utiles avant qu'ils ne la ramènent ici.

« Joanne, laissez donc vos notes à l'inspecteur Blackwell, qu'elle sache par où commencer.

— Oui, monsieur.

— Très bien. Vous allez à Windermere et… » Il s'interrompt, les yeux rivés sur un tas de paperasses. Joanne passe d'un pied sur l'autre. Il faut vraiment qu'ils y aillent tout de suite. Sans lever la tête, il reprend : « Avez-vous une minute à m'accorder, Joanne ? »

Elle lance un regard inquiet vers Ron.

« Pas vraiment, bredouille-t-elle. Je crains que Natasha Wainwright ne commette une bêtise si nous ne faisons pas vite. Elle nous a dit qu'elle avait mené sa propre enquête sur Eve – si elle découvre que l'incendie… et décide de…

— Ce ne sera pas long. »

Ron prend un air fuyant et marmonne quelque chose avant de s'esquiver.

« Fermez la porte, si cela ne vous ennuie pas, Joanne.

— Monsieur, je m'en voudrais d'insister mais… on ne pourrait pas remettre à plus tard ? Il est extrêmement important que Ron et moi…

— La porte ? » répète-t-il.

Joanne inspire un bon coup et obtempère.

« Asseyez-vous.

— Je préfère rester debout.

— À votre guise. »

Il retire ses lunettes, se frotte les yeux.

« Je suis assez fatigué », dit-il d'un air absent.

Elle esquisse un sourire gêné.

« Vous avez peut-être entendu dire que Phil Le Breton partait pour Durham en août ?

— Nos effectifs diminuent, monsieur ? C'est de cela que vous voulez me parler ?

— Pas exactement. Il y a des coupes sombres parmi les officiers de police mais pas chez nous… pas encore. Je vous ai demandé de venir pour que vous me disiez si le poste de Phil vous intéresse. Naturellement, il vous faudra rapidement passer l'examen de sergent, et vous n'aurez pas beaucoup de temps pour le préparer. Et cela risque également de vous faire rater cet autre rendez-vous… » Nouvelle pause, yeux baissés. « … pour votre intervention chirurgicale. » Très vite, il ajoute : « Mais je pense que ce serait une excellente opportunité pour vous, Joanne. J'ai déjà cité votre nom en pensant que vous accepteriez de relever le défi. » Il tente de sourire mais n'y parvient pas vraiment.

Joanne doit avoir l'air abasourdi parce qu'il estime nécessaire de demander :

« Voulez-vous prendre le temps d'y réfléchir ?

— Comment ? répond-elle plus sèchement qu'elle ne le souhaitait. Quoi ? Non. Bien sûr que non. J'accepte. Merci, monsieur. Merci de me donner cette chance. »

L'inspecteur McAleese lui serre la main par-dessus son bureau. « Bien, dit-il. C'est une bonne chose. »

Un ange passe. Ils se regardent tous les deux sans savoir quoi ajouter. Puis Joanne rompt le silence : « Bien, super. Je peux y aller maintenant ? »

Il s'éclaircit la gorge.

« En fait, pendant que vous êtes là, j'ai autre chose à vous dire, Joanne. Je ne sais pas si vous êtes au courant, si les autres sont au courant – personnellement, je ne suis pas trop porté sur les ragots –, mais mon épouse et moi avons… » – il déglutit – « … entamé une procédure de divorce.

— Je l'ai entendu dire, monsieur. J'ai été triste de l'apprendre. »

Joanne a rencontré sa femme une seule fois, deux ans auparavant, lors d'une fête de Noël. Elle l'a trouvée plutôt gentille. McAleese faisait chaque jour le trajet depuis Preston, si bien que son travail et sa vie personnelle étaient bien compartimentés.

« Eh bien, pour tout vous dire, nous vivons séparés depuis près d'un an, mais je ne voulais pas que... vous voyez. »

Joanne ne voit rien mais elle sourit quand même.

« Et Carmen, mon épouse, a trouvé un emploi à Bristol. En fait, c'est surtout à cause de cela que nos problèmes ont commencé... » Il marque un temps puis secoue la tête pour s'obliger à poursuivre. « Bref, le résultat, c'est que ma fille va rentrer en pension au lycée de Windermere.

— Oh, murmure Joanne qui ne voit décidément pas où il veut en venir. Il vaut mieux qu'elle reste à l'écart de tout cela.

— Oui, reprend-il. C'est ce que nous espérons. La vie n'a pas toujours été rose pour elle, entre mes horaires de travail et le comportement de sa mère et... Bref, je la dépose à l'internat ce soir. Et je resterai un moment pour m'assurer qu'elle prend ses marques.

— Je suis sûre qu'elle se plaira, monsieur. Comme l'établissement est au bord du lac, elle pourra faire de la voile, du kayak et...

— Oui, tranche-t-il. Mais je me demandais si... peut-être... quand elle sera installée... et si cette enquête ne vous préoccupe pas trop... et si l'heure n'est pas trop tardive pour vous... je me demandais si vous accepteriez de dîner avec moi quelque part ? »

38

Il y a une scène dans *Rain Man* où Dustin Hoffman doit péter un câble. Celle de la baignoire. Son personnage se souvient qu'il a failli ébouillanter son petit frère autrefois et que son propre internement est une conséquence de ce malheureux incident. Hoffman redoutait de tourner ce passage. Il se savait incapable d'incarner un autiste en colère. Du coup, ce que le spectateur prend pour une performance d'acteur n'en est pas une. Hoffman pique bien une crise à ce moment-là mais il ne joue pas. Il est réellement furieux contre lui-même. Les hurlements d'angoisse qui nous impressionnent tant sont l'expression de sa frustration, de son sentiment d'échec en tant qu'acteur.

Si j'évoque ce film, c'est que je suis en train de vivre une expérience similaire. Je contemple alternativement le couteau, le fer à repasser et la crosse posés sur la table de la cuisine, et j'enrage car je suis incapable d'échafauder le moindre plan d'attaque, malgré les trois verres de whisky que je me suis jetés derrière la cravate. C'est dans cet état lamentable que les filles m'ont trouvée, il y a cinq minutes, en rentrant de l'école. J'arpentais la cuisine en pleurant bruyamment, obnubilée par ce problème insoluble : comment détruire Eve sans me détruire moi-même par la même occasion ?

Alice et Felicity sont persuadées que j'ai définitivement perdu l'esprit. Que leur mère est devenue dingue. Et elles ont tellement peur qu'elles ont appelé leur père.

J'ai l'air folle mais je ne le suis pas.

Je suis furieuse. Je suis dans une colère noire. Et j'ignore comment leur expliquer cela.

Elles voudraient s'approcher de moi mais n'osent pas. Et moi, pendant ce temps, je tourne en rond en marmonnant des trucs que moi seule comprends. J'invente un scénario, puis un autre, puis un autre encore. Comment faire pour la tuer sans en subir les conséquences ? Comment faire pour venger la mort de mon père ?

Et dans ma tête, j'entends par avance la voix de cette inspectrice tellement consciencieuse : « À votre avis, madame Wainwright, comment Eve Dalladay aurait-elle pu se blesser ainsi ? Vous n'avez vraiment aucune idée de comment elle a pu dégringoler jusqu'au bas de l'escalier ? »

Je pourrais payer quelqu'un pour la descendre à ma place. Mais qui accepterait de s'y coller ? Comment s'y prend-on pour engager un tueur professionnel ? Les gens que je connais sont tous farouchement honnêtes.

Les filles restent plantées sur le seuil.

« Elle a tué grand-père », dis-je. Mais je parle si doucement qu'elles m'entendent à peine. Elles reculent. « Cette femme a tué grand-père. »

Mon regard fixe, inexpressif se pose sur elles.

« Tu crois qu'on devrait appeler une ambulance ? murmure Alice à Felicity.

— Non. On attend papa.

— Mais si elle se tue ?

— Elle ne se tuera pas. Et parle moins fort, imbécile, elle t'entend.

— Si elle m'entend, pourquoi elle nous regarde avec cet air-là ? On dirait qu'elle est possédée. Moi, je pense qu'on devrait appeler une ambulance… ou au moins le docteur.

— Papa sera là dans une minute. Tu veux bien attendre ?

— Je ne veux pas attendre, Felicity, j'ai trop peur. Qu'est-ce qu'elle veut dire par "Elle a tué grand-père" ?

— Ferme-la. Va t'asseoir dans le salon si tu ne peux pas faire autrement. »

La porte d'entrée s'ouvre. Des murmures me parviennent depuis le vestibule. Alice va à la rencontre de son père, Felicity reste où elle est. Avant que Sean n'entre dans la cuisine, Felicity me dit à voix basse, pour que personne d'autre n'entende : « Tu te tiendras bien, hein, maman ? »

Elle me supplie du regard.

Sean apparaît, Eve sur les talons. Ils sont élégants comme s'ils revenaient d'un déjeuner en ville. Sean porte son costume italien anthracite – mon préféré – et une chemise blanche en coton épais. Eve a une robe rouge, courte, ajustée mais très classe, un rang de perles et des chaussures beiges à semelles compensées – comme celles qu'on voit souvent aux pieds de la duchesse de Cambridge.

« Nous sommes venus aussi vite que possible », dit Sean sur un ton grave, sans s'adresser à personne en particulier. Ses yeux se déplacent rapidement, passant du couteau au fer et du fer à la crosse avant de revenir au couteau. « Felicity, si tu allais rejoindre Alice dans le salon ? Nous devons parler avec ta mère. »

Eve semble mal à l'aise. Elle piétine sur ses hauts talons en contemplant le sol de la cuisine. Felicity ne la quitte pas des yeux.

« Non, je crois que je vais rester », dit-elle froidement.

Sean esquisse un pas vers moi.

« Natty ? Tu vas bien ? Qu'est-ce qui se passe ici ? »

Je ramasse le couteau.

« Elle, dis-je en désignant Eve du bout de la lame. C'est elle qui a mis le feu. »

Sean déglutit, jette un bref coup d'œil à Eve.

« Natty, hasarde-t-il en avisant le verre à whisky posé sur le micro-ondes, tu es ivre ?

— Ivre ? Non.

— Tu es sûre ?

— Va te faire voir, Sean. »

Eve saute sur l'occasion pour mettre son grain de sel.

« Qu'est-ce qui te fait croire que c'est moi qui ai mis le feu, Natty ? » Sean veut la faire taire. Il lui dit que ce n'est pas le moment de me contrarier, que je ne suis pas en état de discuter de cela avec elle.

« Sean, insiste-t-elle. Si Natty m'accuse de quelque chose, j'aimerais bien savoir sur quelles bases. »

Elle lève les sourcils en inclinant la tête comme pour dire : « Alors, salope ? Tu craches le morceau ? »

Sans m'énerver, je lui fais signe que non, je ne lui dois aucune explication.

Soudain, elle fonce vers la bouilloire. Durant une fraction de seconde, je me dis qu'elle va faire du thé. Mais non, elle prend le verre à whisky, le porte à son nez puis lève les yeux au ciel, à l'intention de Sean, et va le rincer dans l'évier.

« Vas-y, raconte un peu, Natty. Ça m'intéresse beaucoup. » Elle s'exprime sur un ton moqueur, sardonique. Elle table sur le fait que je n'ai aucune preuve.

« Pourquoi êtes-vous si bien habillés ? dis-je.

— Nous sommes allés choisir une nouvelle voiture, répond-elle.

— La Maserati est bonne pour la casse, tout compte fait, ajoute Sean sur un ton exempt de tout reproche.

— Et puis nous avons fait le tour des agences pour trouver une nouvelle maison, claironne Eve, comme une gosse qui se vante.

— Tant mieux pour vous, réponds-je.

— Nous n'avons fait aucune offre pour l'instant, intervient Sean pour amoindrir le choc. On n'en est qu'au début.

— Pourquoi minimiser les choses, Sean », réplique Eve. Elle se tient d'une manière qui trahit son agressivité envers lui. « Pourquoi ne pas l'avouer. Nous n'avons pas les moyens de payer un loyer *ad vitam aeternam*.

— Mais oui, Sean, minaudé-je pour l'imiter. Vous aurez besoin de place pour accueillir tous les enfants qu'elle rêve d'avoir. Ça fait tellement longtemps que tu désires un bébé, pas vrai, Eve ? »

Je vois que mes paroles portent. Pourtant elle les écarte comme s'il s'agissait des élucubrations d'une démente. Elle baisse les yeux sur la table en frémissant si légèrement que je suis la seule à le voir.

« C'est quoi toutes ces armes ? dit-elle, méprisante. J'espère que tu ne prévois pas de les utiliser contre moi ? »

Je la foudroie du regard.

« Où étais-tu la nuit de l'incendie ?

— Ici. Pourquoi ?

— Tu confirmes qu'elle était ici, Sean ?

— Oui, bredouille-t-il. Où aurait-elle pu être, sinon ?

— De toute façon, là n'est pas la question, Natty, objecte Eve. La vraie question, c'est pourquoi j'aurais mis le feu chez ton père ?

— À toi de me le dire. »

Elle décoche à Sean un regard signifiant : « Tu vois bien ? Elle est complètement barge, ta femme. »

Je reprends d'une voix tranquille : « Peut-être que tu voulais me tuer. »

Sean ferme les yeux un court instant puis se dirige vers le buffet où nous rangeons les bouteilles d'alcool. Il se verse un doigt de vodka et l'avale cul sec.

« J'aimerais bien un verre, s'il te plaît, lui dis-je, mais il n'en tient pas compte.

— Natty, reprend-il en se resservant. Je ne sais pas ce qui t'arrive mais je t'assure que tu deviens parano. Je t'en prie, cesse de l'accuser. »

Il respire et tourne la tête vers le seuil où Alice vient de rejoindre Felicity. Les deux filles ne perdent pas une miette de la scène. Alors il s'en tient là.

« Sean, pourquoi as-tu fait annuler mes cartes de crédit ?

— Je n'ai jamais fait ça ! réplique-t-il sur un ton si indigné, avec une telle stupéfaction, que je comprends qu'il n'y est pour rien.

— Si ce n'est pas toi, c'est qui ?

— Ce n'est pas moi, répète-t-il et, quand il voit sur mon visage que je ne lâcherai pas le morceau, il ajoute : Honnêtement, tu me vois faire un truc pareil ? C'est sûrement un cafouillage de la banque. » Il me regarde d'un air triste, comme s'il me plaignait de tout son cœur. « Tu ne peux pas continuer ainsi, Natty, ou les gens vont croire que tu as perdu l'esprit. Tu devrais te faire aider.

— Peut-être que j'ai perdu l'esprit, en effet. Eve et toi m'avez rendue folle et... »

À ces mots, Felicity fait un pas en avant.

« Et si elle avait raison, papa ? » proclame-t-elle. Pour la première fois, je vois Eve changer d'expression. Son air fanfaron disparaît. Un éclair de frayeur passe dans son regard. « Peut-être que maman a raison. Peut-être qu'Eve est sortie en douce, le soir de l'incendie. Je veux dire, tu n'étais pas là. Tu étais à l'hôtel, donc tu ne sais pas ce qu'elle a pu faire en ton absence. Ce que dit maman n'est peut-être pas si invraisemblable que cela. »

Alice fulmine en entendant sa sœur. Elle lui donne une petite bourrade.

« Felicity, ne sois pas ridicule ! Pourquoi elle aurait fait ça ?

— Oui, Eve, répété-je en écho, d'une voix dégoulinante de sarcasme. Pourquoi aurais-tu fait ça ? »

Eve pivote sur elle-même, se dirige vers moi et plante ses deux mains sur la table pour me regarder bien en face.

« Tu l'auras voulu, Natty », gronde-t-elle en avançant le buste, les yeux pleins de haine.

Je n'ai même pas le temps d'articuler : « Non, ne fais pas ça ! » que déjà elle se retourne en écartant les mains pour annoncer le début du spectacle.

Je regarde Sean d'un air terrifié et je vois que lui non plus ne s'y attendait pas. Il balbutie : « Eve, ce n'est vraiment pas le moment. »

Mais elle nous ignore royalement, l'un comme l'autre.

Voilà qu'arrive la scène tant redoutée, celle que nous avons différée, repoussée pendant seize ans. L'épreuve que nous pensions ne jamais devoir subir. Sean courbe l'échine, il s'avachit littéralement. De toute évidence, il n'envisageait pas une seconde qu'elle irait jusque-là. J'entends son souffle frémir : il vient de comprendre qu'il est la cause de ce qui va se produire, que, trop impatient de refaire sa vie avec Eve, il a préparé le terrain pour le grand désastre.

Je m'adresse à Eve, lui demande d'arrêter, tente de jouer sur sa corde sensible. Hélas, comme disait Jackie la Folle, dans ce genre de contexte, tous les coups sont permis.

Je suis prête à demander grâce mais il est déjà trop tard. Felicity nous a parfaitement entendus.

« Ne fais pas quoi ? » nous interroge-t-elle.

Eve sourit d'un air affligé pour suggérer qu'elle souffre autant que nous… que ça ne l'amuse pas mais que, malheureusement, il n'y a pas d'autre solution.

Elle se tourne vers les filles :

« Je vais vous expliquer pourquoi votre mère se ridiculise devant vous. Elle fait tout ce cinéma pour vous maintenir dans l'ignorance. Elle vous cache quelque chose et elle croit qu'en me faisant passer pour la méchante elle ne sera pas obligée d'expier les erreurs qu'elle a commises autrefois.

— Quelles erreurs ? demande Alice, un peu inquiète maintenant.

— Tu vois cet homme ici ? répond-elle en désignant Sean. Cet homme n'est pas ton père, Alice. Je suis vraiment navrée que tu l'apprennes par moi mais, étant donné les circonstances, avec ta mère qui m'accuse de tout et n'importe quoi, des accusations sans aucun fondement soit dit en passant, je pense qu'il est temps que tu saches la vérité. On aurait dû te le dire depuis bien longtemps, à mon avis. Les secrets causent toujours des problèmes au sein des familles et, si on les laisse s'envenimer, ils enflent encore et encore jusqu'à ce que… »

On sonne à la porte. Personne ne bouge. Je regarde Alice. Un vrai bout de bois.

« Les secrets sont comme du poison, poursuit Eve. Voilà, maintenant tu sais. Maintenant tu connais la vérité, Alice. »

Constatant qu'Alice ne réagit pas car, trop assommée pour parler, elle se contente de fixer un point dans le vide, Eve décide d'en rajouter une couche.

« Tu ne t'es jamais demandé pourquoi tu aimais tant les matières scientifiques ? Eh bien, ton père a fait des études d'ingénieur. Il était très doué. Tu ne t'es jamais demandé pourquoi tu ne ressemblais pas à l'homme ici présent ? Eh bien, maintenant, tu sais pourquoi. »

Alice se met à trembler.

Felicity se tourne vers elle, veut la réconforter, mais Alice la repousse. « Ne me touche pas », dit-elle dans un souffle.

Une éternité plus tard, elle articule : « Je n'ai jamais réfléchi à ça. Je n'avais aucune raison de le faire. »

Elle ne sait que croire. Elle me regarde fixement, droite comme un *i*, les bras collés au corps. La haine surgit d'elle par vagues.

« C'est vrai ? » demande-t-elle à Sean.

Il hoche la tête.

« Pourquoi on ne me l'a pas dit ?

— Parce qu'on ne voulait pas que tu le saches ! hurlé-je, ne trouvant pas d'autre explication. Personne ne devait le savoir. Ton père t'a toujours aimée, il t'a aimée comme sa propre fille. Le reste ne regarde personne.

— J'avais besoin de savoir ! explose-t-elle. On ne cache pas ce genre de chose.

— On ne pouvait pas te le dire. Ce n'est pas qu'on ne voulait pas, on ne le pouvait pas.

— Et pourquoi ? Pourquoi vous ne pouviez pas ? »

Dans ses yeux, la déception est immense. Elle se sent flouée. Comme si notre vie à tous les quatre était bâtie sur un mensonge.

Je voudrais répondre mais je ne trouve pas les mots. Oui, elle a raison. Pourquoi lui avoir caché cela ? C'est à peine croyable mais, au départ, c'était surtout à cause de la mère de Sean. Nous avions tellement peur de sa réaction. Je crois que nous n'avons jamais songé aux conséquences à long terme. Ni Sean ni moi n'aurions imaginé que les choses évolueraient ainsi.

Alice se tourne vers Sean.

« Felicity est de toi ?
— Oui », dit-il.
Elle pousse un genre de glapissement, comme si quelqu'un l'avait mordue, comme si elle avait toujours su au fond d'elle-même que Sean préférait Felicity.
Ce qui est faux, bien entendu.
« Alice, murmure-t-il en s'avançant vers elle, nous étions très jeunes, nous avions à peine quitté le lycée. Peux-tu imaginer ce que ta grand-mère aurait dit si elle avait découvert que tu n'étais pas... » Il est incapable de terminer sa phrase, incapable de dire à haute voix qu'elle n'est pas son enfant. « Nous avons fait de notre mieux pour assumer cela et construire notre vie. Nous n'avons jamais eu l'intention de te tromper. Nous avons pris la décision que nous estimions la meilleure à l'époque et, ensuite, nous avons fait en sorte d'être de bons parents.
— Qui c'était, crache Alice. Qui était mon père ?
— Un garçon qui ne voulait pas de moi, dis-je.
— Il ne voulait pas de toi, ou de moi ?
— Des deux », dis-je en toute franchise.
À ces mots, Eve ricane ou, du moins, elle produit un son bizarre ressemblant à un crachat. Ses intentions sont claires. Elle tente de nous tourner en ridicule. « Non, mais redescendez sur terre, semble-t-elle dire. Pourquoi se serait-il encombré de vous deux ? »
La sonnette retentit de nouveau. Mais cette fois-ci, on dirait que ce bruit intempestif modifie les rapports entre les protagonistes. Soudain, Alice se tourne vers Eve et la foudroie du regard.
« Et toi, qu'est-ce que tu fiches ici ?
— Désolée, Alice, je ne comprends pas très bien.

— Qu'est-ce que tu fiches ici ? Nous avons demandé à mon père de venir. C'est lui qu'on a appelé, pas toi.

— Je… j'étais dans la voiture quand tu as téléphoné. Tu disais qu'il y avait urgence, qu'on devait venir très vite. »

Elle cherche du soutien auprès de Sean et, n'en trouvant pas, repart à la charge : « Et d'abord, pourquoi ne serais-je pas venue ? Ta mère a perdu la boule, c'est clair. Il fallait bien que quelqu'un soutienne ton… » Elle est sur le point de dire « ton père », mais elle se ravise et termine sa phrase sur un ton satisfait : « … soutienne Sean.

— C'est ignoble, ce que tu as fait », siffle Alice.

Ses yeux sont froids, presque vitreux.

« Si les nouvelles sont mauvaises, ce n'est pas la faute du messager. Je n'ai strictement rien à voir dans cette histoire, marmonne Eve. Je n'étais pas… »

Mais Alice a déjà saisi le couteau.

À peine l'a-t-elle en main qu'elle le pointe sur la gorge d'Eve, laquelle dresse le menton en criant à Sean de lui venir en aide.

Je hurle :

« Alice ! Pose ce couteau ! Seigneur, Alice ! Recule, éloigne-toi d'Eve.

— Non ! » mugit-elle.

Eve s'écarte très lentement et avec prudence, de peur de glisser sur ses hauts talons. La lame reste posée sur sa gorge.

La peur me tord le ventre. Et si jamais Alice trébuchait ? Si sa main tremblait ? Oh, putain, si elle éternuait ?

« Alice, je t'en prie, ne lui fais pas de mal. Si jamais tu la blesses, c'est elle qui triomphera. Laisse tomber, ça n'en vaut pas la peine… » Je la supplie mais elle ne m'entend pas. « Alice, Eve n'a aucune importance. C'est toi qui comptes pour nous, et toi seule. Ne fais pas cela. Tu vas détruire ta vie. »

Sean tente une approche.

« Reste où tu es ! » l'avertit Alice. Elle tremble à présent ; la pointe de la lame s'agite sur le cou d'Eve. « Pourquoi vous ne m'avez rien dit ! brame Alice. Pourquoi vous m'avez laissée vivre dans le mensonge ! Tous les deux ! »

La peur dilate les yeux d'Eve.

« Sean, fais quelque chose ! gémit-elle entre ses dents. Alice, je n'y suis pour rien. Laisse-moi partir avant de faire une bêtise que tu regretteras toute ta vie.

— Comment ça, tu n'y es pour rien ? crache Alice. Tout allait bien pour nous avant que tu débarques. » Elle regarde Sean. « Pourquoi tu ne m'as rien dit ? »

Il a très peur. Son visage est exsangue. Il est terrifié à l'idée que sa fille tranche la gorge de cette femme. Je le dévisage, le supplie du regard : « Aide-la. »

« Je voulais que tu sois ma fille, Alice, lui dit-il. J'aimais ta mère. » Il la regarde attentivement mais c'est à moi qu'il s'adresse. D'un coup d'œil en biais, il me fait comprendre qu'il parle pour moi aussi. « Je ne pouvais pas croire qu'elle m'avait quitté pour un autre… Et voilà qu'une chance m'était offerte de la garder, alors je l'ai saisie. Parce que toi aussi, je voulais te garder. » L'angoisse crispe son visage. Revivre cet épisode de sa vie semble beaucoup l'affecter. « Je vous voulais toutes les deux, murmure-t-il. Et ça n'a jamais changé. »

Seigneur.

« Alice, dis-je avec autorité. Pour la dernière fois, lâche ce couteau.

— Non », crie-t-elle.

Mais je la sens moins déterminée. Son coude tremble, elle éclate en sanglots.

« Pour l'amour du ciel, Alice ! » lance Felicity depuis le seuil. Au ton de sa voix, je sens qu'elle en a par-dessus la tête de ces conneries.

Elle traverse la cuisine à toute vitesse. Je porte la main à ma bouche et regarde impuissante ma fille cadette bousculer Eve en se servant de ses deux mains. La lame s'éloigne de son cou mais Eve se retrouve projetée en arrière.

Elle tombe au ralenti.

Elle tend les mains, essaie de se rattraper, mais à quoi ? Il est trop tard. Ses hauts talons crissent sur le carrelage, ses yeux affolés cherchent une planche de salut. Mais rien ne peut la sauver.

Le choc raisonne à travers la cuisine. Un seul coup sourd, horrible à entendre. L'arrière de son crâne vient de heurter le comptoir en granit. On dirait le bruit d'un sac de sucre tombant d'un placard. Celui d'un pamplemousse pourri lancé contre un mur.

Personne ne bouge.

Quand Eve s'étale par terre, Alice pousse un petit cri. Immédiatement, je cherche du sang parce qu'Eve est inconsciente, voire morte.

Le sol est propre.

Je lève les yeux et soudain c'est la panique. Si Eve est morte, nos vies sont fichues. Il me faut dix secondes montre en main pour faire le tour du problème. Je commence déjà à mettre au point une version édulcorée de l'incident, celle que nous devrons servir aux ambulanciers, à la police, quand une ombre derrière la vitre attire mon attention.

L'ombre d'une personne qui, j'en fais le pari, a assisté à toute la scène. Elle a vu Felicity renverser Eve Dalladay. Elle a vu Eve déraper sur ses talons et perdre connaissance.

39

« Appelle une ambulance.

— Est-ce qu'elle respire ? s'inquiète Sean.

— Appelle une ambulance.

— On la déplace ?

— Non. Elle s'est peut-être brisé les vertèbres. Si elle respire, ne la bouge pas. »

Il sort son portable, compose un numéro et, en attendant que quelqu'un réponde, me demande :

« Qu'est-ce que je leur dis ? Ils vont m'interroger – qu'est-ce que je leur dis ?

— Passe-moi ce téléphone. »

J'attrape l'appareil, le colle à mon oreille et, de l'autre main, cherche le pouls d'Eve. Il est faible, irrégulier. Sa pression sanguine est en chute libre.

Près du frigo, Alice pleurniche en se tordant les mains. Sean fait les cent pas. Felicity, accroupie de l'autre côté du corps inerte, considère la scène d'un air de défiance, comme si elle s'apprêtait déjà à nier toute implication.

« Pourquoi ne pas la laisser mourir, tout simplement ? chuchote-t-elle.

— Parce que quelqu'un devra en payer les conséquences. »

J'entends qu'on décroche. Juste avant que l'opératrice ne commence à parler, je dis à Felicity rien qu'en remuant les lèvres : « Tu marches avec moi ? »

Elle acquiesce.

« Ici, les urgences, quel service désirez-vous ?

— Il nous faut une ambulance. Mon amie a fait une chute. Elle s'est cogné la tête sur le comptoir de la cuisine… Eve Dalladay… Non, elle est évanouie… Oui, elle respire… entendu, merci. »

Je donne notre adresse et je reste en ligne une minute de plus, le temps d'expliquer que mon mari les « attendra sur la route pour leur indiquer le chemin » car le lieu où nous habitons n'est pas reconnu par tous les GPS.

Je raccroche, j'ordonne à Alice d'arrêter de pleurer puis je range à leurs places respectives le couteau, le cale-porte et la crosse de hockey. Ensuite, je plonge sous l'évier de la cuisine pour sortir un petit tabouret en bois qui me sert à attraper les ustensiles haut perchés et je le dépose à côté d'Eve.

Je les regarde chacun tour à tour et je leur débite mon scénario.

« Voilà ce qui s'est passé, dis-je. Nous étions en train de parler de la maison que tu as visitée avec elle cet après-midi, Sean. Nous avons évoqué la possibilité de vendre l'hôtel. Personne n'a fait allusion à l'incendie. Personne n'a laissé entendre qu'il s'agissait d'un acte criminel. Il n'y a pas eu de dispute. Le sujet de tout à l'heure n'a jamais été évoqué. » Et là, je me tourne vers Alice avec un air grave, pour qu'elle mesure bien l'enjeu. « Nous parlions de l'avenir. À un moment, Eve a fait un pas en arrière, elle a trébuché sur le tabouret à cause de ses talons et, quand elle est tombée, sa tête a heurté le comptoir. D'accord ?

— D'accord », répondent-ils en chœur.

Sean intervient, affolé :

« Et si elle se réveillait ?

— Et si elle ne se réveillait pas, Sean ? »

Je vérifie rapidement la cuisine pour m'assurer que rien ne contredira notre version des faits.

« Elle pourrait se réveiller et dire qu'on l'a poussée, non ? insiste-t-il.

— Si elle ne se réveille pas et que nous avouons la vérité, ta fille sera inculpée de meurtre. » Je le fixe intensément. « À toi de décider, Sean. »

Comme de bien entendu, il répond sans l'ombre d'une hésitation : « Je dirai que c'est moi. Je me suis mis en colère, je l'ai frappée et elle est tombée. »

Je tâche de ne pas m'énerver.

« Si tu suis mes conseils, tu n'auras pas besoin de faire ça. » Je n'attends pas sa réaction, préférant me tourner vers Alice : « Toi, tu arrêtes de pleurer. » Et je me baisse pour reprendre le pouls d'Eve. Je le sens à peine. « Si les urgentistes te voient dans cet état, ils comprendront que quelque chose cloche. Prends l'air inquiète, préoccupée mais, je t'en prie, pas de crise d'hystérie. Va dans la salle de bains et passe-toi de l'eau sur le visage, si besoin est. » Elle me regarde distribuer mes ordres et ne sait comment réagir. Ne devrions-nous pas ménager sa susceptibilité ? Bien sûr, Eve est évanouie, peut-être morte, mais il ne faudrait quand même pas oublier le terrible choc qu'elle-même vient de subir. Après tout, on lui a odieusement menti !

Je feins de ne pas remarquer sa mine déconfite et continue mon briefing. « Il nous reste environ six minutes avant leur arrivée. On est tous bien d'accord ? Parce que cette version des faits, il va falloir s'y tenir. S'il se trouve qu'Eve est dans un état grave, la police risque de nous la faire répéter maintes et maintes fois. C'est compris ? »

Je replie le bras d'Eve sur sa poitrine et je m'avance vers Sean.

« Tu y arriveras ? lui dis-je à mi-voix. Tu seras capable de mentir pour aider ta famille ?

— Oui », répond-il.

Mais je le sens tiraillé. La femme qui a partagé son lit gît à ses pieds, inconsciente, et c'est sa propre fille qui a fait cela.

Je lui prends les mains : « Merci. »

Puis je l'envoie attendre les secours sur la route en lui conseillant de déplacer sa voiture au préalable, pour que l'ambulance puisse se garer devant l'entrée.

Il hésite, essaie de remettre les événements en ordre dans sa tête. Il n'est pas tout à fait sûr d'adopter l'attitude qui convient. Mais a-t-il le choix ?

Quand il arrive dans l'entrée, il m'appelle.

« Natty, tu devrais venir voir. »

Le ton de sa voix m'inquiète.

Je me demande quelle nouvelle catastrophe m'attend. Le regard de Sean est tourné vers l'escalier.

Posé au milieu des marches, la patte arrière tendue au-dessus de la tête, Morris est occupé à sa toilette intime.

« C'est le chat de ton père, n'est-ce pas ? » murmure Sean.

Je hoche la tête.

« Qu'est-ce qu'il fabrique ici ? »

Au lieu de répondre, je marche vers la porte. Ma tête est sur le point d'exploser. Il y a cinq secondes, j'avais la situation bien en main. Maintenant, un étau se resserre autour de mon crâne. La tension monte.

À droite de la porte, près des chaussures d'école des filles, je vois une boîte de croquettes Tesco et une petite gamelle en aluminium.

Je me retourne.

« Jackie, dis-je simplement. C'est Jackie qui a dû le ramener.

— Quand ça ? Tu crois qu'elle a entendu quelque chose ? Tu crois qu'elle a vu quelque chose ? »

Il a les yeux exorbités.

Je préfère mentir : « Non, je ne crois pas. »

L'ombre à la fenêtre, c'était donc Jackie. Elle a vu Felicity pousser Eve, elle a assisté à sa chute sur le comptoir. Elle a tout vu puis elle a ouvert discrètement la porte, elle a déposé Morris dans l'entrée et elle est repartie comme elle était venue.

« Déplace la voiture, Sean », lui dis-je avec fermeté.

Je regagne la cuisine et demande à Felicity toujours accroupie si Eve respire encore.

« Hélas oui », répond-elle froidement.

Je m'apprête à aller chercher Alice quand une idée germe dans ma tête.

« Qu'est-ce qui s'est passé entre vous deux ? Vous vous êtes disputées ou quoi ? »

Felicity prend un air évasif.

« Plus ou moins.

— Tu veux bien m'en parler ? »

Elle se mord l'intérieur de la joue. « Plus tard peut-être. » Puis, juste au moment où je m'éloigne, elle se ravise et, d'une voix hésitante, me dit : « Maman ? Maman, il faut que je t'avoue un truc. »

Je m'arrête net.

Je dois tendre l'oreille pour l'entendre.

« C'est moi qui ai envoyé le message. Le message à propos d'Eve », chuchote-t-elle. Puis elle attend ma réaction.

Je regarde son petit visage candide en me demandant si je dois la gronder. Dois-je feindre l'indignation et lui reprocher d'avoir causé des problèmes ?

Mais je n'en ai pas le courage.

« Je le savais, ma chérie. »

Ses épaules s'affaissent brutalement.

« Comment tu l'as su ?

— J'ai trouvé un bloc de papier jaune au fond de ton tiroir du bas. Je cherchais des photos de grand-père – tu en avais quelques-unes de lui, du temps où il était jeune, tu te rappelles ? dis-je en baissant les yeux, perdue dans mes souvenirs. C'était juste après l'incendie et j'avais d'autres soucis en tête, à ce moment-là… »

J'étudie son expression. Impossible de dire si elle est soulagée que je ne sois pas fâchée ou déçue que je ne lui aie pas parlé de ce message avant.

« Bien joué, Felicity, dis-je en soutenant son regard. Bien joué. Franchement, tu avais bien cerné le personnage. »

Elle hoche la tête.

Je jette un coup d'œil sur le corps inerte d'Eve.

« Pourtant je voudrais savoir, dis-je comme si l'idée venait de poindre en moi, je voudrais savoir comment tu as fait pour me le transmettre. Quelqu'un l'a déposé chez ton grand-père de nuit… »

Elle détourne les yeux, regarde dans le vague.

« C'est Raymond qui l'a apporté, sur ma demande, admet-elle au bout d'un instant.

— Raymond ? m'écrié-je, surprise, car il s'agit de notre Raymond, le directeur de l'hôtel. Il y est allé en vélo ? »

Raymond se rend au travail en vélo pour laisser la voiture à sa femme.

Elle se dresse sur ses ergots : « Eh bien, oui, il passait devant, de toute façon. » Puis elle complète, un peu honteuse : « Je lui ai dit que c'était important, que je devais te transmettre un message très important et qu'il fallait absolument qu'il le porte. »

Je suis bien obligée de sourire puisque l'histoire a fini par lui donner raison. Ce message s'est révélé très important.

Dix minutes ont passé depuis que j'ai appelé les secours et l'ambulance n'est toujours pas là. J'aperçois Alice dans les toilettes du rez-de-chaussée. Elle sanglote devant le miroir au-dessus du lave-mains. La porte est entrebâillée et je peux l'observer sans me faire voir. Comme ses pleurs s'apaisent un peu, Alice regarde son reflet et force son chagrin jusqu'à ce qu'il éclate de plus belle dans un torrent de larmes.

Je peux ainsi constater que les dernières nouvelles concernant sa filiation ne l'ont pas totalement anéantie. J'ai bien conscience qu'il existe une part de comédie dans les réactions de ma fille. Je la connais assez pour la savoir capable de surjouer sa douleur, comme une enfant qui trépigne et se roule par terre si elle sent que son entourage ne s'intéresse pas suffisamment à son désespoir. Ce qui ne veut pas dire qu'elle n'est pas sincère. C'est juste que pour l'instant, il ne servirait à rien que je me répande en excuses et autres paroles consolatrices.

Je pousse un peu la porte. Elle l'entend grincer et s'arrête au milieu d'un sanglot. Quand elle me voit, elle fait un rapide quart de tour, me montre son dos, ses épaules agitées de hoquets. Elle attend que je vienne à elle, comme je le ferais en temps normal, que je calme le jeu, que je l'implore, que je la câline pour lui faire oublier ses misères. Tout ce qui est en mon pouvoir pour lui remonter le moral, pour partager sa souffrance. C'est pénible de la voir dans cet état. Si j'écoutais mon instinct, je la prendrais dans mes bras, mais je sens qu'elle me repousserait.

Alors j'essaie de lui parler :

« Alice…

— Non. »

Je m'interromps, le temps de trouver le meilleur angle d'attaque. J'opte pour la franchise.

« Que veux-tu que je fasse ?

— Rien du tout, répond-elle en reniflant. Je ne peux pas te parler maintenant.

— Tu ne peux pas ou tu ne veux pas ? »

Elle pivote sur elle-même et dit en pleurnichant : « Comment tu as pu me faire ça ? »

Je m'approche. Son mascara dégouline sur ses joues, ses cheveux roux frisottent sur ses tempes. Les muscles de son cou sont tellement tendus qu'ils forment deux colonnes de chair de chaque côté de sa gorge. « Comment tu as pu ? répète-t-elle en criant presque.

— Si nous avions dit la vérité, ta grand-mère aurait tout fait pour nous séparer, ton père et moi.

— Et pourquoi ?

— Dès le départ, elle ne voulait pas que nous soyons ensemble. Elle a cherché à briser notre couple. Elle aurait sauté sur ce prétexte pour nous obliger à rompre une bonne fois pour toutes. Tu sais, Alice, nous nous sommes battus mais, dans un premier temps, c'est elle qui a gagné. Nous avons dû lui promettre de vivre chacun de son côté, le temps de décrocher nos diplômes.

— Comment avez-vous pu accepter un truc pareil ? demande-t-elle, sincèrement étonnée.

— Nous n'avions pas le choix. » Je souris faiblement. « Si nous avions refusé, elle n'aurait pas financé les études de ton père… et, comme il voulait devenir avocat… »

Alice contemple ses chaussures. C'est la première fois qu'elle entend cette version de l'histoire. Nous n'avons jamais caché à nos filles à quel point nous étions jeunes et insouciants, à cette époque, et jamais nous ne leur avons laissé croire que nous regrettions ce qui s'était passé ensuite. Si nous leur rabâchions « Ne faites pas les mêmes erreurs que nous », c'était sur un ton assez enjoué pour les convaincre que ces erreurs n'en étaient pas. Du moins, pas à nos propres yeux.

« Il voulait vraiment étudier le droit, alors ? dit-elle sans me regarder.

— Oui. C'était son intention.

— Est-ce que mon… ce monsieur… est-ce qu'il sait que j'existe ? Tu lui as parlé de moi, n'est-ce pas ? »

Alice ose enfin lever les yeux.

« Il est au courant.

— Et il n'a jamais cherché à me rencontrer ? Ce serait pas un truc glauque… genre il aurait demandé à me voir et toi… tu aurais intercepté ses lettres ?

— Eh non, dis-je tristement.

— Donc, il ne voulait vraiment pas de moi ? C'est ça que tu veux dire ?

— Ma chérie, je ne peux pas parler à sa place, parce que… » – et je hausse les épaules car effectivement je ne sais rien de lui – « … j'ignore pourquoi. La seule chose dont je suis sûre – et ce n'est ni le moment ni le lieu pour parler de ça – c'est qu'à l'âge de 21 ans, c'était quelqu'un de méchant et d'arrogant. Et je sais par expérience que les gens ne changent pas radicalement en vieillissant. Je te conseille de bien réfléchir avant de te mettre à sa recherche… si c'est ce que tu prévois de faire. »

Du bout du pied, elle triture le tapis devant le lave-mains.

« Mais je suis tellement en colère contre papa », dit-elle.

Je veux parler, mais elle me coupe.

« C'est mal, n'est-ce pas ? Je sais que c'est mal, mais il m'a menti. Il me ment depuis toujours puisqu'il savait que je n'étais pas de lui. Il devait me détester.

— As-tu une seule fois pensé qu'il ne t'aimait pas ?

— Non, mais…

— Dans ce cas… » Et j'inspire profondément. « Alice, quand nous avons eu besoin de lui, il a répondu présent. Je n'imagine même pas la vie que nous aurions eue s'il ne l'avait pas fait. Et, jusque récemment, il a été là pour toi chaque heure de chaque jour. C'est lui qui t'a élevée, ajouté-je dans un murmure. Ça veut dire qu'il est ton père. »

Elle penche la tête.

« Et Eve, alors ? Quel besoin avait-il de faire une chose aussi stupide alors que… »

Un grand bruit retentit dehors, dans le couloir. Il faut qu'on sorte de cette pièce.

J'entends des chocs métalliques, la voix grave d'un inconnu.

Je prends le visage d'Alice entre mes deux mains. Je sais que nous sommes au cœur d'un séisme ; j'ai vécu trop longtemps avec la peur au ventre, la peur que mon grand secret soit révélé à la face du monde. Du coup, je me sens soulagée d'un grand poids. « Il nous aimait de tout son cœur, Alice, dis-je en la regardant au fond des yeux pour m'assurer qu'elle comprenne bien ce que cela signifiait pour moi, avant. Il nous aimait et moi, en retour, je ne l'ai pas assez aimé. Si tu veux te mettre en colère, si tu es déçue, c'est à moi que tu devrais t'en prendre. »

Sans attendre sa réponse, je me compose une attitude en effaçant de mon visage l'expression de soulagement qui l'éclaire et je fonce dans la cuisine.

Un homme barbu, massif, se tient accroupi à côté d'Eve. Sur le dos de sa chemise, je lis les mots « Premiers secours ». Il lève les yeux vers moi.

« Tout s'est passé tellement vite », lui dis-je d'une petite voix ingénue.

40

Sean et moi sommes assis côte à côte. Le rebord de la chaise en plastique moulé me cisaille le dos. Nous sommes dans la salle d'attente des urgences du Lancaster Infirmary. Sean a fait la route dans l'ambulance avec Eve. Une fois les filles calmées, je les ai suivis avec la voiture d'Eve. Je ne suis pas couverte par l'assurance, mais en ce moment, c'est le cadet de mes soucis.

Sean se tient la tête dans les mains. Nous avons à peine échangé deux mots. Je suis arrivée quelques instants après lui – il a fallu presque soixante minutes pour ce trajet qui en prend quarante, normalement, mais c'était l'heure de pointe. Pour ce que nous en savons, Eve n'a pas repris connaissance et, personnellement, j'espère qu'elle ne se réveillera jamais – ce que j'évite de dire à Sean. Je suis épouvantée à l'idée qu'Eve puisse se rappeler ce qui s'est passé dans la cuisine : Alice brandissant un couteau, Felicity la faisant basculer en arrière. Et, ne connaissant pas la gravité de ses blessures, je ne peux qu'imaginer le pire. D'après sa position sur le sol, je suis quasiment sûre qu'Eve s'est rompu les vertèbres cervicales.

Évidemment, si elle sort du coma, elle accusera Felicity qui sera arrêtée. Toutes les trente secondes, je ferme les yeux et le visage de mon père apparaît sous mes paupières. Je le prie de tout mon cœur, de toute mon âme, je le supplie de faire mourir Eve.

Il y a une forte activité dans le service mais il est encore trop tôt pour le défilé des ivrognes qui encombrent les urgences dès le début de soirée. Les sièges de la salle d'attente sont donc occupés par des enfants qui braillent à cause d'une blessure au bras ou à la jambe et par des hommes obèses en proie à des problèmes respiratoires. Je note également la présence d'un couple qui semble être entré là sans raison particulière, hormis celle de se délasser.

Aucune nouvelle depuis une heure que nous attendons. J'attrape le magazine posé sur la chaise d'à côté et le feuillette vaguement en me demandant à quel âge je cesserai de reconnaître les célébrités.

Telle une apparition, une silhouette surgie de nulle part, un petit bout de femme d'une cinquantaine d'années se plante devant nous.

« Vous êtes avec Eve Dalladay ? »

Sean lève la tête.

« Comment va-t-elle ?

— Je suis Vanessa Rose, chef de clinique. Les premières radios montrent une fracture de la C6. Je crains qu'il n'y ait certains signes avant-coureurs de dommages neurologiques. »

Sean se tourne vers moi, inquiet. Je lui montre du doigt la base de ma nuque sans bouger un muscle de mon visage.

« Elle a repris connaissance ? s'enquiert-il.

— Non, répond le Dr Rose. Elle souffre d'un traumatisme crânien dont la gravité reste à déterminer. Désolée, mais c'est tout ce que je peux vous dire pour l'instant. Je repasserai quand j'en saurai davantage. »

Sur ces mots, elle s'en va.

« Ça veut dire quoi, Natty ? » demande-t-il d'une voix tremblante.

Je ne réponds pas.

Il ferme les yeux, se carre au fond de son siège.

Est-il en train de s'imaginer vivant le reste de ses jours auprès d'une femme incapable de marcher, de se servir de ses bras ? Une femme dont il devra s'occuper constamment ? Regrette-t-il d'être allé si loin avec elle ?

Ou bien se lamente-t-il sur l'avenir dont ils avaient rêvé ensemble et qui, vraisemblablement, n'existera jamais ?

Une personne souffrant d'une fracture de la C6 aura besoin toute sa vie de soins intensifs et d'une assistance vingt-quatre heures sur vingt-quatre. La seule chose qu'Eve pourra faire seule, c'est respirer.

« J'ai merdé, non ? murmure Sean.

— On a merdé tous les deux.

— L'incendie ? lâche-t-il à brûle-pourpoint. Tu es absolument sûre que c'est elle ?

— Non, je n'en suis pas absolument sûre.

— Mais pour quelle raison aurait-elle fait cela ?

— Pour m'empêcher de révéler sa véritable identité.

— Tu connais sa véritable identité ? »

Je hoche la tête.

« Mais tu ne me diras rien.

— Si je te le disais, tu me croirais ?

— Maintenant oui. Avant, j'avais des réserves mais, après ce qu'elle a fait à Alice ! Comment a-t-elle pu lui parler de nous comme ça ? Aussi crûment, sans la ménager… »

Sa voix s'éteint. Il est toujours aussi éberlué par la méchanceté d'Eve.

Je laisse passer un silence et je lui demande : « Et pour ce qui est des cartes de crédit, Sean ? Elles ont été délibérément annulées, tu dois me croire. C'est Eve qui me l'a annoncé, elle a même précisé que vous l'aviez fait ensemble. »

Il prend un air préoccupé.

« Pourtant, je ne vois vraiment pas comment elle aurait pu accéder à nos comptes, dit-il pour expliquer son hésitation. Je ne cherche pas à te contredire mais j'aimerais comprendre…

— Tu conserves toujours tes mots de passe et tes identifiants dans ce document Word intitulé "Mots de passe" ? »

Sean expulse l'air contenu dans ses poumons.

« Oui », confesse-t-il, et je n'insiste pas. Je suppose qu'il n'a pas besoin d'entendre « Je te l'avais bien dit ».

Nous restons silencieux, à observer les allées et venues dans le service. Je sens que Sean rumine des tas de choses. Soudain, il se tourne vers moi et me regarde d'un air grave. « J'avais remarqué certains détails. Des trucs bizarres. Je ne voulais pas l'admettre mais je savais qu'il y avait un problème. »

Je hoche la tête pour lui montrer que je comprends.

« Tu l'aimes ?

— Je croyais l'aimer.

— Et maintenant ? »

Il hésite.

« Ça peut paraître prétentieux mais j'ai toujours cru que j'étais au-dessus de ces types qui trompent leur femme. Je me pensais imperméable à la flatterie. » Il s'interrompt, gêné par son propre aveu, et vérifie que personne ne l'a entendu avant de poursuivre : « Jamais je n'aurais imaginé que je tomberais dans le cliché, que je deviendrais comme ces mecs qui font n'importe quoi pour le plaisir de se sentir aussi séduisants, aussi virils qu'avant. Quand Eve a débarqué, c'est pourtant comme ça que j'ai réagi, et j'ai cru que c'était de l'amour. Le grand, le vrai, le pur. » Il ricane en y repensant. « En fait, j'étais aussi faible que les autres. »

Je n'ai pas le temps de répondre car il embraye aussitôt :

« Je suis désolé, Natty. Je sais que c'est nul comme explication. Tu mérites mieux.

— C'est bon, dis-je en levant la main. Moi aussi, j'ai eu le temps de réfléchir à ce genre de chose. J'ai compris que j'avais changé, que j'étais devenue une femme acariâtre, à cheval sur les principes. Je me suis demandé comment les choses auraient évolué si je m'étais davantage consacrée à toi. À nous. Au lieu d'angoisser pour tout et n'importe quoi. »

Ses yeux débordent de larmes. Il bat les paupières, baisse le nez comme si j'avais évoqué une existence désormais impossible.

« Qu'est-ce que je vais faire, Natty ?

— Je ne sais pas.

— Dois-je l'abandonner ou prendre soin d'elle ?

— Tout dépend de ce que ta conscience te dicte. Tu pourrais très bien sortir de cet hôpital et ne jamais revenir mais, te connaissant, j'ai du mal à l'imaginer. »

Il secoue la tête comme si lui-même n'y parvenait pas.

« Si cela peut t'aider, sache qu'elle t'a joué la comédie, lui dis-je. En fait, elle nous a tous grugés. »

Le sourcil levé, il m'exhorte à poursuivre.

« Eve nous a presque tout caché de sa vraie vie. Elle a tellement de secrets que moi-même je crois que je n'en connais pas la moitié.

— Nous avons tous nos secrets », répond-il, toujours aussi raisonnable.

Je me tourne vers lui.

« Sean, elle a un fils.

— Quoi ?

— Un fils. Personne n'est au courant et j'ai juré de ne jamais en parler. C'est la mère d'Eve qui s'occupe de lui. Il a dans les 19 ans. »

Sean me dévisage. Visiblement, son cerveau vient juste de percevoir l'étendue de la duplicité d'Eve.

« Seigneur », murmure-t-il.

Il peine à avaler sa salive. Son visage est blême. On dirait qu'il assiste impuissant à l'écroulement de sa vie tout entière. Au bout d'un court instant, il se penche en avant pour tenter de retrouver sa lucidité. Je ne sais si je dois aller chercher une bassine ou appeler de l'aide.

« Monsieur Wainwright ? Vous allez bien ? » s'écrie une voix familière.

Celle de l'inspecteur principal Aspinall.

« Il est malade ? » s'inquiète-t-elle.

Je réponds très vite « Il est inquiet pour Eve », tout en essayant de faire bonne figure. En fait, sa soudaine apparition me pétrifie d'horreur.

« Que s'est-il passé ? » demande-t-elle tranquillement. Elle enlève sa veste, la plie sur son bras gauche et lance un coup d'œil vers l'accueil. Au comptoir, je vois son équipier – l'inspecteur rondouillard et couvert de sueur qui est passé à la maison après l'incendie – qui interroge l'employé des admissions.

Je bredouille : « Elle est… elle est tombée. »

Puis j'esquisse un genre de grimace censée suggérer que tout cela est fort regrettable. L'inspecteur Aspinall reste impassible.

« Comment est-elle tombée, exactement ?

— En arrière. Son crâne a heurté le comptoir en granit. »

L'inspecteur Aspinall hoche la tête pensivement.

Sean se redresse.

« Je crois que je vais prendre un peu l'air, dit-il en se levant. Il faut que je sorte d'ici une minute, d'accord ? »

Il vacille, pâle comme un linge.

« Pas de problème, répond l'inspecteur Aspinall. J'enverrai mon collègue voir si vous allez bien. Ne le prenez pas mal, monsieur Wainwright, mais on dirait que vous allez tourner de l'œil. »

Qu'est-ce qu'elle fiche ici ?

Est-elle passée par chez nous interroger les filles ?

Seigneur, pourvu qu'elles n'aient pas dit de bêtises. Je n'ai pas eu le temps de les préparer à cette éventualité. Et si elle était venue pour nous piéger ? Pour vérifier si tous nos témoignages concordaient ? Et si les filles avaient déjà tout avoué ?

« Cela vous ennuie si je m'assois ? demande-t-elle simplement.

— Pas du tout. »

Les murs de la salle commencent à se rapprocher. Je transpire. Mes mains tremblent tellement que je dois les glisser sous mes cuisses.

« C'est fou les embouteillages qu'il y a par ici.

— Mmm ?

— Je disais que le centre-ville de Lancaster est très encombré.

— Oui. Oui, c'est exact. »

Je regarde droit devant moi une immense affiche illustrant les diverses conséquences de l'obésité sur la santé. Je plisse les yeux pour faire croire que je lis le texte.

« Quelles sont les nouvelles d'Eve Dalladay ? s'enquiert-elle. On vous a donné des détails ? »

L'inspecteur Aspinall paraît très détendue. On dirait presque que nous partageons une banquette dans un pub. Je sens mon cœur cogner comme un fou dans ma poitrine. Si je m'écoutais, je poserais la main dessus pour qu'elle n'entende pas le bruit qu'il fait.

Je secoue la tête.

« Non, ils n'ont pas dit grand-chose. Elle s'est fracturé la colonne vertébrale mais les examens ne sont pas terminés. »

Je lui jette un coup d'œil pour paraître normale mais, visiblement, l'état de santé d'Eve l'indiffère totalement. Elle laisse passer un instant puis renchérit sur un ton moqueur : « Vous ne vous demandez pas ce que je fais ici ?

— Pardon ?

— Vous ne m'avez pas posé la question, madame Wainwright. Je trouve ça un peu étrange, pour le moins.

— Ah, vous trouvez ?

— Oui, je trouve. »

Elle attend que je réagisse. Je déglutis, ferme les yeux un bref instant et j'articule d'une voix étranglée :

« Et pourquoi êtes-vous ici ?

— Nous avons appris certaines choses. Une affaire enfouie dans nos bases de données. Elle a ressurgi tout à coup et je suis venue pour arrêter… »

Elle ne termine pas sa phrase car le Dr Rose vient d'apparaître devant nous. Elle s'éclaircit la gorge, décoche un regard à ma voisine puis me demande de la suivre sur-le-champ. Comme l'inspecteur Aspinall ne proteste pas, je me lève, un peu désorientée. Dois-je aller chercher Sean ?

Je regarde vers la porte mais je ne le vois pas. Et le Dr Rose a déjà fait demi-tour.

Je la rattrape en trottinant et nous entrons dans une salle d'attente plus petite, plus discrète, protégée de la foule.

« Ici, nous pouvons parler. Nous n'accédons pas aux dossiers d'Eve Dalladay, annonce-t-elle sans autre préambule. Réside-t-elle au Royaume-Uni ?

— Euh, non. Ça fait quelque temps qu'elle ne vit plus ici. »

Elle jette un œil sur ses notes.

« Ce n'est pas gravissime, fait-elle d'un air absent, mais vous allez devoir remplir d'autres formulaires. Enfin, on verra ça plus tard. Nous allons la passer à la radio le plus vite possible. »

Je cesse de respirer puis je répète en la dévisageant :

« À la radio, vous dites ?

— Oui, pour connaître la raison de son coma. Savoir s'il y a hémorragie cérébrale et, si c'est le cas, déterminer son degré de gravité. Il se peut qu'on soit obligés de la transférer à l'hôpital de Preston. Ils sont mieux équipés pour soigner les traumatismes crâniens.

— Donc, vous lui feriez passer une IRM ?

— Oui, confirme-t-elle. Tout ira bien. Il n'y a pas à s'inquiéter. Plus tôt nous saurons ce dont elle souffre, plus vite nous pourrons… »

Mais je ne l'écoute plus.

Ses paroles ne s'impriment plus en moi. Je viens de passer dans un autre état de conscience ; les sons ne m'atteignent pas, mon environnement immédiat s'efface, englouti par un souvenir qui recouvre tout, un souvenir vieux de seize ans.

Me voilà de retour dans le Hope Hospital. Je suis étudiante. Je porte un pantalon marron et une blouse blanche semblable à celle de la manipulatrice en radiologie assise à côté de moi, sauf que la sienne arbore une bande de couleur sur le col. Insigne indiquant qu'elle a les qualifications pour pratiquer des IRM.

Elle parle dans un micro.

« Monsieur Burgess, dit-elle au patient allongé derrière la vitre, vous allez entendre un peu de bruit, d'accord ? C'est parfaitement normal. Je vous demande de rester totalement immobile. »

Puis elle se tourne vers moi.

« Natasha, dit-elle joyeusement, puisque nous avons un peu de temps d'ici la fin de cet examen, tu devrais me réciter la liste des contre-indications. Tu veux bien ? »

Je me redresse toute fière sur mon siège, parce que cette liste je la connais par cœur. C'est ce qu'on nous apprend en premier. « Ne pas pratiquer d'IRM si le patient a des implants électroniquement, magnétiquement et mécaniquement activés. Ne pas pratiquer d'IRM si le patient a un pacemaker... Ne pas pratiquer d'IRM si le patient a des agrafes chirurgicales, des sutures métalliques, des vis ou des clips...

— Et pourquoi cela ? m'interrompt-elle.

— Parce que tout objet ferromagnétique peut interagir avec le champ magnétique, lequel peut déplacer l'objet et induire un traumatisme.

— Mais encore ?

— Ou causer une blessure thermique, dis-je, contente de moi.

— Exact, confirme-t-elle en grimaçant. Et il est absolument interdit de faire frire un patient de l'intérieur. Tu es d'accord ? »

J'éclate de rire.

« Absolument interdit. »

Je songe au clip d'anévrisme placé dans le cerveau d'Eve et mon cœur s'emballe. Un truc en métal, à l'ancienne, disait Eve.

Je dois faire une drôle de tête car le Dr Rose a cessé de parler et m'observe avec inquiétude.

« Vous allez bien ? me demande-t-elle.

— Comment ? Oui, oui, ça va. Désolée, c'est juste que je ne comprends pas très bien ce que vous m'expliquez. Je suis un peu perdue dans ce jargon médical. »

Elle sourit.

« Alors je vous laisse, dit-elle en ouvrant la porte. Excusez-moi mais vous devez regagner la salle d'attente principale. Celle-ci doit rester libre pour que les équipes médicales puissent s'entretenir en privé avec les familles, en cas de besoin. Je vais autoriser l'IRM et je reviens vers vous d'ici deux heures pour vous donner des nouvelles. »

Je la remercie, retourne sur mes pas. L'inspecteur Aspinall discute avec son équipier près du comptoir, Sean a repris sa place. Il m'adresse un regard interrogatif auquel je réponds par une mimique signifiant « Rien de neuf ». Je vais me rasseoir à côté de lui.

J'attrape un magazine dont je tourne les pages en étouffant un bâillement.

Puis je me carre au fond de ma chaise et j'attends qu'elle meure.

Remerciements

Ce livre n'aurait pas vu le jour sans l'aide de trois personnes : mon mari Jimmy, ma sœur Debbie et ma grande amie Zoe. Vous avez toute ma gratitude.

Je voudrais également remercier Jane Gregory, Rachel Rayner, Stephanie Glencross, Corinna Barsan, Nita Pronovost, Claire Ward, le Dr Jacqueline Christodoulou-Ward (MBE), Claire Morris, Alison Barrow et Sarah Day.

Ouvrage composé par
PCA 44400 Rezé

Achevé d'imprimer en Allemagne 2017
par GGP Media GmbH, Pößneck

POCKET – 12, avenue d'Italie – 75627 Paris Cedex 13

Dépôt légal : février 2017
S26899/01